Im BANN *der* FREIBEUTER

Johann Christian Lotter studierte Physik in Darmstadt. Er arbeitete zunächst in der Computerentwicklung, dann in der Film- und Fernsehbranche, schließlich in der Videospielindustrie. Zurzeit ist er CTO einer Firma für KI-gestützte Mustererkennung. In der Freizeit schreibt er historische Romane, Sachbücher und SF und unternimmt Reisen in abgelegene Gegenden. Im Web ist er unter books.lotter.org und instagram.com/johann.christian.lotter zu finden.

Dieses Buch ist ein Roman. Die Handlung ist frei erfunden, wenngleich im historischen Umfeld eingebettet. Manche Personen, Ereignisse und Orte sind historisch, andere nicht. Darüber hinaus sind Ähnlichkeiten mit lebenden oder toten Personen rein zufällig.

JOHANN CHRISTIAN LOTTER

Im BANN *der* FREI-BEUTER

HISTORISCHER ABENTEUERROMAN

emons:

MIX
Papier | Fördert gute Waldnutzung
FSC® C177064

Cäcilienstraße 48, 50667 Köln
info@emons-verlag.de
www.emons-verlag.de

Umschlaggestaltung: Leonardo Magrelli, unter Verwendung
des Bildmotivs freepik.com/allamanda
Gestaltung Innenteil: DÜDE Satz und Grafik, Odenthal
Lektorat: Lothar Strüh
Druck und Bindung: sourc-e GmbH
Printed in Europe 2025
ISBN 978-3-7408-2552-2
Historischer Abenteuerroman
Originalausgabe

You captains brave and bold,
Though you seem uncontrolled,
Don't for the sake of gold
Lose your souls, lose your souls.
Don't for the sake of gold
Lose your souls.

Ballade von William Kidd

1

London, 23. Mai 1701

Über Einsamkeit in meiner Zelle kann ich nicht klagen. Gestern Abend hat mich der Henker aufgesucht, heute Morgen ein Dichter. Der Henker kam, um mir Trost zuzusprechen. Er habe den Prozess genau verfolgt, und er halte meine Schuld durchaus nicht für schwerwiegend. Er müsse am nächsten Tag zwar seine Pflicht tun, nichts für ungut, Sir! Doch im Grunde seines Herzens – und dabei öffnete er tatsächlich sein Hemd und schlug sich auf die affenartig bepelzte Brust – sei er auf meiner Seite.

»Ich mache es Euch leicht, Sir«, versicherte er mir. »Gebt mir zwei Pennys, und meine beiden Buben, Bill und Bob, werden sich morgen an Eure Beine hängen, sobald Ihr baumelt. Dann geht es ganz schnell. Kein elendes Zappeln und Strampeln. Ein Ruck, und Ihr seid im Himmel.«

»Meine Geldmittel sind leider erschöpft.«

Ich hatte meine Ausgaben so berechnet, dass das Geld gerade bis zum Tag meiner Hinrichtung reichte. Nach den Aufwendungen für die eigene Zelle, für meine vergeblichen Briefe an Sir Hans Sloane sowie für das Privileg, meine Schuhe behalten zu dürfen, waren die letzten Pennys gestern für Rum draufgegangen. Zwischen diesen Mauern kann man sich alles erkaufen, außer der Freiheit.

»Schade. Aber, Sir, wisst Ihr was? Ich sorge dafür, dass meine Buben es umsonst machen. Wir sind human in London.«

Auch der Dichter will nur mein Bestes. Er hat politische Absichten. Aus meinem Fall soll die Öffentlichkeit lernen. Die Sündigen soll mein Schicksal warnen. Mit seiner, des Dichters, Hilfe würde ich die menschliche Gesellschaft voranbringen und mir damit Vergebung im Jenseits erwerben. Das erklärt er mir in aller Hast, denn schon sind draußen die Kommandos der Eskorte zu hören, die mich zum Hinrichtungsdock bringen soll. Der Dichter bittet, mich begleiten zu dürfen.

»Wenn es Euch beliebt, Sir«, erwidere ich, »doch den Rückweg werdet Ihr wohl allein antreten müssen.«

Getrampel auf der Treppe, dann wird die Zellentür aufgerissen. »Mr. Kreutzner, heraus! Es ist so weit.«

Ein Abschiedsblick in die jämmerliche Zelle. Rußige Steinquader, Rost an der Tür, auf dem Boden eine löchrige Decke, geliehen für einen halben Schilling. Nicht mein erster Kerker, aber wohl mein letzter, mein letztes Heim nach all diesen Irrfahrten. Nun geht es, von backenbärtigen Wächtern eskortiert, die Steintreppe empor ins kalte Morgenlicht. Der Dichter hält sich knapp hinter mir, als befürchte er, ich könnte ihm doch noch entwischen.

Mein letzter Morgen: Die Sonne ist vor einer Stunde aufgegangen, doch schon sitzt sie hinter einer Nebelbank. Es nieselt. In der Luft hängt der Schwelgeruch von tausend Feuerstellen und Kaminen. Vor mir ragt London auf wie eine Festung. Ich sehe Wälle von Pfeilern, Säulen, Uhren- und Glockentürmen und dahinter, weit entfernt und halb vom Dunst verschluckt, eine hohe kupferne Turmkuppel.

»Die neue Börse«, sagt der Dichter, der meinem Blick gefolgt ist. »Verglichen mit den Piraten dort seid Ihr, Sir, mit Verlaub, nur ein kleiner Fisch.« Sein Mantel ist geflickt, aber sauber, das Kinn scharf rasiert, die Perücke zwar billig, doch frisch gepudert und gekämmt. Perücken sind wie Masken, sie verleihen allen Gesichtern den gleichen Anschein von Bedeutsamkeit.

Mir werden von einem Schmied zwei Ketten angemessen.

Diese sind gerade drei Fuß lang und verbinden Fußknöchel und Handgelenke über Kreuz, sodass ich meine Arme nur heben kann, wenn ich mich zugleich bücke. Bei der kleinsten Bewegung rasselt es erbärmlich. Auch neben mir klirrt und rasselt es, und ich sehe Mullins, den Iren, unseren früheren Bootsmann, und Thursday, den Wilden, den der Captain in Calli Quilon gekauft hat. Beide sitzen auf der Lade eines hochrädrigen Karrens, der mit schwarzen Tüchern behängt ist. Also müssen wir wenigstens nicht zu Fuß gehen.

Thursday blinzelt in den kalten Londoner Morgenhimmel, aus dem stetig der Regen fällt. Seine Augen tränen, er hustet und kauert sich auf der Ladefläche zusammen. Er verträgt unser Klima nicht, er versteht unsere Sprache nicht, und gewiss hat ihm auch niemand erklärt, wohin diese Fahrt geht.

Vor dem Karren steht ein dunkel gekleideter Mann und redet mit Mullins. Sein Gewand ähnelt dem meines Dichters. An den Blicken, mit denen die beiden sich jetzt gegenseitig mustern, sehe ich, dass sie einander weder unbekannt sind noch sonderlich zugetan.

»Ein Aasgeier«, sagt mein Dichter zu mir. »Mr. Robert Barrow. Ein Schmierfink. Zwar im gleichen Geschäft tätig wie ich, doch ihm geht es nicht um die menschliche Gesellschaft, sondern nur ums Geld.«

»Was für ein Geschäft ist das, Sir?«

»Hinrichtungsberichte«, erwidert er freimütig. »Manche Delinquenten geben sich verstockt, wenn es so weit ist. Sie fluchen dem Tod oder lachen ihm frech ins Gesicht. Andere weinen wie die Kinder und vergeben Gott und der Welt, dass es allen das Herz wärmt. So etwas interessiert die Öffentlichkeit. So etwas wird gern gedruckt. Aber die Konkurrenz ist nicht gering.«

»Was meint Ihr, Sir, gewissermaßen als Fachmann, zu welcher Sorte ich zähle?«

»Das kann man nie im Voraus sagen. Wir werden es wissen, sobald Ihr auf der Leiter steht.«

Ich habe stets versucht, der Philosophie des Marcus Aurelius zu folgen. Wenn man am Tod schon nichts ändern kann, dann wenigstens an der Art, wie man ihm begegnet. Deshalb stört mich die Anwesenheit des Dichters nicht. Ich habe mir fest vorgenommen, ruhig, aufrecht, ohne Winseln meinen Gang anzutreten. Darüber sollen getrost alle in der Zeitung lesen.

Jetzt hält ein zweiter Pferdekarren vor dem Marshalsea-Gefängnis. Der Wachoffizier komplimentiert mich hinauf. In das hölzerne Geländer des Karrens sind Eisenringe eingelassen, und an einem davon werden meine Ketten festgemacht. Der Dichter wechselt einige Worte mit dem Offizier. Dann lässt man ihn zu mir auf den Wagen.

»Wie viel werdet Ihr an mir verdienen?«, frage ich ihn.

»An die sechs Pfund«, erwidert er, »wenn Ihr am Galgen eine Rede haltet und laut bereut. Das steigert die Auflage. Sonst vielleicht drei Pfund. Ich habe fünf Kinder und muss Schulden bezahlen.«

»Euer Name, Sir?«

»Daniel Defoe, zu Euren Diensten.«

Ich höre Hufschlag und Kommandos. Die Soldaten nehmen vor und hinter den beiden Karren Aufstellung. An ihren Uniformen haben sie hier doppelt so viele Borten, Tombak und anderen Plunder wie in den Kolonien. Der Zug formiert sich. Angeführt wird er von Sir Peter Floyer, dem feisten, rotgesichtigen Sheriff von London, den ich noch von der Gerichtsverhandlung her in übler Erinnerung habe. Neben ihm reitet Mr. Cheeke, der Marschall, der uns am Tag unserer Ankunft ins Gefängnis werfen ließ. Heute trägt er das Wahrzeichen der Admiralität, den Silbernen Riemen, und einen schwarzen Hut mit einem riesigen Federbusch, der freilich im Regen traurig herabhängt.

Der Dichter beginnt, mich auszufragen, kaum dass der Karren losgerollt ist: »Bedauert Ihr nun Eure Taten?«

»Im Moment, Sir«, sage ich wahrheitsgemäß, »bedauere

ich vor allem, dass ich unseren Captain hier nicht sehe. Irgendwie kommt es mir nicht gerecht vor, dass er uns heute nicht Gesellschaft leistet.«

Der Dichter zwinkert mir zu. »Dann wird Euch die Nachricht erfreuen, dass auch Mr. Kidd gerade von Newgate zum Dock gekarrt wird.«

Also ist doch nicht eingetreten, womit ich die ganze Zeit gerechnet hatte – dass der Captain sich noch irgendwie aus der Schlinge winden konnte. Die Beziehungen zu Lords und zum Königshaus, deren er sich immer rühmte, haben ihm nicht geholfen. So wird auch mir das Sterben ein wenig leichter. Dass man ihn aber ausgerechnet in Newgate eingekerkert hatte, dem – wie ich gehört hatte – übelsten Gefängnis von London, viel schlimmer als das Marshalsea, das wundert mich doch.

Der Zug bewegt sich gemessen in Richtung Themse. Trotz der frühen Morgenstunde sind viele Menschen auf den Straßen. Von meiner erhöhten Position aus blicke ich auf weiße Hauben, schwarze Samthüte, Dreispitze, Topfmützen, Kapuzen, regennasse Perücken, grindige Haarschöpfe und Glatzen. Doch höre ich keine Rufe aus der Menge. Alle stehen nur stumm und gaffen uns an und wenden sich, kaum dass die Wagen an ihnen vorbeigerollt sind, wieder ihren Geschäften zu.

»Seht Ihr?«, sagt mein Dichter. »Man will Euch rasch vergessen. Ihr habt getan, wovon diese guten Leute nur träumen. Immerhin einige Jahre lang habt Ihr das Leben geführt, das ihnen nie vergönnt sein wird, ein freies Leben auf der See, voller Abenteuer und Reichtümer. Diese Leute hassen Euch nicht. Eher beneiden sie Euch. Und sehen Euch trotzdem gerne hängen, damit sie weiterleben können in dem Wissen, dass alles seinen gerechten Preis hat.«

»Ihr solltet in Euren Bericht schreiben, dass es keinen Grund zum Neid gibt. Das Leben als Pirat ist anstrengend und der Gesundheit abträglich. Niemand will es lange führen.

Und wie Ihr wisst, hat man bei keinem aus der Mannschaft nennenswerte Reichtümer gefunden.«

Defoe aber lächelt mich listig an. »Von Mr. Kidd wurden vierzehntausend Pfund beschlagnahmt. Hatte er aber nicht fast vierhunderttausend Pfund Beute gemacht? Darunter zwei Kisten mit Juwelen, die spurlos verschwunden sind?«

»Die Beute wird stets weit übertrieben, Sir.«

»Hat Mr. Kidd nicht auf seiner Rückreise eine einsame Insel angelaufen?«

»Seemannsgarn, Sir.«

»Heißt es nicht, dass er der Mannschaft wissentlich die genaue Position verschwieg? Und dass er dort mit einigen Männern an Land gegangen ist und schwere Kisten von Bord hat schaffen lassen? Und dass er später allein zurückkam, ohne die Kisten und ohne die Männer, von denen man nie mehr gehört hat?«

»Die gleiche Geschichte habe ich vor Jahren in den Hafenschenken über Captain Avery gehört.«

»Zwei Matrosen aus Mr. Kidds Mannschaft haben aber unter Eid von einer solchen Insel gesprochen. Ihr müsst wissen, Sir, ich kenne Investoren mit Erfahrung im Bergen von vergrabenen oder versunkenen Wertsachen. Sie besitzen sogar eine Taucherglocke. Aber mich selbst interessiert nur die Wahrheit. Nun frage ich Euch direkt, Sir: Was ist mit den Schätzen von der *Queda Vacharrakan* geschehen? Wenn Ihr wollt, erzähle ich es niemandem weiter.«

»Da gibt es nichts zu erzählen. Bei Freibeutern wird alles geteilt. Glaubt Ihr ernstlich, die Mannschaft hätte es hingenommen, dass ihre Schätze auf irgendwelchen Inseln vergraben werden? Oder dass Männer aus ihrer Mitte ermordet werden? Nein, Sir, es gibt keine Schatzinsel. Und der Captain wurde für nur einen Mord verurteilt, an dem armen Billy Moore, und das geschah auf hoher See. Das wisst Ihr sicher, wenn Ihr den Prozess verfolgt habt.«

Aber Defoe verliert sein Lächeln nicht, und ich sehe, dass

er sich eine feste Meinung gebildet hat, so wie alle anderen. Ich könnte ihm die Wahrheit erzählen, doch wozu? Es gibt eine Schatzinsel, aber nicht in der Art, wie Defoe sie sich vorstellt. Und der Captain hat schändliche Taten begangen, doch an Moores Tod trifft ihn ausnahmsweise keine Schuld. Jetzt kann mir all dies ohnehin gleichgültig sein.

Wenn dich der Tod angrinst, grinse zurück. Aber nun steigt mir der Geruch der Themse in die Nase. Teer und Tang und tote Fische, kein angenehmer Geruch, aber verbunden mit dem Meer und natürlich auch mit unserem Ziel, das Mr. Cheeke uns damals schon im Hafen gezeigt hat – den Galgen am Dock von Wapping. Doch mir scheint es plötzlich zu früh. Ich hatte noch so vieles vor. Früher habe ich mich stets vor der Welt versteckt, aber dann erblickte ich Dinge, die nur wenige Menschen zu Gesicht bekommen. Ich sah brennende Schiffe, groß wie Paläste, im Meer versinken. Sah Feuerkugeln in der Nacht über dem Atlantik, sah ins Auge des *Hurakán*. Soll all dies jetzt bald vorbei sein, all diese Bilder ausgelöscht?

Wir überqueren die Themse auf einer langen Brücke und rollen durch die Innenhöfe der Brückenhäuser unter Wäscheleinen hindurch. Gassenjungen springen auf die Wagen. Sie lassen sich ein Stück mittragen, bis sie von den Soldaten verscheucht werden. Wie gerne würde ich jetzt mit einem von ihnen tauschen, würde zwischen ihnen in der Menge verschwinden und unter ihnen namenlos sein, ungekannt und unbedeutend. Doch meine Ketten trennen mich von ihnen.

Vor den letzten Brückenbögen drehen sich gewaltige Wasserräder. Ich kann nicht erkennen, welchem Zweck sie dienen, aber ihr Lärm erinnert mich an die Räder und die Maschinen in der Silbergrube. Die Erinnerung ist nicht angenehm. An jenem Ort habe ich schieres Grauen erlebt, und auch dort war ich eingesperrt, lebendig eingemauert vom eigenen Vater. So schließt sich jetzt der Kreis.

Am Nordufer kommt der Zug kurz ins Stocken. Ein alter

Mann mit Holzbein – ein ehemaliger Pirat? – reicht mir von der Seite einen Becher hoch. Ich stürze den Inhalt hinunter: Rum, zwar nicht der beste, doch immerhin mein letzter Rum. Und mit dem Rum schlucke und würge ich auch all diese Gedanken an die Vergangenheit hinunter, an meine rasch verrinnende Zukunft und an all die zerronnenen Pläne. Ich stopfe mir diese Gedanken tief in den Schlund, denn ich will mir nicht meinen eigenen Tod verderben und nicht in Defoes Kolportage erwähnt werden als einer, der am Galgen zu flennen beginnt, Auflage hin oder her. Ich werfe den Becher zurück. Schon sind wir wieder in Bewegung und rollen aus den Gassen hinaus auf das Dock.

Hier steht die Menge dicht gedrängt bis ans Wasser der Themse. Ein feuchter Geruch geht von ihr aus, und ein Gemurmel und Geraune steigt von ihr auf wie ein Schwarm Fliegen. Direkt neben dem Dock im Schlick der Themse hat man fünf Galgen aufgebaut. Es sind nur einfache Pfähle. In den Kolonien habe ich weit kunstfertigere Vorrichtungen dieser Art gesehen, mit denen man zehn zugleich henken konnte. Ich spüre den Rum warm im Magen, während ich mir die Galgen anschaue. Zwölf Fuß hoch ein jeder, mit einem Querbalken am Ende. Die zugehörige Leiter liegt daneben am Dock. Auch die Stricke fehlen noch. Der Dichter beobachtet mich jetzt genau, das weiß ich, ohne hinzusehen. Ich will keine Schwäche zeigen.

Die Menge ist ein Meer mir zugewandter weißer glotzender Augen unter hochgehaltenen Planen und Regenschirmen. Es ist mir nicht möglich, Gesichter zu unterscheiden. Manche rufen uns zu, doch ich höre keine Schmähungen; es fliegen keine Wurfgeschosse. Die Soldaten halten alles gut im Zaum. Ich sehe rechts von den Galgen drei andere, die direkt an den Stützpfählen des Docks angebracht sind. Die Zuschauer halten hier Abstand, und mir ist auch klar, warum. Diese Galgen sind nicht etwa unbesetzt, an jedem baumelt etwas, und das zweifellos schon seit einer Reihe von Tagen.

Dies sind keine Hinrichtungsgalgen, sie dienen der Anschauung. Ein übler Gestank weht von dort herüber, obwohl man die baumelnden Körper dick mit Teer bestrichen hat. Sie haben keine Ähnlichkeit mehr mit Menschen. Ein Schild an jedem Pfahl nennt den Namen des Unglücklichen und die jeweilige Straftat: bei zweien das Wort »Meuterei«, bei dem letzten jedoch »Tabak-Schmuggel«. Ab fünf Schilling gibt es hier den Galgen. Wenigstens habe ich ihn mir nicht so billig verdient.

Wasser tropft von den Gehängten herab. Immerhin erspart der Regen uns die Fliegen. Defoe hält sich ein Leinentüchlein vor die Nase und sagt zu mir: »Keine Angst, Sir, Ihr werdet hier nicht zur Schau gestellt. Piraten kommen nach Tilbury an die Themsemündung. Dort hängt Ihr dann an der frischen Luft, mit Blick aufs Meer, den einlaufenden Schiffen zur Mahnung.«

Man lässt uns von den Karren absteigen. Wir werden einige Schritte nach Luv geführt, wo es erträglicher ist.

»So sehen wir uns also wieder, Schulmeister«, sagt Mullins zu mir. »Aber jemand fehlt noch. Vielleicht hat Gott in seiner Gnade noch andere Pläne für den Captain.«

Mullins ist im Gefängnis fromm geworden. Er hat früher nie viel geredet, aber vor Gericht hielt er eine tränenreiche Verteidigungsrede mit vielen Bibelzitaten und Verweisen auf all das Pech, das er im Leben hatte. Bei allen Kaperungen, schwor er hoch und heilig, habe er stets krank in seiner Hängematte gelegen. Was wohl der Wahrheit entspricht, ich habe ihn selten an Deck gesehen, aber geholfen hat es ihm nicht. Jetzt hat er leider recht: Der Captain ist nirgends zu sehen.

Dafür warten mit uns zwei andere Delinquenten, gefesselt wie wir, zweifellos auch Seeleute, doch heruntergekommen und erbärmlich abgemagert. Anscheinend haben sie schon eine lange Zeit ohne Geld im Gefängnis der Admiralität oder gar in Newgate zugebracht. Ich frage einen nach seinem Schiff, doch der antwortet mir nicht. Der andere flucht lallend auf Französisch. Beide sind sturzbetrunken. Sie kommen wahrscheinlich von der *La Paix*, die letztes Jahr in der Chesapeake Bay zusammengeschossen wurde.

Eines ist allerdings nicht zu leugnen: Fünf Galgen und sechs Verurteilte, das passt nicht zusammen. Vielleicht hat der Captain es tatsächlich geschafft, seinen Kopf noch aus der Schlinge zu ziehen. Oder vielleicht soll ein anderer von uns begnadigt werden. Ich habe gehört, dass um des Effekts willen der königliche Pardon oft erst im letzten Moment eintrifft, wenn der Verurteilte schon auf der Leiter steht.

Wen könnte man begnadigen? Die zwei von der *La Paix* wohl kaum: Pirat und obendrein Franzose zu sein, das ist ein doppeltes Verbrechen. Mullins und ich waren beide an der Meuterei beteiligt und später, unter Captain Culliford, an der Kaperung der *Muhammad Zabardast* mit ihrem entsetzlichen Verlauf. Da können wir keine Gnade erwarten, wie gottesfürchtig Mullins auch tun mag. Auch die Royal Society wird mir nicht helfen. Sir Hans hat nie auf meine Briefe geantwortet, in denen ich ihm von der Insel Arcadia und der vergrabenen Pyramide berichtete und ihm anbot, eine Expedition dorthin zu führen. Aber vielleicht soll Thursday begnadigt werden. Immerhin ist er zweifellos der Unschuldigste von uns allen. Zudem hat er einen erheblichen Wert, ein gesunder Schwarzer erbringt in London mindestens dreißig Pfund. Ich hoffe, dass es Thursday sein wird. Doch ich habe einen bösen Verdacht. Denn von Captain Kidd ist immer noch weit und breit nichts zu sehen.

Der Schmied, der auf dem Karren mit Mullins und Thursday mitgefahren ist, nimmt uns die Ketten wieder ab. Jedoch führt man uns nicht gleich zu den Galgen. Die Pfähle werden noch vom Wasser der Themse umspült, und wir müssen auf die Ebbe warten. Bis dahin dürfen wir uns auf den Boden setzen. Ich sehe, wie der Henker seine Stricke sortiert und mir dabei zuzwinkert wie ein Barbier, der seinen nächsten Kunden ins Auge fasst. Zwei stämmige Jungen, sicher Bill und Bob, glotzen zu mir herüber. Defoe hat mir den Rücken zugekehrt und spricht mit einem der Soldaten.

Ganz vorne am Rand des Vierecks, das die Soldaten gegen die Menge absperren, ist ein kostbarer Stuhl aufgebaut. Es ist eine Art Thron mit hoher Lehne, glitzernd vor Zierrat und Pfauenfedern. Der Thron ist mit einem roten Brokatschirm vor dem Regen geschützt, doch niemand sitzt darauf. Vielleicht wurde er für einen hochgestellten Reisenden errichtet, dem man ein Spektakel bieten will. Oder für einen Abgesandten des Großmoguls, dem man die Justiz seiner Majestät demonstrieren möchte. Ich weiß, dass unsere Taten in ganz Indien Aufsehen erregt und den Aktienkursen der englischen Ostindien-Kompanie böse geschadet haben.

Die Sonne ist inzwischen höher gestiegen. Es regnet nicht mehr. Der Henker rollt seine Stricke zum Trocknen auf dem Dock aus. Jetzt kommen die Fliegen. Die Soldaten schlagen nach ihnen. Aus der Menge ertönen ungeduldige Rufe. Straßenhändler preisen Erfrischungen an. Aus einem Zelt wird Naschwerk verkauft, an einem anderen kann man Lotterielose erwerben. Ist mir noch ein allerletzter Rum schon nicht vergönnt, dann will ich, dass wir wenigstens die Angelegenheit endlich hinter uns bringen. Doch das Schauspiel kann noch nicht beginnen. Bis zur Ebbe ist es wohl noch eine Stunde. Und die Hauptperson fehlt.

Der Dichter kommt zu uns herüber. Er macht einen missvergnügten Eindruck. Zum einen ist sein Konkurrent, Mr. Barrow, wiederaufgetaucht und redet mit den Franzosen in deren Sprache. Zum anderen steht wohl zu erwarten, dass die heutige Kolportage nur einen Bruchteil des Verdienstes erbringen wird, sollte der Captain darin nicht vorkommen.

»Ist es wahr, dass Mr. Kidd–«, beginnt er.

Doch er kommt nicht weiter, denn diesen Moment hat Thursday, der Wilde, für seine Flucht gewählt. Wie ein Panther springt er aus der Hocke durch die Reihe der Soldaten, dabei einen lauten Schrei ausstoßend. Er windet sich aalgleich durch die Menge, die vor ihm zurückweicht, und stürzt sich in die Themse. All dies mit einer Plötzlichkeit, die für nichts anderes Zeit lässt, als ihm mit offenem Mund nachzustarren.

Nun wäre für uns ebenfalls Gelegenheit, die Verwirrung zu nutzen. Doch kaum bin ich auf den Gedanken gekommen, sind wir schon von den Soldaten eingekeilt und haben die Spitzen von Bajonetten auf den Nasen. Ich höre Gebrüll und Schüsse vom Rand des Docks. Einige Manneslängen vom Pier entfernt taucht der Kopf des Wilden aus der braunen Brühe auf. Ich sehe jetzt, dass seine Flucht, so verheißungsvoll sie auch begann, nicht gut geplant war. Denn Thursday kann nicht schwimmen.

Er schlägt um sich und paddelt wie ein Hund, während die Strömung ihn am Dock vorbeitreibt und Musketenkugeln um seinen Kopf herum das Wasser aufspritzen lassen. Es kommt mir wie ein Wunder vor, dass er noch nicht getroffen wurde. Jetzt wird das Schießen eingestellt. Um den Pier herum hält ein Boot auf den Wilden zu. Sein Kopf verschwindet unter Wasser, taucht dann wieder auf.

»Der arme Narr«, sagt Defoe zu mir. »Vielleicht wäre er begnadigt worden.«

Doch mit den englischen Begnadigungsgepflogenheiten war Thursday wohl nicht vertraut. Die Strömung zieht ihn zur Mitte des Flusses. Immer noch hält er sich irgendwie über Wasser, manchmal ist sein Kopf, manchmal nur eine Hand zu sehen. Im Bug des Bootes, das ihn verfolgt, kniet ein Soldat und zielt mit der Muskete. Ich sehe an der Art, wie er die Waffe gegen die Schwankungen des Bootes abfedert, dass er ein guter Schütze ist. Der Luntenrauch umweht ihn; unbeirrt deutet der Musketenlauf auf die Stelle, wo manchmal der Kopf des Wilden auftaucht. Doch er schießt nicht. Die Männer an den Riemen pullen aus Leibeskräften. Niemand beachtet den Sheriff, der vom Rand des Docks her Anweisungen schreit.

Immer noch drückt der Soldat nicht ab, vielleicht will

er ganz sichergehen. Gewiss hat er dafür gesorgt, dass das Pulver auf der Pfanne trocken ist und gut verteilt; dass der Pulverkanal sauber ist, die Ladung gut gepresst, nicht zu stark und nicht zu schwach, und die Kugel gut gegossen und nachgefeilt, ohne Grat. Doch jetzt lässt er die Waffe sinken. Das Boot hat den Wilden erreicht, die Riemen gehen hoch, Hände packen zu und zerren ihn hinein. Er scheint sich nicht zu bewegen. Ob er aus Erschöpfung gestorben ist oder vorher vom Dock aus getroffen wurde, kann ich nicht erkennen.

Ich bemerke aber, dass er sich regt, während das Boot zurückgerudert wird. So hat das Schicksal ihm doch den Galgen bestimmt. Oder, wie ich hoffe, vielleicht die Gnade des Königs.

»Wie heißt er?«, fragt Defoe mich.

»Thursday.«

»Merkwürdiger Name für einen Wilden.«

»Wir nannten ihn so, denn der Captain hatte ihn an einem Donnerstag erworben. Aber er kam erst am Tag darauf zu uns. Eigentlich müsste er Friday heißen.«

Noch während ich spreche, hat Defoe ein kleines pergamentgebundenes Buch aus seinem Mantel gezogen. »Bitte stört Euch nicht daran, dass ich Notizen mache«, erklärt er. »Details sind es, die der Schriftsteller braucht wie das tägliche Brot. Nicht für Hinrichtungen. Man muss nicht viel wissen über den zum Tode Beförderten, die Tatsache an sich genügt. Anders sieht es aus, wenn man nicht über den Tod schreibt, sondern über das Leben.«

Ich höre ihm nicht recht zu, denn ich weiß plötzlich, was es heißt, gut zu sterben. Der Wilde hat es mir vorgemacht. Er hat eine ähnliche Philosophie wie ich. Doch ich habe mich darauf beschränkt, die Miene eines Gentleman zu bewahren. Er hat gekämpft.

Ich weiß genau, wohin er schwimmen wollte. Die Themse hinab, durch den Englischen Kanal, durch die Biskaya und vorbei an der Westküste Afrikas, dann um das Kap herum bis zu dem fernen Land, in dessen Bergen seine Familie lebt. Warum habe ich mich nicht auch auf die Soldaten gestürzt? Ich kann es immer noch tun. Ich trage keine Ketten mehr. Ich würde nicht weit kommen, aber ist es nicht besser, von sauberem Stahl durchbohrt zu werden, als am Galgen zu baumeln, bis der Kopf angeschwollen ist wie ein Kürbis und die Augen herausfallen?

Und trotzdem sitze ich untätig herum und höre, wie Defoe weiterplappert: »Ein Leben ist nichts Besonderes. Es gibt einfach zu viele davon in London. Deshalb muss man es mit Zutaten würzen. Ein Schriftsteller muss ans Werk gehen wie ein Küchenmeister.« Er weist auf Thursday, der jetzt von zwei Soldaten zu uns herübergeschleift wird, unverletzt offenbar, doch zitternd und vollkommen erschöpft. »Welch seltsames Geschick hat diesen Wilden aus dem fernen Afrika zum Dock von Wapping geführt! Leider kenne ich seine Sprache nicht, sonst würde ich ihn ausfragen. Doch was ist mit Euch? Auch Ihr wart nicht immer Seemann, wie man an Eurer Redeweise merkt.«

Ja, was ist mit mir? Warum zum Teufel kann ich mich nicht rühren, nicht losstürmen, wie Thursday es getan hat? Ist es doch entgegen jeder Wahrscheinlichkeit die Hoffnung auf Begnadigung, die mich lähmt? Oder vielleicht die Furcht, eine lächerliche Figur abzugeben?

»Mr. Kreutzner, was habt Ihr getan, bevor Ihr Pirat wurdet?«

»Mein Beruf, Sir, ist Bibliothekar, wenn es mir auch nicht vergönnt war, diesen je praktisch auszuüben. Stattdessen wurde ich Bergknappe, dann Matrose, Hauslehrer, Kanonier und einmal sehr kurz muslimischer Imam.«

»Ihr seid demnach kein Christ, Sir?«

»Umstände veranlassten mich zu konvertieren.«

Das scheint Defoe nicht sonderlich zu schockieren. »Wollt Ihr mir in der Zeit, die noch bleibt, von diesen Umständen berichten? Oder von anderen Ereignissen Eures Lebens?«

Mein Leben währte einundzwanzig Jahre, doch die meisten waren nicht ereignisreich. Ich stelle mir Defoe vor, wie er in seiner Dichterklause sitzt, vor sich ein großes Tintenfass, und aus den Zutaten, die er von mir erhalten hat, Geschichten zubereitet. Sicher nicht die Geschichte meines Lebens. Aber vielleicht wird manches davon in andere Erzählungen eingehen und aufgeschrieben werden. Papier überdauert viele Menschenalter. Dann könnte etwas von unserem Leben erhalten bleiben, von mir, vielleicht auch von Thursday, von Annika und von Sahir. Wenn schon nicht als gedrucktes Buch – Defoe scheint kein sonderlich bekannter Autor zu sein –, dann wenigstens in Gestalt eines vergilbten Manuskripts in irgendeiner Sammlung.

Defoe blickt mich erwartungsvoll an, den Bleigriffel gezückt wie einen Dolch.

2

Freiberg, Mark Meißen, 1695

Die Stadt Freiberg gibt es zweifach. Das helle Freiberg liegt über der Erde, das dunkle darunter. Aufgewachsen bin ich in der hellen Stadt, dem Schrecken begegnete ich in der dunklen. Diese besteht aus vielen Meilen von Schächten, Gängen und Kavernen, in denen das Silber geschürft wird, Freibergs Lebenselixier.

Die größte der Silbergruben gehört dem Ratsherrn Balthasar Kreutzner, meinem Vater. Er betreibt sie aufgrund landesfürstlichen Privilegs, dazu ein Pochwerk, eine Silberhütte und mancherlei andere Unternehmungen. Kommt ein Reisender nach Freiberg, muss er als Erstes den Brückenpfennig entrichten, der in meines Vaters Säckel wandert. Dann darf er auf der Brücke meines Vaters über den Kanal reiten, den mein Vater von der Milda abzweigen ließ. Der Kanal leitet die Strömung des Flusses zu den sechs riesigen Wasserrädern an der Grube. Zwei von diesen treiben das Pochwerk an, zwei weitere die Pumpen, die die Schächte trocken halten. Die beiden letzten aber bewegen über ein System von Schubstangen, Wellen und Ketten jene furchtbare unterirdische Maschine, der mein Vater den Großteil seines Reichtums verdankt.

Der Reisende wird sein Pferd wahrscheinlich in den Gestallungen meines Vaters einstellen. Von dort weist man ihn stets zum Gasthof meines Vaters, der vielleicht nicht der beste, aber gewiss der größte in Freiberg ist. Bekommt der Gast eines der hinteren Zimmer, so blickt er aus dem Fenster direkt auf das Dock, das mein Vater am Ufer der Milda errichten ließ, zusammen mit einem hölzernen Ladegerüst. Lastkähne bringen die Silberbarren meines Vaters flussabwärts über die Milda und die Elbe nach Hamburg. Dort wird das Silber in Fleuten umgeladen. Sie liefern es nach London und Amsterdam, den großen Seehäfen, in denen auch die Waren aus den Kolonien eintreffen. Und für die Seide und das Porzellan, für Jute, Kaliko, Zimt, Pfeffer und Opium bezahlt man in Sterling oder Gulden, geschlagen aus dem Silber meines Vaters.

Als ich fünfzehn wurde, ließ er mich rufen und hielt mir eine Rede. »Du lebst«, sagte er, »als ein Nichtsnutz in meinem Hause. Kein Wunder, dass der Herrgott deine Mutter so früh zu sich gerufen hat, damit sie das nicht mehr mitansehen musste. Um ihren letzten Wunsch zu erfüllen, habe ich Unmengen Geld für deine Bücher und deine Erziehung ausgegeben. Ich habe sechs Hauslehrer bezahlt, die dir alle möglichen brotlosen Künste eingebläut haben. Zudem noch Latein, was ich besonders bereue, denn es ist nutzlos fürs Geschäft. Stattdessen hat es dich zu deiner verfluchten Lesewut verführt!« Erregt über seine eigene Rede, schlug er mit der flachen Hand auf sein Pult. »Immerzu sitzt du mit irgendeinem Buch in deiner Kammer. Oder beim Buchhändler Brachvogel, der dich trotz meines Missfallens in seinen Beständen lesen lässt. Nie sehe ich dich bei der Grube oder am Berg. Mit der Welt willst du nichts zu tun haben. Ich habe einen Stubenhocker und Bücherwurm großgezogen!«

Ich wusste nichts zu entgegnen, denn er hatte im Grunde recht. Die Welt war mir allzu laut, die Menschen fand ich schwer zu deuten und den Umgang mit ihnen mühsam. Nur die Bücher sprachen zu mir in klarer Rede. Beim Lesen besonderer Absätze war mir zuweilen, als würde Nebel sich lichten und die Sonne plötzlich heller scheinen.

»Was soll aus dir werden? Antworte mir gefälligst!«, verlangte mein Vater.

»Bibliothekar«, schlug ich vor.

»Unsinn! Dein Großvater war Steiger, ich war Steiger, und auch du wirst dieses ehrsame Handwerk erlernen. Die Arbeit macht vielleicht einen Mann aus dir. Vor allem sollst du den Blick für das Silber lernen! Den brauchst du, sobald du das Geschäft übernimmst. Du musst dann auch dort erkennen, wo Silber zu holen ist. Ich wollte nur, ich könnte mein Lebenswerk einem Würdigeren übergeben.«

Das hätte auch ich vorgezogen. Seine Geschäfte kümmerten mich wenig, denn mein Leben gehörte allein den Büchern. Mir schwante zudem, dass dieser Blick für das Silber nur mit Mühsal und Gefahren erworben wird.

Mein Vater deutete zur Tür. »Mach dich bereit, Richard. Morgen früh fährst du in den Berg ein und lernst das richtige Leben kennen. Deine Bücher brauchst du jetzt nicht mehr. Sie gehören ohnehin mir, denn ich habe sie bezahlt. Ich werde sie alle verbrennen.« Und als ich den Mund noch zu einem Einwand öffnen wollte, sah er mich an, fuhr sich durch den Bart und runzelte die Stirn in einer solchen Weise, dass ich es mir anders überlegte.

Ich besaß nicht viele Bücher, doch diese waren mir lieb und teuer. Den Rest des Tages verbrachte ich in stiller Verzweiflung damit, die wichtigsten davon zu verstecken, den Boethius, den Aurelius und das allerneueste Werk, Newtons »Principia Mathematica«, das ich begonnen, aber bisher noch nicht recht verstanden hatte. Bekanntlich unterscheidet man unterhaltsame und gelehrsame Bücher sowie unbedeutende und bedeutende. Die Zahl der letzteren beläuft sich auf fünftausend. Ich hatte berechnet, dass meine Lebenszeit zum Lesen aller fünftausend durchaus genügen würde. Aber nicht, wenn ich sie in der Grube oder im Kontor verbringen musste.

Natürlich verbrannte mein Vater die Bücher nicht. Er verkaufte sie zurück an Heinrich Brachvogel, den Buchhändler von Freiberg, und erzielte damit wohl noch ein hübsches

Sümmchen. Nur die Lutherbibel war mir verblieben und die drei Bücher, die ich versteckt hatte.

Jeden Tag fuhr ich nun vor Sonnenaufgang in den Schacht ein, zusammen mit den anderen Bergleuten. Ich kam mit ihnen nur allmählich zurecht. Den Gebrauch ihrer Werkzeuge lernte ich schnell, doch ihre Reden und Scherze waren mir anfangs wie eine fremde Sprache. Aber alle zeigten viel Geduld mit mir. Vor allem der Schachtmeister behandelte mich bevorzugt, vielleicht aus Gutmütigkeit, vielleicht aus Respekt vor meinem Vater. Jedenfalls ließ er mich anfangs nur die Hunde schieben, mit denen taubes oder erzhaltiges Gestein zum Schacht gekarrt wurde. Später schickte er mich in die höffigen und gut ausgebauten Erzgänge. Er ersparte mir die Knochenarbeit im Vorbau, wo die Männer kniend mit schweren Hämmern aufs Gestein hauen und trotzdem den Gang am Tag nur einige Handbreit vorantreiben.

Mit der Zeit erwarb ich neben Schwielen an Händen und Knien tatsächlich den Blick für das Silber, das dort unten keineswegs hell glänzt. Vielmehr zieht es sich in Gestalt feiner schwarzer Fäden durchs Gestein, wie verschlungene Graswurzeln. Ich besaß auch das Privileg, bereits nach zehn Stunden Arbeit ausfahren zu dürfen. Den Rest des Tages bekam ich Unterricht in der Buchhaltung und in Holländisch und Englisch, den Sprachen unserer Geschäftspartner. Ich hätte mich wohl irgendwann an all dies gewöhnt, wäre ich nicht dort unten im Berg jeden Tag meinem persönlichen Schrecknis begegnet, jener furchtbaren Maschine im Schacht.

Manchen, der zum ersten Mal einfährt, erfasst panische Angst vor den engen Kriechgängen, vor dem starren Fels, der ihn von allen Seiten bedrängt. Er kann plötzlich nicht mehr atmen. Er lässt sein Werkzeug fallen, sinkt totenbleich zu Boden. Man muss ihn bergen wie einen Verunglückten. Doch von diesem Grauen vor engen Räumen war ich verschont. Der Gegenstand meiner Furcht war die schwedische

Fahrkunst. Hätte ich über sie in einem Buch gelesen, so hätte sie mich gewiss begeistert. Doch es war etwas ganz anderes, ihr leibhaftig ausgesetzt zu sein.

Ein Meisterkonstrukteur aus Gotland, Magister Christopher Polhem, hatte sie meinem Vater in den Schacht eingebaut. Es gab, außer vielleicht in Schweden, sonst nirgendwo auf der Welt eine solche Maschine. Und so sollte es nach dem Willen meines Vaters auch bleiben. Wie jeder Bergmann hatte ich ihm schwören müssen, niemals außerhalb der Grube über die Fahrkunst zu reden.

Zu Gregori 1697 begann die Schneeschmelze früher und heftiger als sonst. Es regnete in Strömen. Alle Wassergruben waren gefüllt, in den Zuläufen schäumte und zischte es, und überlaufendes Wasser aus dem Kanal hatte den Bereich um das Huthaus in einen Morast verwandelt. Die Wasserräder klapperten wie rasend und hielten mich die ganze Nacht wach. Am Morgen nahm ich all meinen Mut zusammen. Ich ließ mich bei meinem Vater melden, klopfte an und betrat das Kontor.

»Vater«, sagte ich, »vielleicht ist es besser, heute einen Feiertag auszurufen.«

Er kniff die Augen zusammen und sah mich an, als könne er meine Worte nicht fassen.

»Das Wasser steht zu hoch. Die Räder gehen zu schnell. Die Fahrkunst ist nicht sicher.«

»Ist das«, fragte mein Vater langsam, »auf deinem eigenen Mist gewachsen, oder hast du mit dem Schachtmeister gesprochen?«

»Ich habe mit ihm gesprochen, Vater. Er sagt, die Maschine sei schon lange nicht mehr hergerichtet worden. Die Ketten rosten. An manchen Stangen sind die Verbindungsstücke schon so morsch, dass er sein Messer hineinstecken kann.«

Mein Vater saß hinter seinem eichenen Schreibpult, vor sich ein aufgeschlagenes Rechnungsbuch, in der Hand den Gänsekiel; diesen legte er jetzt zur Seite. Ich sah, wie sein roter Bart, der gleich einem Knebel die weiße, steife Halskrause hinunterdrückte, zu zittern begann.

Um seiner Wut zuvorzukommen, sagte ich rasch: »Nehmt es als eine gute Gelegenheit, Vater. Ihr könnt die Räder anhalten und die Maschine ausbessern, bis der Wasserspiegel wieder sinkt.«

Er sprang auf. Sein Gesicht hatte jetzt die Farbe seines Bartes angenommen. »So!«, schrie er. »Die Räder anhalten, jetzt, wo der Markt überschwemmt wird mit spanischem Silber? Warum hat mich der Herrgott mit dir geschlagen? Deine Mutter hast du auf dem Gewissen, und mir machst du nichts als Ärger. Du wirst heute einfahren. Und wenn ich dich zum Schacht prügeln muss!« Sein Geschrei versetzte mich in eine Schreckstarre, und noch bevor ich mich wieder rühren konnte, stürzte er an mir vorbei, riss die Tür auf und brüllte: »Röhling!«

»Ja, Herr?«, erwiderte der alte Schachtmeister. Er hatte vor dem Kontor gewartet, die Lederhaube in der Hand.

»Wag es nicht, die Räder anzutasten! Je mehr Wasser vom Berg herabkommt, desto schneller müssen die Räder laufen, um es herauszupumpen! Bist du denn zu dumm, um das zu verstehen? Oder willst du, dass die Grube absäuft?«

»Nein, Herr«, sagte der Schachtmeister und drehte die Haube in seinen Händen.

»Gut. Mein Sohn fährt heute als Erster ein. Du sorgst dafür!«

Dann stieß er mich grob durch die Tür und schlug sie hinter mir zu.

Schweigend gingen wir zum Huthaus hinüber. Dort warteten die anderen Bergleute. Der Schachtmeister setzte seine Lederhaube auf, rieb seinen Bart und versuchte, ein gestrenges Gesicht zu machen. Am Horizont wurde es bereits hell. In einer halben Stunde würde die Sonne aufgehen. Am Kanal hinter dem Huthaus drehten sich die Räder so schnell, dass feiner Wassernebel sie umhüllte.

Das Huthaus war ein hoher Holzbau, den man über dem Schacht errichtet hatte. Ein Anbau barg die Gezähekammer mit den Hacken und Fäusteln. Im Hauptraum gähnte der Eingang im Boden. Die Bergleute standen um den Schacht herum und blickten uns entgegen. Alle hatten schon ihr Lederzeug angelegt. Die meisten kannte ich mit Namen, doch in dem schwachen Licht der Talglampen konnte ich ihre Gesichtszüge nicht erkennen, nur die Augen und die Bärte, die aus den Kapuzen ragten.

»Konrad, du fährst als Zweiter«, sagte der Schachtmeister. Konrad war sein Sohn, ein Jahr älter als ich und das Musterbild eines Bergmanns, bärenstark und geschickt mit Werkzeugen. Aber nicht deshalb beneidete ich ihn, sondern um den herzlichen und heiteren Umgang, den er mit seinem Vater pflegte.

Aus dem Schacht drang der Lärm der Fahrkunst. Wie rasende Fäuste stießen die beiden Fahrstangen wechselweise aus der dunklen Öffnung hervor. Die Stangen reichten dreihundert Klafter hinab bis zur untersten Sohle. Sie waren aus Fichtenstämmen zusammengefügt und hingen mit Ketten an dem eisernen Radkranz über unseren Köpfen, der von den Wasserrädern über Schubstangen hin- und herbewegt wurde. So schwangen die Stangen mit einem Hub von zweieinhalb Klaftern wechselweise auf und ab. In Abständen trugen sie Stifte, in die man Lasten einhängen, und eiserne Stege, auf denen man stehen konnte. Die linke Fahrstange wurde von den Bergleuten »Lea«, die rechte »Rachel« genannt, was Anlass zu vielerlei Scherzen gab. Allein mir war dabei nicht spaßig zumute.

Die Entfernung zwischen den Stangen betrug drei Schuh. Dadurch konnte man in dem Moment, in dem die Stege sich gegenüberlagen, mit einem langen Schritt von Lea zu Rachel hinübersteigen oder von Rachel zu Lea. Nach hundertdreiunddreißigmal Umsteigen war man so auf dem Grund des Schachtes angelangt. Mit den herkömmlichen Fahrten, den hölzernen Leitern von Sohle zu Sohle, hätte der Abstieg eine Stunde gedauert und der Aufstieg zwei. Die Fahrkunst sparte den Bergleuten keine Zeit, denn dafür mussten sie unten umso länger arbeiten. Aber meinem Vater machte sie die Grube um vieles einträglicher.

Diese Maschine war unser Berggeheimnis, dessen Verrat mit schlimmen Strafen bedroht wurde. Die schlimmste Strafe schien mir jedoch die Fahrkunst selbst. Denn ich hatte Angst vor Lärm, vor dem wütenden Rasseln und Poltern der Maschine, vor allem aber vor Höhen. Die Stege waren kaum größer als eine Leitersprosse und stets nass und rutschig. Es gab zweimal am Tag hundertdreiunddreißig Gelegenheiten zu einem Fehltritt und einem Hunderte Klafter tiefen Sturz.

Schweigend sahen die anderen zu, wie ich mir Lederschurz, Stiefel und Haube anzog. Alle wussten um meine Höhenangst und wollten es mir leicht machen. Anfangs hatte der eine mir das Gezäh abgenommen und in seinem eigenen Gürtel verstaut, ein anderer mein Berglicht entzündet und an meinem Halsriemen festgemacht, was ich mit den zitternden Fingern nicht zuwege brachte. Mittlerweile war dies nicht mehr nötig. Die Gewohnheit vieler Monate hatte meine Angst nicht gemindert, aber ich hatte gelernt, sie halbwegs zu beherrschen. Doch allen war klar, dass es heute nicht leicht werden würde.

Der Schachtmeister sprach das Morgengebet. Dann machte ich mich links vom Schacht bereit, Konrad rechts. Wir fuhren stets wechselweise ein, mit einem leeren Steg Abstand, denn das Gewicht musste auf den Stangen gleichmäßig verteilt sein.

Lea schoss aus der Tiefe. Ich wartete den Moment ab, in dem sie einen Herzschlag lang verharrte, und trat auf ihren obersten Steg. Während ich die Stange mit beiden Armen umklammerte, fiel sie wieder hinab. Es wurde dunkel, und der Geruch vom feuchten Gestein umfing mich. Der Fahrtwind blähte meinen Lederschurz. Dann hatte Lea den tiefsten Punkt erreicht, und ich trat mit dem Fuß nach rechts, wo ich den gegenüberliegenden Steg von Rachel wusste. Meine Augen waren noch nicht an die Dunkelheit gewöhnt. Blind stieg ich hinüber und fuhr mit Rachel die nächste Strecke hinab.

Ich bemerkte sofort, dass die Stangen sich anders bewegten als sonst. Normalerweise schwangen sie wie Pendel, doch heute stießen sie auf und ab wie giftige Schlangen. Der Ruck am Ende jeder Bewegung ging mir durch Mark und Bein. Jedes Mal schallte ein lautes Knacken durch den Schacht. Über mir sah ich die Berglichter der anderen, unter mir hatte ich dreihundert Klafter Abgrund. Schatten tanzten über die Felswand, wenn im Augenblick des Stillstands alle Bergleute zugleich die Stangen wechselten.

Konrad, der direkt nach mir einfuhr, gefiel sich darin, an nur einem Arm hängend von Stange zu Stange zu schwingen. Wenigstens konnte er sehen, wohin er trat, im Gegensatz zu mir, dem kein Vormann den Steg beleuchtete. Tief unten zwischen meinen Füßen erkannte ich jetzt schwach das Licht der Schachtsohle. Ein Drittel der Strecke hatte ich hinter mir. Doch wie eine böse Antwort auf diesen Gedanken kam von unten ein Klirren, dann ein lauter Schlag. Die Luft war plötzlich voller Staub. Mit einem furchtbaren Ruck stand die Fahrkunst still.

Ich umklammerte Lea mit aller Kraft, sonst wäre ich hinabgeschleudert worden. Etwas traf mich am Kopf. Mein Fuß wurde vom Steg gerissen. Ich rutschte ab und konnte mich gerade noch mit dem rechten Knie auf den Steg abstützen. Eine Riesenlast zerrte mein linkes Bein in die Tiefe.

Im schwachen Licht meiner Berglampe sah ich Konrad. Er hielt meinen Fuß umklammert, während er über dem Abgrund baumelte. Er hatte die Hand in den Riemen gekrallt, der meinen Stiefel verschnürte. Seine eigene Lampe fiel den Schacht hinab, ein Funke, der sich in der Tiefe verlor.

»Hilf mir!«, schrie Konrad. Er blickte zu mir herauf, doch sein Gesicht war nur ein weißer Fleck in der Dunkelheit.

»Konrad!«, rief sein Vater von oben. »Wo bist du?«

Ich hielt den Arm fest um die Stange geschlungen, doch

Konrads Gewicht zog mich unerbittlich herunter. Der schlammbeschmierte Steg bot meinem Knie kaum Halt. Unter dem Steg sah ich keine Stange mehr. Das morsche Holz war dort weggebrochen. Die Nachbarstange stand schief und hatte sich in die Schachtwand gebohrt.

»Konrad!«, schrie ich. »Versuch, auf die Leiter zu kommen! Ich kann mich nicht mehr lange festhalten!«

Neben den Stangen hing die alte Leiter an der Schachtwand, die feste Fahrt, die man früher benutzt hatte. Ich sah, wie er es versuchte. An meinem Stiefel hängend pendelte er hin und her, um mit dem Fuß eine Sprosse zu erreichen. Doch die Leiter war außerhalb seiner Reichweite. Ich selbst hielt Lea mit einem Arm umklammert, trotzdem rutschte mein rechtes Knie langsam von dem schlüpfrigen Steg.

»Konrad, noch einmal!«, brüllte ich hinunter. Dabei versuchte ich, ihn zur Leiter hinüberzuschwingen. Aber vergebens, der Abstand war zu groß, und ich hatte keine Kraft mehr in dem Bein. Ich beugte mich hinab, so tief es ging, und streckte die freie Hand aus. Konrad griff danach, dann gab es ein knallendes Geräusch. Der Stiefelriemen war gerissen. Mein Bein war plötzlich frei, der Stiefel weg. Vor Schwäche zitternd zog ich mich auf den Steg zurück.

»Konrad! Antworte doch!«, rief der Schachtmeister wieder von oben. Ich starrte hinunter und hoffte, ihn irgendwo an einer Sprosse oder einem Vorsprung zu entdecken. Doch so tief ich in den Schacht blicken konnte, ich sah nichts. »Konrad!«, schrie jetzt auch ich, doch ich hörte nur das Echo und das Tropfen von Wasser, da die Pumpen stillstanden. Außer diesem Geräusch war da nur noch eine fürchterliche Stille.

Irgendwann sah ich den Schachtmeister die feste Fahrt an mir vorbei hinabsteigen, mit starren Bewegungen wie ein Schlafwandler. Einer nach dem anderen kamen die Bergleute ihm nachgestiegen. Ich sah ihnen nach, wie ihre Lichter in der Tiefe des Schachts verschwanden. Es war klar, was sie unten finden würden. Als ich endlich meine Kräfte gesammelt hatte, stieg auch ich zur Leiter hinüber und machte mich mit zitternden Gliedern an die Auffahrt.

Während der Vorsteiger meinem Vater berichtete, saß ich auf einem Schemel im Kontor und versuchte, ruhiger zu werden. Der Vorsteiger schilderte den Hergang. An Leas unterem Ende hing ein steingefüllter Korb als Gegengewicht. Seine Kette war gerissen, das ungleiche Gewicht hatte den Radkranz blockiert und der Ruck beide Stangen brechen lassen. All dies war mir jetzt bedeutungslos.

Mein Vater hörte dem Bericht schweigend zu. Er sah nicht ein einziges Mal zu mir herüber. Der Vorsteiger ging, um den anderen zu helfen.

»Ihr habt Konrad auf dem Gewissen«, sagte ich zu meinem Vater, »durch Euren Geiz. Ich auch, denn ich war zu feige. Ich hätte Euch trotzen sollen. Ich werde in die Fremde gehen und endlich tun, was meine Bestimmung ist, und die Grube ist es ganz sicher nicht.«

»Ich höre von dir viele Sätze«, sagte mein Vater mit finsterem Blick, »die mit ›Ich‹ beginnen. Nur das Wort ›Sohnespflicht‹ kommt nie über deine Lippen. Angst vor Unfällen muss man überwinden. Darum fährst du morgen früh wie alle anderen wieder in den Berg ein, auf der festen Fahrt, bis die neue wieder geht. Fortlassen kann ich dich sowieso nicht. Du würdest dem Erstbesten das Berggeheimnis verraten.«

»Ob fort oder nicht, ich werde jedenfalls Eure verfluchte Grube nie wieder betreten.«

In meines Vaters Gesicht begann es wieder zu zucken, doch er beherrschte sich.

»Du bist im Moment außer Sinnen. Ich gebe dir Zeit zum Nachdenken. Morgen früh will ich dich an der Grube sehen.«

Ich atmete tief ein, wappnete mich und sagte: »Da werdet Ihr lange warten müssen, Vater. Von Euch lasse ich mir nichts mehr befehlen.«

Jetzt sprang er auf, das Gesicht von Wut entstellt. Er packte mich am Arm und zerrte mich aus dem Kontor die Treppe hinab in den Keller, zu einem finsteren Gelass, in welchem früher des Winters die Kartoffeln aufbewahrt wurden. Dort stieß er mich hinein.

»Hier wirst du über deine Pflicht nachdenken!«

Damit warf er die Tür zu, und ich hörte, wie er sie verriegelte. Das Verlies war kalt und stockfinster und roch nach Salpeter und alten Kartoffeln. Die einzige Möblierung waren Kistenbretter in einer Ecke. Ich setzte mich auf den Boden, entschlossen, mich dem Willen meines Vaters diesmal nicht zu beugen. So wartete ich. Und richtig, nach einiger Zeit hörte ich wieder den Riegel. Mein Vater stand in der Tür, eine Kerze in der Hand.

»Hast du es dir überlegt?«

Ich gab keine Antwort. Mein Vater geriet wieder in Wut. »Du Hund! Alles, was du wert bist, hast du schon bei deiner Geburt aufgebraucht. Dein jämmerliches Leben, eingetauscht gegen das deiner Mutter! Wahrhaftig ein schlechter Tausch. Heute wurde dein Leben wieder getauscht, gegen das eines hundertmal besseren Bergmanns. Dein Leben ist jetzt weit über Wert bezahlt. Mühe dich gefälligst, wenigstens einen Teil dieses Werts wieder zu erbringen!«

Ich antwortete nicht. Er schlug wieder die Tür zu. Es verging eine lange Zeit, in der ich weiter über den Unfall nachgrübelte sowie über meinen Vater und meine Zukunft. Dann, im Dunkel des Kartoffelkellers, begann Gott, zu mir zu sprechen.

Als ich ein Kind war, hatte Er ständig mit mir geredet, doch keineswegs freundlich, sondern eher wie mein Vater. So hatte ich Ihm eines Tages einen festen Platz in meinem Herzen zugewiesen. Ich sagte zu Ihm: »Herr, dieses Zimmerchen ist allein für Euch. Bleibt darin und verhaltet Euch fortan ruhig, sonst bekommt Ihr großen Ärger.« Ich stellte mir vor, dass Gott seitdem in seinem Zimmerchen saß und auf eine Gelegenheit wartete. Und die war jetzt wohl gekommen. Denn Er sprach wieder zu mir, laut und deutlich.

»Du sollst nicht töten. Und doch hast du deinen Bergkameraden umgebracht.«

»Das war ein Unfall!«

»Du wolltest den Riemen deines Stiefels lösen und ihn in den Abgrund stürzen lassen, um dich selbst zu retten.«

»Ihr lügt, Herr! Ich wollte ihm die Hand reichen, um ihn hochzuziehen.«

»Du weißt genau um deine Schuld. Du wolltest vor ihr davonlaufen und deinen Vater verlassen. Du hältst dich für besser als er, doch du bleibst sein Sohn. Was er ist, das bist auch du.«

Darauf wusste ich keine Antwort, und Gott fuhr triumphierend fort: »Darum sollst du deinem Vater stets gehorchen. Denn er weiß, was für dich das Beste ist.«

»Genug davon! Ich bin frei von meinem Vater. Ich folge seinem Willen niemals mehr. Das schwöre ich jetzt bei Eurem Namen!«

Dies ließ Gott verstummen. Zusammengekauert auf dem Boden, schlief ich irgendwann trotz der Kälte ein. Im Schlaf kam es mir vor, als sei ein Untier vor meiner Tür, eine Bestie, die polterte und scharrte und gegen die Tür stieß, um hereinzukommen. Schließlich weckte mich ein dumpfer Schlag. Ich lauschte. Schon wieder scharrte es an der Tür. Es war kein Traum gewesen. Mir kam der Gedanke, mein Vater habe womöglich einen wilden Hund oder einen Keiler in den Keller gesperrt, um mein Entkommen zu verhindern. Etwas schlug noch einmal gegen die Tür, dann war es still. Ich wartete, hörte aber nichts mehr.

Schließlich tastete ich mich vorwärts. Was immer da draußen war, verhielt sich ruhig. Ich stellte meinen Fuß an die Tür und zog vorsichtig. Die Tür war nicht mehr verriegelt. Doch als ich sie einen Spalt geöffnet hatte, sah ich dahinter nichts. Nur undurchdringliche Dunkelheit. Ich tastete und erspürte rauen Stein.

Die Türöffnung war zugemauert worden. Das war das

Scharren gewesen, das ich im Schlaf gehört hatte. Die Mauer bestand nicht etwa aus Ziegeln, sondern aus schweren Schlackesteinen. So mauert man für die Ewigkeit.

Ich konnte jetzt unter mir am Boden einen schwachen hellen Fleck ausmachen. Dort fehlte ein Stein und ließ eine Öffnung von vielleicht zwei Handbreit. Flach auf dem Bauch liegend, spähte ich hindurch. Das Kellergewölbe wurde von einer Laterne auf einem Weinfass schwach erhellt. Mein Vater stand in der Mitte des Raumes, eine Kelle in der Hand. Er musste die ganze Nacht gemauert haben.

»Um Gottes willen, Vater!«

»Ja«, sagte er, »um Gottes willen.« Er kehrte mir den Rücken zu, nahm die Laterne und stieg damit die Kellertreppe hinauf. Der Lichtschein verschwand.

3

Freiberg, März 1697

Jeden Morgen brachte Bertha Scherflein, unsere Köchin und Bedienstete, einige Kanten Brot und einen Krug Wasser in den Keller. Daran erkannte ich, dass wieder ein Tag vergangen war. Sie schob die Sachen durch die Lücke in der Mauer und leerte den kleinen Eimer, der mir für die Notdurft diente. Ich hatte sie überredet, mir aus meinem Buchversteck den Aurelius und den Boethius in den Keller zu schmuggeln, dazu Kerzen und Feuerzeug. Beide Bücher hatte ich schon vor Jahren gelesen. Doch erst jetzt verstand ich sie richtig.

Marcus Aurelius lehrte, alle Unbill des Schicksals mit Gleichmut zu ertragen. Diese Philosophie hatte mich beeindruckt, und ich hatte versucht, sie mir zu eigen zu machen. Noch mehr aber sagte mir des Boethius' »Consolatio philosophiae« zu, geschrieben vor mehr als tausend Jahren. Ich spürte eine Verbundenheit mit diesem Mann, dem Ratgeber eines längst vergessenen Gotenkönigs. Auch er hatte aufgrund der Laune eines Tyrannen im Kerker gesessen. Dort hatte er das Buch verfasst. Was weiter mit ihm geschah, wo er herkam und wie er starb, ging im Dunkel der Jahrhunderte verloren und vergessen. Doch durch das Buch sprach er zu mir, als säße er neben mir. Er hatte geschrieben: »Im Unglück ist es das größte Missgeschick, glücklich gewesen zu sein.«

Beim Bücherlesen war ich sicher glücklich gewesen. Doch es war ein zerbrechliches Glück, denn es hing stets von der Gnade meines Vaters ab. Alle paar Tage kam er nun in den

Keller, schlug gegen die Mauer und rief: »Wirst du jetzt deine Pflicht tun?«

Ich hätte nur zu antworten brauchen. Aber das Einzige, das ich tun konnte, um ihn zu treffen und zu bestrafen, war schweigen.

Während mir ein Bart spross und mein Haar wuchs und Läuse sich darin einnisteten, zählte ich die Tage mittels Kerben, die ich in die salpeterbedeckte Wand ritzte. Gott ließ nichts mehr von sich hören. Stattdessen wurde ich vertraut mit einer Maus und etlichen Spinnen, mit denen ich den Keller teilte. Irgendwann gab ich es auf, mit dem Stahlplättchen meines Feuerzeugs am Mörtel zu kratzen oder die Wände nach schwachen Stellen abzuklopfen. Nur in der Phantasie kann man auf diese Weise aus Kerkern entkommen. Irgendwann hatte ich auch den Boethius und den Aurelius viermal gelesen. Ich hätte Frau Scherflein bitten können, mir auch noch den Newton aus meinem Versteck zu holen. Doch ich wollte ihn nicht im Kerker lesen. Ich hatte die Vorstellung, eines Tages wieder frei zu sein, und für diesen Tag wollte ich ihn mir aufsparen.

Die Kerzen waren schließlich verbraucht, ebenso der Zunder. Im Dunkeln stellte ich mir vor, ich sei in einer geisterhaften Bibliothek. Die Wände um mich herum seien voller Bücher, doch um sie lesen zu dürfen, müsse ich erst zu einem Geist werden, zu einem körperlosen Wesen. Dann würde ich, wenn mein Vater wieder einmal an die Mauer schlug, durch die Steine hindurchgreifen können wie durch Rauch. Ich würde ihn an seinem Bart packen und mit seinem Spitzenkragen erwürgen, und dann wäre ich wirklich frei.

Eines Tages hörte ich aus der Ferne einen Hund bellen. Er bellte in einem fort, sodass ich wünschte, er würde aufhören. Das Geräusch aus der Außenwelt drang wie Nägel in meinen Kopf. Der verdammte Hund wollte irgendwohin oder von irgendwo weg, aber etwas hielt ihn fest. Wahrscheinlich war er angekettet oder eingesperrt wie ich. An seiner Stelle wäre ich einfach still gewesen, hätte mich scheinbar gefügt, dann die Gelegenheit genutzt.

Das brachte mich ins Grübeln. Ich konnte das Gleiche tun. Mein Vater hatte mir zwar nur die Wahl zwischen Kerker oder Grube gelassen. Aber ich musste dieser Regel nicht folgen. Frei von ihm, konnte ich mir meine eigenen Regeln machen.

Am gleichen Tag, kaum dass ich meinen Vater im Kellergewölbe hörte, krächzte ich: »Ja!«

»Wirst du jetzt deine Pflicht tun?«

»Ja!«

Mein Vater schwieg, offenbar überrascht von meinem Sinneswandel. Dann sagte er: »Die verdammten Spanier haben jetzt die neuen Fregatten, die das ganze Jahr über fahren. Sie fluten die Welt mit ihrem Silber. Sie haben den Preis verdorben. Darum gilt es jetzt, doppelte Arbeit zu leisten.«

»Was ich tun muss, werde ich tun.«

»Du fährst morgen früh wieder ein. Alle arbeiten jetzt fünfzehn Stunden unter Tage. Für dich gibt es keine Ausnahme.«

»Gewiss. Ich erwarte keine.«

Die Mauer vor der Tür erwies sich als zu fest, deshalb wurde eine Seitenwand des Kellers mit Hämmern eingeschlagen. Zum ersten Mal seit Wochen sah ich wieder das Tageslicht, das mich anfangs so blendete, dass ich kaum die Augen öffnen konnte. Meine Läuse ertränkte ich im Waschzuber, schabte mir den Bart ab, so gut es ging, trug wieder saubere Kleidung und lag am Abend auf sauberen Laken. Ich wartete bis Mitternacht. In fünf Stunden würde die Arbeit in der Grube beginnen.

Ich erhob mich und schlich durch das dunkle Haus. In der Küche wählte ich das schärfste Messer, das ich finden konnte. Dann begab ich mich zu meines Vaters Schlafkammer. Dort sah ich ihn im hellen Mondlicht auf dem Bett liegen, die Nachtmütze auf dem Haupt, die Bartbinde am Kinn. Ich trat ans Bett und blickte auf ihn hinunter. Er schlief unruhig, murmelte, ballte die Faust, zuckte, als wolle er eine Fliege verscheuchen. Ich hob das Messer und durchtrennte die Lederschnur, die er um den Hals trug, mit dem Schlüssel zu seinem Geldschrank.

Dann hielt ich den Atem an und wartete, den Schlüssel in der einen Hand, das Messer in der anderen. Ich weiß nicht, was ich getan hätte, wenn mein Vater aufgewacht wäre. Doch er wälzte sich nur herum und schlief weiter. Als ich die Tür leise hinter mir zuzog, war mir, als würde ich damit auch die Fesseln und Ängste vieler Monate zurücklassen.

Im Kontor öffnete ich den eisernen Geldschrank. Darin steckten viele Papiere in Fächern, und ganz oben lag der fette Lederbeutel mit den Wochenlöhnen. Den stopfte ich unter meinen Gürtel. Ich wollte den Raum schon verlassen, da kam mir noch ein Gedanke.

Ich lauschte. Im Haus blieb es still. Ich nahm eine Wechselurkunde aus dem Geldschrank und eine Schreibfeder vom Pult, schüttelte das Tintenfass, tauchte die Feder ein und schrieb auf die Rückseite des Wechsels:

Herr Vater!
Ihr seid mir kein guter Vater gewesen. Nur wegen der Bücher, die Ihr mir früher gegönnt, und der Unterrichtung, die mir zuteilwurde, habe ich Euch nicht abgestochen wie ein Schwein. Was ich leicht hätte tun können und was man mit schäbigen Tyrannen allemal tun sollte. Da Euch sonst niemand die Wahrheit sagt, so wisset denn von mir: Vielleicht mögt Ihr ja ein schlauer Geschäftsmann sein, aber im Übrigen seid Ihr ein elender Geizhals, ein Hundsfott und schändlicher Charakter, und dies ist landauf, landab jedermann bekannt. Euer Geschäft will ich nicht. Ich kündige meine Arbeit und habe mir zu der Gelegenheit meinen aufgelaufenen Arbeitslohn selbst ausbezahlt. Sucht nicht nach mir.
Euer Sohn (leider) Richard

Nach diesem Brief fühlte ich mich wie ein König. Ich strich noch auf der Vorderseite des Wechsels die dort stehende Summe aus, schrieb darüber: *»NIHIL AD TYRANNIS!«*, und legte das Papier auf das Pult, sodass er es am Morgen als Erstes erblicken würde. Dann schnürte ich mein Bündel mit einer Decke, einem Brotlaib und den drei Büchern, zog Mantel und Stiefel an und trat aus der Haustür.

Unser Haus lag außerhalb der Stadtmauern, nahe der Grube. Von den Wasserrädern sah ich nur die für die Pumpen in Bewegung, die anderen standen still. Die Fahrkunst war immer noch nicht instandgesetzt. Ich ging am Kanal entlang zum Fluss. Vor dem hellen Mond trieben Wolken und warfen Schatten über das Land. Die Leichtigkeit meiner Flucht kam mir fast unwirklich vor. Vielleicht war ich tatsächlich zu einem Geist geworden. Immer wieder blickte ich mich um, doch niemand schien mir auf den Fersen zu sein. Zweifellos aber würde man am nächsten Tag nach mir suchen, womöglich mit Hunden.

Mein Plan war, über die Milda zu schwimmen und mich einige Tage im jenseitigen Wald zu verstecken, bis die Landstraßen wieder sicher waren. Aber als ich am Flussufer zum Dock hinüberblickte, lag dort ein Lastkahn vertäut. An Deck war eine Last mit einer Leinwand abgedeckt, zweifellos Rohsilber. Ich sah keine Bewachung. Rohsilber sieht nicht verlockend aus, es bildet eine schwärzliche Haut, und mein Vater goss es stets in riesige Barren, jeder so schwer wie fünf Männer. So sparte er das Geld für Begleitschutz. Ein Dieb bräuchte einen schweren Wagen, Pferde und einen Ladekran.

Ich trat ins Wasser und watete am Ufer entlang, um den Hunden keine Spur zu geben. Am Dock war niemand zu sehen. Der Lastkahn war nicht mehr als ein flaches offenes Boot. Aus einem Verschlag am Heck drang lautes Schnarchen. Ich kletterte an Bord und schlug gegen die Tür. Das Schnarchen verstummte. Ich schlug noch einmal. Die Tür wurde aufgestoßen. Vor mir stand der Fahrensmann, ein vierschrötiger Kerl mit kantigem Schädel. Er musterte mich mit zusammengekniffenen Augen.

»Ich will Euch zwei Taler bezahlen, wenn Ihr mich nach Hamburg mitnehmt«, sagte ich.

»Zwei Taler?« Der Fahrensmann schien augenblicklich wacher zu werden.

Ich schüttelte den Geldbeutel und ließ die Münzen klimpern. »Aber Ihr müsst sogleich ablegen. Ich bin in Eile.«

Der Fahrensmann trat an den Rand des Kahns, räusperte sich, spuckte ins Wasser. Dann blickte er zum Himmel. »Der Mond ist hell genug«, sagte er. »Ich kann es wohl tun, wenn Ihr noch zehn Kreuzer drauflegt.«

So wurden wir handelseinig. Schon nach wenigen Minuten trieben wir durch das stille Wasser vorbei an der Stadtmauer. Ich saß am Bug des Kahns. Der Fahrensmann steuerte mit einer langen Stange, die er links und rechts in den Grund stieß, wenn wir dem Ufer zu nahe kamen.

Auf dem Wasser zu fahren, unter freiem Himmel, war mir fremd und wundersam. Im Mondschein erschien der Fluss tintenschwarz, die Ufer schimmerten silbrig, in der Ferne leuchteten die Bergketten in fahlem Weiß. Die Stadt lag bald hinter uns. Am Ufer zogen verlassene Höfe vorbei und halb verfallene Kirchen. Vor einem Menschenalter hatten die Schweden ringsum das Land verwüstet, nur Freiberg, mit seinem Silber und seinen Söldnern, hatte ihnen standgehalten.

Ich fühlte keine Müdigkeit. Schon erschienen mir die letzten Jahre nur noch wie ein böser Traum. Nun war ich in der Wirklichkeit. Ich musste Pläne schmieden. Das Geld in meinem Beutel würde nicht für immer reichen. Tatsächlich würde ich es schon bald los sein, aber das ahnte ich natürlich nicht. Doch gerade als ich begann, über die nächsten Schritte nachzudenken, vernahm ich Hufschläge.

Auf der Straße neben dem Fluss jagte eine Gruppe Reiter vorbei. Metall klirrte, ich sah das Blinken von Helmen und duckte mich tief in den Schatten des Bugs. Sie beachteten den

Kahn nicht. Im Handumdrehen waren sie hinter der nächsten Biegung verschwunden, nur der Geruch von Staub und Pferden hing noch in der Luft. Der Fahrensmann pfiff durch die Zähne. Doch er sagte nichts. Wir waren immer noch auf Freiberger Gebiet.

Ich rechnete mir aus, dass wir morgen die Einmündung in die Untere Milda erreichen würden. Dort begann das Gebiet von Grimma, und dort hatten die Freiberger nichts mehr zu sagen. Allerdings hatte mein Vater an vielen Orten Geschäftspartner. Wahrscheinlich konnte er mich überall im Reich aufspüren, wenn er lange genug nach mir suchte. Auch in Hamburg würde ich nicht bleiben können. Doch im Grunde stand mein Ziel ohnehin fest.

London ist die größte Stadt auf der Welt, und bekanntlich gibt es dort die meisten und umfangreichsten Bibliotheken. Zudem beherbergt London die Royal Society, die sich der Erforschung und Bewahrung allen Wissens verschrieben hat. Ihr Sekretär, Sir Hans Sloane, besitzt die weltgrößte Büchersammlung. Um dorthin zu gelangen, musste ich nur dem Silber folgen. Ein Teil davon war sicherlich für London bestimmt.

Ich zweifelte nicht daran, dass ich Sir Hans mit meinem Bücherwissen beeindrucken und bei ihm eine Anstellung als Bibliothekar finden würde. Zur Not auch als Hausbediensteter. Seine Sammlung umfasste angeblich Zehntausende Bücher und Schriftstücke. Ich könnte all meine Zeit damit verbringen, die fünftausend wichtigsten davon zu lesen. Mein Lebensweg stand damit fest. Eine wunderbare Zukunft wartete auf mich.

Die Sonne ging auf. Aus der Kajüte drangen Geräusche. Der Fahrensmann lebte mit seiner Familie auf dem Kahn. Er hieß Bern Beuke. Er stellte mir seine Frau vor und Emma, seine Tochter, ein dralles Mädchen von vielleicht fünfzehn Jahren, das mich keck anstarrte. Sie hatte eine Stupsnase und blonde Zöpfe. Wir nahmen zusammen das Morgenmahl ein, bestehend aus Hafergrütze. Hin und wieder, wenn das Boot sich zu drehen begann, sprang Bern Beuke auf und stieß seine Stange in den Grund. Mir schien, dass das Leben als Fahrensmann ein ziemlich leichtes war, viel leichter als die Arbeit in der Grube. Zumindest bei gutem Wetter und wenn die Fahrt flussab ging.

»Ihr seid der junge Kreutzner, habe ich recht?«, fragte er mich unvermittelt. »Und seid dem alten Geldsack davongelaufen, was?«

»Von einem Kreutzner weiß ich nichts«, entgegnete ich. »Ich bin Lutz Lampe aus Lichtenberg, Bibliothekar. Ich will in die Welt ziehen, um mein Glück zu machen.«

»Nun, Lutz Lampe aus Lichtenberg«, sagte er, »bevor Ihr in die Welt zieht, begebt Euch jetzt besser nach hinten in die Kajüte. Denn da vorne gibt es Ärger.«

Weit voraus mündete die Milda in einen größeren Fluss. Dies musste die Untere Milda sein, und dort wäre ich in Sicherheit. Doch auf der Landzunge davor standen bewaffnete Reiter. Sie waren prächtig herausgeputzt mit schwarzen Soldatenmänteln und gelben Borten, den Stadtfarben von Freiberg. Die Stadtsoldaten blickten uns entgegen. Ich duckte mich und kroch hinter der Silberladung zur Kajüte. Durch den Türspalt sah ich, wie wir auf die Soldaten zutrieben und der Hauptmann, kenntlich durch einen gelben Federbusch auf dem Helm, die Hand hob.

»Heda, Schiffer!«, rief er herüber.

Der Fahrensmann grüßte mit der Hand zurück.

Der Hauptmann stellte sich in den Steigbügeln auf und spähte zum Kahn. »Wir suchen nach einem Dieb und Spitzbuben!«

»Hab keinen gesehen«, brummte der Fahrensmann.

»Ans Ufer! Wir wollen deinen Kahn durchsuchen.«

Der Fahrensmann hielt sich die Hand ans Ohr, als habe er nicht verstanden, und steuerte unbeirrt weiter in die Mitte des Flusses. Unter den Soldaten erhob sich Geschrei. Einer trieb sein Pferd in den flachen Fluss, die anderen zielten mit ihren Musketen.

»Wenn ich mir die Füße nässen muss, um dich vom Kahn zu holen«, rief der Hauptmann drohend, »wirst du es bereuen!«

Der Fahrensmann winkte beschwichtigend und stieß die Stange in den Grund. Der Kahn begann, sich schwerfällig in Richtung Ufer zu drehen.

Ich sah mich fieberhaft in dem Verschlag um. Ein paar Decken auf dem kahlen Boden, Töpfe an Nägeln, ein kleiner Kornsack, einige Kisten, in die kein Kind gepasst hätte. Das war der ganze Hausrat der Schiffersleute. Nirgends ein Versteck.

Mir kam kurz der Gedanke, ins Wasser zu springen. Doch das wäre kein Hindernis für die Pferde gewesen. Ohnehin war es zu spät, denn schon stieß der Kahn mit dem Bug ans Ufer. Die Soldaten stiegen ab. Emma, des Fahrensmanns Tochter, schlüpfte an mir vorbei in die Kajüte.

»Rasch, unter die Decke!«, flüsterte sie.

Ich schob mich unter eines der Deckenbündel. Sie legte sich neben mich und zog Decken über meinen Kopf.

»Schmiegt Euch dicht an mich!«

Ich umklammerte sie und presste mich fest an ihren Rücken. Dann hörte ich, wie Stiefel über den Kahn trampelten. Jemand zerrte die Plane von der Ladung. Mein Herz schlug, nicht nur wegen der Soldaten, sondern auch wegen der Nähe zu dem Mädchen und weil ich die Wärme ihrer Haut unter dem dünnen Kleid spürte. Alles, was ich über das weibliche Geschlecht wusste, hatte ich aus Büchern. Das einzige weibliche Wesen in unserem Hause war Bertha Scherflein, unsere alte Köchin.

Ich hörte die Kajütentür, dann die Stimme der Schiffersfrau.

»Meine Tochter ist krank, kommt ihr besser nicht zu nahe. Wir fürchten, es ist das Fleckfieber.«

Emma brachte ein würgendes Husten zustande. Jemand fluchte. Ich hörte, wie in der Kajüte herumgestöbert wurde. Töpfe klirrten, ein Kistendeckel klapperte, jemand trat gegen den Kornsack. Dann entfernten sich die Schritte. Ich vernahm einen kurzen Wortwechsel. Das Boot schwankte. »Ein guter Rat, Schiffer, nehmt keine Anhalter mit!«, hörte ich den Hauptmann rufen. Dann Pferdewiehern. Ich spürte, wie der Kahn vom Ufer abgestoßen wurde. Wir trieben wieder auf dem Fluss.

»Ihr dürft mich jetzt loslassen«, flüsterte Emma.

Ich spähte durch die Tür. Die Soldaten ritten die Uferböschung hinauf. Der Kahn passierte die Einmündung zur Unteren Milda und wurde sofort von der Strömung gedreht. Emma stürzte zum Heck an die Ruderpinne, und auch Bern Beuke hatte mit seiner Stange alle Hände voll zu tun.

»Danke für die Hilfe!«, rief ich ihm zu.

»Warum der alte Kreutzner Euch sucht, geht mich nichts an«, gab er zurück. »Aber lasst Euch von ihm besser nicht finden. Er hat keinen guten Ruf auf dem Fluss.«

Die Untere Milda war breiter und strömte schneller. Bald saß ich wieder am Bug und betrachtete die vorüberziehende Landschaft. Ich dachte daran, dass ich nun außer Gefahr war und mit jeder Meile London näher kam. Ich wartete auf die gewaltige Erleichterung, die das mit sich bringen musste. Doch mein Herz schlug immer noch heftig.

Da gesellte Emma sich zu mir. »Ihr seht nicht aus wie ein Bibliothekar, was immer das sein mag. Eher wie ein Landsknecht. So derb.«

»Ich weiß.« Die groben Gesichtszüge, die ich täglich in der Waschschüssel erblickt hatte, kamen von der Arbeit im Bergwerk. Oder sie waren ein Erbe meines Vaters. »Dafür bist du, wenn ich das bemerken darf, umso hübscher.«

»Findet Ihr?« Emma lächelte. »Hat es Euch gefallen, mit mir unter der Decke?«

»Ich müsste lügen, wollte ich das bestreiten.«

»Wenn Ihr mir einen Heller gebt, dürft Ihr mich küssen.«

Ich ließ mir das Angebot durch den Kopf gehen. »Was werden deine Eltern davon halten?«

»Sie sind froh, wenn ich zu unserem Lohn beitrage. Denn wir sind arme Leute.«

Ich nestelte einen Silberheller aus meinem Geldbeutel und gab ihn ihr. Dann presste ich meine Lippen auf die ihren. Doch wenngleich das Gefühl ihrer Lippen und die Berührung unserer Nasen für mich neu und auf eine Art ergötzlich waren, hatte ich den Eindruck, dass für einen richtigen Kuss noch etwas fehlte. Ich kam nur nicht darauf, was es war.

Als wir uns wieder voneinander gelöst hatten, sagte sie: »Für zwei Heller dürft ihr mich hier anfassen.« Sie wies auf ihre Brüste, die sich unter dem fadenscheinigen Kleid deutlich abzeichneten.

»Und was darf ich, wenn ich dir zehn Heller gebe?«

Sie lachte und sagte: »Für zehn Heller dürft Ihr gar nichts. Denn ich bin verlobt mit Jan Stöver, dem Sohn eines anderen Schiffers. Ich will ohne Sünde in die Ehe gehen.«

»Ich möchte dir die zehn Heller dennoch geben. Mit dir unter der Decke zu liegen, das war gewiss zehn Heller wert.«

Sie schüttelte heftig den Kopf. »Das war, um Euch zu helfen. Dafür will ich kein Geld.«

So vollzogen wir die Transaktion für die zwei Heller. Diese war für mich aufregender als das Küssen, zumal Emma sich dabei an mich lehnte und seufzte, als sei ihr die Berührung angenehm. Danach saßen wir noch eine Zeit lang am Bug und redeten. Aber ach! Emma konnte nicht lesen und schreiben und wusste wenig von der Welt, abgesehen von den Ufern und Sandbänken der Milda und der Elbe. Was ich ihr über Bücher erzählte und darüber, dass mit den Büchern die Toten zu einem redeten, einst berühmte Männer, ein jeder mit seinem ganzen Können und Wissen, das verstand sie nicht. Und was ich über London erzählte und Sir Hans' Büchersammlung und meine künftige Stellung dort, das beeindruckte sie nicht. So verfielen wir beide schließlich in Schweigen. Mir kam der Gedanke, dass ich vielleicht allzu leichtfertig über meine Pläne gesprochen hatte. Doch ich hoffte, dass sie dies alles schon vergessen hatte, als sie schließlich aufstand, um ihrer Mutter zur Hand zu gehen.

Ich gewöhnte mich an das Leben auf dem Fluss. Jeder Tag brachte mich zwanzig Meilen näher an mein Ziel. Des Morgens spähte ich manchmal verstohlen zu Emma hinüber, wenn sie sich im Fluss wusch. Aber vielleicht aufgrund meiner Gegenwart, vielleicht auch wegen der Kälte wusch sie sich oft nur auf keusche Art, indem sie lediglich ihr Gesicht benetzte.

Am Tag versuchte ich, mit dem Newton weiterzukommen, meinem schwierigsten Buch bisher. Vor Sonnenuntergang vertäute Bern Beuke den Kahn an einem Baum oder einem Felsen. Emma ging dann zuweilen auf die Jagd nach Aalen. Sie lockte sie mit einem Schweinsfuß an und fing sie mit der bloßen Hand. Nach dem Abendmahl schlief ich neben der Ladung unter einer Decke, die ich mir geborgt hatte. Es war kalt, doch meist war der Himmel klar, und das Band der Milchstraße leuchtete im Süden über dem Heck. Manche Sterne strahlten so hell, dass sie mich fast blendeten, andere waren kaum zu erkennen.

Ich fragte mich dann, ob die dunklen Sterne einfach nur ferner waren als die hellen. Und ob es hinter diesen noch weitere gab, so fern, dass man sie nicht sehen konnte. Und hinter diesen unsichtbaren Sternen vielleicht noch andere, noch fernere, bis in alle Unendlichkeit. Doch wer könnte dies je beantworten? Plinius hatte die Sterne gezählt und war auf tausendsechshundert gekommen. Ptolemäus hatte nur eintausendzweiundzwanzig Sterne gefunden. Und Tycho Brahe, der gewissenhafteste aller Astronomen, führte nur achthundert Sterne in seinem Katalog auf. Hatte ihre Zahl vielleicht über die Jahrhunderte abgenommen? Wenn ich in den Himmel blickte, schienen es mir weit mehr als achthundert zu sein. Doch wegen der Rotation des Firmaments waren sie schwierig zu zählen. Newton hatte keine Sterne gezählt, aber ich glaube, dass er dem Geheimnis des Himmels näher gekommen war als jeder andere.

In einer Nacht stürmte es heftig, und Schneeflocken wirbelten über den Fluss. Ich hatte mich mit meiner Decke unter die geteerte Plane verkrochen, neben die Silberbarren. Dort zitterte ich in der Kälte vor mich hin. Da sprach Gott wieder zu mir.

»Du hast die schwerste Sünde auf dich geladen. Du wolltest deinen Vater ermorden.«

»Da irrt Ihr, Herr. Hätte ich das gewollt, wäre es einfach gewesen. Ich stand mit dem Messer an seinem Bett.«

»Und hast dir insgeheim gewünscht, er würde aufwachen.«

»Das ist nicht wahr.«

»Du hast es gefürchtet und doch erhofft. Eine Tat begehen zu wollen, ist so sündig wie die Tat selbst. Du weißt, dass du ein Sünder bist.«

Damit behielt Gott das letzte Wort. In den weiteren Nächten ließ Er mich in Ruhe.

Die großen Städte, die wir passierten – Grimma, Dessau, Magdeburg –, zeigten sich von ihrer garstigen und übel riechenden Seite. Die Flussufer dort waren gesäumt von Färbereien, Gerbereien, Walkmühlen und Fischfabriken, zuweilen auch von Galgen und Richtstätten. Wenn das Fahrwasser schwierig wurde und Felsen oder Zuläufe die Strömung verwirbelten, setzte Emma sich an die Ruderpinne. Sie handhabte sie mit großem Geschick. Sonst war das Ruder zumeist festgelascht, denn beim freien Dahintreiben auf dem Fluss half es wenig.

Wenn die Ufer zurückwichen und der Fluss träge wurde, spannten Mutter und Tochter sich in Treidelgeschirre. Sie zogen den Kahn auf dem Pfad, der am Ufer entlanglief. Ich bot an, mitzuziehen. Doch der Fahrensmann lachte nur und sagte: »Treideln ist Frauensache!« Ich fragte ihn auch, warum er sich nicht eines Segels bediene. Für ein Segel bräuchte er einen Mast, erwiderte er, einen Kiel, überhaupt ein anderes Boot. Und die obere Milda sei zu flach für Boote mit Kiel.

Hamburg konnte man riechen, noch bevor hinter der Flussbiegung die Türme und Mauern der Stadt in Sicht kamen. Von dort wehte ein Hauch herüber wie von fauligem Kraut und schwelendem Holz. Wir fuhren nicht in den Hafen. Dort hätte das Silber verzollt und drei Tage und Nächte lang zum Kauf ausgestellt werden müssen; derlei Umstände waren meinem Vater verhasst. Bern Beuke stakte den Kahn in einen Seitenkanal, der zwischen düsteren Lagerhäusern verlief. An einem kleinen Kai machten wir fest. Wir lagen dort direkt neben einem riesigen dreimastigen Handelsschiff. Es wurde gerade mittels eines Krans beladen.

»Hier ist unsere Reise zu Ende«, sagte der Fahrensmann. »Dort, auf diesem Schiff, geht das Silber weiter nach London.«

Das Heck ragte turmhoch über uns auf. Darauf prangte in goldenen Lettern der Name *»Leopoldus Primus«*. Zuerst erschien mir das Schiff als eine unbegreifliche Maschine, groß wie eine Festung, mit einem Labyrinth von Decks und Galerien, darüber eine Wirrnis von Rahen, Blöcken, Rollen und Tauen. Ich hatte Nicholaes Witsens »Architectura navalis« gelesen. Aus diesem Buch wusste ich alles über den modernen Schiffbau, doch ich war nicht auf den Anblick eines wirklichen Großschiffes vorbereitet. Erst allmählich konnte ich die Takelung und die geschwungene Form einer Fleute in holländischer Bauweise ausmachen. Der Rumpf verjüngte sich stark nach oben und ließ den Decks nur wenig Platz. Die Kapitänskajüte wuchs direkt aus dem Heck heraus, gleich über dem riesigen Steuerruder. Das Schiff wirkte, als sei es nicht gezimmert, sondern in einer Form gegossen.

Nachdem der Kran ein Netz mit Fässern im Bauch der Fleute abgeladen hatte, schwenkte er mit lautem Knarren zu uns herüber. Das Kranseil wurde von einem hölzernen Tretrad bewegt, in dem ein magerer Junge und ein großer

Hund auf der Stelle liefen. Ich wunderte mich, dass die beiden solche Gewichte heben konnten. Dann sah ich, wie sich das Seil um die Achse wickelte. Die Radläufer mussten Dutzende Klafter zurücklegen, um eine Last wenige Klafter auf oder ab zu bewegen.

Das Kranseil sank zu uns herunter. Es war armdick und am Ende mit Haken und Schlaufen versehen, mit denen Lasten befestigt wurden. Zum Verladen kamen Seeleute von der Fleute auf den Kahn. Sie sprachen in einem Hamburger Dialekt, den ich kaum verstand. Ich gab dem Fahrensmann den vereinbarten Lohn. Emma durfte ich zum Abschied ohne Bezahlung küssen, freilich nur auf die Stirn. Dann kletterte ich auf den Kai.

Der Kapitän der Fleute verlangte vier Taler für die Überfahrt nach London. Für vier Taler hätte ich mir fast ein Pferd kaufen können, doch ich wollte nicht feilschen, so kurz vor meinem Ziel.

Sobald die Silberbarren auf dem Kai gestapelt waren, wurden sie sogleich weiter in die Fleute verladen. Ich blickte noch einmal zurück. Bern Beuke stieß seinen Kahn gerade von der Kaimauer ab. Vor ihnen lagen nun viele Tage des Treidelns. Er würde in seinem Leben vielleicht noch zwei Dutzend solcher Fahrten machen. Emma würde ihren Jan Stöver heiraten und mit ihm vielleicht fünfzigmal in ihrem Leben diese Strecke zurücklegen, und nach ihnen ihre Kinder, falls sie welche hätten. Das Leben von Generationen, gefangen auf der Linie eines Flusses. Wohingegen mich eine wunderbare Zukunft mit den Büchersammlungen von London erwartete – so dachte ich jedenfalls.

Ich ahnte nicht, dass ich mit diesem Schiff niemals in London ankommen würde. Und dass ich London erst nach langen Jahren betreten sollte – in Ketten, der Piraterie angeklagt, den Galgen vor Augen.

4

Nordsee, April 1697

Statt sogleich abzulegen, warteten wir noch Stunden auf weitere Ladung. Ich verbrachte die Zeit in Unruhe. Auf dem Flusskahn hatte ich mich sicher gefühlt, unerkannt und beschützt vom Fahrensmann und seiner Familie. Aber hier in Hamburg hatte mein Vater Verbindungen. Er würde keine Mühe scheuen, meiner habhaft zu werden. Das war mir seit der Begegnung mit den Soldaten klar. Und ich wusste nicht, wie weit ich dem Kapitän trauen konnte.

Doch keine Häscher tauchten auf, und am Nachmittag legten wir endlich ab. An den Rahen und zu beiden Seiten des Decks standen Matrosen an Tauen bereit. Ein langes Ruderboot zog das Schiff aus dem Kanal in die Elbe. Dann wurden Kommandos gebrüllt, und an allen drei Masten kamen die riesigen Rahsegel herunter. Über uns spannten sich plötzlich Wolken aus Leinwand. Das Deck neigte sich, und das Wasser begann, an der Bordwand zu rauschen. Dies war etwas ganz anderes als das gemächliche Dahintreiben mit dem Kahn.

Unter straffen Segeln passierten wir linker Hand ein Stadtviertel mit Lagerhäusern und Reeperbahnen. Dann lag die Stadt hinter uns. Wir glitten durch eine endlose Landschaft aus Salzmarschen, Deichen und Wasserrinnen. Irgendwann wurde die Elbe breit wie ein See, die Ufer verloren sich in der Ferne, dann begannen die Segel zu flattern und zu schlagen. Der Wind hatte auf Nordwest gedreht. Das beendete unsere Reise vorerst.

Der Kapitän ließ die Segel reffen und den Anker werfen. Das Ankertross verschwand gurgelnd im Wasser, und mit einem Ruck, der den Rumpf schwanken und mich die Reling packen ließ, biss der Anker in den Grund. Das Schiff schwang träge herum, bewegt vom immer noch spürbaren Strom der Elbe, bis sein Bug in die Richtung zeigte, aus der wir gekommen waren.

Wir lagen bewegungslos auf der Wasserfläche, während der Tag verging. Ich blieb an Deck. Immerhin glaubte ich mich jetzt vor meinem Vater sicher. Mir fiel auf, wie still es auf der See war. Der Wind war nun fast eingeschlafen, und die Weite um uns herum schien all die kleinen Geräusche aufzusaugen – das Plätschern der Wellen an der Bordwand, das Knarren der Rahen, das halblaute Reden der Matrosen auf dem Vorderdeck. Fern vom Land her hörte ich Kirchenglocken. Ich wusste noch nicht, dass dieser Klang auf See als böses Omen gilt und dass sich dies zumindest für mich bald bewahrheiten sollte.

Nach Sonnenuntergang frischte der Wind wieder auf und änderte die Richtung. Sofort kletterten die Seeleute in die Wanten. Sie stiegen auf die Taue, die unter jeder Rah gespannt waren. Die Segel kamen herab. Mit einer großen Drehtrommel und viel Lärm wurde der Anker zur Bordwand hochgezogen. Der Inhalt der Kommandos war für mich kurios, ebenso die Art, in der sie sich auf ihrem Weg vervielfachten. Der Kapitän gab mit leiser Stimme einen Befehl. Der Wachoffizier machte daraus fünf, die er nacheinander über das Deck brüllte, durchsetzt von Flüchen. Dann gab es noch einen vierschrötigen Kerl, der von Mast zu Mast lief, die Seeleute hierhin und dorthin hetzte und alle Befehle nochmals wiederholte, verstärkt mit weiteren Flüchen und mit einer schrillen Pfeife. Um nicht im Weg zu stehen, ging ich unter Deck.

Dort teilte ich eine winzige Kammer mit einem Hamburger Kaufmann. Doch ich konnte nicht einschlafen. Stundenlang lag ich auf meiner Strohmatte, lauschte den Geräuschen vom Deck und dem Schnarchen meines Kabinengenossen. Ich spürte, dass das Schiff jetzt Fahrt machte. Erst gegen Morgen schlief ich ein.

Nur kurze Zeit später, so schien es mir, erwachte ich von Kommandos und Getrampel auf Holzplanken. Das Schiff schwankte stark. Der Kaufmann schnarchte immer noch. Ich zwängte mich an seiner riesenhaften Reisetruhe vorbei, die die halbe Kabine ausfüllte, und ging an Deck.

Im Osten wurde es schon hell. Der Wind blies kräftig. Die Wellen gingen hoch, und das Schiff pflügte seinen Weg hindurch. Ich spürte den Druck, der es antrieb. Er ließ die straff gespannten Taue vibrieren, die Masten ächzen, er neigte das Schiff auf den Wellenkämmen und drückte den Bug ins Wasser. Doch musste ich auch feststellen, dass in dem Maße, in dem das Schiff jetzt seine Kraft zeigte, mir meine eigene abhandenkam.

Mit jedem Schlag beim Abreiten der Dünung wurde mir sonderbarer zumute. Ein taubes Gefühl breitete sich über meinen Körper aus. Ein saurer Geschmack war in meinem Mund, und das Auf- und Abschwanken des Horizonts begann mir entschieden unbehaglich zu werden. Das ist beinahe so schlimm wie die Fahrkunst, dachte ich anfangs, doch weitere Minuten belehrten mich, dass es schlimmer war. Ich klammerte mich an die Reling und starrte in das grüne Wasser. Das war nicht einmal vergleichbar mit einem schweren Anfall meiner Höhenangst, das war wie der Tod selbst. Diesen Zustand konnte ich unmöglich lange überleben.

Bald aber bemerkte ich, dass es mir nicht als Einzigem so erging. Auch einen anderen Passagier sah ich trotz der frühen Stunde mit weißem Gesicht vornübergekrümmt an der Reling. Sogar einige der hartgesottenen Seeleute standen an der Leeseite des Schiffes und beförderten, was immer sie am Vortag in den Hafenschenken zu sich genommen hatten, hinab zu den Fischen. Ich wusste nicht, ob mich dieser Anblick erleichtern oder noch mehr beunruhigen sollte.

In diesen Tagen lernte ich ein wenig über die Seefahrt und vieles über die Seekrankheit. Ich lernte, dass man daran nicht stirbt (auch wenn man sich dies zuweilen wünscht); dass man besser nicht unter Deck geht, zumal bei Seegang das aufgewühlte Bilgenwasser einen schlimmen Gestank verbreitet; und dass man nicht gegen den Wind über die Reling speit. Ich schwor, dass ich, sollte ich heil in London ankommen, nie wieder einen Fuß auf die Planken eines Schiffes setzen würde.

Am dritten Tag auf See hatte ich mich immerhin so weit erholt, dass ich mich an Deck bewegen konnte, ohne ständig an die Reling stürzen zu müssen. Ich blickte vom Bug aus auf die Wellen, die uns entgegenliefen und mir hin und wieder Gischt ins Gesicht sprühten. Irgendwo dort weit voraus lag London.

Da näherte sich mir ein Seemann, ein ungeschlachter Kerl mit schmutzigem Bart und affenartig langen Armen. Er redete mich mit den Worten an: »Verschwinde, du Saubauer!«

»Wie habt Ihr mich gerade genannt?«, fragte ich ungläubig.

Ein anderer kam herzu und schob den Ersten zur Seite. »Mein Freund Urs weiß nicht, wie man mit vornehmen Herren redet.« Er nahm mit übertriebener Geste die Wollmütze ab und grinste mich an. Im Mund hatte er noch zwei Zähne. »Im Vertrauen, Urs ist auch nicht ganz richtig im Kopf. Aber seht Ihr den Großmast dort? Edle Herren wie Ihr sollten sich stets achtern davon halten. Das Vorderdeck ist für uns einfache Seeleute. Macht Euch also hurtig davon.«

»Mein Platz an Bord ist bezahlt. Das gilt gewiss auch für das Vorderdeck.«

»Auf See haben wir andere Gesetze. Es wäre doch betrüblich, wenn Euer Hochwohlgeboren ein Unglück zustieße. Bei Urs sitzt das Messer immer locker. Er hat schon fünf umgebracht. Oder waren es sechs, Urs?«

Jetzt grinste auch Urs. Er zog ein riesiges Messer aus dem Gürtel und prüfte die Schneide mit dem Daumen. Ich trat den Rückzug an.

Immerhin fühlte ich mich am Abend in der Lage, mit den anderen Passagieren am Mahl in der großen Kapitänskajüte teilzunehmen. Es wurde Bier und kaltes Salzfleisch gereicht.

Als ich den Vorfall zum Besten gab, lachte der Kapitän. »Urs Widerich hat keinen umgebracht. Er ist völlig harmlos. Aber seid froh, dass dies ein hansisches Schiff ist, kein holländisches oder gar englisches. Auf den Kompanieschiffen fahren wirklich vielerlei Galgenvögel und Halsabschneider.«

»Was hat es mit dem Großmast auf sich?«

»Der ist die Grenze. Die Matrosen sehen das Vorderdeck als das ihre an, denn achtern haben sie außer zum Arbeiten nichts zu suchen. Aber als Passagier steht es Euch natürlich frei zu gehen, wohin es Euch beliebt.«

»Und wenn mir einer die Kehle durchschneidet?«

»Das dulde ich auf meinem Schiff nicht. Den Mann ließe ich tüchtig durchprügeln.«

Der Kapitän, Melchior Hahnefuß, war der Sohn des Schiffseigners. Ein Schiff, erklärte er uns Passagieren, sei wie ein Fürstentum. So wie ein Landesherr gut oder schlecht regieren könne, so könne auch ein Schiff gut oder schlecht geführt werden. Er kenne schlechte Kapitäne, aber hier könnten wir uns glücklich schätzen, denn die *Leopoldus Primus* sei gut geführt.

Keiner der zahlenden Passagiere, außer mir alles Kaufleute, mochte ihm da widersprechen, und der Kapitän fuhr mit seinen Erörterungen fort. Dem Landesherrn werde sein Lehen von Gott gegeben, dem Kapitän sein Kommando vom Schiffseigner, was etwa auf dasselbe hinauslaufe. Aber, und hier senkte er die Stimme, auf den Weltmeeren gebe es Schiffe, wo dies nicht so sei. Gerade hier in dieser Gegend hätten Klaus Störtebeker, Gödeke Michels und Magister

Wigbold Schiffe überfallen, die Besatzung abgeschlachtet und die Ladung geraubt. Bis sie gottlob in einer Seeschlacht besiegt wurden und ihnen auf dem Grasbrook in Hamburg erst Arme und Beine abgehackt wurden, dann die Köpfe.

Doch heute, fuhr Kapitän Hahnefuß fort, lauerten auf den Weltmeeren noch weitaus schlimmere Piraten. Auf ihren Schiffen sei der Kapitän nicht Herr, sondern Diener. Jede Entscheidung müsse er mit der Mannschaft abstimmen. Und wehe, wenn er deren Gunst verliere – ein anderer aus ihrer Mitte würde dann zum Kapitän gewählt. So seien Piraten nicht nur Räuber und Mörder, sondern auch Feinde der natürlichen Ordnung.

Mir selbst schien die Einrichtung der Kapitänswahl auch ihre Vorteile zu haben. Doch behielt ich meine Meinung für mich. Zumal ich mich immer noch schwach fühlte und der Anblick des faserigen Salzfleisches und des dünnen Bieres, das im Rhythmus der Wellen in den Krügen schwappte, meinen Zustand nicht besserte. Immerhin versicherte der Kapitän, dass wir gute Fahrt machten und schon am nächsten Tag die Südersee erreichen würden. Am Abend, mit Gottes Hilfe, würden wir in Amsterdam einlaufen, unserer Zwischenstation auf dem Weg nach London.

Die Südersee zeigte sich als tückisches Fahrwasser. Überall drohten Sandbänke und Untiefen. Der Kapitän hatte alle Segel am Großmast bergen lassen. Wir fuhren nur mit Besegelung an den beiden anderen Masten, dem Fockmast und dem Besanmast, um besser manövrieren zu können. Am Bug wurde ständig die Wassertiefe mit einer bleibeschwerten Leine gemessen. Die flachen Stellen waren kaum zu sehen und verlagerten sich offenbar häufig. Links und rechts von uns ragten zuweilen Masten aus dem Meer, Überreste von Schiffen, die vom rechten Weg abgekommen waren.

Bei Sonnenuntergang erreichten wir Amsterdam, die Hauptstadt der Sieben Provinzen. Was ich für einen dichten Wald an der Küste gehalten hatte, verwandelte sich beim

Näherkommen in unzählige Masten, Rahen und Taue. Vor uns lag eine riesige Flotte, Hunderte von Schiffen, an Ankerketten oder vertäut an Meilen von Kais, Docks und Molen. Dazwischen wimmelten Schuten und Lastkähne. Dies war der größte Hafen der Welt, das Tor zu den ostindischen Kolonien.

Im Norden sah ich die Werften. Dort drehten sich Reihen von Windmühlen und trieben gewaltige Sägewerke an. Ich sah Dutzende halb fertiger Schiffe, die sich ähnelten wie ein Ei dem anderen. Alle hatten den gleichen nach oben schmaler werdenden Rumpf wie die *Leopoldus*. Ein Schiffsoffizier hatte mir erklärt, dieser sei bedingt durch Zollgesetze. Der Schiffszoll für die Einfahrt in die Ostsee richtete sich nach der Decksfläche.

Der Kapitän ließ aus einer kleinen Kanone am Bug einen Salutschuss abfeuern, der von einer vorgelagerten Festung erwidert wurde. Die letzte Strecke zum Dock legte das Schiff an Tauen zurück, dann lagen wir festgemacht direkt gegenüber einem Ladekran. Dieser war doppelt so groß wie der in Hamburg, und sein gewaltiges Laufrad wurde von vier Männern betrieben. Nach einem kurzen Wortwechsel des Kapitäns mit dem Kranmeister begann sofort das Ausladen.

Wie jeder weiß, haben die Sieben Provinzen keinen König und keine Fürsten. Ihre flachen Landstriche taugen für nichts außer für Tulpenfelder und Kuhweiden. Es gibt dort kein Holz, kein Silber, kein Eisen, und dennoch besitzen sie gewaltige Flotten und beherrschen die Meere und den Welthandel.

Den Grund dafür bekam ich hier zu sehen: Es sind die Planung und der Eifer, mit dem die Niederländer all ihre Geschäfte betreiben. Die Arbeit im Hafen und in den Werften ging ohne Unterlass weiter, Tag und Nacht. Als die Sonne verschwunden war, erleuchtete man die Kais mit Laternen und hellen Pechfeuern auf Steinpodesten. Unsere für Amsterdam bestimmte Ladung wurde sogleich mit Lastkähnen abtransportiert. Schon bei Sonnenaufgang sollten wir wieder ablegen, um Platz für das nächste Schiff zu machen. Bis dahin konnten wir an Land tun und lassen, was wir wollten.

Die Seeleute, die nicht zum Ausladen abbefohlen waren, strebten zu den Schenken und den Hurenhäusern am Hafen. Die Kaufleute steuerten das nächste Kaffeehaus an, um die neuesten Warenpreise und Börsenkurse in Erfahrung zu bringen. Und ich machte mich auf den Weg, die Stadt zu erkunden. Vor allem war ich froh, wieder festen Boden unter den Füßen zu haben. Doch vom Wasser kam ich nicht weg, denn alle großen Straßen Amsterdams sind Kanäle. Alle Häuser sind schmal und hoch, denn sie werden hier nach ihrer Breite besteuert. Alle werden von Kaufleuten bewohnt, und alle verfügen über Flaschenzüge an den Giebeln. So schaffen sie die Güter von den Lastkähnen direkt in die oberen Stockwerke, die den Amsterdamern als Warenspeicher dienen. Trotz der späten Stunde waren die Straßen nicht dunkel. Hinter den meisten Fenstern brannten Lichter, und viele Menschen waren mit Laternen unterwegs.

Mir fiel wieder auf, dass die Niederländer von allen Dingen selten nur ein Exemplar fertigten, sondern zumeist viele gleichartige, so wie die Fleuten in den Werften. Ich sah einen Messerschleifer, der sich einer rotierenden Walze bediente, um fünf Messer zugleich schleifen zu können. Ich sah eine Malerwerkstatt, in der ein Dutzend Künstler bei Fackelschein arbeiteten, und alle malten das gleiche Bild. Und ich wollte meinen Augen nicht trauen, als ich unter den Malern auch Frauen bemerkte, die wie selbstverständlich der gleichen Tätigkeit nachgingen.

Ich bekam Durst. Vor mir glänzte im Laternenschein das Schild einer Schenke mit einem Wilden im Federschmuck, der ein Büschel Trauben in der Hand hielt. Darunter stand »Saloon«. Dies war genau die Art von Einrichtung, deren Besuch mein Vater strengstens missbilligt hätte. Nach dem vielen dünnen Bier auf dem Schiff würde ich mir jetzt etwas

Besseres gönnen. Zudem konnte ich dabei mein Holländisch ein wenig probieren.

Der Schankraum war mit Tranlampen nur schummrig erleuchtet. Stimmengewirr und Tabakrauch schlugen mir entgegen. Stühle gab es nicht. Die Gäste, alles Männer, standen an langen Tischen. Alle in Samt und Seide, alle mit Hüten. Manche rauchten Tonpfeifen.

Ich stellte mich an den Tresen. Der Wirt warf einen abschätzigen Blick auf meine Kleidung, die deutlich weniger vornehm war als die der anderen Gäste. Dann sah er mich fragend an. Ich erinnerte mich an das Schild mit den Trauben.

»Ein Glas roten Wein.«

»Wein ist für Mädchen«, sagte der Wirt. »Für Euch habe ich etwas Besseres.« Er zeigte auf eine bauchige Flasche.

»Gut, dann vom Besseren.«

»Drei Kreuzer.«

Das kam mir viel vor, aber ich holte meinen Beutel hervor und legte die Münzen auf den Tisch. Der Wirt goss mir ein. Ich nahm einen Schluck, einen unvorsichtig großen. Das Zeug schmeckte bitter und brannte in meinem Schlund wie Feuer. Ich bekam einen Hustenanfall. Der Wirt grinste.

Der Gast neben mir wandte sich um. »Mein Herr, mir will scheinen, Ihr habt mich angehustet.«

Der Kerl sah aus wie ein Geck, mit einem gewachsten blonden Spitzbart, einem Hut mit Federbusch und einem Degen an der Seite. Er roch nach Veilchenparfüm.

Ich räusperte mich, um wieder reden zu können. »Das habe ich nicht, mein Herr.«

»Habt Ihr nicht? Dann muss ich es mir wohl eingebildet haben.«

»Nein, ich meinte –«

»Für Euch bin ich jemand, der sich Dinge einbildet?«

»Ich versichere Euch, dem ist nicht so.«

»Nicht? Ja, dann muss ich wohl lügen. Wollt Ihr mir das sagen?«

»Keineswegs, mein Herr. Es tut mir leid.«

»Es tut ihm leid«, sagte der Veilchenduftende zu einem, der neben ihm am Tisch stand. »Er sagt, ich bilde mir Dinge ein, ich lüge, dann tut es ihm leid. Was soll ich davon halten?«

»Lass es gut sein, Hendrik«, sagte sein Kumpan. »Der ist es nicht wert.«

Hendrik zuckte die Achseln und wollte sich schon abwenden, doch in mir krampfte sich jetzt etwas zusammen. Ich fühlte mich zum Besten gehalten. Meine schwächlichen Antworten lagen mir im Magen wie ein Klumpen, der weiter und weiter aufquoll. Angefangen damit, dass ich mir vom Wirt etwas hatte andrehen lassen, das ich nicht bestellt hatte.

Hendrik musste meinen Blick bemerkt haben, denn er rief: »Oho! Ihr wollt noch etwas?«

Ich hörte mich sagen: »Haltet jetzt besser Euer Maul, oder Ihr bekommt eins drauf.«

Es wurde still um mich herum. Alle Gespräche waren verstummt. Hendriks Augen weiteten sich. Er trat vom Tresen weg und zog den Degen blank. Die Umstehenden wichen hastig zurück.

»Ich will kein Blut hier auf dem Boden!«, rief der Wirt. »Tragt Eure Händel draußen aus!«

Sein Kumpan legte Hendrik die Hand auf den Arm und sagte zu mir: »Das war sehr grob, mein Herr. Zu Eurem Unglück ist mein Freund ein Meister des Degens. Er macht in freche Leute böse Löcher. Die wollt Ihr nicht in Euch haben.«

»Doch«, sagte Hendrik. »Die will er, und die kriegt er.«

Ich hatte genug. Einem Unbewaffneten zu drohen, war einfach. Ich stieß Hendrik mit der Schulter zur Seite, Meister des Degens oder nicht, und bahnte mir einen Weg durch die Schankstube. Im Rücken verspürte ich ein Ziehen, doch keine Klinge durchbohrte mich. Ich erreichte unbeschadet die Tür und stürzte ins Freie.

Draußen versuchte ich, meinen Atem zu beruhigen. Ich hörte Gelächter aus der Schenke, aber niemand folgte mir.

Ich wusste nicht, was dort drinnen über mich gekommen war. Das hätte schlimm enden können. Mir war ein wenig schwindlig. Ich blickte mich um. Die Straßen hatten sich inzwischen geleert, auch die meisten Lichter in den Häusern waren verloschen. Die Niederländer schienen nicht nur gleichartige Dinge zu lieben, sondern auch zur gleichen Zeit schlafen zu gehen. Ich beschloss, sofort zum Schiff zurückzukehren.

Die Stadt war jetzt finster, doch vom Hafen her kamen noch Licht und Lärm. In diese Richtung schritt ich zügig aus. Von weither rief ein Nachtwächter die Stunde aus. Dann vernahm ich Schritte ein Stück hinter mir. Wenn ich stehen blieb, verstummten die Schritte ebenfalls. Ich blickte zurück. In der Dunkelheit zwischen dem Kanal und den Häusern war nichts zu erkennen. Ich ging schneller. Die Schritte schienen näher zu kommen. Plötzlich hatte ich den Eindruck, es seien zwei hinter mir.

Mir wurde kalt. Das konnten nur die beiden Kerle aus der Schenke sein. Ich begann zu laufen. Hinter mir hörte ich nichts mehr, meine eigenen Schritte und mein Atem übertönten alles. Voraus führte eine Brücke über den Kanal. Ich rannte hinüber, lief noch ein Stück weiter und blickte dann zurück. Wer immer mich verfolgte, musste über diese Brücke kommen. Doch niemand war zu sehen. Auch die Schritte waren verstummt. Vielleicht hatten meine Verfolger aufgegeben. Oder ich hatte mich überhaupt getäuscht.

Neben mir zweigte eine enge Passage zwischen zwei Häusern ab. Diesen Weg schlug ich ein, denn am anderen Ende sah ich schon die Lichter des Hafens. Aber zwischen den Häusern war es dunkel wie in einer Schlucht. Ich tastete mich über den ungepflasterten und unebenen Boden. Etwas huschte vor meinen Füßen über den Weg, vermutlich eine Ratte. Die Häuser standen so dicht beieinander, dass ich die Mauern links und rechts mit den Ellenbogen berühren konnte. Vor den Hafenlichtern war jetzt ein Schatten, der sich bewegte. Jemand hatte die Passage von der anderen Seite betreten. Nun hörte ich auch wieder die Schritte hinter mir, nicht mehr verstohlen, sondern laut und von den Mauern widerhallend.

Ich wandte mich um. Trotz meiner Furcht konnte ich noch halbwegs klar denken. Bei zwei Gegnern war es besser, sich erst dem einen und danach dem anderen zuzuwenden. Ich starrte in die Dunkelheit. Irgendetwas bewegte sich dort. Es kam auf mich zu. »Wer da?«, rief ich, und die Antwort war ein leises Lachen. Dann roch ich den Veilchenduft und vernahm das Geräusch, wenn eine Waffe blankgezogen wird. Als ich zurücksprang, prallte ich auf jemanden direkt hinter mir. Ich wollte mich umdrehen, verspürte einen harten Schlag, sah einen Blitz vor meinen Augen. Dann hob sich der Erdboden und krachte mir ins Gesicht.

5

Amsterdam, April 1697

Grelles Licht weckte mich. Ich blinzelte in die Sonne. Sie schien genau in die schmale Gasse, in der ich im Dreck lag. Das Sonnenlicht pulsierte und waberte im gleichen Maße wie das Pochen in meinem Schädel. Ich versuchte, mich aufzurichten. Alles um mich herum schwankte, sodass ich mich rechts und links an den Mauern abstützen musste. Meine Stiefel waren weg. Mein Gürtel war weg und natürlich ebenso der Geldbeutel. Ich war ein Narr, ihn in der Schenke offen hervorgeholt zu haben. Auch meine Jacke war verschwunden, sogar mein Halstuch. Anscheinend gingen die Niederländer beim Ausrauben so gründlich vor wie bei all ihren Geschäften. Wenigstens Hemd und Hose waren mir geblieben, wenn auch in übel verdrecktem Zustand.

Von hoch oben in der Mauer hörte ich das Geräusch eines Fensterladens. Eine Frauenstimme keifte: »Verfluchtes Lumpengesindel! Verschwinde!« Erst als der Inhalt eines Nachttopfs neben mir auf den Boden klatschte, wurde mir klar, dass wohl ich gemeint war. Ich sprang zurück und wankte barfuß aus der Gasse heraus. Dann stand ich am Hafen.

Im hellen Morgen gingen die Lastenträger und Dockarbeiter ihren Tätigkeiten nach. Die *Leopoldus* war verschwunden. An ihrer Stelle lag eine heruntergekommene Kogge am Kai, die gerade entladen wurde. Mit der *Leopoldus* war auch mein Reisebündel weg, mitsamt den drei Büchern, die ich vor meinem Vater gerettet hatte. Gerade die »Principia Mathematica«

waren unersetzbar, sie waren längst überall vergriffen und durften wegen der fehlenden Erwähnung Gottes nicht neu aufgelegt werden. Ich würde mir das Buch niemals wiederbeschaffen können. Erneut überkam mich ein Schwächeanfall. Dunkle Pünktchen flimmerten vor meinen Augen, und ich ließ mich auf den Boden sinken.

Doch dann sagte ich mir, dass es mir nichts nutzte, in Trübsal zu vergehen. Ich musste mich unbedingt sammeln. Ich musste Pläne machen, wie es weitergehen sollte. Als ich meinen Kopf betastete, spürte ich eine üble Beule. Und an meinem Hemd bemerkte ich erst jetzt einen kleinen Schnitt, durch den ich meinen Finger stecken konnte, genau über dem Herzen. Ich war dort unverletzt, aber die Botschaft war nicht misszuverstehen: Wir hätten dich leicht töten können.

Ich verspürte ungeheuren Durst. Auf der Suche nach dem nächsten Brunnen kam ich wieder durch die Straße mit dem Saloon. Ich stellte mir vor, hineinzustürmen, den beiden Kerlen, falls ich sie dort anträfe, ihre Degen um die verfluchten Hälse zu wickeln und mir meinen Geldbeutel zurückzuholen. Doch stattdessen machte ich um die Schenke einen weiten Bogen. Ich hatte das Geld selbst gestohlen und kein wirkliches Recht, seinen Verlust zu bejammern.

Zum Glück gibt es viele Brunnen in Amsterdam. Diese sind so prunkvoll wie alle Gebäude der Stadt, voller Figuren und Schalen, in denen das Wasser frei sprudelt, ohne dass man einen Eimer heraufziehen muss. Ich stillte meinen Durst und säuberte mich, so gut es ging. Als Nächstes galt es, ein anderes Schiff nach London zu finden. Das sollte im größten Hafen der Welt keine Schwierigkeit bereiten.

»Fahrt Ihr nach London?«

»Was geht's Euch an?«

»Ich suche eine Passage.«

Der Schiffsmann, vornehm gekleidet und mit breitkrempigem Hut, wohl nicht der Kapitän, aber vielleicht der Quartiermeister, musterte mich vom Deck herab mit einem abschätzigen Blick. »Wir haben Tuche für London. Wenn Ihr mitwollt, lässt sich das machen. Vier Gulden.«

»Ich besitze keine vier Gulden. Aber ich würde für die Passage arbeiten.«

»Ihr seht nicht aus, als hättet Ihr je auf einem Schiff gearbeitet. Aber wir haben auch Ladung für Aruba. Wenn Ihr für ein Jahr anheuert, nach Westindien und zurück, ließe sich darüber reden.«

»Was soll ich in Aruba? Ich will nur nach London.«

»Dann sucht Euch ein anderes Schiff.«

Das versuchte ich. Aber überall wurde mein Angebot, für die Passage zu arbeiten, ungünstig aufgenommen.

»Du willst mir doch nicht weismachen, dass du ein Seemann bist?«

»Seit ich mein Vaterhaus verließ, hatte ich alle Tage Schiffsplanken unter den Füßen.«

»Ist das so? Dann kannst du mir gewiss erklären, wie man bei Starkwind ein Vorsegel anschlägt.«

»Nun ja, es war ein Flussschiff.«

»Scher dich zum Teufel.«

Sogar ich konnte einen Seemann leicht von einem Landbewohner unterscheiden, am schwingenden Gang, der schwer nachzumachen war, und am Gesicht, dem Sonne und Wind gewöhnlich die Farbe gegerbten Leders verliehen hatten. Mir wurde klar, dass ich als Landratte keine Arbeit auf einem Schiff nach London finden würde, ganz gleich, bei wie vielen ich noch nachfragte. So versuchte ich es als Nächstes in Schenken, weit weg vom Saloon. Vielleicht konnte ich mit Besen oder Kochlöffel das Geld für die Passage verdienen. Außerdem bekam ich allmählich Hunger.

»Könnt Ihr einen Küchenhelfer gebrauchen?«

»Zeig deine Hände!«

Ich musste mich meiner Hände nicht schämen. Es waren die eines Bergmanns, kräftig und mit Schwielen. Doch genau das gefiel dem fetten Wirt nicht.

»Fort mit dir! Ich brauche keinen Grobian, der mein Geschirr zertrümmert.«

Arbeit gab es überall, doch nicht für mich. Mal war ich zu schmächtig, dann wiederum zu grobschlächtig. Eine reisende Theatertruppe hätte mich genommen, als Darsteller des Hanswurst, doch die Arbeit war ohne Bezahlung. Ein mitleidiges Dienstmädchen schenkte mir ein Paar alte Schuhe. Aber dort und auch anderswo mochte man mich mit meinem abgerissenen Aussehen nicht einmal als Hausknecht einstellen.

So irrte ich durch die Straßen von Amsterdam, grübelnd über der uralten Frage: Wie komme ich zu Geld? Der gestohlene Geldbeutel erschien mir nun wie ein in der Wildnis verlorener Schatz. Hätte ich wenigstens etwas gehabt, wäre es einfacher gewesen, zu mehr zu kommen, denn ich hätte es investieren können. Ich hätte etwas billig kaufen können, um es dann teurer zu verkaufen. Wenn man aber keinen einzigen Heller sein Eigen nennt, sind solcherart Geschäfte schwierig durchzuführen.

Die Sonne sank. Mein Magen knurrte immer mehr. Ich überlegte, wo oder wie ich die Nacht verbringen sollte. Vielleicht in einem Lagerhaus.

Als ich auf dem Weg zum Hafen einen Pier passierte, wurde dort gerade ein zweimastiges Schiff zum Auslaufen klargemacht. Ich blickte sehnsüchtig hinüber. Die Segel waren gesetzt. Am Heckspiegel prangte der Name *»Fortuin«*. Hafenarbeiter standen schon an den Pollern, um die Leinen zu lösen.

»He, du! Suchst du Heuer?«, rief ein vierschrötiger Mann im gestreiften Pullover von der Reling zu mir herunter.

»Ihr fahrt nicht zufällig nach London?«, rief ich zurück.

»Doch, gewiss. Willst du bis London anheuern, so spute dich!«

Ich konnte mein Glück kaum fassen. Geschwind rannte ich zu der Planke, die zwei Matrosen gerade einholen wollten. Ich lief hinüber und sprang an Bord.

»Wo ist deine Seekiste?«, fragte der Mann, der mich angeheuert hatte.

»Ich besitze keine, mein Herr«, erwiderte ich.

»Es heißt ›Herr Bootsmann‹, wenn's genehm ist, Junge. Noch nie auf einem Schiff gewesen, was?« Er ließ sich meine Hände zeigen, dann befühlte er meine Armmuskeln. Hier schien ich die Examination zu bestehen, denn er nickte. »Ausrüstung gibt es beim Quartiermeister. Sie wird von deiner Heuer abgezogen. Und jetzt verschwinde vom Deck, du bist hier im Weg. Sobald wir auf freier See sind, machst du dein Kreuz unter dem Schiffsvertrag und wirst einer Wache zugeteilt.«

Hinter mir wurden die Leinen losgeworfen. Das Deck schwankte, als die Hafenleute mit langen Stangen das Schiff vom Pier wegdrückten. Die Rahen drehten sich mit lautem Knarren in den Wind, die Segel schlugen und füllten sich, und die *Fortuin* richtete den Bug auf das offene Meer.

Frohgemut begab ich mich zum Vorderkastell, zu dem der Bootsmann mich gewiesen hatte. Von der Heuer würde ich, da die Fahrt nur ein paar Tage dauerte, wohl ohnehin nichts sehen. Doch das machte mir nichts aus. Ich war wieder unterwegs nach London. Und hatte doch, ohne es zu ahnen, mit meinem Sprung auf dieses Schiff den ersten Schritt zum Galgen getan.

Das Mannschaftsquartier war ein höhlenartiger Raum im Vorderkastell. Hängematten hingen dort dicht an dicht. Ein Geruch nach Schweiß und ungewaschener Kleidung schlug mir entgegen, doch ich bahnte mir tapfer einen Weg bis an die Bordwand. Aus kleinen runden Öffnungen sickerte trübes Licht in den Raum. Darunter hockten einige junge Burschen auf ihren Bündeln und machten einen verlorenen Eindruck. Sie trugen bäuerliche Kleidung. Es waren Landratten wie ich, aus den Dörfern um Amsterdam herum, zum ersten Mal auf See und wohl schon grübelnd, ob sie die richtige Berufswahl getroffen hatten.

Es wurde wenig geredet. Im schummrigen Licht erschienen die Gesichter meiner neuen Kameraden immer grünlicher. Das Schiff schwankte stark. Vom Deck hörten wir Kommandos und Flüche. Auch ich spürte einen Anflug von Seekrankheit, doch gottlob nicht sehr heftig, denn ich hatte ja gerade eine Schiffsreise hinter mir.

Die Tür wurde aufgerissen. Die Seeleute der Freiwache strömten herein, warfen ihre Teerjacken auf einen Haufen und ließen sich in ihre Hängematten fallen. »Landlümmel raus zur Wacheinteilung!«, rief einer.

Wir zwängten uns zwischen den Hängematten hindurch, was nicht ohne Flüche und Püffe von den darin Liegenden abging, und traten an Deck. Der Horizont stand schief. Das Schiff stampfte unter einem kräftigen seitlichen Wind durch die Südersee. Einige Neulinge stürzten sogleich an die Reling und begannen, Neptun zu opfern. Wir anderen stellten uns in einer Reihe auf. Der Bootsmann und der Quartiermeister, ein riesenhafter Friese mit Namen Hannes Wittich, teilten uns der Backbord- und der Steuerbordwache zu.

Mir wurde der Schiffsvertrag vorgelegt. Meine Heuer betrug einen halben Gulden in der Woche. Als Ort der Ausschiffung war London eingetragen. In der Spalte der Unterschriften sah ich viele merkwürdige Zeichen und ungelenke Buchstaben. Der Quartiermeister runzelte die Stirn, als ich mit meinem vollen Namen unterschrieb.

Sodann erhielten wir unsere Seeausrüstung, bestehend aus einer Wolldecke sowie Blechteller, Becher und Holzlöffel. Dafür wurden uns fünf Gulden von der Heuer abgezogen. Ich würde das Schiff in London also mit Schulden verlassen, aber ich dachte mir, dass der Eigner dies wohl verschmerzen konnte.

In den folgenden Tagen, während die *Fortuin* die Südersee passierte und Kurs auf die englische Küste nahm, übten wir das Seemannshandwerk. Es bestand im Ziehen an Tauen und vor allem im Schrubben des Decks. Geschwächt durch die Seekrankheit, waren wir noch zu nichts anderem zu gebrauchen. Auch ich stellte mich kränker, als ich war, denn ich hatte nicht die Absicht, etwa das Klettern auf hohe Masten zu erlernen. Bis zur Ankunft in London würde ich hoffentlich mit dergleichen verschont bleiben.

Da wir noch keine richtige Seemannsarbeit leisteten, waren wir Hohn und Flüchen der erfahrenen Matrosen ausgesetzt. Schon am ersten Tag fand ich mich bei meinen Bemühungen, auf Knien das Deck mit Seewasser und Sandstein zu scheuern, von einer Gruppe Seeleute beobachtet. Sie hatten Freiwache, hockten müßig an der Reling und kommentierten meine Tätigkeit mit spöttischen Bemerkungen. Einer der Männer kippte einen Kübel in meine Richtung aus, sodass mir das Wasser über die Hose spritzte.

»He, Landlümmel«, rief er, »gib Obacht, dass du dich nicht einnässt!« Die anderen brachen in Gelächter aus.

Ich fühlte die Nässe an meinen Beinen, und wieder stieg die Galle in mir auf, wie unlängst in der Schenke in Amsterdam. Ich ballte die Fäuste.

In diesem Moment trat eine junge Frau aus der Tür des Achterkastells. Sie war offenbar eine Passagierin. Ihr Kleid flatterte im Wind. Keine Haube bedeckte ihr kupferrotes Haar, und an den Füßen trug sie weder Schuhe noch Strümpfe. So spazierte sie an den Männern vorbei, die ihr mit offenem Mund nachstarrten. Mich streifte ein kühler Blick aus grünen Augen. Dann erstieg sie über die Treppe das Vorderkastell. Dort stand sie an der Reling, blickte auf die See und ließ ihr rotes Haar in der Brise wehen.

Der Seemann, der mir den Kübel über die Beine gekippt hatte, sprang auf und vollführte in ihre Richtung unanständige Gesten. Da trat Hannes Wittich hinzu, der riesenhafte Quartiermeister. Er verpasste dem Mann eine derbe Maulschelle, die ihn längelang auf die Planken schickte. Das hätte ich liebend gerne selbst getan.

»Mir scheint«, sprach Hannes Wittich, »dass zu viel Bier den Manieren abträglich ist. Fürderhin gibt es für jeden, der sich ungehörig benimmt, zwei Wochen lang Wasser statt Bier.«

So wenig mir die Mannschaft gefiel, so sehr beeindruckte mich die Schiffstechnik. Ein mehrmastiges Schiff war zweifellos die großartigste und komplizierteste Maschine, die Menschen bislang ersonnen hatten. Die *Fortuin* verkörperte den neuesten technischen Stand. Ich hatte gelesen, dass Zweimaster dieser Größe früher mehr als fünfzig Mann Besatzung benötigten. Wir waren gerade achtundzwanzig, eingeschlossen den Barbier, den Koch, den Zimmermann, den Geschützmeister sowie Jan, den Pagen, einen strohblonden Jungen von elf Jahren. Die beiden Masten der *Fortuin* waren rahgetakelt, und der hintere, Großmast genannt, trug zusätzlich ein großes Gaffelsegel. Wie auf der *Leopoldus* war der Bereich achtern vom Großmast den Passagieren und Offizieren vorbehalten. Wir einfachen Seeleute hatten dort nichts zu suchen, außer zum Arbeiten und zum Steuern des Schiffes. Zu Letzterem diente ein mannshoher Steuerhebel, der von einem Matrosen der Wache bedient wurde. Als Bewaffnung waren sechs Neunpfünder aus Messing zu beiden Seiten auf dem Mitteldeck festgelascht.

Damit wir Neulinge Backbord und Steuerbord nicht durcheinanderbrachten, hatte man auf einer Seite ein Stück Schiffszwieback ans Vorderkastell genagelt, auf der anderen mit Teer ein Gebilde gemalt, das wohl ein Steuerruder darstellen sollte. Die Fallen und Brassen zum Spannen und Ausrichten der Segel waren mit daran gebundenen Spielkarten markiert. Allerdings verschwanden diese Zeichen nach und nach. Die Spielkarten wurden bald ihrem eigentlichen Zweck zugeführt, die Backbordmarkierung aufgegessen.

In den folgenden Tagen erblickte ich das rothaarige Fräulein öfter an Deck, und jedes Mal begann mein Herz zu schlagen. Ich wusste nicht, warum. Vielleicht war es ihre völlige

Furchtlosigkeit. Während die anderen Passagiere tunlichst in ihrem Bereich am Heck blieben, bewegte sie sich unter uns Seeleuten, als seien wir ihre Bediensteten, und auf dem Schiff, als gehöre es ihr. Einmal kletterte sie sogar in die Wanten, wurde aber gottlob vom Quartiermeister sogleich zurückgescheucht.

Ich fragte mich, was sie in London tun und ob ich ihr in der Stadt noch einmal begegnen würde. Natürlich gab es auch im Mannschaftsquartier kaum ein anderes Gesprächsthema. Es wurde etwa disputiert, was sie wohl unter ihrem grünen Kleid trug, ob sie überhaupt etwas darunter trug und wie man es wohl anstellen würde, das näher in Erfahrung zu bringen.

Einmal kam sie in meine Nähe. Sie wollte wieder auf das Vorderkastell, und ich schrubbte gerade die Planken vor der Treppe. Sie blieb stehen und sah auf mich herab. Ich überlegte, wie ich ein Gespräch beginnen könnte. Solche Dinge fallen mir stets furchtbar schwer.

»Wir haben heute schönes Wetter, nicht wahr, meine Dame?«, brachte ich schließlich heraus.

»Pah! Das nennt Ihr schön? Ich sehe nur Dunst und graue Wolken.«

Da hatte sie natürlich recht. Ich kam mir vor wie ein Tölpel.

»Uns Seeleuten, die wir hoch auf den Masten den schlimmsten Stürmen trotzen müssen, gilt solches Wetter als schön«, behauptete ich.

»Ich habe Euch noch auf keinem Mast gesehen, mein Herr«, erwiderte sie schnippisch. »Ihr scheint vielmehr an den Decksplanken besonderen Gefallen gefunden zu haben. Und nun habt die Güte und gebt mir den Weg frei.«

Die Reise nach London wurde mir lang. An Deck hielt ich immer Ausschau nach der englischen Küste, aber sie wollte nicht in Sicht kommen, obwohl wir gute Fahrt machten. Ich hätte allmählich einen westlichen Kurs erwartet, doch dem

Sonnenstand nach zeigte der Bug des Schiffes immer noch nach Südwesten. Mich beschlich ein ungutes Gefühl.

Als ich wieder einmal einen Kübel Wasser an der Bordwand heraufzog, erblickte ich in der Ferne eine flache Insel. Sie war im Dunst kaum zu erkennen und fiel rasch an Backbord zurück. Neben mir lehnte ein Seemann an der Reling, Claas Pannkok mit Namen, ein langer, dünner Kerl, der ständig auf einem Stück Tabak herumkaute.

»Was ist das für eine Insel?«, fragte ich ihn.

»Ushant«, erwiderte Claas Pannkok und spie einen Strahl Tabaksaft über die Reling.

Ushant konnte es aber nicht sein. Soviel ich wusste, lag diese Insel nicht bei der Themsemündung, sondern vor der französischen Küste, schon jenseits des englischen Kanals.

»Weißt du das genau?«, fragte ich unsicher. »Dann wären wir aber ziemlich vom Kurs abgekommen.«

»Vom Kurs abgekommen? Was bist du denn für ein Vogel? Wir sind gut auf Kurs.«

»Die Themsemündung liegt im Nordwesten. Wir scheinen aber auf Südwestkurs zu sein.«

»Junge, wir fahren nicht in die Themse.«

»Aber um nach London zu kommen, müssen wir die Themse hinauf.«

»Nach London! Wer hat dir denn diesen Bären aufgebunden?« Er lachte. »Es geht nach Kanton. Das liegt nicht an der Themse, Junge. Es liegt in China.«

6

Nordatlantik, Mai 1697

Der Bootsmann hatte mich betrogen. Jeder weiß, dass eine Reise nach China viele Monate, mitunter Jahre dauern kann. Und von fünf Chinafahrern kommen nur vier dort an, nur drei kehren zurück. Auf dem Weg nach China müssen Schiffe den Indischen Ozean passieren, das gefährlichste aller Meere, wo Fieber, Stürme, Riffe und Piraten lauern.

Ich verlangte, sofort den Kapitän zu sprechen. Beim Quartiermeister rief dieses Ansinnen nur Gelächter hervor. Der Kapitän war natürlich ein viel beschäftigter Mann und hatte anderes zu tun, als sich um die Sperenzien eines Neumatrosen zu kümmern. Doch Jan, der Page, verschaffte mir eine Audienz.

Der Kapitän, Deerk Leeuwerik, saß am Kartentisch in der riesigen Heckkajüte. Er trug keine Perücke, sondern hatte sein Haar im Nacken zu einem preußischen Zopf geflochten. Er hatte wohl auch schwache Augen, denn er fixierte mich durch eine Linse, die er mit einer Kette an seiner Weste trug.

»Ich wurde mit einer Täuschung auf dieses Schiff gelockt, Herr Kapitän. Ich ersuche höflichst, unverzüglich an Land gesetzt zu werden.«

Der Kapitän lächelte wohlwollend, was mir Hoffnung machte. Doch dann sagte er: »Junge, du hast den Schiffsvertrag unterschrieben. Den musst du erfüllen. Da hilft nun nichts.«

»Der Bootsmann hat mir zugesichert, die Fahrt ginge nach London.«

Jan wurde geschickt, den Bootsmann zu holen. Ich wiederholte meine Anschuldigung. »Stimmt das, Herr Dils?«, fragte ihn der Kapitän ernst. »Ich habe geglaubt, mit der Mannschaft sei alles in Ordnung.«

»Das ist es, Herr Kapitän«, erwiderte der Kerl ungerührt. »Dieser Bursche fragte nur, ob wir London anlaufen. Er hat dann bis London angeheuert.«

»Ich will sofort das Schiff verlassen, Herr Kapitän«, sagte ich. »Sollte es nicht sogleich möglich sein, dann im nächsten Hafen.«

»Kannst du nicht.« Der Bootsmann grinste triumphierend. »Du hast bis London unterschrieben.«

Der Kapitän nickte. »Dann musst du bis London an Bord bleiben, Junge, und deine Arbeit tun. Wir nehmen in Kanton Stückgut für London an Bord. Du siehst, niemand hat dich getäuscht.«

»Aber ich war im Glauben –«

»Du hast nicht nach dem Kurs gefragt, Junge. Lass dir das eine Lehre sein. Wenn Gott uns eine rasche Rückreise vergönnt, kannst du in spätestens zwei Jahren in London abmustern. Und jetzt hurtig zurück an die Arbeit.«

»Herr Kapitän! Glaubt mir, ich bin Euch als Seemann nicht von Nutzen. Ich kann keine Masten ersteigen. Ich leide an Höhenschwindel.«

»Höhenschwindel?« Der Kapitän machte eine Miene, als traue er seinen Ohren nicht. »Herr Dils, hat er etwas von Höhenschwindel gesagt, als er anheuerte?«

»Kein Sterbenswörtchen«, versicherte der Bootsmann. »Aber vom Schwindel werden wir ihn rasch heilen. Eine Tracht Prügel wirkt da Wunder.« Er packte mich am Arm und wollte mich schon aus der Kajüte ziehen, doch der Kapitän hob die Hand und gebot ihm Einhalt.

»Warum hast du angeheuert, wenn dir die Seemannsarbeit nicht zusagt?«, wollte er von mir wissen.

»Ich wollte nur nach London, um eine Anstellung als Bibliothekar zu finden. Herr Kapitän, gebt mir dann wenigstens eine andere Arbeit! Ich habe studiert. Ich spreche Latein. Ich habe mehr als zweihundert Bücher gelesen. Ich bin in den sechs akademischen Künsten bewandert.«

»Tut mir leid, Junge. Du magst ein Gelehrter sein, aber auf meinem Schiff brauchen wir keine akademischen Künste. Ich würde dich ja zum Pagen machen, aber einen Pagen haben wir schon. Also füge dich darein und lerne das Seehandwerk. Es gibt kein schöneres Handwerk auf der Welt. Und jetzt ab auf deinen Posten.«

»Lerne das Seehandwerk«, sagte der Bootsmann grinsend zu mir, als er mich durch die Tür an Deck stieß. »Das Deckschrubben scheint dich zu langweilen. Keine Sorge, nun wird es unterhaltsamer. Du wirst morgen als Erstes lernen, den Wimpel zu hissen, ganz oben auf dem Großmast.«

Man kann sich vorstellen, welch düstere Gedanken ich wälzte, als ich des Abends auf meiner Decke im Mannschaftsquartier lag. Es waren fast zwanzig Klafter bis zur Spitze des Großmastes. Auf dem letzten Stück gab es nicht einmal Wanten, nur gespannte Taue. Ich sagte mir, dass ich auch die Fahrkunst bewältigt hatte und dass die Masten bei Weitem nicht so hoch waren. Doch das tröstete mich wenig. Ich erwog sogar, über die Reling zu springen und an Land zu schwimmen. Doch die Insel Ushant lag nun mehr als sechs Stunden hinter uns, und der Anblick des schiefergrauen Meeres mit seiner langen Dünung machte mir klar, dass ich das wohl kaum überleben würde.

Da steckte Jan sein Gesicht zur Tür herein. Er rümpfte die Nase über den Geruch und rief mich dann abermals zum Kapitän. Ich folgte ihm mit neuer Hoffnung. Vielleicht hatte sich trotz allem eine Möglichkeit ergeben, mich irgendwo an Land zu setzen. Oder mir wenigstens eine andere Arbeit zu geben, vielleicht als Gehilfe des Barbiers oder des Schiffskochs.

In der großen Kajüte saßen Kapitän Leeuwerik, Quartiermeister Wittich und vier Passagiere bei Kerzenlicht am reich gedeckten Tisch. Beim Anblick der Teller, Platten und Schüsseln lief mir das Wasser im Munde zusammen. Speise und Trank waren hier offensichtlich weit besser als am Kapitänstisch der *Leopoldus*, ganz zu schweigen vom harten Zwieback und dem undefinierbaren Eintopf im Mannschaftsquartier der *Fortuin*.

Gegenüber dem Kapitän hatte ein stattlicher Mann im Priestergewand Platz genommen. Sein weißer Bart reichte von einem Ohr zum anderen. Ihm zur Seite saß das rothaarige Fräulein, das mich kühl musterte. Die beiden anderen Passagiere waren, ihrer Kleidung nach zu urteilen, holländische Kaufleute.

»Unser Gelehrter an Bord, der Neumatrose Richard Kreutzner«, präsentierte mich der Kapitän.

»Ich bin Predikant Bakken«, sagte der Geistliche, »und dies ist meine Tochter Annika. Herr Leeuwerik meinte, dass Ihr sie auf der Reise vielleicht unterrichten könntet. Unseren Hauslehrer, der uns eigentlich begleiten sollte, musste ich leider entlassen.«

Er hielt inne und betrachtete mich. Meine Füße waren bloß, meine Hosen vom Herumknien auf dem Deck arg zerschlissen. Weder hatte ich in letzter Zeit Gelegenheit gehabt, mein Haar zu stutzen, noch, meinen Bart zu scheren. Kurz, ich sah zweifellos einem Strauchdieb ähnlicher als einem Gelehrten.

»Verzeiht mir eine Bemerkung«, sagte der Predikant diplomatisch. »Angesichts Eurer Jugend scheint mir, als solltet auch Ihr noch die Schulbank drücken.«

Ich durfte diesen Rettungsring um keinen Preis an mir vorübertreiben lassen. »Predikant Bakken, ich spreche vier Sprachen«, sagte ich hastig. »Ich habe sechs akademische Künste studiert, nämlich die Philosophie, die Arithmetik, Astronomie, Geografie, die Baukunst und das sächsische Recht. Ich bin auch vertraut mit Keplers Weltharmonik und Newtons ›Principia Mathematica‹.«

»Nun, nun, höhere Mathematik brauchen wir wohl nicht. Wir wollen in Kanton den Heiden das Christentum nahebringen. Annika soll in der Mission die Bücher führen und die Missionsschule leiten. Eine solide Bildung kann da nicht schaden.«

»Ich bin sicher, dass ich diese vermitteln kann.«

»Herr Leeuwerik sagte, Ihr sprecht Latein?«

»Nempe ita possum, Pater.«

»Gut, gut. Man soll einen Menschen nicht nach seinem Äußeren beurteilen. Ich schätze aber nicht nur Gelehrsamkeit, sondern auch einen tugendsamen Charakter. Ihr seid doch gottesfürchtig? Und hoffentlich kein Papist?«

»Gewiss nicht. Ich kenne die Bibel auf Latein, bin aber auch mit der Übersetzung des Martin Luther vertraut.«

»Ich meinte nicht nur Eure Gelehrtheit, mein Sohn. Ist Euer Glaube fest?«

»Gott hat seit langer Zeit einen festen Platz in meinem Herzen, Predikant.«

»Das macht mich froh. Annika, welchen Eindruck hast du gewonnen?«

Sie sah mich von oben bis unten an. »Meinetwegen will ich es mit ihm versuchen, Vater.«

»Nun, so versuchen wir es. Falls Ihr Euch bewährt und Herr Leeuwerik einverstanden ist, will ich Eure Passage nach Kanton übernehmen.«

Dies bedeutete, dass ich als Passagier auf der *Fortuin* reisen konnte, nicht als Matrose. Das würde mir das Leben weit erträglicher machen. Und der Bootsmann würde sich für das Wimpelhissen auf dem Großmast wohl jemand anderen suchen müssen.

»Für heute«, fuhr der Predikant fort, »nehmt Platz und teilt unser Mahl, denn Euer hungriger Blick ist mir nicht entgangen. Aber zuerst lasst uns beten.«

Beim Tischgebet saß ich neben Fräulein Annika. Dabei warf sie mir einen Blick zu, der es mir erschwerte, mich in fromme Gedanken zu fassen. Aber ich musste mich getäuscht haben, denn als ich wieder verstohlen zu ihr hinübersah, hielt sie die Augen geschlossen und war ganz in das Gebet vertieft.

Während wir dem Gericht zusprachen – vorzügliches Ziegenfleisch in Biersoße, dazu gekochte Rüben –, erschien ein weiterer Passagier, ein junger Mann mit einem blassen, vornehmen Gesicht und dunklem lockigem Haar. Er musterte mich mit finsterer Miene, denn den Platz neben Fräulein Annika hatte er wohl sich selbst zugedacht. Er wurde als Mr. Floyd vorgestellt. Am Tischgespräch beteiligte er sich nicht, denn offenbar sprach er nur Englisch.

Wohl weil ich nun als Gelehrter galt, geruhte Fräulein Annika, mir etwas Aufmerksamkeit zu schenken. Sie flüsterte mir zu: »Wollt Ihr wissen, warum Euer Vorgänger, der Schulmeister Cornelis, entlassen wurde?«

»Es gab gewiss gute Gründe.«

»Er hatte unkeusche Gedanken. Habt Ihr zuweilen unkeusche Gedanken, Meister Richard?«

»Natürlich nicht«, behauptete ich.

»Gut. Schulmeister Cornelis hatte mich unziemlich berührt, so, seht her«, dabei strich sie sich wie beiläufig über das Kleid, wo es sich über ihren weiblichen Formen spannte, »und darauf nahm ich einen Besen zur Hand und habe ihn damit grün und blau geprügelt. Ich möchte Euch nicht auch verprügeln müssen.«

»Ich will versuchen, dafür keinen Anlass zu geben, Fräulein Annika.«

»Was gibt es da zu tuscheln?«, fragte der Predikant, doch sie erwiderte: »Nur eine Klarstellung, Vater.«

Bei Tagesanbruch begab ich mich wie befohlen zu Fräulein Annikas Kabine, um den Unterricht zu beginnen. Zu diesem Anlass hatte ich mir von einem Matrosen eine neue Segeltuchhose geborgt. Ich hatte auch versucht, mit einem vom

Barbier geliehenen Kamm und Messer meiner Behaarung ein respektierlicheres Aussehen zu geben.

Die Tür der Kabine stand offen. Das Fräulein saß wohl noch beim Frühstück am Kapitänstisch. Ich trat ein, um auf sie zu warten. Die Kabine war eng, aber mit allem erdenklichen Luxus ausgestattet. Eine rote gesteppte Seidendecke und weiche Kissen polsterten die Koje, sodass sie einem englischen Diwan glich. Eine Truhe stand offen, und ich sah mit Interesse, dass Fräulein Annika darin eine Reihe von Büchern aufbewahrte.

Ich warf einen Blick auf ihre Lektüre. Es waren zumeist erbauliche Ratgeber und christliche Traktate. Ich zog eines davon heraus, ein dünnes Bändchen in einer Lederhülle mit dem Titel »De vita et miraculis Sancti Bonifacii«. Doch als ich es aufs Geratewohl aufschlug, las ich:

»Erteile mir den Segen, o heiliger Mann!«, hauchte Louise und presste ihren bebenden Leib gegen den seinen. Da überkam den Heiligen eine Woge frommen Eifers. »Öffne dich der Liebe Christi!«, rief er aus und segnete sie mit einem Kuss. Wie durch ein Wunder sprang da ihr Mieder auf, aus dem ihre Brüste schwollen wie zwei pralle Granatäpfel, voller Süße und reif zum Pflücken. Ein weiteres Wunder ließ ihre seidenen Röcke zu Boden gleiten und enthüllte Louisens geheime Schatzkammer, duftend und verlockend wie eine frisch gemachte Honigpastete. Mit seinen starken Armen umschlang der Heilige ihren –

Hastig schlug ich das Buch zu und legte es zurück, denn vor der Tür hörte ich Schritte.

Fräulein Annika betrat die Kabine mit beschwingtem Gang und glänzenden Augen, als stünde ein besonderer Tag bevor. Sie schloss die Tür hinter sich, streckte sich auf der Koje aus und wies mich auf einen Schemel am Fußende.

»Was wollt Ihr mich heute lehren, Meister Richard?«

»Lasst uns erst herausfinden, was Ihr schon wisst und was Ihr noch nicht wisst.«

Ich hatte insgeheim befürchtet, Fräulein Annika wüsste womöglich mehr als ich und würde mich als Hochstapler dastehen lassen. Doch die Sorge erwies sich als unbegründet. Der Schulmeister Cornelis, vielleicht abgelenkt von seinen unkeuschen Gedanken, hatte sie nicht allzu gründlich unterrichtet. Sie konnte lesen und schreiben und kannte sogar ein paar Brocken Latein. In der Geschichtskunde und der Geografie aber wies sie große Wissenslücken auf, von der Philosophie ganz zu schweigen.

In den folgenden Tagen begann ich, ihr all dies beizubringen. Ich fing an mit der Arithmetik, denn dort verfügte sie schon über Grundlagen. Fräulein Annika erwies sich als gute Schülerin. Sie begriff alles rasch, wurde allerdings ebenso rasch ungeduldig, wenn etwas nicht nach ihrem Willen ging.

Zum Unterricht rekelte sie sich stets auf den Kissen. Ich saß zu ihren Füßen auf dem Schemel. Wenn ich zu schnell vortrug oder sie etwas genauer wissen wollte, stieß sie mich spielerisch mit dem Fuß an, einem wunderschönen Fuß in einem weißen Seidenstrumpf. Ich musste jedes Mal der Versuchung widerstehen, diesen Fuß zu packen, zu kitzeln oder sonst etwas damit anzustellen. Auch blickte sie mich manchmal auf eine Weise an, bei der ich des Schulmeisters unkeusche Gedanken nachfühlen konnte. Aber ich ließ mir nichts anmerken. Ich wollte weder verprügelt werden noch gar entlassen und wieder zum Matrosen degradiert.

Aus dem Mannschaftsquartier war ich ins Achterkastell umgezogen. Dort teilte ich eine winzige Kabine mit dem Engländer, Mr. Floyd, der von meinem Eindringen alles andere als erfreut war. Die beiden Kaufleute, die Herren Jonk und Vanderbiest, hatten eine deutlich geräumigere Kabine für sich. Mehr Platz als wir Passagiere besaßen die Hühner und Ziegen, die in Verschlägen auf dem Achterdeck mitgeführt wurden. Ihr Gegacker und Gemecker verstummte nach und nach, als sie eines nach dem anderen im Kochtopf landeten.

Der Predikant und seine Tochter gehörten der Remonstrantischen Bruderschaft an. Sie sollten eine Missionsstation in Kanton aufbauen. Der Unterricht mit Fräulein Annika gefiel mir gut, wenn ich auch zuweilen nicht wusste, ob sie etwas ernst meinte oder sich einen Spaß mit mir erlaubte. Einmal sagte sie zu mir: »Meister Richard, Ihr seid ein freier Geist, so wie ich auch. Ihr solltet Euch ein wenig mehr dem Leben öffnen. Steht Euch nicht selbst im Wege.«

Der Sinn dieser Worte war für mich dunkel, doch ich erwiderte: »Das will ich versuchen, Fräulein Annika. Aber lasst unsere freien Geister sich nun wieder der lateinischen i-Konjugation zuwenden. Würdet Ihr so gut sein und mir das *›dormire‹* konjugieren?«

Da beugte sie sich zu mir vor und flüsterte mir zu, sodass ich ihren warmen Atem an meinem Ohr spürte: *»Saepe dormio toto in naturalibus!«* Dann lehnte sie sich wieder zurück und machte ein unschuldiges Gesicht.

Ich wusste nicht, wie ich diese schockierende Bemerkung deuten sollte. Doch hatte ich sogleich das Bild des gänzlich unbekleidet schlafenden Fräuleins vor Augen. Und dieses Bild, sosehr ich mich auch mühte, bekam ich für den Rest der Lateinstunde nicht mehr aus dem Kopf. Es war der Sammlung meiner Gedanken sehr abträglich. Ich brachte die Lektion rasch zu Ende. In dieser Nacht aber träumte ich in meiner Koje vom unerforschten Meer, von neuen und wunderbaren Gestaden, von gewaltigen Schiffen, die in märchenhafte Häfen einfuhren. Auch das gänzlich unbekleidete Fräulein Annika spielte in meinem Traum eine Rolle, über die ich hier jedoch schweigen will.

Da meine Gedanken um sie kreisten, entging mir nicht, wie Mr. Floyd sie mit seinen dunklen, traurigen Augen zuweilen anstarrte. Und statt auf die eisige Miene zu stoßen, die ich erhoffte, schien ihr seine Aufmerksamkeit durchaus nicht unangenehm zu sein. Zum Glück, so dachte ich, konnte nichts daraus erwachsen, denn Mr. Floyd sprach nur Englisch. Außer dem Kapitän und mir verstand ihn niemand. Er war überhaupt ein seltsamer Bursche. Oft lag er nur auf seiner Koje und starrte an die Decke. Oder er schlich auf dem Achterdeck herum und seufzte von Zeit zu Zeit. Ich hatte anfangs gedacht, ihm sei ein Unglück zugestoßen, das ihn traurig machte. Doch er litt an der Welt.

Da ich keine Bücher mehr besaß und mir auch von Fräulein Annika keines ihrer unzüchtigen Werke ausleihen mochte, streifte ich in der freien Zeit auf dem Schiff umher. Der Laderaum war vollgestellt mit Kisten und Fässern, alle mit Seilen kreuz und quer festgezurrt. Dazwischen verliefen enge Gänge. Einer endete vor einem Stapel Zinnbarren, und davor bemerkte ich eine quadratische Luke im Boden.

Als ich neugierig den Deckel anhob, quoll aus dem dunklen Loch ein Gestank, der mich würgen ließ. Ich leuchtete mit der Kerze hinein. Eine schaumige Brühe schwappte tief unten zwischen den schwärzlichen Rippen des Rumpfes. Das Kerzenlicht reichte nicht weit. Gerade als ich die Luke wieder schließen wollte, schien sich unten etwas zu bewegen, etwas Huschendes, knapp außerhalb des Lichtscheins. Ratten, sagte ich mir. Schaudernd ließ ich die Klappe zufallen und ahnte nichts von dem Verhängnis, das dort unten auf uns lauerte. Und dass es mir in nicht allzu ferner Zeit beschieden sein würde, in dieses finstere Gelass hinabzusteigen.

Noch etwas anderes schien mit der *Fortuin* nicht zu stimmen. Um die Geschwindigkeit zu messen, warf ein Matrose regelmäßig eine Leine mit Knoten und einem dreieckigen Holzbrett ins Meer. Der Quartiermeister drehte dann eine Sanduhr, während der Matrose laut die Knoten zählte, die durch seine Hände liefen. Allerdings machte Hannes Wittich nach jeder Messung ein grimmigeres Gesicht.

»Zu geringe Fahrt«, antwortete er auf meine Frage. »Bei

dem Wind und der Ladung sollte es ein Knoten mehr sein. Eher eineinhalb.«

»Warum lässt der Kapitän dann nicht auch die oberen Segel setzen?«

»Die Bramsegel? Bei diesem Wind würde der Segelpress nur den Bug tiefer ins Wasser drücken. Wir machten dann noch weniger Fahrt. Das Schiff würde zudem krängen wie ein betrunkener Soldat.« Mit einem Grinsen fügte er hinzu: »Und Ihr würdet vom Rudergänger verflucht, denn ein krängendes Schiff lässt sich schwer auf Kurs halten.«

Auch am Kapitänstisch wurde über die zu geringe Fahrt disputiert. Die Segel waren neu, das Takelwerk in Ordnung, auch Bewuchs mit Seepocken war jetzt noch nicht zu erwarten. Es blieb ein Rätsel. Ein Knoten weniger Fahrt verlängerte nicht nur unsere Reise, das Schiff wäre auch eine leichtere Beute für die muslimischen Korsaren, die von Salé aus die afrikanische Küste unsicher machten. Doch Kapitän Leeuwerik tat die Gefahr ab. Er führte am Tisch stets das große Wort, so wie es wohl allen Kapitänen eigentümlich ist.

Der Ausgang unserer Reise stehe bereits fest, verkündete er uns. Denn da Gott allwissend sei, was wohl hoffentlich niemand bestreite, so kenne Er auch unser aller Schicksale und das unseres Schiffes. Und da Gott die Zukunft kenne, müsse sie folglich bereits festgelegt sein. Ergo sei alles vorherbestimmt. Ganz so, wie Calvin es gelehrt habe. Nach dieser unwiderleglichen Schlussfolgerung blickte der Kapitän triumphierend in die Runde.

Doch der Predikant widersprach sofort. Calvin sei gewiss ein großer Lehrer gewesen, aber in diesem Punkt irre er sich gewaltig. Denn der Kapitän wolle doch nicht in Abrede stellen, dass uns Gott durch die Gnade Christi unseren freien Willen gegeben habe? Wie aber könnten wir uns frei entscheiden, wenn unser Tun vorherbestimmt wäre?

Der Kapitän klemmte seine Linse ins Auge und fixierte den Predikanten. Das ändere überhaupt nichts, erklärte er, denn auch wenn wir uns frei entschieden, so wisse Gott natürlich im Vorhinein, wie wir uns entscheiden würden. Denn andernfalls, da müsse der Predikant doch sicherlich zustimmen, wäre Er ja nicht allwissend. Aus Gottes Allwissenheit folge daher zwangsläufig, dass auch all unsere freien Entscheidungen bereits feststehen müssen.

Ich hätte Predikant Bakken beispringen können. Gott kannte keineswegs die Zukunft, denn Er hatte mich für meine Taten stets nachträglich gescholten, mich aber nie im Voraus vor ihnen gewarnt. Doch dieses Argument behielt ich wohlweislich für mich. Der Predikant durfte niemals erfahren, dass Gott in einem Zimmer in meinen Kopf wohnte. Denn dann würde er gewiss erklären, es sei nicht Gott, sondern der Teufel. Mit dem Unterricht wäre es vorbei. Und im nächsten Hafen würde man mich womöglich der Gerichtsbarkeit übergeben.

Als ich aber Mr. Floyd den Disput übersetzte, verfiel er in eine Tirade. »Was soll das mit dem freien Willen? Der Wille ist der Leidenschaft unterworfen, Sir. Alles, was wir wollen, wird von der Leidenschaft unseres Herzens bestimmt. Das leidenschaftliche Herz führt uns, Sir, nicht unser Wille. Und nur das hingebende Herz kann unserer Leidenschaft die Erfüllung bringen.« Wobei er jedes Mal, wenn er die Worte *»heart«* oder *»passion«* aussprach, Fräulein Annika einen schmachtenden Blick zuwarf. Und zu meinem Leidwesen lächelte sie ihn an, wenngleich sie den Inhalt seiner wirren Rede sicher nicht verstand.

Auch dem Predikant waren solche Blicke wohl nicht entgangen. Am gleichen Tag nahm er mich beiseite. »Ich muss mit Euch über meine Tochter reden«, sagte er. »Sie ist so tugendsam und gottesfürchtig, wie es sich ein Vater nur wünschen kann. Doch brennt in ihr auch das Feuer der Jugend. Schon als Kind war sie ein wenig wild. Ich habe bemerkt, Meister Richard, dass Ihr einen gewissen Einfluss auf sie habt. Natürlich würdet Ihr diesen niemals zu unschicklichen Zwecken ausnutzen. Aber versprecht mir, dass Ihr sie stets auf dem Pfad der Tugend halten und vor unliebsamen Versuchungen schützen werdet, sofern Euch das möglich ist.«

Ich ergriff seine Hand und sagte: »Ich verspreche es. Aber mein Einfluss auf Fräulein Annika ist geringer, als Ihr denkt. Sie ist ein freier Geist.«

»Vielleicht allzu frei«, seufzte der Predikant.

Wir passierten die Biskaya, verschrien als das Meer der Stürme, ohne größere Schwierigkeiten. Wie Kapitän Leeuwerik erklärte, fürchteten Seeleute diesen Teil der Strecke am meisten, auch wegen der spanischen Küste im Lee. Nun sei der Rest der Reise ein Kinderspiel.

Wir nahmen Kurs auf Madeira. Dort würde die Fahrt für mich enden. Ich hatte nicht die Absicht, bis China mitzufahren. Ich plante vielmehr, mich in Madeira heimlich vom Schiff zu stehlen und eine Passage nach London zu finden.

Eine Woche später liefen wir im Hafen von Funchal ein. Dort nahmen wir Wasser und neuen Proviant auf. Meine Gelegenheit, das Schiff zu verlassen, sollte sich bald ergeben.

»Meister Richard, ich möchte die Stadt erkunden. Wollt Ihr mich begleiten?«

»Das würde ich gerne, Fräulein Annika. Doch ist es nicht unschicklich, wenn wir beide ohne Begleitung einer Anstandsdame durch die Straßen flanieren?«

»Pah! Beim Unterricht ist auch keine Anstandsdame zugegen. Wir geben einfach vor, wir seien Eheleute. Nur mein Vater soll davon besser nichts erfahren.«

So bot ich ihr meinen Arm, und wir streiften zusammen durch die Stadt. Endlich hatte ich wieder festen Boden unter den Füßen. Die Häuser in Funchal waren zweistöckig und weiß getüncht. So wie in Amsterdam fast jedes Haus ein Kaufmannshaus war, so beherbergte in Funchal jedes vierte Haus eine Weinhandlung.

Man sollte meinen, der viele Wein würde die Bevölkerung fröhlich machen. Aber dem war nicht so. Die Männer hatten verkniffene Gesichter, warfen scheele Blicke auf uns und bekreuzigten sich, wenn wir vorübergingen. Die Frauen waren bis obenhin verhüllt, trugen schwarze Kopftücher und huschten geduckt über die Straßen, als sei es schon Ketzerei, das Haus zu verlassen.

»Die Papisten«, flüsterte Fräulein Annika.

Auch ich gewann hier einen ungünstigen Eindruck von dem katholischen Glauben.

Das größte Bauwerk in Funchal war die riesige Kathedrale. Sie bot gewiss für die ganze Bevölkerung Platz. Das zweitgrößte war ein Gebäude nahe dem Hafen, über welches Fräulein Annika ohne Scheu mutmaßte, es sei wohl das Hurenhaus. Während wir durch die Straßen gingen, machte sie auch Scherze darüber, dass wir nun Mann und Frau seien.

»Meister Richard, wie fühlt Ihr Euch als frischgebackener Ehemann? Wo werden wir wohl unsere Hochzeitsnacht verbringen? In Eurer oder in meiner Kabine?«

Ich dachte an mein Versprechen gegenüber ihrem Vater und sagte: »Fräulein Annika, derlei Frivolitäten sind einer Dame unangemessen.«

»Pah! Meister Richard, Ihr seid fürwahr ein hoffnungsloser Fall.«

Später fand ich im Hafen heraus, dass es kein Schiff nach London gab und so bald auch keines geben würde. Portugal und England waren gerade einmal wieder verfeindet. Ich musste also wohl oder übel bis Kapstadt mitfahren, der nächsten Station unserer Reise. Dort würde ich sicherlich eine Passage nach London finden, denn das Kap der Guten Hoffnung wurde ständig von Schiffen aller Nationen angelaufen. Ich fühlte mich weniger enttäuscht, als ich hätte sein sollen. So war mir noch weitere Zeit mit Fräulein Annika vergönnt.

Im Hafen erfuhren wir auch von neuen Piratentaten im

Indischen Ozean. Captain Avery hatte ein Pilgerschiff gekapert und die Besatzung und viele Passagiere abgeschlachtet. Die Männer waren zuvor auf barbarische Weise gefoltert worden, um ihre Geldverstecke zu verraten. Die Frauen, die noch unberührt waren, verkauften die Piraten an arabische Menschenhändler. Den anderen wurde Gewalt angetan, dann wurden sie ausgesetzt.

Wir blieben zwei Tage in Funchal, bis die Wasserfässer gefüllt und wieder an Bord geschafft waren. Die Herren Jonk und Vanderbiest hatten etliche Fässer Wein erworben, die sie in China mit Gewinn losschlagen wollten. Es heißt, dass Madeira-Wein auf langen Seereisen nicht verdirbt, sondern dadurch erst seine Reife und seinen Geschmack erhält.

Die nächsten Monate bis zum Kap würden wir kein Land mehr sehen. Denn auf der Erdkugel ist der schnellste Weg zwischen zwei Punkten keineswegs eine gerade Linie. Er richtet sich vielmehr nach den Strömungen und Winden. Der Kapitän plante einen Kurs mit dem Nordostpassat bis vor die Küste Brasiliens und von dort mit einer günstigen Strömung nach Süden und zurück nach Afrika.

Eines Morgens fanden wir die See bedeckt mit toten Heuschrecken, so weit das Auge reichte. Irgendein mächtiger Sturm im Inneren Afrikas musste den Schwarm aufs Meer hinausgetragen haben. Am gleichen Tag drehte der Wind auf Nordost. Kapitän Leeuwerik legte das Schiff vor den Wind, sodass wir uns nun von der afrikanischen Küste entfernten. Dies ließ alle aufatmen, denn die Gefahr durch Korsaren schien damit überstanden.

Des Abends sichteten wir im Osten eine merkwürdige Wolke. Sie war gefleckt und sah aus wie ein riesiger Trichter, dessen oberer Rand meilenweit über den Himmel verlief. Im unteren Teil der Wolke zuckten Blitze, und ein fernes Donnern drang von dort an unser Ohr. Zugleich schlief der Wind ein. Wir trieben bewegungslos auf dem rötlich schimmernden Meer.

Bei Sonnenuntergang war die Wolke weiter gewachsen. Ihr oberer Rand hing nun fast über uns. Im unteren Bereich, wo der Trichter die Kimm berührte, flackerte ein fahles Licht.

»Ich habe auf See schon alle möglichen Sturmwolken gesehen«, sagte Hannes Wittich, »aber so etwas noch nie. Das will mir gar nicht gefallen.«

Die See war unruhig, obwohl kein Wind ging. Kurze Wellen liefen kreuz und quer durcheinander und ließen das Schiff tanzen. Fast alle an Bord standen nun an Deck und blickten zum Horizont. Der Bootsmann scheuchte die Seeleute, die keine Freiwache hatten, mit Flüchen auf ihre Posten zurück. Manche bekreuzigten sich.

Es blitzte wieder aus der Wolke. Ein dumpfes Dröhnen schallte über das unruhige Meer zu uns herüber.

»Das ist kein Sturm«, meinte der Bootsmann. »Dort ist eine höllische Seeschlacht im Gange.«

Der Kapitän schüttelte den Kopf. »Bei den Kapverden? In der Gegend gibt es keine Flotten.«

Wir sahen jetzt aus der Wolke eine Feuerkugel auftauchen. Sie zog eine leuchtende Bahn über den Himmel und verschwand. Weitere feurige Kugeln schossen empor und verfolgten die erste. Es war ein wundersamer Anblick.

Ich sah mich nach Fräulein Annika um, konnte sie jedoch zunächst nirgends entdecken. Dann sah ich sie zusammen mit Mr. Floyd an der Heckreling. Hinter ihnen im Osten bedeckte die schwarze Wolke nun den ganzen Himmel. Sie warf einen rötlichen Feuerschein zurück.

»Da hat scheint's der Teufel das Tor zur Hölle offen gelassen«, hörte ich jemanden murmeln.

»Nein, das ist ein verdammter Vulkan!«

Wir sahen keine Sterne mehr, keinen Mond, nur das flackernde Feuer am Horizont und nun einen Streifen weißer Gischt, der über das Wasser auf uns zuschoss.

»Alle festhalten!«, brüllte der Quartiermeister.

Das Heck des Schiffes stieg steil nach oben. Die See

schäumte um uns herum. Dann krachte der Rumpf zurück aufs Wasser mit einem Schlag, der durch Mark und Bein ging. Jeder auf Deck klammerte sich an die Reling, an ein Tau, was immer gerade in der Nähe war.

»Da kommt noch eine!«, rief Hannes Wittich.

Das Schiff wurde noch mehrmals von den plötzlichen Wellen durchgeschüttelt. Allerdings war keine so heftig wie die erste. Es gab Verletzte. Einer der Matrosen war aufs Gesicht gefallen und hatte sich Vorderzähne ausgeschlagen. Ein anderer hatte ein gebrochenes Handgelenk. Pieter Blom, der Barbier, welcher auch das Amt des Schiffsarztes versah, bekam zu tun.

Die Wellen wurden schwächer, dafür frischte der Wind wieder auf. Er kam aus Richtung des Feuers, brachte schwefligen Geruch mit sich und einen schwarzen Regen, der auf das Schiff niederging. Die Segel schlugen und füllten sich.

»Druck auf dem Ruder!«, rief der Matrose, der am Steuerhebel stand.

Das Wasser begann, an der Bordwand zu rauschen. Wir ließen den Feuerschein allmählich hinter uns. Dies war zweifellos das Feuer eines Vulkans, gerade so, wie im Buch des Plinius beschrieben. Der feuerspeiende Berg musste auf einer der Kapverdischen Inseln liegen. Hoffentlich auf einer unbewohnten.

Als ich mich noch einmal nach Fräulein Annika umsah, stand sie immer noch mit Mr. Floyd am Heck. Beide schienen damit beschäftigt, einander anzustarren. Meine Gedanken wurden schwärzer als der Regen. Ich ging unter Deck.

In den folgenden Wochen brachte uns der Passatwind ein gutes Stück nach Süden und über den Atlantik. Der Himmel war stets wolkenlos. Am Firmament schimmerten Sternbilder, die ich nie zuvor gesehen hatte.

Fräulein Annika schien ein Interesse an der Seemannsarbeit zu entwickeln. Jedenfalls wurde sie nicht müde, den

Matrosen zuzuschauen, wie sie das Deck schrubbten oder mit bloßem Oberkörper an der Pumpe oder in der Takelage arbeiteten. Während sie zwischen den Männern herumspazierte, verfolgten diese sie mit Blicken, die mir nicht gefielen.

Dann kam der Tag, an dem uns Kapitän Leeuwerik den Jakobsstab zeigte, mit dem er den Breitengrad bestimmte. Sein Querbalken stand nahe der höchsten Markierung. Wir hatten den Äquator erreicht. Wie ich hörte, wurde dies stets gefeiert, indem man die Neulinge unter den Matrosen am Seil von der Rah aus ins Wasser warf. Doch seit einiger Zeit umkreisten dreieckige Flossen das Schiff. Der Kapitän hatte das Ritual daher verboten. Stattdessen gab es ein wüstes Saufgelage unter den Seeleuten, wobei zum Missfallen des Predikanten die ganze Nacht hindurch unanständige Lieder gegrölt wurden.

Wie um die Zügellosigkeit zu bestrafen, schlief am nächsten Tag der Wind völlig ein. Das Meer war glatt wie ein Spiegel. Das Schiff lag still, und die Segel – es waren alle gesetzt, um auch den kleinsten Hauch einzufangen – hingen traurig von den Rahen. Die Sonne brannte herab. Der Teer zwischen den Decksplanken schmolz. Er tropfte hinunter in den Laderaum und überzog Kisten und Fässer mit schwarzen, stinkenden Flecken. Auch in den nächsten Tagen änderte sich nichts. Wir kamen nicht von der Stelle.

»Die *Stormvogel* lag elf Monate in den Kalmen fest«, sagte der Quartiermeister. »Am Schluss wurden die Männer wahnsinnig. Sie haben einander aufgegessen, heißt es.«

Über Deck hatten die Seeleute Sonnensegel gespannt, um die schlimmste Hitze abzuhalten. Trotzdem drückten die Bewegungslosigkeit und der stets gleiche Anblick des flirrenden Meeres allen aufs Gemüt.

Aufgrund der Hitze hatte sich Fräulein Annika eine Befreiung vom Unterricht ausgebeten, sodass es für mich nichts zu tun gab. Nur Mr. Floyd scharwenzelte öfter denn je um sie herum. Mir war unbegreiflich, was sie an dem tristen Burschen fand. Gut, er war einige Jahre älter als ich, stets gut gekleidet, von hoher, gerader Gestalt und mit vornehmen Gesichtszügen. Ich hatte ihn nie nach seiner Familie gefragt. Womöglich war er ein reicher Erbe. Doch Fräulein Annika konnte das nicht wissen, denn es gab ja die Sprachgrenze zwischen ihnen. Vielleicht aber verständigten sie sich irgendwie ohne Worte. Dieser Gedanke verdüsterte meine Stimmung weiter. Zwar erinnerte ich mich an Marcus Aurelius und ermahnte mich selbst, dem Leben mit Gelassenheit zu begegnen. Doch die Philosophie war zuweilen nicht einfach.

Was immer mir an Fräulein Annikas Verhalten missfiel, konnte sie bald darauf wettmachen. Dies jedoch auf eine Weise, die in uns allen große Bestürzung auslöste.

An jenem Abend erklärte uns Kapitän Leeuwerik bei Tisch gerade den Unterschied zwischen Mann und Frau.

»Das Weib wurde aus der seitlichen Rippe des Mannes geschaffen. So soll das Weib dem Mann zur Seite stehen und ihn in seinem Streben unterstützen, wie auch die Rippe den Körper stützt. Es soll aber keinesfalls seine Position einnehmen.« Dabei fixierte er Fräulein Annika durch seine Linse. »Gott hat nämlich den weiblichen Geist für die schönen Dinge bestimmt. Etwa für – nun, lasst uns überlegen – das Nähen, das Sticken, das Schmücken, das Binden von Blumensträußen. Nicht für Dinge wie Schiffsführung oder Philosophie und Mathematik.«

Ich mischte mich selten in das Gespräch ein, aber diese Behauptung war nachweislich falsch. »Hypatia von Alexandria war eine berühmte Mathematikerin. Und auch Fräulein Bakken beherrscht die Arithmetik meisterlich. Sie würde manchen Navigator in den Schatten stellen.«

»Tatsächlich? Ihr seid immer für Überraschungen gut, Fräulein Bakken. Dann könnt Ihr uns doch gewiss eine Kostprobe Eurer Kunst demonstrieren?«

Ich hatte Fräulein Annika in eine peinliche Situation gebracht. Doch sie funkelte den Kapitän an und sagte: »Das will ich gerne, Kapitän Leeuwerik. Ich wollte Euch ohnehin schon eine mathematische Beobachtung mitteilen.«

Der Kapitän lehnte sich zurück und lächelte. »Nun bin ich sehr gespannt.«

»Auf diesem Schiff gibt es für eine Dame wenig Zerstreuung. Daher habe ich zuweilen die seemännischen Arbeiten beobachtet.«

»Ich glaube, das ist niemandem entgangen.«

»Ich habe bemerkt, dass jeden Morgen zwei der Seeleute an der Pumpe arbeiten.«

»So ist das auf einem Schiff, Fräulein Bakken. Ein Schiffsrumpf ist nie ganz dicht. Ohne Pumpen stünde uns die Bilge bald bis zum Hals.«

»Wie dem auch sei, es dauerte stets etwa zwei Glasenschläge, bis die Pumpe leerlief. Aber vor drei Wochen waren es schon mehr als drei Glasen. Vorige Woche fünf. Und heute Morgen wurde fast die ganze Wache lang gepumpt.«

Der Kapitän zog die Brauen hoch. »Habt Ihr das alles gewissenhaft notiert? Ihr würdet gewiss eine gute Buchhalterin abgeben.«

»Zwei, drei, fünf, acht. Ich will Euch jetzt verraten, dass Eure Seeleute nächste Woche dreizehn Glasen lang pumpen müssen. Die Woche darauf einundzwanzig. Denn so wird sich diese Zahlenfolge fortsetzen. Meister Richard, Ihr hattet einen besonderen Namen dafür.«

»Die Sequentia des Fibonacci«, flüsterte ich. Dies war wieder einer dieser Momente, in denen ich ihr gänzlich verfiel.

Wenn sich Dinge immer rascher ausbreiten, folgen sie jener Sequentia. Eigentlich wäre eine solche Entdeckung an mir gewesen. Doch mich hatte immer nur die Technik des Schiffes interessiert, nie seine Besatzung.

»Bald«, fuhr Fräulein Annika fort, »wird die Sequentia den Wert achtundvierzig überschreiten. Der Tag hat achtundvierzig Glasen, also müssen dann alle Wachen ohne Unterlass pumpen, Tag und Nacht. Und dann wird Euer Schiff beginnen zu sinken, Kapitän. Das ist mathematisch vollkommen sicher. So, da seht Ihr, wie recht Ihr hattet mit Eurer Vorherbestimmtheit.«

Wir starrten sie an. Ihre Berechnung war völlig korrekt. Wir saßen am gedeckten Tisch, die Abendsonne schien warm durch die Fenster, alles wirkte sicher und solide. Und doch schwebten wir in Wahrheit auf einer Eierschale über einem unermesslichen Abgrund. Nichts am Schiff war beständig. Wir hatten unser Leben ein paar Klaftern Leinwand, Hanf und langsam verrottendem Holz anvertraut. Das wurde in diesem Moment wohl jedem bewusst.

Dann lachte der Kapitän gezwungen. »Da wird sich nur das Pumpenrohr zugesetzt haben. Es gibt immer Dreck und tote Ratten in der Bilge.«

»Vielleicht«, sagte Hannes Wittich. »Aber denkt an die zu geringe Fahrt. Und gerade vor drei Wochen wurde das Schiff schlimm durchgeschüttelt. Der Finne sollte sich das ansehen.«

»Dann ruft ihn her.«

Der Finne war der Schiffszimmermann. Er hatte ein bleiches, gespensterartiges Aussehen, da er sich zumeist unter Deck aufhielt. Von der Mannschaft wurde er gemieden. Es hieß, Finnen brächten Unglück.

»Wann habt Ihr zuletzt die Bilge geprüft?«, fragte der Quartiermeister.

»Vorige Woche«, behauptete der Finne. »In der letzten Zeit ist sie süß geworden.«

»Sie stinkt weniger?«

Der Finne nickte. »Das kommt vor. Die verdammte Eiche verzieht sich in der Hitze. Die Planken lassen dann mehr Wasser durch.«

»Nehmt eine Laterne und tastet unten die Planken ab. Sogleich. Zoll für Zoll. Und wenn es die ganze Nacht dauert.

Und dann macht Ihr mir sofort Meldung, auch wenn Ihr mich wecken müsst.«

Es dauerte nicht die ganze Nacht. Schon nach einer Viertelstunde erschien der Finne wieder, schmutzig, übel riechend, mit durchnässter Kleidung und noch bleicher als sonst. »Da ist jetzt eine Strömung ganz unten in der Bilge. Den ganzen Kiel entlang. Auch die verdammten Ratten haben sich schon weiter nach oben verzogen.«

»Wir haben also ein Leck?«

»Das sind viele Lecks. Ich schwöre, vorher waren sie noch nicht da. Das Wasser kommt plötzlich durch alle Ritzen. Wir fahren auf einem verdammten Sieb.«

7

Kalmengürtel, Juli 1697

Als Erstes befahl der Kapitän, den Rumpf von außen mit einem Segel abzudichten. Es wurde vom Bug aus mit Tauen unter das Schiff gezogen. Doch es half nichts. Die Bilge stieg ungehindert weiter an. Als die Seeleute das Segel bergen wollten, hing es an irgendetwas fest. Und als es schließlich mit Gewalt hochgezerrt wurde, fanden wir es zerrissen und mit Fasern und Teerflecken bedeckt.

»Verdammt!«, sagte der Finne. »Das ist die Kalfaterung unter der Ulmenhülle.«

Der Schiffsrumpf bestand aus Eichenplanken und war unter Wasser zusätzlich mit Ulmenbrettern verkleidet, um ihn vor Bohrwürmern zu schützen. Die Zwischenräume waren mit Werg und Teer abgedichtet. Irgendwie hatten sich einige Ulmenbretter gelöst, und nun war auch die Schutzschicht darunter in Auflösung begriffen.

Der Finne zeigte uns ein Stück eines Brettes, das mit dem Segel nach oben gekommen war. Es hatte Reihen regelmäßiger Löcher mit braunen Rostspuren.

»Zu billige Nägel. Die sind wohl schon lange weggerostet.«

»Deshalb die zu geringe Fahrt«, sagte Hannes Wittich.

Als Nächstes versuchte der Finne, den Rumpf von innen abzudichten. Doch er hatte dabei nicht viel Hoffnung. Ich wollte mir das selbst ansehen und bat ihn, mir die Lecks zu zeigen. Er führte mich in den Laderaum und klappte die Luke hoch, die ich noch in übler Erinnerung hatte.

»Dort hinein?«

»Ja«, sagte der Finne grinsend. »Nur hereinspaziert. Und keine Angst, die Ratten haben sich alle schon verzogen.«

Die Brühe stand deutlich höher als bei meiner früheren Erkundung. Sie ging dem Finnen bis zu den Oberschenkeln. Es kostete mich Überwindung, ihm zu folgen. Das Wasser war widerlich warm. Dinge schwammen darin, die ich lieber nicht genau in Augenschein nahm.

»Der Mannschaft ist es verboten, in die Bilge zu kacken«, sagte der Finne. »Manche tun's tatsächlich nicht.«

Ich hatte wohlweislich meine Schuhe ausgezogen. Unter meinen Füßen fühlte ich schleimige Holzplanken, nicht glatt, sondern uneben, voller Stufen, Spalten und Grate. Und es war deutlich zu spüren, wie zwischen den Ritzen Wasser emporquoll.

»Die Planken sind innen nicht gehobelt«, sagte der Finne. »Das spart Geld. Sie sind verschieden dick, manche haben noch Borke dran. Bretter draufnageln nutzt nichts.« Er bückte sich und fischte etwas Faseriges aus der Brühe. »Seht Ihr das? Das Werg habe ich vorhin in die Ritzen gehämmert. Der verdammte Wasserdruck presst die Kalfaterung gleich wieder heraus. Gerade noch haben sie gepumpt, jetzt steht die Bilge schon wieder zwei Zoll höher.«

Ich beneidete den Finnen nicht um seine Arbeit. Alle Versuche, das Schiff abzudichten, blieben erfolglos. Wir konnten nur pumpen und die Bilge mit Eimern ausschöpfen, und beides dauerte von Tag zu Tag länger.

Als sei dies nicht genug des Übels, wurde das Schiff von Ungeziefer befallen. Es krabbelte in allen Winkeln. Die Ratten waren dreist geworden und wagten sich in die Kombüse, in das Mannschaftsquartier, sogar in die Passagierkabinen. Wir wurden der Plage nicht Herr, obwohl Ratte im Vorderkastell als Leckerbissen galt und der Kapitän obendrein ein Glas Rum für zehn Rattenbälge ausgesetzt hatte.

Die Läuse, die ich seit der Zeit im Kellerverlies nie vollständig losgeworden war, wimmelten munterer denn je durch mein Haar und meine Kleidung. Waschen mit Salzwasser half nicht. Ich war damit nicht allein, denn auch Fräulein Annika, der Predikant, sogar der Kapitän wurden von den gleichen Plagegeistern befallen. In den Kojen lauerten Bettwanzen, und wenn man einen Blick in die Kombüse warf, sah man den Boden schwarz von Küchenschaben.

Der Rest der frischen Lebensmittel, die wir in Funchal erworben hatten, war mittlerweile in der Hitze verfault und musste über Bord geworfen werden. Am Kapitänstisch gab es nun das gleiche Salzfleisch und den gleichen Schiffszwieback wie im Vorderkastell. Beides wimmelte von Würmern.

Jeden Tag vor den Mahlzeiten zeigte uns Jan, der Page, stolz eine Schüssel voller schwarzer Maden, die er aus dem Zwieback herausgeklopft hatte. Ich hatte einmal mit dem Gedanken »Das ist nur Fleisch« einen ungeklopften Zwieback zu essen versucht. Doch die Maden schmeckten so bitter, dass ich den Bissen ausspucken musste.

Das Wasser stand nun direkt unter der Luke im Laderaum. Man hätte tauchen müssen, um die Bilge zu betreten. Die Matrosen hatten eine Eimerkette gebildet und schöpften und pumpten pausenlos. Trotzdem stieg die Brühe stündlich höher. Das Schiff lag nun deutlich tiefer im Wasser. Und immer noch brannte die Sonne herab, und kein Windhauch regte sich.

»Wir haben im schlimmsten Fall ja noch das Beiboot«, sagte der Predikant.

»Die Pinasse hat Platz für acht, höchstens zwölf«, erwiderte der Quartiermeister. »Für die anderen blieben nur Flöße oder Fässer. Die nächste Küste ist Brasilien. Achthundert Seemeilen offenes Meer. Und auch dort gibt es keine Rettung, sondern nur die Wahl zwischen Menschenfressern und Portugiesen.«

»Niemand muss sich Sorgen machen«, versicherte Kapitän Leeuwerik. »Denn was geschehen wird, ist bereits festgelegt.«

Das war nicht das, was man von einem Kapitän hören wollte, dessen Schiff gerade sank.

Er fügte schnell hinzu: »Man darf jedoch der Vorsehung helfen. Wir sollten das Schiff leichter machen. Aber das liegt nun außerhalb meiner Befehlsgewalt.« Er sah dabei unsere beiden Kaufleute an, die Herren Jonk und Vanderbiest. Als Vertreter des Schiffseigners, der Vereinigten China-Gesellschaft, hatten sie den Oberbefehl und konnten dem Kapitän Anweisungen erteilen. Doch bisher hatten sie sich nie in die Schiffsführung eingemischt. Sie blieben zumeist unter sich.

Jonk erbleichte unter seinem sorgfältig gestutzten Bart. »Ich sehe, worauf Ihr hinauswollt.«

»Es ist Eure Entscheidung«, sagte der Kapitän.

»Können wir nicht die Kanonen über Bord werfen?«

»Das können wir. Nur wird es nicht genügen. Und ganz ohne Bewaffnung zu fahren, hieße, das Schicksal allzu sehr herauszufordern.«

Außer Zinn und Stangen mit Münzsilber – Letzteres womöglich aus dem Rohsilber meines Vaters gegossen – hatte die *Fortuin* Handelswaren geladen, von denen Jonk und Vanderbiest erhofften, dass die Chinesen sie schätzen würden. Darunter waren Patent-Pendeluhren nach Meister Huygens mit Minutenzeiger, venezianische Glaswaren, Rollen mit Brüsseler Spitzen sowie wagenradgroße Astrolabien aus Messing.

»Zinn und Silber gehören der Gesellschaft«, sagte Jonk. »Alles andere aber geht auf unsere eigene Rechnung. Wenn wir die Ladung verlieren, sind wir ruiniert.«

Da ergriff Vanderbiest, der Ältere der beiden, ein Mann mit Spitzbart und oft schelmischem Blick, Jonks Hand und sagte: »Adriaen, wir kommen wieder auf die Füße. Das verspreche ich dir. Glaube mir, wir werden noch viele Reisen unternehmen und viele wunderbare Geschäfte machen. Vielleicht nicht mit China.« Und zum Kapitän sagte er: »Werft alles ins Meer.«

»Eure Weinfässer können wir behalten«, sagte der Quartiermeister. »Wenn wir sie unten in der Bilge verstauen, schwimmen sie im Wasser.« Es waren acht Fässer von der Größe, die die Holländer *»Buis«* nannten. Jede *Buis* fasste hundertzwanzig Gallonen.

»Wenigstens etwas«, sagte Jonk. »Allerdings, ob der Wein nach einem Bad in der Bilge noch etwas wert ist ...«

»Wir könnten die Fässer leeren«, schlug ich vor. »Dann dienen sie als Auftriebskörper. Das ist das archimedische Prinzip. Die leeren Fässer können gewiss das Gewicht von zwei Kanonen aufwiegen.«

»Zum Teufel mit dem archimedischen Prinzip«, sagte Jonk. »Ich will unseren Wein nicht ins Meer kippen.«

»Nun, wir könnten ihn austrinken«, sagte Hannes Wittich.

»Tausend Gallonen?«

»Falls Ihr daran zweifelt, kennt Ihr unsere Mannschaft schlecht.«

»Ihr könnt anordnen, den Wein als Schiffsproviant zu übernehmen«, sagte der Kapitän. »Wenn die Flaute noch lange andauert, werden das Bier und das Wasser ohnehin schlecht.«

»Wir dürfen keine Geschäfte mit uns selbst machen«, sagte Jonk.

»In einer Notlage schon«, sagte Vanderbiest. »Wir werden in Amsterdam das Schiedsgericht anrufen. Die Gesellschaft soll uns den Wein bezahlen.«

In den folgenden Stunden wurde die Ladung über Bord geworfen. Die beiden Kaufleute standen Arm in Arm an der Reling und sahen zu, wie zuerst Zinnbarren und Silberstangen im Meer verschwanden, dann ihre Kisten mit den Patentuhren und den übrigen Waren.

Obwohl die Pumpe pausenlos ging, brüllte der Finne aus dem Laderaum: »Verdammte Bilge steigt immer noch!«

»Vier von den Kanonen über Bord«, befahl der Kapitän.

Die Neunpfünder waren aus Messing und hatten achthundert Gulden das Stück gekostet. Sie wurden eine nach der anderen durch die Öffnungen in der Reling ins Meer gerollt. Dann warteten wir, während die Matrosen weiter ohne Unterlass pumpten. Der Finne lag im Laderaum bäuchlings über der Luke und maß die Bilge mit seinem Zollstock, Minute für Minute.

»Steigt nicht mehr!«, rief er schließlich.

Unter den Seeleuten brach Jubel aus.

»Weiterpumpen!«, brüllte der Quartiermeister.

Wir hatten wieder Hoffnung. Von der Pumpe hing nun unser Leben ab. Sie war ähnlich gebaut wie die Pumpen im Bergwerk, aus einem ausgehöhlten Ulmenstamm, dessen Ende in die Bilge tauchte. Der Kolben wurde mit einem langen Hebel bewegt, an dem sich die Matrosen abwechselten.

Die beiden verbliebenen Kanonen wurden zur besseren Gewichtsverteilung in den Laderaum geschafft. Auch die Weinfässer hatten wir behalten, um sie leer zu trinken und danach in der Bilge am Kiel festzulaschen. Es gab nun reichlich Wein zu jeder Mahlzeit, auch zum Frühstück. Das Trinkwasser, das in den Fässern bereits zu faulen begonnen hatte, wurde großzügig mit Wein versetzt. Der Schiffszwieback wurde in Wein eingeweicht, der Koch bereitete die Suppen mit Wein, der Page reinigte unsere Kleidung damit, und wir bekämpften mit Wein unsere Läuse. Der Wein machte uns alles ein wenig erträglicher. Nur auf Mr. Floyd schien er keinerlei Wirkung zu haben.

»Der arme Mr. Floyd ist immer so schwermütig«, sagte Fräulein Annika zu mir. »Könnt Ihr mir ein wenig Englisch beibringen? Ich will versuchen, ihn etwas aufzuheitern.«

So war das also: Ich sollte ihre Turtelei auch noch fördern. »Ich bin im Englischen nicht sehr geübt.«

»Sagt mir doch, was heißt: ›Ihr macht so ein trauriges Gesicht‹?«

»You got such a stupid face«, bot ich an.

Sie sprach den Satz nach. »Und was heißt: ›Ich halte Euch für einen ernsten, tiefsinnigen Menschen‹?«

»I think you are a dull, sullen fellow.«

»Dann will ich auch sagen: ›Das Leben wird viel schöner, wenn Ihr Euch nicht selbst im Wege steht.‹«

Ich erinnerte mich, dass sie etwas Ähnliches auch mir einmal gesagt hatte. *»Our lifes will be much better when you stay out of the way«*, murmelte ich mit zusammengebissenen Zähnen.

Ich weiß nicht, ob es Fräulein Annika gelang, Mr. Floyd mit diesen Sätzen aufzuheitern. Aber vielleicht tat sie es auf andere Weise. Jedenfalls begann er, sich abends bei Tisch Freiheiten herauszunehmen. Da die Wachskerzen in der Hitze zu Klumpen geschmolzen waren, saßen wir im Halbdunkel. Dennoch sah ich, wie er seine Hand auf die ihre legte. Er ließ sie dort ruhen. Ich wartete darauf, dass sie ihn scharf zurechtweisen würde. Doch nichts dergleichen geschah. Weder ihr Vater noch sonst jemand am Tisch schien das unerhörte Verhalten zu bemerken. Der Anblick war für mich schwer erträglich.

»Sir, würdet Ihr Eure Hände bei Euch belassen, wenn Ihr so gut sein würdet?«, sagte ich auf Englisch.

Mr. Floyd warf mir einen bösen Blick zu, zog aber die Hand weg.

Ich hätte es damit gut sein lassen sollen. Hätte ich das nur getan, dann wäre alles anders gekommen, und statt eines Stelldicheins mit einer Hanfschlinge säße ich jetzt vielleicht in Sir Hans' Bibliothek, vor mir ein aufgeschlagenes Buch, neben mir ein Glas kühlen Claret. Aber ich konnte nicht anders.

»Da, wo Ihr herkommt, Sir«, fuhr ich fort, »mag es Brauch sein, Ladys bei Tisch zu befummeln. Aber ich versichere Euch, dass es nicht überall so ist.«

Er wurde weiß im Gesicht. »Sir, Ihr vergesst Euch«, zischte er. »Eure Bemerkungen sind nicht von der Art, die sich ein Gentleman gefallen lassen kann.«

»Ich sehe hier keinen Gentleman.«

»Ihr schweigt jetzt besser, Sir. Ich will Euch nur Eure Jugend zugutehalten und den Umstand, dass Ihr die Lady wohl gerne selbst ›befummeln‹ würdet, wenn Ihr mir die Verwendung Eures Ausdrucks gestattet.«

»Da seid Ihr im Irrtum, Sir. Ihr solltet Eure eigene Geilheit nicht auch bei anderen vermuten.«

»Nun, nun«, sagte Predikant Bakken. »Beruhigt Euch doch. Wir alle sind Brüder in Christo.«

»Worüber streiten sie sich?«, fragte Fräulein Annika den Kapitän.

Doch der erwiderte: »Das ist kein Sujet für eine Dame.«

»Da Ihr bei der Lady keine Aussichten habt«, gab Mr. Floyd von sich, »solltet Ihr Euch das, wonach Euch der Sinn steht, besser woanders beschaffen. In Kapstadt gibt es gewiss derartige Etablissements. Ich trinke darauf, Sir, dass Ihr dort findet, was Ihr sucht.«

Er hob sein Weinglas. Ich hob das meine und schüttete ihm den Inhalt ins Gesicht. Er sprang auf, ich ebenso. Ich hatte ihn gerade an dem stutzerhaften Kragen gepackt, den er trotz der Hitze stets trug, da fühlte ich mich von hinten festgehalten. Der Kapitän zerrte mich zurück.

»Auf meinem Schiff dulde ich keine Schlägerei!«, rief er. Das war gelogen, denn manche der Matrosen schlugen sich alle Tage. Doch ich setzte mich wieder. Auch Mr. Floyd wurde vom Quartiermeister auf seinen Stuhl gedrückt.

»Meister Richard, Ihr wolltet Euch doch nicht etwa um mich prügeln?«, fragte Fräulein Annika mit leuchtenden Augen.

»Natürlich nicht«, gab ich zurück. Mir war der Appetit vergangen. Ich entschuldigte mich und ging an Deck.

In der Nacht war es fast so heiß wie am Tag. Vom Vorderdeck hörte ich die Pumpe und das Schnarchen der Matrosen, die wegen der Hitze an Deck schliefen. Ich begab mich in die Kabine. Ich ärgerte mich über mich selbst, denn ich hatte mich der Philosophie des Aurelius als wahrlich unwürdig erwiesen. Zumindest sollte ich mich mit Mr. Floyd wieder aussöhnen. Auf einem Schiff kann man sich nicht aus dem Weg gehen, schon gar nicht in einer sechs Fuß breiten Kabine mit Stockbetten.

»Ich möchte mich entschuldigen, Sir«, sagte ich daher, als er etwas später die Kabine betrat.

»Euer Verhalten ist schwerlich zu entschuldigen.«

»Ich war vielleicht etwas zu direkt.«

»Allerdings, Sir. Ich habe auch keinen Zweifel daran, dass Ihr der Urheber der beleidigenden Sätze seid, mit denen Miss Bakken ihr Englisch üben sollte.«

»Gut, ich entschuldige mich auch dafür.«

»Dann versichert mir jetzt, dass Euer Verhalten Euch von Herzen leidtut und nur dem Umstand Eurer Trunkenheit geschuldet war. Und dass Ihr künftig davon absehen werdet, Miss Bakken zu behelligen. Oder irgendeine Absicht in ihrer Hinsicht zu verfolgen.«

»Ich werde nichts dergleichen versichern, Sir. Meine Absicht ist und bleibt es, die Tugend der Lady zu schützen, und zwar auf Wunsch ihres Vaters.«

»Ha! Da wurde wohl der Fuchs zum Gänsehüten gesandt!«

»Seid gewiss, dass ich weiterhin Miss Bakken vor Laffen und Lüstlingen beschützen werde. Wen ich damit meine, darüber mögt Ihr nachdenken, Sir.«

»Dann nehmt zur Kenntnis, Sir, dass ich nicht willens bin, mir Eure Unverschämtheiten gefallen zu lassen. Hier auf dem Schiff will ich die Angelegenheit nicht weiter verfolgen. Sobald wir aber in Kapstadt sind, werde ich Satisfaktion fordern.«

Mir schwante, dass dieses Gespräch nun gänzlich aus dem Ruder gelaufen war. Doch ich setzte eine unbewegte Miene auf und erwiderte: »Dann sollt Ihr sie bekommen.«

»Ich hoffe doch, Ihr könnt fechten, Sir?«

»Bisher hatte ich keine Veranlassung, mir mit derlei Dingen die Zeit zu vertreiben.«

»Das hätte ich mir denken können. Dann also Pistolen. Am ersten Morgen nach unserer Ankunft in Kapstadt. Ich werde Euch den Ort noch mitteilen lassen.«

»Ich kann es kaum erwarten.«

»Dann wünsche ich eine gute Nacht, Sir.«

»Euch das Gleiche, Mr. Floyd.«

8

Südlicher Wendekreis, August 1697

Gegen Morgen erwachte ich von einem Lärm wie von einem Wasserfall. Ein Sturzregen ging auf das Schiff nieder. Ich hörte die Pfeife des Bootsmanns und den Ruf, der alle Mann an Deck befahl. Das Schiff bebte unter Windstößen, dann vernahm ich, wie die Segel schlugen und getrimmt wurden. Und dann hörte ich neben dem Trommeln des Regens wieder das Wasser an der Bordwand rauschen, das wunderbare Geräusch, das wir so lange vermisst hatten.

Ich ging an Deck. Der Regenguss war vorbei, die Planken waren schon fast wieder trocken. In der Morgensonne leuchtete das Kielwasser hinter dem Schiff. Der Himmel war gesprenkelt mit fleckigen Wolken und die Hitze auf ein erträgliches Maß gesunken.

In den folgenden Tagen prasselten immer wieder Regenschauer auf das Schiff herab. Wir gerieten in eine zuerst nach Süden, dann auf Osten drehende Strömung. Sie half dem Wind, der uns zurück an die afrikanische Küste trug. Allerdings langsamer als erhofft, denn in den Kalmen hatte der Rumpf nicht nur seine Kalfaterung verloren, sondern schleppte auch lange Fäden von Seetang hinter sich her.

Fräulein Annika geruhte, mir wieder einige Aufmerksamkeit zu schenken. Mr. Floyd hingegen schien aus irgendeinem Grund abgemeldet zu sein. Er nahm dies übel auf. Statt wie früher auf der Koje zu liegen und zu seufzen, lag er nun da und knirschte mit den Zähnen. Wann immer er die Kabine betrat, schien die Temperatur um einige Striche zu fallen. Des Nachts sprang er zuweilen auf, und ich hörte seine ruhelosen Schritte auf dem Deck. Er schien die Ankunft in Kapstadt sehnlichst zu erwarten. Mir dagegen war es mit dem Duell nicht eilig. Ich verspürte keinen Groll mehr gegen ihn.

Da dies für China gewiss nützlich war, bat Fräulein Annika mich, ihr Unterricht in Astronomie zu erteilen. Auch Jan, der Page, nahm daran des Öfteren teil. Ich hatte mir von Kapitän Leeuwerik einen seiner Jakobsstäbe geliehen, um die Sonnenbahn zu erklären. Früher war das gefährlich, denn das direkte Anpeilen der Sonne ließ Navigatoren zuweilen erblinden. Wir hatten zum Glück ein modernes Instrument, das man mit dem Rücken zur Sonne einstellte. Dann konnte man aus Datum und höchstem Sonnenstand unseren Breitengrad von einer Tabelle ablesen. Fräulein Annika begriff das Prinzip rasch, doch Jan verortete das Schiff mal in Grönland, mal am Südpol.

Am zweiundzwanzigsten Tag nach der Flaute sichteten wir die afrikanische Küste. Als wir sie entlang nach Süden segelten, gewahrten wir zwei ferne Berge, der eine spitz wie ein Hexenhut, der andere oben flach wie ein Brett. Dort lag unser Ziel, das Kap der Guten Hoffnung mit seiner Festung und der holländischen Siedlung, die Kapstadt genannt wurde.

Niemand war bisher auf der Reise gestorben. Das musste man dem Kapitän zugutehalten, wohl auch den Fässern mit Rum und Zitronensaft, die er gegen den Skorbut mitführte. Das Schiff sollte im Hafen von Kapstadt neu beplankt und kalfatert werden. Der Gouverneur, Simon van der Stel, war Remonstrant und ein Religionsbruder des Predikanten. Er würde gewiss mit Zimmerleuten aushelfen.

Doch bevor wir in den Hafen einliefen, sagte Fräulein Annika zu mir: »Ich weiß vom Kapitän, dass Mr. Floyd sich von ihm zwei Pistolen geliehen hat.«

»Tatsächlich?«

»Allerdings. Wisst Ihr vielleicht, wozu er sie gebrauchen will?«

»Vielleicht zur Fuchsjagd?«

»Ihr lügt schlecht, Meister Richard. Ich habe einen schlimmen Verdacht.«

»Was glaubt Ihr?«

»Das wisst Ihr genau. Ich könnte mit Mr. Floyd nie wieder ein Wort reden, wenn er Euch etwas antut.«

»Ihr müsstet erst Englisch lernen, um nicht mit ihm zu reden.«

»Es ist mir ernst. Ihr werdet mir augenblicklich versprechen, Euch in Kapstadt mit niemandem zu schießen.«

»Das kann ich nicht versprechen, Fräulein Annika. So etwas ist eine Angelegenheit unter Männern.«

»›Eine Angelegenheit unter Männern‹«, äffte sie mich nach. »Ihr wisst hoffentlich, dass der Rat der Siebzehn in allen Kolonien Duelle strengstens verboten hat?«

»Duelle sind überall verboten. Trotzdem finden sie statt.«

»Meister Richard, ich hatte Euch für klüger gehalten. Ihr enttäuscht mich. Lasst Euch meinethalben totschießen.« Damit wandte sie mir den Rücken zu und entfernte sich.

Mir wurde schmerzlich bewusst, dass dies wohl mein letztes Gespräch mit Fräulein Annika gewesen war, ganz gleich, wie das Duell ausging. In Kapstadt war meine Reise mit der *Fortuin* zu Ende. Dort würde ich ein Schiff nach London finden, meiner Zukunft als Bibliothekar entgegen.

Doch nicht nur der Abschied von dem Fräulein, sondern vor allem das bevorstehende Duell schwebte gleich einer dunklen Wolke über meinem Haupt, trotz meiner zur Schau gestellten Gelassenheit. Es ist leicht, sich auf eine Gefahr in ferner Zukunft einzulassen. Doch nun lernte ich, dass die Sache ganz anders aussieht, wenn der Zeitpunkt tatsächlich gekommen ist. Zwar hatte ich gehört, dass Pistolenduelle meist nur halbherzig ausgetragen wurden. Angeblich wurden zuweilen die Pistolen nicht einmal mit Kugeln geladen. Mr. Floyd aber ließ mich bei jeder Gelegenheit wissen, dass es ihm bitterernst war. Und da ich mich nun einmal darauf eingelassen hatte, konnte ich aus der Sache kaum mehr anständig herauskommen.

Am Abend liefen wir in die Bucht ein, vorbei an einer kahlen Insel, auf der sich unzählige Robben tummelten. Es gab kein Dock oder einen Pier. Der Hafen von Kapstadt war nur kenntlich anhand einer Reihe strohgedeckter Lagerhäuser und ebenso vieler Tavernen am Strand. Wir ankerten inmitten eines halben Dutzend holländischer und englischer Schiffe, einige davon sicherlich mit dem Zielhafen London. Eine sternförmige Festung schützte den Hafen. Östlich davon ragten die Dächer der Siedlung zwischen fremdartigen Bäumen empor. Einige Hügel schienen mit Weinreben bepflanzt zu sein.

Der Kapitän ließ sich mit der Pinasse an Land rudern, um die Schiffsreparatur in die Wege zu leiten. Mr. Floyd kam mit ihm, um, wie er erklärte, eine wichtige Angelegenheit zu regeln.

Am nächsten Morgen, kurz nach Sonnenaufgang, legte ein Boot an der *Fortuin* an. Jemand bat auf Englisch um Erlaubnis, an Bord kommen zu dürfen. Ein Junge von vielleicht vierzehn Jahren, angetan mit Dreispitz, Säbel und einer englischen Offiziersuniform, kletterte über die Reling.

»Mr. Kreutzner?«

»Der bin ich.«

»Ich nehme an, Sir, Ihr habt meinen Besuch erwartet.« Der Junge verneigte sich leicht. »Kadett zur See Thackaray von Seiner Majestät Fregatte *Bristol.* Ich komme in der Angelegenheit zwischen Euch und Mr. Jonathan Floyd. Ich bin sein Sekundant. Seid Ihr bereit?«

»Wenn es sein muss, stehe ich zur Verfügung.«

»Habt Ihr Eure Waffe dabei?«

»Mr. Floyd hat wohl bereits für Waffen gesorgt.«

»Gut. Das Treffen soll in einer Stunde stattfinden, auf einem Feld auf halbem Weg zwischen der Siedlung und der Festung. Wenn Ihr wollt, Sir, bringe ich Euch zu dem Ort.«

»Lasst mir nur einige Minuten, um Angelegenheiten zu regeln.«

»Selbstverständlich, Sir.«

Ich hatte Pieter Blom, den Barbier, gebeten, als mein Sekundant zu fungieren. Er verstand immerhin ein paar Brocken Englisch. Zudem konnte er Gliedmaßen amputieren, falls das nötig werden sollte. In meiner Kabine warf ich hastig einige Zeilen auf einen Zettel.

Exzellenz,
Erlaubt mir, Euch von einem Umstand in Kenntnis zu setzen, der mir zu Ohren gekommen ist. Heute Morgen soll auf einem Feld auf halbem Weg zwischen der Siedlung und der Festung ein verbotenes Pistolenduell stattfinden. Ich bitte zu erwägen, ob Ihr die nötigen Maßnahmen zum Unterbinden dieser ungesetzlichen Tat ergreifen wollt, bevor jemand ernsthaft verletzt wird.
Ein gesetzestreuer Bürger

Dann rief ich Jan, den Pagen, zu mir.

»Jan, ich habe einen geheimen Auftrag für dich. Du bekommst dafür diesen Schilling. Du darfst aber mit niemandem darüber reden. Hast du das verstanden?«

»Ja, Herr Kreutzner«, sagte Jan begeistert und ließ die Münze in seiner Hosentasche verschwinden.

»Du fährst mit uns an Land und läufst dann sofort zur Festung. Am Tor gibst du diesen Zettel einem Wachtposten. Er soll ihn unverzüglich zum Festungskommandanten bringen. Wenn man dich fragt, sagst du, den Zettel habe dir ein Fremder gegeben. Ist das klar?«

»Gewiss, Herr Kreutzner«, sagte Jan.

»Wiederhole den Auftrag!«

»Den Zettel zur Festung bringen. Ihn dem Kommandanten geben. Mit niemandem reden.«

»Na ja, so ungefähr. Du schaffst das schon, Jan.«

Ich kletterte die Leiter hinab und stieg in das schwankende Boot, in dem zwei englische Matrosen an den Rudern saßen. Der Barbier, der Kadett und Jan folgten mir, alle wesentlich eleganter. Der Barbier hatte seine Medizintasche und eine Knochensäge dabei. Dichte Wolken standen am Himmel. Vom flachen Berg her kam Donner, und als wir übersetzten, begann es zu regnen.

»Ist Mr. Floyd ein Bekannter von Euch?«, fragte ich den Kadetten.

»Nein, Sir. Als wir gestern Landgang hatten, bat er uns um Hilfe bei einer Ehrenangelegenheit. Selbstverständlich habe ich mich zur Verfügung gestellt.«

»Wart Ihr schon einmal Sekundant bei einem Duell?«

»Oja, Sir«, erwiderte er. »Schon oft.«

»Und Ihr, Herr Blom?«, fragte ich den Barbier.

»Nein«, sagte er, »aber einmal beinahe, auf Aruba, '93. Das Schiff war die *Grevelingen*. Es gab Streit zwischen zwei Kaufleuten. Natürlich wegen einer Dame. Aber wir wurden verraten, und seither sitzen sie dort im Kerker.«

»Beide? Seit vier Jahren?«

»Soviel ich weiß. Die Kompanie versteht da keinen Spaß. Aber keine Sorge, Herr Kreutzner! Gleich wie die Angelegenheit ausgeht, ich werde darüber schweigen wie das Grab.«

Dies versetzte mich dennoch in Schrecken. Ich hatte das Duell sabotieren wollen, aber natürlich nicht um den Preis langer Haft für Mr. Floyd und mich. Als das Boot am Strand anlegte, sagte ich: »Jan?«

»Ja, Herr Kreutzner?«

»Vergiss den Auftrag. Fahre sogleich zum Schiff zurück. Den Schilling kannst du behalten.«

»Was war das für ein Auftrag?«, fragte der Barbier.

»Nichts Wichtiges.«

Der Duellplatz war eine mit gelbem Gras bewachsene Lichtung am Rand eines Dickichts. Als wir dort ankamen, hatte uns der Regen bereits bis auf die Haut durchnässt. Einige Ziegen grasten auf der Lichtung. Mr. Floyd erwartete uns im Schutz eines Baumes mit breiter Krone.

»Gentlemen«, sagte der Kadett. »Der Form halber muss ich dies fragen: Seid Ihr gewillt, Euch zu versöhnen und diesen Platz in Frieden zu verlassen?«

»Niemals!«, rief Mr. Floyd.

Wir verbrachten geraume Zeit damit, die Ziegen vom Feld zu vertreiben. Ihr Hirte machte uns Zeichen und wollte sie uns wohl als Schiffsproviant verkaufen, aber wir wiesen ihn zum Hafen. Er war der erste Wilde, den ich sah, ein magerer Mann in einem bunten Umhang, mit dunkler Haut voller Runzeln und Falten, hohen Wangenknochen und schräg stehenden Augen. Um die Beine hatte er Streifen von Ziegenfell gewickelt. Unter normalen Umständen hätte ich ihn gerne genauer betrachtet, doch heute stand mir der Sinn nicht danach.

Der Kadett maß die Lichtung ab. Dann markierte er mit Steinen zwei Stellen, die etwa zwanzig Schritt voneinander entfernt lagen.

»Zeigt mir Eure Waffen, Gentlemen«, bat er.

Mr. Floyd wies zwei Pistolen vor. Eine davon war modern, mit langem Lauf und einem Feuersteinschloss. Die andere war eine alte Radschlosspistole, die man mit einem Schlüssel aufziehen musste. Sie hatte einen kurzen, dicken Lauf mit trichterförmiger Mündung.

Der Kadett runzelte die Stirn. »Das scheint mir kein faires Duell zu sein.«

»Ich überlasse Mr. Kreutzner die Wahl der Waffe«, sagte Mr. Floyd.

»Wir könnten das Duell verschieben«, schlug ich vor. »In Kanton finden wir gewiss zwei gleichwertige Waffen. Außerdem ist das Wetter schlecht.«

»Ich wusste, dass Ihr eine Memme seid, Sir«, sagte Mr. Floyd.

»Sir, ich muss Euch bitten, derlei Bemerkungen zu unterlassen«, sagte der Kadett. »Es stimmt allerdings, ein Radschloss ist bei Regen unbrauchbar. Ein nasses Rad sprüht keine Funken.«

»In der Siedlung können wir gewiss Regenschirme für die Duellanten auftreiben«, riet der Barbier. Ich wünschte mir, er würde den Mund halten.

»Das wird nicht nötig sein. Es genügt eine Pistole, wenn Ihr Euch mit dem Schießen abwechselt. Seid Ihr einverstanden, Gentlemen?«

Mr. Floyd nickte eifrig, und mir blieb nichts übrig, als gleichfalls zuzustimmen.

»Über wie viele Runden soll das Duell gehen?«

»Eine Runde«, sagte ich.

»Bis zum Tod!«, rief Mr. Floyd.

»Als der Beleidigte«, sagte der Kadett zu ihm, »ist es an Euch zu entscheiden, wann Ihr Satisfaktion erhalten habt. Ihr habt den ersten Schuss. Ich bitte die Gentlemen, die Positionen einzunehmen.«

Wir stellten uns in zwanzig Schritt Entfernung voneinander auf. Der Kadett lud sorgfältig die Pistole, wobei er seinen Dreispitz als Regenschutz benutzte. Er tat das sehr geschickt. Dann übergab er die Waffe an Mr. Floyd.

»Spannen Sie nun die Waffe, Sir.«

Mr. Floyd zog den Hahn zurück und zielte auf mich.

»Mr. Kreutzner, seid Ihr bereit für den Schuss von Mr. Floyd?«

Ich stellte mich seitwärts, um ein möglichst kleines Ziel zu bieten, und schaute in Richtung der Pistolenmündung. Mein vielleicht letzter Blick: Regenwolken um den Tafelberg; eine nasse Ziege, an einem Busch knabbernd; der Barbier, die Schärfe seiner Knochensäge prüfend. Doch die dunkle Mündung schien irgendwie alles zu verdecken.

»Bereit«, krächzte ich.

»Auf drei. Eins … zwei … drei!«

Es blitzte auf. Ich hörte den Schuss krachen, und Mr. Floyd verschwand in einer Rauchwolke. Zuerst dachte ich, er habe mich verfehlt. Dann spürte ich, dass etwas nicht stimmte. Ich sah den Barbier auf mich zulaufen.

»Herr Kreutzner, Euer Kopf!«, rief er.

Ich fasste mich an die Schläfe und fühlte etwas Klebriges.

»Ein trefflicher Schuss, Sir«, sagte der Kadett zu Mr. Floyd. »Ihr habt ihm den halben Kopf weggeschossen.«

Jetzt spürte ich seitlich am Schädel einen brennenden Schmerz. In meinem Mund war der Geschmack von Blut, denn ich hatte mir auf die Zunge gebissen. Der Barbier tränkte einen Lappen mit Branntwein. Er rieb damit an meiner Stirn und Schläfe herum und presste ihn dann auf mein Ohr. »Es sieht dramatisch aus«, sagte er, »aber nur Euer Ohrläppchen ist getroffen. Haltet den Verband fest.«

Ich tat es und spürte, dass unten am Ohr etwas fehlte. Der Barbier band den Lappen mit einem Tuch fest.

»Es ist Blut geflossen«, sagte der Kadett. »Mr. Floyd, habt Ihr nun Satisfaktion erhalten?«

»Das habe ich nicht, Sir«, erwiderte dieser.

»Mr. Kreutzner, seid Ihr kampffähig?«, fragte der Kadett.

»Ja!«, rief der Barbier sofort. Ich begann, bitter zu bereuen, ihn als Sekundanten gewählt zu haben.

Der Kadett inspizierte die Pistole und wischte den Lauf mit seinem Taschentuch aus. Dann lud er sie erneut und übergab sie dem Barbier, der sie mir herüberbrachte.

»Mr. Kreutzner, spannen Sie die Waffe.«

Ich zog den Hahn zurück, wie ich es bei Mr. Floyd gesehen hatte. Doch er wollte nicht einrasten.

»Sir, Ihr müsst den Abzug nach vorne drücken.«

Ich tat es, und es klickte. Die Pistole war jetzt schussbereit.

»Mr. Floyd, seid Ihr bereit für den Schuss von Mr. Kreutzner?«, fragte der Kadett.

»Ja!«

»Auf drei. Eins ... zwei ... drei!«

Ich hatte geplant, ihn in den Arm oder die Schulter zu schießen, um ihn kampfunfähig zu machen. Doch als ich zielte, merkte ich, dass die Waffe dafür zu ungenau war. Sie hatte keine Zielvorrichtung. Ich konnte nur über den Lauf visieren. Zudem zitterte meine Hand.

»Drei!«, rief der Kadett noch einmal.

Mr. Floyd hatte sich nicht seitwärts gestellt, wie ich es getan hatte, sondern stand mit der Brust mir zugewandt. Ich packte mein Handgelenk mit der Linken, um die Waffe zur Ruhe zu bringen. Ich könnte natürlich in die Luft zielen oder auf den Boden. Aber solange ich Mr. Floyd nicht traf, würde er zweifellos immer weiter auf mich schießen.

»Schießt endlich!«, rief Mr. Floyd. Er breitete die Arme aus, als wolle er einen Ball fangen. »Was ist schon das Leben!«

Also gut, dachte ich, du willst es so. Ich richtete den Lauf auf seine gerüschte Hemdbrust. Doch aus irgendeinem Grund konnte ich nicht abdrücken. Mein Finger wollte nicht gehorchen. Ich ließ die Pistole sinken.

»Sir, Ihr müsst jetzt schießen!«, rief der Kadett.

»Ich möchte lieber nicht.«

»Ihr möchtet nicht?«, fragte der Kadett fassungslos.

»Was soll das heißen, Sir?«, rief Mr. Floyd. »Seid Ihr von allen guten Geistern verlassen?«

»Mr. Floyd, ich habe es mir anders überlegt. Ich stehe nicht mehr zur Verfügung.«

»Sir, Ihr könnt jetzt nicht einfach aufhören!«

»Mir scheint, das habe ich gerade getan.«

Ich entspannte den Hahn und wollte die Waffe dem Barbier zurückgeben. In diesem Moment spürte ich die kalte Mündung einer Muskete in meinem Nacken.

»Pistole auf den Boden legen«, befahl eine Stimme hinter mir.

Ich legte die Waffe ins Gras. Wir waren von einem Trupp Konstabler umringt. Sie trugen die grünen und goldenen Waffenröcke der Ostindien-Kompanie. Einige hatten ihre

Säbel blankgezogen, zwei hielten Musketen schussbereit. Ihr Kommandant, ein kleiner Mann mit einer enormen weißen Perücke, baute sich vor uns auf.

»Im Namen der Vereinigten Kompanie, unter deren Gesetzgebung diese Kolonie steht, seid Ihr verhaftet.«

Mir wurden die Hände gebunden, Mr. Floyd ebenso. Einer der Konstabler reichte dem Kommandanten die Pistole. Er spannte sie, richtete sie auf den Boden und drückte ab, doch es löste sich kein Schuss. Im Gras war wohl das Pulver nass geworden.

Die Konstabler führten uns ab. Der Barbier und der Kadett blieben zurück; anscheinend stand Sekundieren nicht unter Strafe. In der Siedlung brachte man uns zu einem zweistöckigen Steingebäude. Im hinteren Teil des Erdgeschosses verlief ein kurzer Gang mit Eisentüren auf beiden Seiten. In eine der Zellen wurde Mr. Floyd hineingestoßen, in eine andere ich. Die Tür schlug zu. Ich hörte den Riegel. Schritte entfernten sich.

Die Zelle war völlig kahl. Die Wände bestanden aus rohen Ziegelsteinen, der Boden aus gestampfter Erde, darauf stand Wasser in Pfützen. Vieles erinnerte mich an meines Vaters Keller. Ich hockte mich an eine halbwegs trockene Stelle. Das bedeutete wohl das Ende meiner Freiheit für viele Jahre.

Nach einiger Zeit öffnete sich die Tür. Zwei Konstabler führten Mr. Floyd und mich zum Verhör. Ein Schreiber saß an einem Pult, der Kommandant hinter seinem Schreibtisch. Er thronte auf einem besonderen Stuhl, der ihn größer erscheinen ließ.

»Warum habt Ihr einen Verband am Ohr?«, fragte er mich.

»Der Barbier hat mich beim Rasieren geschnitten.«

»Ihr seid unrasiert.«

»Ich hatte nach meiner Verwundung auf die weitere Rasur verzichtet.«

Der Kommandant zog aus einem Stapel Akten einen Zettel hervor und zeigte ihn mir. Es war die Notiz, die ich am Morgen geschrieben hatte.

»Ein Kajütenjunge wurde mit diesem Zettel aufgegriffen, als er am Hafen herumstrolchte. Er behauptete, ein Fremder habe ihn ihm gegeben. Was wisst Ihr von diesem Duell?«

»Ein Duell? Davon weiß ich nichts, mein Herr.«

»Was hattet Ihr dort im Busch vor, mit der Pistole in der Hand?«

»Wir wollten Kaninchen schießen.«

»Es gibt hier keine Kaninchen.«

»Oh. Das mag erklären, warum wir keins erwischt haben.«

Der Kommandant sah mich böse an, wandte sich dann Mr. Floyd zu und stellte ihm die gleiche Frage auf Englisch. Ich versuchte, ihm Zeichen zu machen, indem ich mit den gefesselten Händen zwei Kaninchenohren formte. Doch Mr. Floyd verstand nicht oder wollte nicht verstehen.

»It was a matter of honor, Sir«, sagte er. In diesem Moment wünschte ich mir fast, ich hätte ihn erschossen.

Wir wurden in die Zellen zurückgeführt. Man nahm mir die Fesseln ab und schloss mich ein. In meinem Ohr pochte der Schmerz. Ich fror in den nassen Kleidern. Durch ein winziges vergittertes Fenster hoch in der Wand sickerte Regenwasser und rann an den Steinen herunter. Das war nun der Ort, an den ich mich gewöhnen musste. Ich war einem Kerker entkommen, nur um nach einer Reise um den halben Erdball in einem anderen zu landen.

Doch der Aufenthalt gestaltete sich kürzer als erwartet. Ich wollte gerade probieren, ob sich mit der Schnalle meines Schuhs ein Fluchttunnel in den Erdboden graben ließ, da ging wieder das Türschloss. Der Kommandant blickte in die Zelle.

»Ihr habt unverdientes Glück«, sagte er. »Euer Predikant hat bei Gouverneur Van der Stel wohl zu Euren Gunsten gesprochen. Ihr beide kommt in Festungshaft und bleibt dort, bis Euer Schiff bereit ist. Dann werdet Ihr damit Kapstadt verlassen und niemals mehr betreten.«

Die Zelle in der Festung war für Offiziere gedacht. Sie war erheblich ansprechender als der Kerker bei den Konstablern. Es gab ein schmales Fenster, ein Bett mit sauberen Laken und einen Tisch. Vom Fenster aus hatte ich einen Blick auf die Bucht und auf die Schiffe, die Kapstadt in Richtung Europa verließen. Wie gern wäre ich dort an Bord gewesen. Doch ich musste hier in dieser Zelle ausharren.

Zu unserer Bewachung waren zwei malaiische Musketiere abgestellt worden. Sie langweilten sich bald. Häufig kamen sie in meine Zelle, und wir spielten zu dritt Karten. Sie hatten mir ein Spiel beigebracht, das die Holländer »*Gliek*« nannten. Auch erfuhr ich von ihnen Neues aus der Welt.

Die *Fortuin* war am Strand auf die Seite gelegt worden und wurde von Zimmerleuten aus der Siedlung neu kalfatert und beplankt, mit dicken Nägeln, die lange halten sollten. Weitere Piraten, die Captains Kidd, Culliford und Sievers, waren im Indischen Ozean aufgetaucht. Culliford galt als Gentleman, der seine Opfer stets höflich behandelte, bevor er ihnen die Kehle durchschnitt. Dem Piraten Rick Sievers war ein Bravourstück gelungen, von dem in allen Tavernen erzählt wurde. Er war in den Hafen von Calicut gesegelt, hatte eine Breitseite abgefeuert, vier Schiffe gekapert und bei den anderen die Ankerkabel gekappt, sodass sie an den Strand trieben. Er hinterließ einen Hafen im Chaos und segelte seelenruhig mit seiner Beute davon. Sievers stammte angeblich aus Hamburg. Vielleicht wollte er die Taten Klaus Störtebekers in den Schatten stellen.

Nach zwei Wochen hatte ich den Wachtposten im *Gliek* neun Groschen abgenommen. Womit Mr. Floyd seine Zeit verbrachte, wusste ich nicht. Vermutlich lag er in seiner Zelle auf dem Bett und seufzte. Oder er knirschte mit den Zähnen. Als wir endlich unter Bewachung zum Schiff gebracht wurden, zischte er mir nur ein Wort zu: »*Coward!*«

Nun war ich also wieder zurück auf der *Fortuin*. Annika ergriff strahlend meine Hände und hätte sich vielleicht noch größere Freiheiten herausgenommen, doch ich blieb stocksteif stehen. Aber dann sagte ich mir, dass es nicht ihre Schuld war, sondern allein meine, dass ich nun auch noch den letzten und gefährlichsten Teil der Reise mitmachen musste. Unser nächstes Ziel war Ceylon, eine Insel im Indischen Ozean, wo die China-Gesellschaft einen Handelsposten betrieb.

Wir legten am 18. September 1697 ab. In Kapstadt hatten wir eine Ladung Ziegelsteine als Ballast aufgenommen sowie Proviant und neue Handelswaren, nämlich zwei Hörner eines Tieres, das Rhinozeros genannt wurde. Jonk und Vanderbiest hatten die Hörner mit ihrem letzten Geld erworben und den Kapitän gebeten, sie in Kanton in ihrem Namen zu verkaufen. Sie bestanden aus einem übel riechenden, faserigen Material, ähnlich fest gepressten Drahtbüscheln. Rhinozeroshörner waren so wertvoll, dass die Jäger den erlegten Tieren nur die Hörner absägten und alles andere für die Geier und Hyänen liegen ließen. Wie es hieß, wurden sie in China mit Gold aufgewogen. Dort glaubte man, dass sie die Manneskraft stärkten.

Die beiden Kaufleute blieben in Kapstadt, um mit dem nächsten Schiff nach Amsterdam zurückzukehren. Mr. Floyd zog in ihre Kabine um, da er, wie er sich ausdrückte, »ungern mit einem Feigling die gleiche Luft atmen« wollte.

Statt in Richtung Ceylon segelten wir zunächst nach Süden. So ließen wir Afrika hinter uns, mit all seinen Geheimnissen, von denen ich gelesen hatte: den schwarzen Königreichen, den legendären Elefantenjägern, den unbekannten Quellen von Nil und Niger, dem Land Ophir mit den Solomon-Bergen, in denen angeblich Höhlen voller Diamanten zu finden waren.

Wir kamen nun in kältere Gefilde. Die Sonne stand zur Mittagszeit von Tag zu Tag niedriger, und ihre Strahlen verloren an Kraft. Der Wind wurde zum Sturm. Er pfiff durch das Takelwerk und trieb uns nach Osten, schneller als je zuvor. Riesige Wellen, dunkel und klar wie Glas, liefen unter dem Schiff hindurch. Jede Welle hob es erst höher und höher und ließ es dann tiefer und tiefer fallen, was sich fast anfühlte wie die schwedische Fahrkunst. Im Wellental geriet das Schiff in den Windschatten, und die Segel flatterten und fielen zusammen. Oben auf den Wellenkämmen aber traf uns die volle Wucht des Windes, die Masten ächzten, wenngleich nur die unteren Segel gesetzt waren, und die Taue vibrierten mit tiefem Brummen. Man konnte vom Wellenkamm aus meilenweit sehen, auf eine endlose Landschaft aus wehender Gischt und wogenden Wasserbergen.

Natürlich erneuerte ich sogleich die Bekanntschaft mit meinem alten Freund, der Seekrankheit. Die kurze Zeit an Land hatte genügt, mich der See zu entwöhnen. Aber auch nachdem es mir wieder besser ging, machte der Seegang es unmöglich, sich auf Deck frei zu bewegen. Vom Bug bis zum Heck waren Taue gespannt, an denen sich die Männer entlanghangelten, während das Deck unter ihnen einen Tanz aufführte. Der eisige Wind drang bis auf die Haut, auch wenn ich alle Kleidungsstücke übereinander anzog, die ich besaß. Taue und Rahen waren mit Reif überzogen. Der einzige warme Raum war die mit Ziegelsteinen ummauerte Kombüse und der Koch der meistbeneidete Mann auf dem Schiff.

Zuweilen hatte die *Fortuin* einen Begleiter, einen einsamen Albatros mit riesigen dunklen Schwingen. Er segelte mal an unserer Seite, mal hinter unserem Heck, dabei ab und zu einen klagenden Schrei ausstoßend. Es war mir rätselhaft, wo er herkam und wie er sich all die Tage in der Luft hielt. Gab es hier irgendwo eine Insel? Schlief er des Nachts hoch oben auf irgendeinem Mast? Oder schlief er niemals? Die Seeleute warfen jedenfalls begehrliche Blicke auf ihn, denn für ihre eintönigen Mahlzeiten wäre er eine willkommene Abwechslung gewesen. Kapitän Leeuwerik hatte allerdings dergleichen streng verboten. Das Töten eines Albatros bedeutete Unglück, Vorbestimmung hin oder her. Doch eines

Tages tauchte der Vogel nicht mehr auf. Vielleicht hatte er ein anderes Schiff gefunden, vielleicht war er trotz Verbot im Vorderkastell im Kochtopf gelandet.

Mit Fräulein Annika erlebte ich in dieser Zeit wieder eine gewisse Vertrautheit. Zuweilen saßen wir zusammen unter Deck an der Ziegelwand der Kombüse, um uns gegenseitig zu wärmen. Wenn sie an den Händen fror, schob sie sie unter meine Jacke. Einmal wagte ich sogar, den Arm um ihre Schultern zu legen. Mein Herz begann in ihrer Nähe wieder heftiger zu schlagen. Bei mancher dieser Gelegenheiten war ich versucht, ihr solche Gefühle zu gestehen. Doch ließ ich es lieber bleiben und erklärte ihr stattdessen die Geografie Ostindiens.

Nach vielen Tagen des Dahinjagens unter Sturmwolken erblickten wir auf Steuerbord einen Felskegel, der aus dem Meer ragte und von dessen Spitze Rauch aufstieg. Dies war St. Paul, ein unwirtliches und unbewohntes Eiland. Ich hätte den rauchenden Berg gerne aus der Nähe betrachtet, doch der Kapitän ging auf Nordkurs. Nun liefen wir auf geradem Weg auf Ceylon zu.

Die Sonne kam wieder hervor. Der Wind wurde zu einer Brise und trug feuchte und warme Luft mit sich. Wir alle standen an Deck und genossen die Sonnenstrahlen. Die See verhielt sich ruhig, als wolle sie uns in Sicherheit wiegen. Doch dies war der Indische Ozean, das tückischste aller Meere. Überall, in der Luft, auf dem Wasser und unter der Oberfläche, lauerten hier Gefahren. Und es dauerte nicht lange, bis wir davon eine Kostprobe bekamen.

Am dreißigsten Breitengrad sichtete ein Matrose Planken im Meer. Um uns herum trieben zerbrochene Rahen, Holzstücke und Fetzen von Segeltuch. Der Kapitän ließ beidrehen und das Boot aussetzen. Es fischte Trümmerteile eines großen Schiffes auf, die Klappe einer Stückpforte, den vergoldeten Arm der Galionsfigur, ein intaktes Fass Essig mit dem eingebrannten Siegel »VOC«.

»Das war ein Schiff der Vereinigten Ostindien-Kompanie«, sagte der Kapitän. »Ein Retourschiff.« Diese Schiffe waren besonders stabil gebaut und gut bewaffnet, um die Reise nicht nur nach Ostindien, sondern auch wieder zurück nach Amsterdam zu überstehen. Dieses würde niemals zurückkehren. Wir hielten Ausschau nach der Besatzung, konnten jedoch keine Spur von ihr entdecken.

»Gott sei ihrer Seele gnädig«, sagte der Quartiermeister. »Das ist höchstens einige Wochen her.«

»Was kann ihnen passiert sein?«

»Ein Missgeschick im Pulvermagazin. Ein Riff unter Wasser. Oder ein Kaventsmann, eine riesige Welle. Diese erheben sich hier ganz plötzlich aus dem Meer, auch bei schönstem Wetter.«

»Oder es war ein Pirat«, ergänzte der Bootsmann mit finsterem Gesicht.

Der Predikant sprach ein Gebet. Wir warfen das Essigfass wieder ins Meer, da es Unglück bringt, Dinge von einem gesunkenen Schiff zu nutzen.

Je weiter wir nach Norden kamen, desto heißer brannte die Sonne herab. Nun sehnten wir den eisigen Wind zurück. Hier war er launisch geworden, mal kam er aus Westen, mal aus Osten, mal schlief er ganz ein. Wenn er von Norden wehte, von der fernen indischen Küste her, war es wie der Hauch aus einem Backofen.

Dann kam der Tag, der mit dem Ruf »Alle Mann an Deck!« begann. Es ging nur eine schwache Brise, sodass ich mich wunderte. Als ich hinaustrat, sah ich den Kapitän und den Quartiermeister auf dem Achterdeck. Beide spähten mit Fernrohren zum Horizont.

»Die Bramsegel bergen!«, rief der Kapitän. Dies waren die höchsten Segel auf den Masten. Die Bootsmannspfeife schrillte, die Seeleute rannten zu den Wanten und enterten auf.

Auf meine Frage reichte Hannes Wittich mir wortlos sein

Fernrohr. Im Westen unter einer Wolke sah ich zwei kleine weiße Rechtecke direkt auf der Kimm.

»Sind das Segel?«

»So sieht's aus«, erwiderte Hannes Wittich.

»Und was bedeutet das?«

»Dass da ein Schiff ist.«

Um mich nicht zum Narren zu machen, fragte ich nicht weiter. Dies war das erste Schiff seit Wochen, abgesehen von den Wrackteilen. Doch statt freudiger Erregung sah ich um mich herum nur Mienen, die ausdruckslos waren oder düster wie Kohlenschächte.

Ich blickte wieder durch das Fernrohr. Noch während ich hinsah, bewegten sich die beiden Rechtecke aufeinander zu und verschmolzen zu einem einzigen.

»Da!«, rief der Kapitän. »Sie haben uns gesehen.«

Hannes Wittich riss mir das Fernrohr aus der Hand. »Verflucht! Sie halst. Und zwar ziemlich schnell.«

»Bramsegel stehen lassen!«, rief der Kapitän zum Bootsmann hinüber. Und zum Quartiermeister: »Herr Wittich, Ihr habt bessere Augen. Zwei oder drei Masten, was meint Ihr?«

Hannes Wittich schob sich das Fernrohr unter den Gürtel. Er lief hinüber zum Großmast und stieg in die Wanten, wobei er den herabkletternden Seeleuten auswich. Ganz oben stellte er sich quer auf die Bramrah – ich konnte mir das kaum ansehen, ohne dass mir schwindelte – und spähte durch das Fernrohr.

»Drei!«, rief er herab. »Ein großes Schiff. Keine Flagge.«

»Könnt Ihr von dort aus das Deck sehen?«

»Nein.«

Ich erkannte mit dem bloßen Auge nur einen winzigen weißen Fleck am Horizont. Der Quartiermeister kletterte vom Mast und gesellte sich wieder zu uns. »Sie hält jetzt Kurs genau auf uns. Sie läuft vor dem Wind.«

»Von ihrem Deck aus sind wir noch unter der Kimm«,

sagte der Kapitän. »Das bedeutet, dass sie einen ständigen Ausguck im Großmast haben.« Er klemmte seine Linse ins Auge und warf einen Blick auf den Kompass. »Herr Wittich, wir luven an. Neuer Kurs Nordnordost.«

Der Quartiermeister brüllte Befehle. Die Bootsmannspfeife schrillte wieder. Die Seeleute stürzten an die Brassen, der Rudergänger stemmte sich gegen den Steuerhebel, das Schiff neigte sich und ging auf den neuen Kurs. Wir liefen jetzt härter am Wind. Es dauerte nicht lange, und der weiße Fleck am Horizont wurde länglicher.

»Sie ist auf Nordostkurs gegangen«, sagte der Quartiermeister. »Sie will uns abfangen.«

Ich wusste nicht viel über Schiffsmanöver, doch ich wusste, dass ein großes Schiff für gewöhnlich schneller segelt als ein kleines.

Der Kapitän blickte nach dem Sonnenstand. »Wir haben dieser Tage keinen Mond. Aber bis zum Dunkelwerden ist es noch lang hin. Es reicht nicht. Herr Wittich, eine Mannschaft in den Laderaum.«

»Mit Hebezeug?«

»Ja. Wir müssen die Kanonen an Deck holen.«

9

Indischer Ozean, 30. Oktober 1697

Mit Flaschenzügen, die am Großmast befestigt waren, hievten die Seeleute die beiden Neunpfünder aus dem Laderaum. Eine Kanone wurde mit großem Gepolter in die Kapitänskajüte gerollt und vor dem Heckfenster in Stellung gebracht. Für die zweite war dort kein Platz mehr, also wurde sie mit einiger Mühe auf das erhöhte Achterdeck geschafft.

In den folgenden Stunden versuchte die Mannschaft, aus der *Fortuin* alles an Geschwindigkeit herauszuholen. Die Matrosen zogen fortwährend Eimer mit Seewasser auf die Masten hoch und gossen sie über die Segel aus, damit sie den Wind besser fingen. Auch die neue Beplankung in Kapstadt half der Schnelligkeit. Dennoch stieg der unbekannte Dreimaster allmählich über die Kimm, bis sogar vom Deck aus ein Teil des Rumpfes zu erkennen war. Der Quartiermeister spähte alle Augenblicke mit dem Fernrohr hinüber.

»Eine Fregatte«, sagte er. »Das Deck ist voller Männer. Sie stehen nur herum. Ich sehe keine Flagge.«

Auch bei uns standen nun alle an Deck, sogar der Finne. Niemand sagte etwas. Alle blickten zum Horizont. Nur Fräulein Annika und ihren Vater sah ich nirgends.

»Sie hat die Kanonen ausgerannt«, sagte der Quartiermeister, das Fernrohr am Auge. Er zählte mit den Fingern. »Siebzehn auf Steuerbord. Also vierunddreißig zusammen.« Er kniff die Augen zusammen. »Sie hat noch ein zweites

Kanonendeck. Sieht aber kurios aus. Keine Stückpforten. Nur schwarze Löcher.«

Ich bat ihn um das Fernrohr. Inmitten der schillernden Farbränder der Linse war die Fregatte jetzt deutlich zu erkennen. Sie lief nicht direkt auf uns zu, sondern in einem Winkel, um uns voraus auf unserem Kurs abzufangen. Ihr Rumpf war schwarz bemalt. Ich sah die Kanonenmündungen aus den Stückpforten ragen und darunter, dichter über dem Wasser, eine Reihe runder Luken. Auch sie standen offen.

Mich überlief eine Gänsehaut. Vielleicht hatte man eine der antiken Wunderwaffen wiederentdeckt. Aus der »Pirotechnia« von Vanoccio Biringuccio wusste ich, dass es damals Schiffe gegeben hatte, die aus Rohren Griechisches Feuer ausstießen – eine Substanz, die sich nicht löschen ließ und auch auf dem Wasser weiterbrannte. Ganze Flotten wurden damit in Brand gesetzt.

»Vielleicht können wir wieder einen Strich abfallen, Herr Wittich«, sagte der Kapitän.

Aber es nützte nichts. Am frühen Nachmittag war die fremde Fregatte mit bloßem Auge in Einzelheiten zu erkennen. Sie führte jetzt eine holländische Flagge, aber das bedeutete natürlich gar nichts, denn die hatte sie gehisst, als sie unserer Farben ansichtig wurde.

Kapitän Leeuwerik ließ alle Waffen an Deck bringen: fünf Musketen, einige Pistolen – darunter die beiden, die ich noch von Kapstadt in Erinnerung hatte – sowie eine Kiste Messer und Säbel. Freilich mangelte es an Musketenkugeln, denn die meisten hatten wir im Atlantik über Bord geworfen. Nur Pulver gab es ausreichend. Aber auch mit den Kanonenkugeln stand es nicht zum Besten. Die wenigen, die wir noch besaßen, hatten offenbar schon viele Reisen hinter sich, und der Rost hatte Löcher und Narben hineingefressen. Unter Anleitung des Geschützmeisters begannen Seeleute, an den Kugeln herumzufeilen, damit sie besser flögen.

Mir kamen all diese Vorbereitungen unwirklich vor. Unsere paar Musketen und die zwei Neunpfünder mochten gegen chinesische Küstenpiraten helfen, doch kaum gegen ein Schiff mit vierunddreißig Kanonen, ganz zu schweigen von anderen, unbekannten Waffen, die es noch führen mochte. Andererseits war es sicher besser, auch in aussichtsloser Lage zu kämpfen, als sich widerstandslos abschlachten zu lassen.

Die Hoffnung auf Entkommen bestand darin, bis zum Einbruch der Nacht einen Vorsprung zu halten. Da der Mond neu war, konnten wir dann in der Dunkelheit unbemerkt den Kurs ändern. Allen auf dem Schiff war dies bewusst, und jeder Seemann wachte mit Argusaugen über die Trimmung der Segel, um dem schwachen Westwind das meiste abzugewinnen. Viel mehr gab es nicht zu tun. Die Wolke, die gegen Morgen noch über der Kimm gestanden hatte, war verschwunden. Die See glänzte wie Blei unter stahlblauem Himmel und einer unbarmherzig brennenden Sonne. Die Welt war leer bis auf das fremde Schiff, das stetig näher kam.

Zur Nachmittagswache war die Fregatte so nahe, dass ich mit bloßem Auge ihre Bugwelle sehen konnte. Sie war schnittig gebaut. Ihre drei Masten trugen mehr als doppelt so viel Tuch wie unsere zwei. An Deck sah ich viele Männer, viel mehr, als zum Segeln nötig wären. Es war klar, dass wir bald in Reichweite ihrer Kanonen sein würden. Ich zwang mich, mir die Worte des Boethius in Erinnerung zu rufen: »Das Leben ist dir nur geliehen; wird es wieder genommen, gibt es keinen Grund zu klagen.«

Während ich diesen philosophischen Gedanken nachhing, zog mich jemand am Ärmel. »Meister Richard!«

Fräulein Annika trug ihr grünes Kleid, doch einer der Wassergüsse über die Segel hatte sie wohl erwischt und von oben bis unten durchnässt. Sie trug auch keine Schuhe. Ohne ein Wort zog sie mich zum Achterkastell hinüber. Sie sah bleich aus, aber entschlossen.

»Wo ist Euer Vater?«

»Er sucht noch Verstecke für sein Geld. Kommt mit!«

Sie zog mich in ihre Kabine, stieß die Tür hinter uns zu und verriegelte sie.

»Meister Richard«, sagte sie. »Ihr müsst Euch jetzt als Mann erweisen.«

»Ich werde Euch mit meinem Leben verteidigen, Fräulein Annika!«

»Das werdet Ihr bleiben lassen. Ich habe etwas anderes im Sinn. In Kürze wird dieses Schiff gekapert. Ich weiß nicht, was dann passiert, aber ich weiß, dass Piraten alle Jungfrauen zu Geld machen. Ich werde mich nicht auf einem arabischen Sklavenmarkt zur Schau stellen lassen. Richard, Ihr müsst mir helfen.« Sie wies auf ihre Koje. »Entjungfert mich augenblicklich!«

Selten bin ich um eine Antwort verlegen. Aber jetzt war ich wirklich sprachlos.

»Haltet keine Maulaffen feil! Andere Männer ließen sich das nicht zweimal sagen.« Sie stampfte mit dem Fuß auf. »Los, ans Werk!«

»Ich habe das noch nie gemacht.«

»Keine Sorge, ich weiß alles. Ich habe darüber gelesen.«

»Ich auch, aber bei Boccaccio heißt es nur: ›Sie hatten ihr Vergnügen miteinander.‹ Sogar Petronius bleibt da ziemlich vage.«

»Ihr lest die falschen Bücher. Zuerst müssen wir uns entkleiden. Helft mir mit dem nassen Kleid!«

»Es ist sonderbar verschnürt ... Ah, jetzt habe ich es. Aber Ihr tragt ja nichts darunter!«

»Ich habe mich vorbereitet. Was gafft Ihr?«

»Fräulein Annika – Ihr habt ja nicht nur auf dem Kopf rote Haare!«

»Da sagt Ihr mir nichts Neues. Jetzt seid Ihr an der Reihe. Zieht Euch aus!«

»Alles?«

»Stellt Euch nicht dumm. Auch die Hose! Was muss ich da sehen? Richard, Ihr seid ja doch ein Mann!«

»Fräulein Annika, ich ... ich bin Euch sehr zugetan.«

»Das ist nicht zu übersehen. Legt Euch sofort zu mir!«

»Und jetzt?«

»Zuerst müsst Ihr mich hier liebkosen. Und dort sollt Ihr mich mit der Zunge kitzeln. So steht es in den Büchern.«

»Ist es so richtig?«

»Ich glaube ... Ja, es funktioniert! Oh ja! Hört nicht auf!«

Boethius sagt: »Die Süße der Sirene bringt Verderben.« Doch die Philosophie war mir im Augenblick ebenso gleichgültig wie die Fregatte, die uns jagte.

Irgendwann, nach vollbrachter Tat, lagen wir erschöpft beieinander auf der roten Seidendecke. Ich hatte meinen Kopf in Annikas Haar vergraben, das nach Salz roch. Ich flüsterte ihr ins Ohr und gestand ihr jetzt meine Gefühle und dass ich sie, ganz gleich, was sie sagte, mit meinem Leben verteidigen würde. Doch sie lächelte nur.

Ich wünschte mir, dass die Zeit stillstünde. Die Zeit anhalten kann jedoch nicht einmal Gott. Wir hatten uns wieder angezogen, saßen auf der Koje, hielten uns gegenseitig fest und warteten auf das, was nun kommen musste. Wir warteten auf das Donnern der ersten Breitseite, das Krachen der Einschläge, das Schreien der Verwundeten. Das Geräusch der Enterhaken, den Schlag, wenn Bordwände gegeneinanderstießen. Das Gebrüll der Angreifer, die Schüsse, das Füßetrampeln und Waffenklirren. Wir warteten und lauschten, doch nichts geschah. Alle Geräusche schienen verstummt. Ich hörte weder das Flattern der Segel noch das Knarren der Masten und Rahen. Kein Wasser rauschte an der Schiffswand. Es war, als sei wirklich die Zeit angehalten. Oder als seien wir mitsamt dieser Kabine plötzlich an einen anderen Ort der Welt versetzt worden. Als ich Annika losließ und mich erhob, merkte ich, dass selbst das Schwanken des Schiffs aufgehört hatte.

Auch Annika richtete sich auf. »Es ist so still. Was ist da los?«

»Verriegelt die Tür hinter mir. Ich gehe nachsehen.«

Ich trat an Deck. Das Erste, was ich sah, war die fremde Fregatte, die mit herabhängenden Segeln in etwa einer halben Meile Entfernung auf dem Wasser lag. Die See glänzte wie eine Bleiplatte. Der Wind war gänzlich eingeschlafen. Beide Schiffe machten keine Fahrt mehr. Unsere Pinasse wurde gerade mit Flaschenzügen von der Großrah und Fockrah aus ins Wasser gelassen.

Auf der Fregatte kam eine weiße Wolke aus der vordersten Stückpforte. Der Knall des Schusses dröhnte herüber. Ich konnte den Flug der Kugel mit bloßem Auge verfolgen, ein feiner schwarzer Strich, der rasch aufstieg, sich senkte und weit vor unserer Bordwand eine Wasserfontäne aufwarf. Wir lagen außer Reichweite der feindlichen Geschütze.

Die Pinasse wurde bemannt. Sie war mit einem Schlepptau am Ankerspill festgemacht. Die Männer zogen sie vor den Bug und ruderten dann aus Leibeskräften. Ich spürte, wie die *Fortuin* sich langsam und träge in Bewegung setzte.

»Ha!«, sagte Hannes Wittich. »Wir rudern ihnen davon. Sie werden ihren Riesenkahn schwerlich mit einem Boot hinter uns her schleppen können. Und vor der Nacht frischt der Wind nicht mehr auf.«

An Bord erhob sich ein Grölen und Johlen. Die Matrosen winkten höhnisch zu dem anderen Schiff hinüber. Claas Pannkok stieg auf die Reling, wandte der Fregatte seine Kehrseite zu und ließ die Hosen herunter.

In diesem Moment kam Annika an Deck. Sie hatte ihr Kleid geglättet und sah so unschuldig aus, als sei sie gerade vom Himmel herabgeschwebt. »Wir sind gerettet«, sagte ich zu ihr.

Erst jetzt fiel mir mein Versprechen gegenüber ihrem Vater wieder ein. Mir war ohnehin klar, dass ich Annika nun natürlich heiraten musste. Ihr Vater würde uns sicherlich gerne trauen. Annika und ich würden als Familie in Kanton leben, die Mission aufbauen, vielleicht viele Kinder haben. Das war nicht die Zukunft, die ich mir vorgestellt hatte, aber doch gewiss kein schlimmes Schicksal. Wie jeder weiß, sind die Chinesen ein gelehrsames Volk. Bücher stehen dort in hohem Ansehen. China kann sich der umfangreichsten aller Werke rühmen – »Die Reise nach dem Westen« umfasst angeblich einhundert Bände. Vielleicht würde ich, sobald ich der Sprache und Schrift mächtig war, am Kaiserhof eine Anstellung als Bibliothekar finden.

Der Kapitän richtete wieder sein Fernglas auf die Fregatte. »Sie setzen kein Boot aus«, sagte er. »Das Deck ist fast leer. Die meisten Männer sind nach unten verschwunden.«

Auch der Quartiermeister spähte hinüber. »Irgendetwas geht da vor.«

Etwas bewegte sich hinter den dunklen Luken über der Wasserlinie. Dann bekam die Fregatte plötzlich Dutzende langer hölzerner Beine. Sie tauchten ins Wasser, fanden ihren Rhythmus und begannen, das Schiff voranzutreiben.

»Das ist eine verfluchte Galeere!«

Das Schiff schwang herum. Sein Bug zeigte jetzt direkt auf uns. Die Riemen blitzten im Takt und peitschten das Wasser. Ich sah die Bugwelle, ein unwirklicher Anblick bei Windstille und schlaffen Segeln. Am Heck der Galeere wurde die holländische Flagge niedergeholt und eine andere aufgezogen. Aus dem Winkel konnten wir die Farben nicht erkennen.

»Pullt, Männer, pullt um euer Leben!«, brüllte der Quartiermeister zu der Pinasse hinunter.

Doch es war sinnlos. In weniger als einem Glasenschlag hatte sich die Galeere auf Schussweite herangearbeitet. Sie fiel etwas ab, dann blitzte es wieder aus der vordersten Stückpforte. Hundert Fuß vor der Pinasse stieg eine Fontäne aus der See, dann in zunehmender Entfernung kleinere Fontänen, als die Kugel über die Wellen weiterhüpfte. Die Männer in der Pinasse ließen die Ruder fahren und duckten sich hinter die Bootswand.

Van der Hoft, unser Geschützmeister, stand mit der brennenden Lunte neben dem Neunpfünder, der mit Taljenzügen an der Bordwand festgelascht war. »Zurückschießen, Herr Leeuwerik?«

»Es hat keinen Sinn«, sagte der Kapitän. »Macht die Lunte aus. Herr Wittich, die Flagge streichen.«

Unsere holländischen Farben wurden niedergeholt. Und dann schob sich die Galeere an unsere Seite. Ihre Stückpforten lagen genau auf der Höhe unseres Decks. Einige Kanonen waren abwärtsgerichtet und zielten auf den Rumpf an der Wasserlinie; andere aufwärts auf unsere Masten; doch in die meisten Kanonenmündungen konnten wir direkt hineinblicken.

An Deck der Galeere drängten sich Männer, viele mit Säbeln bewaffnet. Auf hölzernen Podesten am Bug und vor dem Heck waren Drehbassen montiert, deren Mündungen gleichfalls auf uns zielten. Am Flaggenstock erkannte ich jetzt den englischen King's Jack. Anscheinend besaß die Galeere Flaggen sämtlicher Nationen.

Ein schwarzbärtiger Mann stand auf dem Achterkastell, das unser Deck um die doppelte Höhe überragte. Er trug eine dunkle Perücke, einen Dreispitz und eine bunte Uniform mit gewaltigen Epauletten.

»Welches Schiff?«, rief er auf Englisch zu uns herunter.

»Handelsschiff *Fortuin*, von Amsterdam«, rief Kapitän Leeuwerik zurück.

»Euer Name, Sir?«

»Deerk Leeuwerik, Kapitän dieses Schiffes.«

»Captain Leeuwerik, vergebt die Störung. Ich bin Captain William Kidd, Kommandant Seiner Majestät Kriegsgaleere *Adventure*. Seine Majestät König William hat uns den Auftrag erteilt, Piraten zu bekämpfen.«

»Gott sei Dank, Sir! Wir hätten Euch fast selbst für einen Piraten gehalten.«

Bei diesen Worten erhob sich ein Gelächter unter den Männern auf der Galeere. Captain Kidd brachte sie mit ein paar wütenden Gesten zum Schweigen. Dann rief er wieder herüber.

»Wo wollt Ihr hin, Sir?«

»Nach Kanton.«

»Eure Ladung?«

»Nichts. Nur Proviant und Ballast.«

»Passagiere?«

»Vier.«

»Franzosen darunter?«

»Nein, Sir.«

Kidd besprach sich halblaut mit einem neben ihm stehenden Mann, der eine rote Schärpe trug. Dann rief er: »Captain Leeuwerik, kommt zu uns an Bord. Lasst uns in der Kajüte ein gutes Glas trinken.«

»Auf keinen Fall«, murmelte der Quartiermeister.

Der Kapitän rief zurück: »Das würde ich gerne, Sir, aber ich bedaure. Wir haben unseren Zeitplan einzuhalten.«

»Ich muss aber darauf bestehen.«

»Was wollt Ihr von uns?«

»Wir müssen im Auftrag Seiner Majestät Eure Papiere prüfen, auch die Eurer Passagiere.«

»Das könnt Ihr gerne im nächsten Hafen, Sir.«

»Wenn Ihr nicht zu uns kommt, müssen wir Männer zu Euch hinüberschicken. Erlaubt mir, Euch einen Rat zu erteilen, Sir: Kommt lieber zu uns. Meine Männer können zuweilen etwas grob auftreten.« Auf diese Bemerkung hin kamen wieder höhnische Rufe aus seiner Mannschaft. Einige winkten mit ihren Säbeln und Entermessern zu uns herüber.

»Ich verstehe. Also gut, ich werde zu Euch übersetzen.«

»Kommt mit Euren Passagieren. Bringt die Schiffspapiere

und Euer Logbuch mit, wenn es genehm ist, und auch alle Pässe und Passierscheine.«

Es dauerte eine Weile, bis wir bereit waren. Der Kapitän musste die Papiere zusammensuchen, Annika musste sich umziehen, und Mr. Floyd erklärte kategorisch, er werde keinen Fuß auf die Galeere setzen.

»Ich bin englischer Untertan, Sir. Kriegsschiffe sind immer knapp an Männern. Ich werde mich gewiss nicht in eine Lage begeben, in der man mich zu irgendeinem Dienst pressen könnte.«

»Ich habe noch nie gehört, dass Passagiere gepresst wurden, seien sie Engländer oder nicht«, sagte Kapitän Leeuwerik. »Das passiert allenfalls Matrosen.«

»Und das ist nie und nimmer ein Schiff der englischen Marine«, sagte der Quartiermeister.

Doch man konnte Mr. Floyd nicht umstimmen. Also kletterten wir zu viert in die Pinasse und ließen uns zu der Galeere hinüberrudern. Der Kapitän trug seine beste Uniform und eine große Ledertasche mit den Schiffspapieren. Der Predikant hatte das von der Bruderschaft ausgestellte Missionsedikt dabei. Ich hatte nichts.

»Herr Kreutzner«, sagte der Kapitän zu mir, »was auch geschieht, fangt dort drüben keinen Streit an.«

»Keine Sorge«, sagte ich.

Nach den beengten Verhältnissen auf der *Fortuin* wirkte das Deck der *Adventure* riesig. Allerdings ließen uns die Männer wenig Raum. Sie standen dicht gedrängt um uns herum, und wir hörten höhnische Rufe und anzügliche Bemerkungen von allen Seiten. Gottlob verstand Annika kein Englisch.

Als wir zum Heck wollten, stellte sich uns ein Seemann in den Weg. Er hatte einen knotigen Zopf und ein pockennarbiges Gesicht. »Nur Ballast im Laderaum, was?«, redete er Kapitän Leeuwerik an. »Wie kommt es, dass ich das nicht glaube? Männer, lasst uns selbst nachsehen!«

»Moore!«, brüllte der Captain vom Achterdeck herüber. »Du kannst gerne nachsehen. Dann kannst du bei dem Holländer auch gleich anheuern. Denn auf mein Schiff wirst du dann keinen Fuß mehr setzen. Wir sind keine Piraten.«

»Ich weiß, wie wir's machen«, sagte Moore zu den Umstehenden. »Wir lassen diese Gentlemen unterschreiben, dass sie uns die Ladung freiwillig übergeben. Dann ist es keine Piraterie. Und die Lady, da bin ich sicher, bleibt auch freiwillig eine Weile hier.«

Ich hörte von den Männern zustimmendes Gemurmel. Doch Captain Kidd kam jetzt vom Achterdeck herab wie ein Unwetter. Er drängte sich durch die Menge, packte Moore am Arm und schob ihn grob zur Seite.

»Ich muss Euch für meinen Geschützmeister um Vergebung bitten«, sagte er zu uns. »Er ist ein lausiger Hund, das ist leider die Wahrheit.«

»Wenn ich ein Hund bin«, zischte ihm Moore zu, als wir an ihm vorbeigingen, »dann habt Ihr mich dazu gemacht.«

Und ein anderer murrte: »Wir leben seit Monaten wie die Bettler!«

Es schien mit der Disziplin an Bord der *Adventure* nicht zum Besten zu stehen. Ich konnte nur hoffen, dass wir heil von diesem Schiff wieder herunterkamen.

In der Achterkajüte stand stickige Luft. Die großen Fenster waren mit Salz verkrustet und halb blind. Auf dem Tisch stapelten sich Seekarten neben Weinbechern und Tellern mit Essensresten.

Kidd stellte uns seine Offiziere vor. »Dies ist Samuel Bradley, mein Schwager und zweiter Offizier, und dies John Walker, Quartiermeister.«

Bradley saß auf einem gepolsterten Stuhl. Er war ein kränklich wirkender junger Mann mit blassem Gesicht und roten Flecken auf den Wangen. John Walker aber sah so aus, wie ich mir einen Piraten vorstellte, mit brutalen Gesichtszügen und Tätowierungen auf Wangen und Handrücken. Als

Gürtel hatte er eine rote Schärpe um den Leib geschlungen, in der zwei Pistolen steckten. Bradley und Captain Kidd trugen Uniformen, die jedoch nicht sehr englisch wirkten, eher wie aus den Uniformteilen vieler Nationen zusammengesetzt.

»Wir haben in Kapstadt Gerüchte über Euch gehört, Sir«, sagte Kapitän Leeuwerik. »Es hieß dort, Ihr seiet ein Pirat.«

»So, hieß es das? Ich hoffe, Ihr gebt nichts auf solch lächerliche Behauptungen, Sir. Meine Auftraggeber sind hochgestellte Personen, Lords und Mitglieder des Königshauses. König William III. hat persönlich meinen Kaperbrief ausgestellt. Er gibt mir das Recht, auf allen Meeren Piraten und Feinde Englands zu jagen und ihre Schiffe und Ladung zu beschlagnahmen.«

»Sir, die Sieben Provinzen sind nicht Englands Feind. Euer König William ist Niederländer wie wir.«

»Dann wird Euch nichts geschehen. Dafür habt Ihr mein Wort. Aber Ihr wisst, dass Schiffe zuweilen unter falscher Flagge segeln. Wir müssen Eure Papiere prüfen. Wie kommt es, dass Ihr keine Ladung habt?«

»Wir mussten sie im Atlantik über Bord werfen. Wir waren leckgeschlagen. Das findet Ihr auch im Logbuch verzeichnet.«

»Sam, sei so gut und nimm dir das Logbuch vor«, sagte Kidd. »Prüfe die Pässe und die Passagierliste. Achte auf alles, was französisch aussieht.« Und zu Kapitän Leeuwerik sagte er: »Seid Ihr nach dem Kap irgendwelchen Schiffen begegnet?«

»Nein, Sir. Aber wir sind auf Wrackteile gestoßen.«

»Wo war das?«

»Am dreißigsten Breitengrad, vor zwei Wochen.«

»Avery womöglich?«, sagte Walker. »Er muss jetzt eine kleine Flotte haben.«

»Das glaube ich nicht«, sagte Kidd. »Was soll er da unten? Das ist zu weit südlich.«

Bradley begann, umständlich durch die Schiffspapiere

zu blättern. Es dauerte lange. Wir standen um ihn herum, niemand sagte etwas. Bradleys Hand zitterte. Er schwitzte, und in der Kajüte hing der Geruch nach Schweiß und Essensresten.

Annika entschuldigte sich und trat aus der Tür. Ich folgte ihr.

»Ich brauche frische Luft«, sagte sie.

Wir stiegen die Treppe zum Achterdeck hinauf. Dort waren wir allein. Über uns hing die riesige Flagge mit dem King's Jack. Obwohl Eimer herumstanden, waren Planken und Reling wohl schon lange nicht mehr geschrubbt worden. Vom Mitteldeck her vernahmen wir das erregte Reden der Seeleute, konnten aber die Worte nicht verstehen.

»Annika«, begann ich. »Ich habe über uns nachgedacht –«

In diesem Moment hörten wir Schritte auf der Treppe. Der pockennarbige Geschützmeister mit Namen Moore war uns gefolgt. Ich wunderte mich, denn das Achterdeck ist normalerweise Offizieren vorbehalten. Dennoch kam er zu uns herüber, baute sich vor uns auf und schnupperte an Annika wie ein Hund.

»Keine Ladung, was? Aber es gibt immer etwas zu kapern«, sagte er. Er schob sich dichter an Annika heran, sodass sie zur Reling zurückweichen musste. Ich wollte mich vor sie stellen, aber er stieß mich zur Seite. »Denkt Eure Ladyschaft auch, dass ich ein lausiger Hund bin?«

»Sie spricht Eure Sprache nicht«, sagte ich.

»Halt's Maul, ich rede mit der Lady.«

Er beugte sich vor und schnüffelte wieder an ihr. Sie trat ihn hart vor das Schienbein. Ohne eine Sekunde zu zögern, schlug er ihr mit der flachen Hand ins Gesicht.

Mir war, als würde in mir etwas explodieren. Ich packte einen eisenbeschlagenen Eimer, der an der Reling stand, schwang ihn und traf Moore mit Wucht an der Schulter.

Moore grunzte vor Schmerz oder Überraschung und fuhr herum. Dabei zog er ein Messer aus dem Gürtel. Er sog die

Luft durch die Zähne und sagte: »Dich Ratte schneide ich jetzt in Stücke.«

Wir standen uns gegenüber. Moores Messer schien aus einem Marlspieker geschliffen zu sein. Es war dünn wie ein Stift und lief spitz zu. Er hielt es waagerecht in der Hand, den Daumen an der Klinge, sah mir in die Augen und stieß zu.

Ich hatte den Eimer mit beiden Händen gepackt und versuchte, damit das Messer abzuwehren. Doch Moore hatte es plötzlich in der anderen Hand und stieß wieder zu, schnell wie eine Schlange. Ich riss den Arm hoch, und die Klinge fuhr hinein. Der Schmerz schoss mir wie ein Blitz durch den Unterarm. Ich sah Blut spritzen, als Moore wieder ausholte.

Von Annika kam ein wütender Schrei. Sie packte Moore am Zopf und riss seinen Kopf zurück. Als er sich umwandte, fuhr sie ihm mit den Fingernägeln ins Gesicht. Im gleichen Moment traf ich ihn mit dem Eimer am Schädel. Das Messer flog über die Reling. Moore taumelte und schüttelte benommen den Kopf. Das gab mir Zeit, wieder den Eimer zu schwingen. Diesmal traf ich ihn mit dem Eisenrand an der Schläfe. Der Eimer dröhnte wie eine Glocke.

Moore war jetzt auf den Knien. Er versuchte, sich mit den Armen zu schützen, doch ich holte aus und hieb ihm den Eimer mitten auf den Kopf, mit beiden Händen und aller Kraft, die ich aufbringen konnte. Etwas knackte, als ob ein Tonkrug zerbräche. Moore stürzte schwer zu Boden. Ich holte nochmals mit dem Eimer aus, aber Annika schrie: »Richard, hör auf!« Das brachte mich wieder zur Besinnung.

Zu unseren Füßen breitete sich eine Blutpfütze aus. Moore lag da wie tot. Seine Augen rollten, aber er sah uns nicht an. Sein Zopf schwamm im Blut. Ich merkte jetzt, dass auch mein linker Ärmel blutgetränkt war und das Blut mir an der Hand hinunterlief und auf die Planken tropfte.

Das Ganze hatte nur wenige Augenblicke gedauert. Kidd stürmte auf das Achterdeck, gefolgt von Walker.

»Was geht hier vor?«, rief der Captain.

Ich hatte immer noch den Eimer in der Hand und stellte ihn auf den Boden.

Walker sagte: »Ich glaub's nicht. Die Lady und der Junge haben gerade Moore umgebracht.«

Kidd stieß den Liegenden mit seinem Fuß an. »Er lebt noch.«

»Der wird nicht mehr«, sagte Walker.

»Es scheint, dass Ihr meinen Geschützmeister ermordet habt«, sagte Kidd zu uns. »Ich fürchte, dafür werdet Ihr hängen.«

»Sir, es war Notwehr! Und sie hat nichts damit zu tun!«

»Was ist das da?« Er deutete mit der Schuhspitze auf Moores Wange, auf der blutige Striemen zu sehen waren. »Das sieht mir nach den Fingernägeln einer Lady aus. Es beweist Euer beider Schuld. Ihr kommt nebeneinander an die Rah.«

»Sir, er hat mich mit dem Messer angegriffen!« Ich sah mich um, konnte es aber nirgends entdecken. »Es ist wohl ins Meer gefallen.«

»Auch wenn ich Euch das gerne glauben will, spielt es keine Rolle. Um Moore ist es nicht schade. Aber die Mannschaft hielte mich für einen Weichling, ließe ich Euch das durchgehen. Tut mir leid für Euch und die Lady. Das Hängen macht mir keine Freude. Aber es muss sein. Ich hoffe auf Euer Verständnis.«

»Dann lasst wenigstens sie gehen! Ich war es, nicht sie.«

Er zuckte die Achseln. »Gut, einer mag wohl genügen. Wir wollen nach Recht und Gesetz vorgehen. John, hol zwei Zeugen für das Urteil. Und dann einen festen Strick an die Großrah.«

Walker grinste mich an und trat dann an die Brüstung. »Fletcher, Palmer, aufs Achterdeck!«, rief er hinunter.

Bis zur Reling waren es fünf Schritte. Aber wenn es mir gelänge, ins Wasser zu springen, was dann? Wohin sollte ich schwimmen, mitten auf dem Ozean? Und wenn ich dennoch entkäme, würde Kidd wohl Annika an meiner Stelle hängen.

»Richard, was passiert jetzt?«, fragte sie.

»Dir passiert nichts«, sagte ich.

Sie wies auf meinen blutverkrusteten Unterarm. »Lass mich das verbinden.«

»Das lohnt sich jetzt nicht mehr.«

»Wollt Ihr einen Priester?«, fragte mich Kidd. »Nicht dass wir einen hätten, aber Mr. Toyne besitzt eine Bibel. Er könnte Euch daraus ein paar Sprüche vorlesen.«

»Nein, danke.«

»Wie Ihr wollt. Ihr seid Holländer?«

»Sachse.«

»Kaufmann, darf ich annehmen?«

»Bibliothekar. Zurzeit aber Hauslehrer.«

»Ein Schulmeister? Dann seid Ihr hier wahrlich an den falschen Ort geraten. Auf einem Schiff habt Ihr sicher noch nie gearbeitet?«

»Doch, ein wenig, Sir.«

»Tatsächlich? Da kommt mir ein Gedanke. Ihr zieht es wohl vor, nicht zu hängen?«

»Das würde ich in der Tat.«

»Dann mache ich Euch zum Soldaten. Eine Kanone herumschieben kann jeder. Willkommen, Schulmeister, in der Marine seiner Majestät.«

Ich starrte ihn an.

»Auf Mohelia sind mir gerade fünfzig Mann verreckt«, sagte Kidd. »Alle an der Roten Ruhr, innerhalb von zwei Wochen. Mit Moore sind es nun einundfünfzig. Wir sind knapp an Männern. Das ist Euer Glück, Schulmeister. Ihr habt meinen Geschützmeister umgebracht, nun werdet Ihr die Mannschaft ergänzen.«

»Sir, ich bin Sachse, kein Brite. Ihr könnt mich nicht zum Dienst pressen. Das Seerecht –«

»Ich presse niemanden. Ich erlaube Euch, freiwillig anzuheuern. Diesen da«, er stieß Moore wieder mit dem Fuß an, »werde ich dafür auf mich nehmen. Ihr könnt natürlich auch die Rah wählen. Also, heuert Ihr an?«

Ich sagte nichts.

Kidd musterte mich wie ein Wolf seine Beute, mit kalten grauen Augen. »Nun?«

»Ja«, sagte ich.

»Es heißt: ›Jawohl, Captain‹!«

»Jawohl, Captain«, sprach ich nach.

»Ihr werdet hier gut behandelt. Ihr erhaltet einen Anteil an der Beute wie jeder in der Mannschaft. Einen Halbteil, da Ihr kein Vollmatrose seid. Auf meinem Schiff geht alles gerecht zu.«

»Ihr habt großes Glück«, sagte Walker grinsend. »Vielleicht werdet Ihr reich.«

Zwei Seeleute kamen zu uns heraufgestiegen, einer schmutziger und zerlumpter als der andere. Sie stutzten bei dem Anblick.

»Verflucht, was ist mit Moore passiert?«, fragte der eine.

»Was passiert ist? Was jedem passiert, der meuterische Reden führt«, sagte Kidd. »Bringt ihn ins Lazarett zu Dr. Bradinham.«

»Wenn er jetzt noch nicht tot ist, schafft der Doktor das bestimmt«, sagte der Seemann. Der eine packte Moore unter den Armen, der andere an den Beinen. So schleiften sie ihn vom Achterdeck herunter. Sein Kopf baumelte, und ich sah, wie seine Hände zuckten. Er hinterließ eine Blutspur.

»Ein guter Rat, Schulmeister«, sagte Kidd zu mir. »Wenn Ihr Euer Leben schätzt, solltet Ihr nicht vor den Männern mit Eurer Tat prahlen. Moore hatte Freunde.«

»Und jetzt runter vom Achterdeck, Bursche«, sagte Walker. »Du bist nun Seesoldat. Achtern hast du nichts verloren.«

Ich stieg wie betäubt aufs Deck hinab. Dort stand ich inmitten der anderen.

»Das ist ein Schulmeister!«, rief Walker vom Heck. »Er hat gerade als Soldat angeheuert!«

»Ich habe schon viele Dummheiten gesehen«, sagte einer der Männer. »Aber das übertrifft alle.«

»Vielleicht gefällt es ihm hier«, sagte ein anderer.

»Vielleicht hast du ihm gefallen, Patrick«, sagte ein Dritter.

»Ich bin sicher, wir werden Spaß miteinander haben, Junge«, versprach mir ein Vierter.

Ich hörte die Reden kaum. Annika, ihr Vater und Kapitän Leeuwerik kletterten in die Pinasse. Die Matrosen stießen sie mit den Riemen von der Bordwand ab. Dann begannen sie zu pullen.

Annika saß aufrecht im Heck. Sie blickte in meine Richtung, aber ich konnte ihr Gesicht nicht erkennen. Das Boot entfernte sich mit stetigen Ruderschlägen. Annikas Rotschopf leuchtete in der Sonne. Ich habe sie nie wiedergesehen.

10

Malabarküste, 10. November 1697

Ich bekam wenig Zeit zum Nachdenken. Walker brüllte: »An die Riemen!«, und ich wurde vom Bootsmann zusammen mit den anderen nach unten getrieben. Das Ruderdeck war so niedrig, dass man sich nur gebückt bewegen konnte. Captain Kidd wollte offenbar rasch außer Sicht gelangen, damit die Mannschaft nicht weiter begehrliche Blicke auf die *Fortuin* werfen konnte.

Die Männer verteilten sich auf die Ruderbänke. Jede Bank bot Platz für drei Ruderer, doch auf den meisten saßen nur zwei. Ich setzte mich irgendwohin und packte das Ende des Riemens.

Der Mann am letzten Riemen an Steuerbord gab den Takt vor, indem er brüllte: *»Heave ho, heave ho! Nelly comes to Mexico!«*

Ich wusste nicht, wer Nelly war und was sie in Mexiko wollte. Aber die anderen schienen es zu wissen, denn sie grölten den Singsang mit. Allerdings nicht lange. Bald war nur noch Keuchen zu hören.

Mein Platz an der Innenseite erwies sich als der schlechteste, denn ich musste mich beim Pullen am weitesten vor- und zurückbeugen. Auch hatte ich ein Bleigewicht vor der Nase, das am Ende des Riemens angebracht war. Von der Anstrengung begann die Wunde an meinem Unterarm wieder zu bluten. Wann immer ich aber nachließ, bekam ich ein wütendes Zischen und einen Rippenstoß vom Nebenmann.

Ich hatte gelesen, dass in Galeeren Aufseher mit Peitschen auf und ab laufen, um faule Ruderer anzutreiben. Die brauchte es hier nicht. Jeder wachte eifersüchtig über die Ruderleistung seines Sitznachbarn.

Nach einer endlosen Zeit kam das Kommando: »Riemen hoch! Riemen bergen!« Ein allgemeines Aufatmen ging durch die Reihen. Die Riemen wurden nach innen gezogen und in den Mittelgang geworfen. Die Galeere trieb noch ein paar Schiffslängen weiter und lag dann still auf dem unbewegten Meer. Die Ruderluken wurden verschalkt.

»Schulmeister, zum Captain! Im Lazarett!«, brüllte jemand vom Deck herab. Es dauerte einen Moment, bis ich begriff, dass er mich meinte.

Das Lazarett war ein Verschlag im hinteren Teil des Kanonendecks. In dem niedrigen Raum standen vier Kojen dicht beieinander. Zwei davon waren besetzt. Moore lag auf der einen. Jemand hatte ihm das Hemd ausgezogen und einen Lappen um die Stirn gewickelt, der bereits mit Blut getränkt war. Auf der anderen Koje schnarchte ein Mann mit einem aufgedunsenen Gesicht. Er trug einen speckigen braunen Überrock und eine Perücke, die aussah wie von Mäusen angefressen. Neben seinem Bett stand eine halb leere Flasche. In der Luft hing ein überwältigender Geruch von Blut, Erbrochenem und Alkohol.

Captain Kidd winkte mich herein. »Darf ich bekannt machen?«, sagte er. »Dr. Bradinham, unser Schiffsarzt. Ein begnadeter Amputeur. Er macht gerade ein Nickerchen.«

»Wie geht es Moore?«

»Bald besser, hoffe ich«, sagte der Captain. »Zeig mir deinen Arm.«

Der Schnitt am Unterarm ging nicht tief. Der Captain nahm die Schnapsflasche vom Bett des Doktors, roch daran, dann tränkte er einen Lappen mit dem Inhalt.

»Wickle das um die Wunde. Nicht dass die Fäule sie befällt. Ohne Arm nützt du uns nichts. Und nun, da der Doktor gerade unpässlich ist, muss sich jemand um Moore kümmern. Das wird deine Aufgabe sein.«

»Das will ich gerne, Sir, aber was soll ich tun? Ich bin kein Arzt.«

»Schau ihn dir an, Schulmeister. Sieht er aus, als brauche er noch einen Arzt?«

Moore lag unbeweglich. Ich bemerkte keinen Atem. Sein Gesicht war zu einer Fratze verzerrt. Die Augen waren weit aufgerissen, aber blicklos. Ich hätte ihn für tot gehalten, doch seine Lider zuckten wie flatternde Motten. Die Nägel seiner rechten Hand hatten sich so tief in die Handfläche gebohrt, dass Blut heraussickerte.

Der Captain hatte eine Lederrolle mit Chirurgenbesteck auf Moores Brust ausgebreitet. Er wählte ein Messer und reichte es mir. »Was du angefangen hast, bring jetzt zu Ende.«

»Ich verstehe nicht, Sir. Soll ich ihn operieren?«

»In gewisser Weise. Er hat schlimme Schmerzen, also beende jetzt seine Qualen. Es ist das Einzige, was du für ihn tun kannst.«

»Aber … Sir, das ist ein Mensch! Kein Pferd, dem man den Gnadenstoß gibt.«

»Verflucht, nimm dich zusammen! Hast du etwa mit einem Pferd mehr Erbarmen als mit einem Menschen?«

Ich nahm das Messer, sagte aber: »Ich glaube, das kann ich nicht, Sir.«

»Doch, Schulmeister, das kann jeder, auch du.«

»Vielleicht erholt er sich wieder.«

»Zum Teufel mit dir! Soll ich den Verband abwickeln und dir das Loch zeigen, das du gemacht hast? Da kannst du deine Faust hineinstecken. Er ist tot, bevor es Morgen wird. Aber er wird noch die ganze Nacht leiden. Also mach es schnell!«

»Kann man ihm denn nicht irgendetwas geben? Etwas, das schnell wirkt? Sicher hat der Doktor Laudanum oder Antimon bei seinen Medizinen.«

»Rede keinen Unsinn. Er kann nichts mehr schlucken.«

Ich stand unschlüssig vor der Koje, das Messer in der Hand. Der Captain deutete auf eine Stelle auf Moores Brustkorb.

»Dort, genau zwischen die Rippen. Gerade hinein, bis auf das Heft.«

Ich kniete mich an die Koje und erinnerte mich jetzt, wie ich an meines Vaters Bett gestanden hatte, das Messer in der Hand. Und wie ich mir vorgestellt hatte, es ihm ins Herz zu stoßen. Ich setzte Moore das Messer auf die Brust, an die Stelle, auf die der Captain deutete. Ich spürte seinen Herzschlag am Messergriff. Er ging unnatürlich schnell, wie bei einem jungen Hund. Ich brachte es nicht über mich, dort hineinzustechen.

»Ich weiß.« Der Captain gab sich jetzt wieder freundlich. Er legte mir die Hand auf die Schulter. »Du denkst zu viel, Schulmeister. Versuch, an gar nichts zu denken. Mach deinen Kopf ganz leer. Schicke deinen Geist weit weg. Und lass einfach deine Hände die Arbeit tun. Jetzt stoß zu.«

Ich tat es.

»Siehst du, Schulmeister?« Der Captain lächelte triumphierend. »Das hast du gut gemacht. Das Töten fällt nur am Anfang schwer. Dann wird es immer leichter.«

So kam ich an das Messer. Der Captain meinte, ich hätte es mir verdient. Das Messer hatte einen geriffelten Elfenbeingriff. Es diente wohl zur Amputation von Gliedmaßen und war nur an einer Seite geschliffen, doch dafür äußerst scharf. Es wurde bald mein wichtigster Besitz.

Moore wurde zusammen mit einer Kanonenkugel in ein Segeltuch eingenäht und über Bord geworfen. Ich bekam auch seine Hängematte und aus seiner Seekiste ein paar leinene Hosen, seinen Blechteller und einen Holzlöffel. Der Rest seines Besitzes wurde unter der Mannschaft versteigert.

Das Schiff besaß kein Vorderkastell. Die Männer spannten des Nachts ihre Matten zwischen den Kanonen auf, manche schliefen auch oben an Deck oder zwischen den Ruderbänken. Ich lag wach in der Hängematte, in der letzte Nacht noch

Moore geschlafen hatte. Meine Muskeln schmerzten von der Anstrengung des Ruderns. Doch vor meinen Augen liefen wieder und wieder die gleichen Szenen ab – das Krachen des Eimers gegen Moores Schädel, das knackende Geräusch. Später das Gefühl, als ich das Messer bis zum Heft in sein Herz stieß. Sein plötzliches Aufbäumen, dann das Erschlaffen seines verzerrten Gesichts.

Natürlich hatte Gott wieder etwas dazu zu sagen. »Du hast abermals –«

»Ja, eine Sünde begangen. Ich weiß. Es war Notwehr. Ich wollte ihn nicht töten.«

»Und doch hast du weiter auf ihn eingeschlagen, als er schon am Boden lag.«

»Ich war im Zorn.«

»Und dann hast du ihn erstochen.«

»Der Captain hat mich dazu gebracht.«

»Das macht deine Sünde nicht geringer.«

»Wisst Ihr was, Herr? Ich werde wohl noch viele töten. Denn ich bin jetzt Soldat. Gefällt Euch das? Wenn nicht, dann zeigt Eure Allmacht und holt mich von diesem Schiff wieder herunter.«

»Halt's Maul, verflucht!«, brüllte einer neben mir. »Wer soll bei diesem Gemurmel schlafen können!«

Gott sagte nichts mehr.

Am nächsten Tag unterschrieb ich den Schiffsvertrag, vorsichtshalber mit einem falschen Namen. Dann wurde ich der Kanonenmannschaft von Bill Wakeman zugeteilt. Ich erfuhr später, dass dies die schlimmste Mannschaft auf dem Schiff war, denn Wakeman, ein Schuhmacher aus New York, war als übler Schläger und Leuteschinder bekannt. Wir bedienten die Kanone Nummer eins auf Backbord und die Kanone Nummer eins auf Steuerbord. Die Kanonen, billige Zwölfpfünder aus Gusseisen, mussten ständig mit Drahtbürsten geschrubbt und mit Schweinefett eingerieben werden, damit sie nicht rosteten. Dies war vor allem meine Arbeit.

Wakeman brüllte mich gleich zu Beginn an: »Du redest mich mit ›Sir‹ an, Bursche!«

Ich tat es tatsächlich einige Male, bis mir klar wurde, dass es im Kanonendeck keinen »Sir« gab. Allein Peter Gibson redete jeden so an. Er war ein Junge von acht Jahren und musste im Gefecht die Pulversäcke vom Magazin zu der Kanone schleppen. Mit seinem zarten Gesicht und seiner piepsigen Stimme passte er ganz und gar nicht in die Mannschaft eines Freibeuters.

»Was hat dich bloß auf dieses Schiff verschlagen, Peter?«, fragte ich ihn.

»Ich wurde gepresst, Sir. In London, im ›Bear and Colours‹. Das ist ein Ale House.« Er sagte das nicht ohne einen gewissen Stolz.

»Du wurdest gepresst? In einem Ale House? In deinem Alter?«

»Meine Mutter hatte mich durch die Schenken geschickt, wie jeden Freitag. Ich sollte meinen Vater suchen und heimholen. Ich habe ihn auch gefunden. Aber dann hat das Presskommando alle Türen versperrt. Mein Vater wurde mitgenommen und ich mit ihm, Sir.«

»Ich bin Richard, nicht ›Sir‹.«

»Ja, Sir Richard. Wir kamen beide auf die *Duchess*. Ich wurde Pulverjunge, so wie hier. Wir sind dann in den Krieg gegen die Franzosen gezogen. Aber auf dem Weg begegneten wir der *Adventure*, und unser Kapitän hat sie angehalten und dreißig Männer von ihr auf die *Duchess* gepresst. Aber dann kam Befehl vom Admiral, die Männer zurückzugeben. Und so kam ich hierher, Sir Richard. Denn der Kapitän hat nicht die gleichen Männer zurückgegeben, sondern er hat die dreißig kleinsten und schwächsten ausgesucht, um sie loszuwerden. Mein Vater blieb zurück auf der *Duchess*.«

Sein Vater hatte ihm aus einem Stück Holz eine Art Talisman geschnitzt, er sollte wohl einen Hund darstellen. Peter trug ihn an einer Schnur um den Hals. Immer wenn er von Wakeman zusammengebrüllt wurde – was oft geschah, denn er war für Wakeman stets zu langsam mit dem Pulver –, wurde er starr und steif und umklammerte den Holzhund, als hinge sein Leben daran. Ich kannte diese Starre. Mir war es früher ähnlich ergangen, wenn mein Vater auf mich einschrie.

Zusätzlich zum Kanonendienst hatten wir Soldaten Arbeiten einfacher und schmutziger Art zu verrichten, für die sich die Matrosen zu fein waren, wie das Auspumpen der Bilge oder das Schrubben des Decks. Entsprechend widerwillig und nachlässig wurde dies erledigt. An Bord waren Soldaten die niedrigste Kaste. Das Handhaben der Segel erfordert viel Erfahrung, doch jeder kann einen Säbel schwingen oder Kanonenkugeln schleppen. Der niedere Rang war mir nur recht. Er bewahrte mich vor der Arbeit hoch oben in den Masten, die den Matrosen vorbehalten war. Außerdem waren wir nicht in Wachen eingeteilt und konnten die ganze Nacht schlafen.

Niemand aus der Mannschaft verdächtigte mich, mit Moores Tod etwas zu tun zu haben. Zumal Palmer überall erzählte, er habe selbst gesehen, wie der Captain mit einem einzigen Schlag dem Geschützmeister den Schädel gespalten habe. Vor Captain Kidd hatten alle Angst. Das verstand ich nicht, denn mir erschien er als ein vernünftiger Mann. Ich kam später darauf, dass seine Drohung, Annika und mich zu hängen, wohl nur eine Finte gewesen war, um mich in seine Mannschaft zu pressen. Der Captain wusste solche Gelegenheiten stets zu seinem Vorteil zu nutzen.

Am zweiten Tag rief Walker mich aufs Achterdeck. »Der Blutfleck muss endlich weg. Nimm dir Eimer und Sandstein und scheuere die Planken. Mit dem Eimer kannst du ja offenbar umgehen.«

Also war ich auch auf diesem Schiff wieder beim Deckschrubben angelangt. Das Blut hatte sich ins Holz gefressen und war schwer wegzubekommen. Während ich es mit viel Seewasser versuchte, kam der Captain an Deck. Er prüfte den

Wind und warf einen Blick auf die Segel. Dann beobachtete er meine Bemühungen eine Weile.

»Was kannst du eigentlich, Schulmeister? Planken schrubben ist es wohl nicht.«

»Ich habe die sechs bergakademischen Künste gelernt, Sir. Philosophie, Arithmetik, Astronomie, Geografie, Baukunst und das sächsische Recht. Und natürlich Latein.«

»Das bedeutet wohl, dass du ein schlauer Bursche bist.«

»Das weiß ich nicht, Sir.«

»Philosophie und Latein passen nicht hierher. Aber ich frage mich, ob du vielleicht zu anderen Dingen besser geeignet bist als zum Schrubben.«

»Das würde ich durchaus begrüßen, Sir.« Vielleicht konnte ich auch auf der *Adventure* meinen Status heben, indem ich den Offizieren Unterricht gab.

»Dann habe ich eine Aufgabe für dich. Moore war nicht der einzige faule Apfel. Von den Männern kann ich mich vielleicht auf zwanzig verlassen. Der Rest ist Abschaum. Alles Verbrecher oder Taugenichtse. Sie würden bedenkenlos jedes Schiff plündern, das ihnen begegnet. Also hör dich unter der Mannschaft um. Wenn du meuterische Reden hörst, nenne mir die Rädelsführer.«

Das war nicht das, was ich mir vorgestellt hatte. In Büchern erwiesen sich Spitzel stets als schändliche Charaktere und nahmen stets ein unrühmliches Ende. Was mir passierte, wenn die Seeleute mich beim Bespitzeln erwischten, konnte ich mir ausmalen.

»Ich bin noch zu neu hier. Ich fürchte, solche Reden würden nicht in meiner Gegenwart geführt, Sir.«

»Du sollst einfach Augen und Ohren offen halten. Wir werden in einigen Tagen Tellicherry anlaufen, denn unser Proviant geht zu Ende. Mich würde nicht wundern, wenn dort wieder einige desertieren wollen. Kannst du schwimmen?«

»Nein, Sir.«

»Gut, das können die wenigsten. Wir werden daher nicht anlegen, sondern mitten im Hafen ankern. Deserteure müssten sich zusammentun, ein Boot stehlen oder Fässer zusammenbinden, um ans Ufer zu kommen. Achte also auf das Gerede unter den Männern. Vor allem merke dir, welche von ihnen zusammenhocken und tuscheln.«

»Ja, Sir.«

Nach Deserteuren würde ich nicht lange suchen müssen. Ich war sofort entschlossen, die Gelegenheit selbst zu nutzen. Mit dem Schwimmen hatte ich wohlweislich gelogen. Als Kind war ich oft im flachen Wasser der Milda geschwommen, und in einem Seehafen würde es wohl auch gelingen. Ich würde in Tellicherry nachts über Bord springen. Der *Adventure* glücklich entkommen, konnte ich darauf hoffen, früher oder später ein Schiff nach London zu finden. Mir kam kurz der Gedanke, dass vielleicht Gott mir diese Gelegenheit beschert hatte, um mich von weiterem Töten abzuhalten.

Die folgenden Tage vergingen mit Pumpen, Plankenschrubben, Kanonendrill und Kartenspielen. Denn das Spiel *Gliek* wurde auch hier gespielt. Mein Vater hatte Kartenspiele immer gehasst. Den Bergleuten waren sie streng verboten. Umso mehr Genugtuung bereitete es mir, den anderen aus der Backschaft im Lauf der Tage einige Pennys abzunehmen, besonders Wakeman, denn er war ein hitziger, aber schlechter Spieler.

Doch er nahm dies übel auf. »Wenn ich noch einmal dein hämisches Grinsen sehe, Schulmeister«, sagte er beiläufig, während ich meinen Gewinn einstrich, »wische ich es dir aus der Visage, glaub mir.« Wakeman hatte Hände wie Kohlenschaufeln, in denen die Spielkarten fast verschwanden.

Ich mühte mich fortan um ein ausdrucksloses Gesicht. Doch Wakeman verlor weiter, und seine Stimmung wurde immer schlechter.

»Jetzt reicht es!«, brüllte er mich an und hieb auf das Fass, das wir als Tisch benutzten, sodass die Karten herumflogen. »Ich weiß, dass du betrügst!« Er packte mein Handgelenk mit eisernem Griff und schob meinen Ärmel hoch. Natürlich hatte ich keine Karten im Ärmel.

»Ich betrüge nicht, Wakeman, das schwöre ich!«, rief ich, während ich versuchte, meinen Arm zu befreien. »Außerdem sind es ja nur ein paar Pennys.«

»Nur ein paar Pennys, ja? Dann her damit, du Dieb!«

Er raffte die Münzen zusammen, die ich vor mir aufgetürmt hatte, und stopfte sie in die eigene Tasche. Ich war aufgesprungen und stand da, vor Wut zitternd, doch ich konnte nichts machen. Wakeman war einen Kopf größer als ich und doppelt so schwer.

»Ab jetzt spielst du ehrlich«, sagte er. »Sonst kannst du deine Zähne vom Boden klauben.«

Ich verzichtete auf weiteres Kartenspielen an diesem Tag.

Am nächsten Morgen wurde ich wieder zum Schrubben des Achterdecks abkommandiert. Der Captain erwartete mich schon.

»Wir bekommen Südwind«, sagte er. »Es sind noch vielleicht drei Tage bis Tellicherry. Hast du etwas über Fluchtpläne herausgefunden?«

»Nein, Sir. Ich habe lediglich herausgefunden, dass hier wohl nur das Recht des Stärkeren gilt.«

»Hat dich etwa jemand grob angefasst? Warum hast du das zugelassen? Du bist ein kräftiger Bursche. Du hast ein Messer. Genau dafür ist es da.«

»Soll ich jemanden abstechen, nur weil er mir ein paar Pennys stiehlt?«

»Du sollst niemanden abstechen. Du sollst nur entschlossen sein, deine Habe zu verteidigen. Wenn du dir widerstandlos deine Pennys stehlen lässt, stiehlt man dir bald deine Stiefel und deine Hosen. Dann dein Messer, wenn du damit nichts anfangen kannst. Irgendwann stiehlt man dir das Leben. Glaub mir, Schulmeister, ich habe all das gesehen.«

»Ich war früher Bergmann. Dort gab es Kameradschaft. Den Schwächeren wurde geholfen. Hier gilt wohl das Gegenteil. Daran muss ich mich erst gewöhnen, Sir.«

»Es gibt auch auf See Kameradschaft. Aber sie beruht auf Respekt. Wirst du nicht respektiert, wird dir niemand helfen. Dein Leben wird dann miserabel.«

Das kann mir gleich sein, dachte ich. In einigen Tagen bin ich von diesem Schiff herunter.

»Du irrst dich auch mit dem Recht des Stärkeren«, fuhr der Captain fort. »Es ist allenfalls das Recht des Entschlosseneren. Du siehst nicht aus wie ein Schwächling. Du hast Fäuste, du hast Muskeln, du hast ein Messer. Dir fehlt nichts bis auf den Entschluss, all dies einzusetzen.«

»Das muss ich wohl noch lernen, Sir.«

»Lerne es schnell. Und halt weiter die Augen und Ohren offen. Mach deine Arbeit gut und erkämpfe dir deinen Platz.«

Ich versuchte es immerhin.

Beim Kanonendrill kam es darauf an, den Zwölfpfünder möglichst schnell wieder schussbereit zu machen. Für Zeiten unter einer Minute gab es ein Glas Rum, doch von diesem Ideal waren wir weit entfernt. Brauchte aber eine Mannschaft mehr als zwei Minuten, so gab es für sie am Abend statt Ale nur das stinkende Wasser, in dem grünliche Algen schwammen.

Um Pulver zu sparen, wurden keine Schüsse abgefeuert. Wakeman hielt seine kalte Tonpfeife an das Zündloch, worauf alle brüllten: »Bumm!« Die Kanone wurde mit einem Taljenzug zurückgezogen, bis sich das dicke Tau spannte, das den Rückstoß auffangen sollte. Dann wurde sie zur Seite gedreht. Ich steckte einen Schwabber in einen Eimer mit Seewasser und wischte damit das Rohr aus, um imaginäre glühende Pulverreste zu entfernen. Dabei fluchte ich innerlich, denn ich musste später das Rohr wieder trocken reiben und einfetten. Nun schob Hawden den Pulversack in den Lauf und rammte ihn mit dem Ladestock tief hinunter.

Hawden hatte eine Gesichtslähmung von einer Schlägerei.

Die linke Hälfte seines Gesichts hing herunter wie geschmolzener Talg. Wenn er aß, lief ihm der Speichel aus dem Mundwinkel. Aber sonst war er in Ordnung und an der Kanone der wichtigste Mann, denn beim Laden konnte man einiges falsch machen. Reines Schwarzpulver neigt dazu, sich durch die Bewegungen des Schiffes in seine Bestandteile zu trennen, in Schwefel, Salpeter und Holzkohle. Daher wurde es in der Pulvermühle zu hirsegroßen Körnern gepresst. Wenn Hawden den Pulversack zu fest hineinrammte, zerkrümelten die Körner, und das Pulver zündete schlecht. Stopfte er aber das Pulver zu lose, brannte es zu langsam und ruinierte den Kanonenlauf.

Zum Drill benutzten wir Neunpfünderkugeln, damit man sie leichter wieder herausbekam. Und statt Pulver nahmen wir Säcke mit Sägespänen. Damit die Kugel bei den Bewegungen des Schiffes nicht aus dem Lauf rollte, wurde zum Schluss noch ein Pfropf aus Werg hineingestopft. Dann wurde die Kanone von der gesamten Mannschaft ausgerannt. Wakeman peilte über den Lauf und gab Befehle, die Lafette nach rechts, nach links, nach oben oder nach unten auszurichten. Das geschah mit Taljenzügen und Keilen. Dann hielt er wieder die Pfeife an das Zündloch, es wurde »Bumm!« gebrüllt, die Kanone zurückgezogen und Pulversack und Ladung mit Haken herausgepult. Ich wischte aus, und wir warteten auf Peter, der zwischen Kanone und Pulverkammer hin- und herrennen musste.

Wir warteten lange.

»Ihr faulen Hunde«, sagte Buchannon, der zu Moores Nachfolger ernannt worden war und den Drill überwachte. Er zeigte uns die abgelaufene Zwei-Minuten-Sanduhr. »Kein Ale heute Abend.«

Von unserer Kanone Nummer eins hatte Peter den weitesten Weg bis zur Pulverkammer, die unter dem Ruderdeck im Heck lag, unterhalb der Wasserlinie. Er kam jetzt keuchend mit seinem Sägespänesack angehumpelt.

»Tut mir leid, Sir«, piepste er. »Ich bin auf der Leiter ausgerutscht.«

Wakeman riss ihm den Sack aus der Hand und schlug Peter damit ins Gesicht. Was er brüllte, war nicht zu verstehen, doch Peter verfiel wieder in seine Schockstarre. Er kauerte sich auf den Boden und umklammerte seinen Talisman.

Das brachte Wakeman noch mehr in Rage. Er riss ihm den Holzhund aus den Händen, warf ihn auf den Boden und zertrampelte ihn. Dann begann er, mit seinen Seestiefeln auf den Jungen einzutreten.

»Wakeman, verdammt, er ist ein Kind!«

Ich rief dies, ohne nachzudenken. Ich hatte noch nicht gelernt, wo und wann man sich besser heraushält.

Wakeman verpasste Peter noch einen Tritt, dann wandte er sich mir zu. »Was hast du gesagt?«

Jetzt war es zum Heraushalten zu spät. Jetzt, bei einer solchen Frage, in einem solchen Tonfall, hätte ich gleich das Messer in die Hand nehmen sollen. Aber so weit war ich damals noch nicht. »Lass es gut sein, Wakeman, er ist ausgerutscht. Das kann jedem passieren.«

Wakeman schlug mir unvermittelt die Faust in den Magen. Es kam so überraschend, dass mir der Atem wegblieb. Ich stolperte rückwärts gegen Hawden, der auswich, sodass ich wie ein Sack zu Boden stürzte. Wakeman trat mir mit Wucht in die Seite, wieder und wieder.

»Du – willst – mir – Ratschläge – erteilen?«

Ich krümmte mich auf dem Boden und versuchte, den Tritten auszuweichen. Der Mageninhalt kam mir hoch. Ich erbrach mich, während Wakeman mir weiter in die Rippen trat. Ich war zu keiner Gegenwehr fähig, konnte mich nur zusammenkrümmen. Er trat mir gegen die Schultern, und ein Schmerzstrahl wie ein Blitz schoss in meine Arme. Sie waren wie aus Holz, ich konnte sie nicht bewegen, war den Tritten hilflos ausgeliefert. Irgendwann ließ er von mir ab. Hawden schleifte mich hinter die Kanone, damit ich den anderen nicht im Weg lag.

Als ich mich wieder imstande fühlte, mich kriechend zu bewegen, war es Nacht. In meiner Seite fühlte ich einen stechenden Schmerz. Wenn ich auf die Stelle drückte, gab etwas nach. Wahrscheinlich waren ein oder zwei Rippen gebrochen.

Ich machte mich auf die Suche nach Peter. Ich fand ihn auf dem Ruderdeck zwischen zwei Bänken. Er war wach, aber er sah mich nicht an. Er hatte sein Lager mit einer Seekiste und einem kleinen Fass verbarrikadiert.

»Peter«, flüsterte ich. »Ich bin's, Richard. Willst du von diesem Schiff herunter?«

Er antwortete nicht. Er hatte sich fest in seine Decke gewickelt und zitterte trotz der Hitze. Er hielt die Überreste seines zertrampelten Holzhundes in den Händen.

»Ich kann dir helfen, nach London zu kommen. Willst du das?«

Doch es war hoffnungslos. Er war nicht mehr hier, hatte sich in eine vollkommen andere Welt zurückgezogen. Ich wandte mich ab. Mir wurde klar, dass hier auf dem Schiff sich jeder besser um sich selbst und sonst um niemanden kümmern sollte. Da hörte ich ihn hinter mir flüstern: »London?«

»Ja. Kannst du schwimmen?«

Er schien sich nicht sicher zu sein. Endlich antwortete er: »Ich bin am Ufer der Themse geschwommen.«

»Du musst etwa so weit schwimmen, wie die Themse breit ist. Schaffst du das?«

»Ich weiß nicht.«

»Ich helfe dir. Wir nehmen dieses Fass. Daran kannst du dich festhalten, und ich schiebe dich durchs Wasser.«

Ich fragte mich, ob er sich mit seiner Barrikade vor Missbrauch durch die Mannschaft schützen wollte. Auf allen Schiffen wird Sodomie mit dem Tod bestraft, dennoch passiert sie. Ich wollte nicht wissen, was er auf der Fahrt bisher alles hatte durchmachen müssen. Verglichen mit seinem Martyrium war mein Schicksal wahrscheinlich läppisch.

Am Morgen kam die Malabarküste in Sicht. Sie lag unter einer Dunstglocke. Der Wind blies kräftig aus Süden und warf eine lange Dünung auf. Der Captain ließ einen Kurs nach Nordwest fahren, parallel zur Küste.

Ich stand an der Reling und hielt mich mühsam aufrecht. Der Schmerz in meiner Seite machte das Atmen schwer. Ich zwang mich, an die Zukunft zu denken. Alle indischen Häfen wurden von Schiffen der englischen Kompanie angelaufen, und mit meiner jetzigen Seeerfahrung würde ich wohl für die Passage nach London Heuer finden. Peter Gibson könnte als Schiffsjunge oder Page arbeiten. Er stand neben mir an der Reling und blickte zur Küste hinüber.

»Was ist das für ein Land, Sir Richard?«, fragte er mich.

»Das ist Indien«, sagte ich. »Dort im Norden, hinter jenem Kap, liegt die Stadt Tellicherry. Mach dich bereit. Heute Nacht werden wir fliehen.«

11

Vor Tellicherry, 14. November 1697

Die Einfahrt in den Hafen von Tellicherry erwies sich als mühsam und langwierig. Der Wind hatte auf Ost gedreht, sodass wir dagegen ankreuzen mussten. Eine hohe Dünung lief gegen die Küste und warf das Schiff hin und her. Der Hafen bestand aus einem Kiesstrand mit einer aus Steinen aufgeschütteten Mole. Dort lagen drei bewaffnete Handelsschiffe vor Anker, alle mit englischen Farben. Auf einem kahlen Hügel nördlich des Hafens war ein Fort im Bau. Die Mauern wiesen noch große Lücken auf, aber über Erdwällen vor den Baugerüsten ragten schon die Mündungen von Kanonen.

Als wir noch eine halbe Meile von der Mole entfernt waren, sah ich deutlich, wie sich auf einem der Handelsschiffe die Stückpforten öffneten. Im gleichen Moment stieg vom Festungswall eine Rauchwolke auf. Ein Kanonenschuss dröhnte herüber, gleich darauf ein zweiter. Dann sah ich die Wasserfontänen einige hundert Fuß vor der Bordwand. Das waren keine Salutschüsse. Wir wurden vom Fort aus beschossen.

»Beidrehen!«, brüllte der Captain. »Verflucht, sehen sie denn nicht den King's Jack?«

Wir hatten die englischen Farben am Flaggenstock, dennoch wurden auf dem Handelsschiff jetzt die Kanonen ausgerannt. Auch auf einem der anderen Schiffe gingen die Stückpforten hoch. Während die *Adventure* herumschwang und der Festung ihre Breitseite zeigte, hörte ich vom Achterdeck eine hektische Diskussion.

»Captain, das Schiff dort! Die *Sceptre*, vierzig Kanonen – mit der hatten wir schon am Bab el-Mandeb Ärger.«

Der Captain rief aufs Deck hinunter: »Buchannon! Kanonen ausrennen!«

Peter stürzte unter Deck, ich folgte langsam, denn bei jeder Bewegung fühlte ich immer noch den scharfen Schmerz in meiner Seite.

Die vier vorderen Kanonen waren bereits zum Salutschießen mit Wergpfropfen geladen. Nun schoben wir Kugeln in den Lauf. Um uns herum gab es Getrampel und Gepolter, als die Männer ihre Kanonen schussbereit machten. Hawden stieß die Nadel ins Zündloch und durchstach den Pulversack.

»Alle Kanonen! Zielt auf das Fort! Feuer, wenn bereit!«, rief der Captain vom Achterdeck.

Wakeman versuchte hektisch, die Kanone auszurichten, für mein Gefühl zu hoch. Im gleichen Moment wurde die Kanone Nummer zwei neben uns abgefeuert.

Plötzliche laute Geräusche vertrage ich schlecht, und der Knall fuhr mir durch alle Glieder und rief wieder eine Welle des Schmerzes hervor. Die Kanonenmündung stieß beim Rückstoß gegen den Rand der Stückpforte. Späne und Splitter flogen durch die Luft. Wegen des steilen Winkels konnten wir den Flug der Kugel nicht verfolgen, sahen aber den Aufschlag im Wasser vor der Küste. Festung und Hafen lagen außerhalb der Reichweite unserer Kanonen, ebenso wie wir außerhalb der ihren. Die Schüsse waren verschwendetes Pulver.

»Feuer einstellen!«

Ich sah durch die Stückpforte, wie die Küste jetzt zurückfiel. Der Captain fuhr eine Wende, die uns wieder von Tellicherry entfernte. Jetzt wäre die letzte Gelegenheit, über Bord zu springen. Doch bei der Entfernung und bei dieser Brandung gab es wenig Hoffnung für mich, die Küste lebend zu erreichen, mit meinen angebrochenen Rippen und halb lahmen Armen. Und Peter hätte gar keine Aussicht gehabt.

Bald waren Festung und Hafen hinter dem vorspringenden Kap verschwunden. Unsere Flucht war gescheitert, noch bevor sie begonnen hatte. Die Kanonen wurden entladen.

»Peter, Kopf hoch«, sagte ich, als ich mit ihm zusammen die Pulversäcke zurück ins Magazin schleppte. »Die Gelegenheit wird wiederkommen. Ich weiß vom Captain, dass wir kaum noch Proviant haben. Bald muss er Land anlaufen.«

»Ja, Sir Richard«, sagte Peter leise.

In den nächsten Tagen segelten wir die gleiche Strecke wieder zurück, parallel zur Küste nach Süden. Offenbar wollte der Captain das Schiff an einen Ort bringen, der nicht von der Kompanie beherrscht wurde und wo man nicht auf ihn feuerte – falls es einen solchen Ort gab.

Seit Tellicherry war einer der Kajütenjungen, der den Captain bei Tisch bedient hatte, verschwunden. Niemand hatte ihn von Bord springen sehen, doch es gab keine andere Erklärung. Ich hoffte nur, dass er ein guter Schwimmer war und es an die Küste geschafft hatte.

Wakeman schikanierte Peter nun bei jeder Gelegenheit. Beim Essen wischte er den Napf des Jungen von der Planke, die uns als Tisch diente, und wenn Peter ihn aufzuklauben versuchte, versetzte er ihm unvermittelt einen Tritt. Er tat dies mit einem frechen Grinsen in meine Richtung. Peter sagte nichts. Er ließ sich alles gefallen und tat stoisch seine Arbeit. Und ich konnte nur ohnmächtig zusehen, während mir der Zorn den Magen zuschnürte.

Unsere Rationen, ohnehin kaum genießbar, wurden halbiert. Wer noch Geld hatte, kaufte sich aus der Kombüse Mehlklöße dazu, das einzige halbwegs essbare Lebensmittel, mit dem unser Koch, Abel Owen, blendende Geschäfte machte. Wer weniger Geld hatte, sparte alles für Rum und Tabak. Und wer gar nichts mehr besaß, wie manche aus der

Mannschaft, die nach und nach ihre Kleidung und sonstige Habe versetzt hatten, lief in Lumpen herum wie ein Bettler.

Gottlob gab es für mich eine Einnahmequelle. Täglich spielte ich nun *Gliek*. Stets oben auf dem Vorderdeck und unter aller Augen, um nicht wieder bestohlen zu werden. Kartenspielen war auf der *Adventure* gestattet, um die Mannschaft bei Laune zu halten. Doch schon am zweiten Tag, als ich gerade meinen Gewinn einstrich, stand plötzlich Wakeman hinter mir.

»Wenn du beim Spiel weiter betrügst, Schulmeister«, sagte er laut, damit alle Umstehenden es mitbekamen, »wird jemand dir bald zu ein paar Löchern im Wanst verhelfen.«

»Lass mich in Ruhe, Wakeman. Ich betrüge nicht, jeder weiß das.«

Als ich aufstand und unter Deck gehen wollte, schlug mir Wakeman seine Pranke auf die Schulter, was wieder einen scharfen Schmerzstoß durch meine Glieder sandte. Er flüsterte: »Ich kann dir helfen.«

»Ich brauche keine Hilfe.« Ich versuchte, ihn abzuschütteln, während ich zur Luke ging.

»Gib mir die Hälfte von deinem Gewinn. Ich sorge dann dafür, dass dir nichts passiert.«

»Ich soll dich bezahlen, damit du mich vor dir selbst beschützt?«

»Sei klug, Junge, oder du wirst es bereuen. Ich biete dir das nur ein Mal an.«

»Ich überlege es mir.«

»Du überlegst es dir?« Er presste meine Schulter so hart zusammen, dass ich mir auf die Zunge beißen musste, um nicht laut zu schreien. »Junge, ich biete dir meine Hilfe, und du überlegst noch? Du hast wohl nur Stroh im Kopf. Nun, wenn du überlegen musst, dann überlege es bis morgen.« Damit stieß er mich noch einmal, sodass ich stolperte, und ließ mich dann allein.

Die Planken des Achterdecks waren mittlerweile so gründlich geschrubbt, dass sie aussahen wie neu aus der Werft. Dennoch bearbeitete ich sie weiter mit Wasser und Sandstein. Dem Captain konnte ich nur berichten, dass die Stimmung in der Mannschaft wegen der halben Rationen und der ausbleibenden Beute immer schlechter wurde. Und dass auch ich wieder Ärger hatte.

»Damit musst du selbst fertigwerden«, sagte der Captain. »Wenn dir jemand Ärger macht, mach ihm größeren Ärger.«

»Und wenn er stärker ist?«

»Dann mach es wie Caesar vor der Schlacht. Such dir Verbündete. Und vergiss nicht, dass du ein Messer hast! Also jammere nicht herum. Ein Streit ist wie ein Geschäft. Wird der Preis zu hoch, lässt man dich in Ruhe.«

Ich versuchte, seinen Rat zu beherzigen. Nacheinander nahm ich die anderen aus unserer Backschaft auf die Seite und fragte jeden: »Angenommen, es gibt wieder Ärger mit Wakeman, auf welcher Seite stehst du?«

»Ich halte mich da raus«, sagte Isaac Deenes, ein Bäcker aus New Jersey, der schon lange gelernt hatte, sich stets aus allem herauszuhalten.

»Nun«, sagte John Burton, »ich wünsche dir jedenfalls Glück.« Burton war gleichfalls Schuhmacher, doch das Gegenteil von Wakeman, ein schmächtiger Mann mit einem nervösen Zucken unter dem Auge. Seit er einmal von Wakeman übel verprügelt worden war, wagte er nicht mehr, gegen ihn aufzumucken.

»Ich schätze, auf deiner Seite, Schulmeister«, sagte Hawden und verzog seine intakte Gesichtshälfte zu einem schiefen Grinsen. »Wakeman ist schon lange fällig. Aber mit ihm musst du selbst fertigwerden. Ich will nicht den Rest von meinem Gesicht riskieren.«

»Dann leih mir heute Abend wenigstens dein Messer.«

»Wozu mein Messer? Du hast selbst eins.«

»Zwei Messer sind besser als eins.«

An diesem Nachmittag gelang es einem der Seeleute, einen

Hai zu ködern. Dazu hatte er aus einem Marlspieker einen Haken gebogen und ihn an einer Leine mit einem aufgespießten Stück Salzfleisch ins Meer geworfen. Der gefangene Hai peitschte die See mit seiner Schwanzflosse. Er wand sich wild hin und her, schoss dabei zuweilen ganz aus dem Wasser. Es war ein kleiner Hai, vielleicht ein Jungtier, etwa fünf Fuß lang und von hellweißer Farbe.

Die Seeleute hatten die Leine um das Ankerspill gewunden. Sie holten ihn langsam ein, unter dem Gejohle und der Begeisterung der ganzen Mannschaft. Haie waren allen Seeleuten verhasst. Schließlich hing er an seinem Haken an der Bordwand. Er wand sich nur noch schwach. Sein Körper war durch die Stückpforten zugänglich, und einer der Seeleute stach ihm beide Augen aus. Abel Owen, der Koch, hackte ihm mit seiner Machete die Rückenflosse ab. Alles andere am Weißen Hai galt als ungenießbar.

Wakeman brachte grinsend ein leeres Fass. Es wurde am Schwanz des Tieres festgebunden. Jemand schnitt dann die Angelleine durch, sodass der Hai wieder ins Meer fiel. Er versuchte sofort wegzutauchen. Doch das Fass hielt ihn an der Oberfläche. Alle sahen zu, wie er es wieder und wieder versuchte, immer schwächer werdend. Plötzlich schäumte um ihn herum das Wasser und verfärbte sich rot. Andere Haie hatten den hilflosen Artgenossen entdeckt. In wenigen Augenblicken war nichts mehr von ihm zu sehen. Die See glättete sich wieder, nur die Überreste des Fasses trieben noch an der Oberfläche.

Ich hatte gegen Wakeman einen Plan gefasst. Die Gelegenheit sollte sich am gleichen Abend ergeben. Wir spielten auf dem Vorderdeck Karten, ich und ein Seemann namens Evans und Barleycorn, einer der Kajütenjungen. Wakeman näherte sich und verfolgte das Spiel eine Weile. Das konnte mir eigentlich nur recht sein, denn darauf fußte mein Plan. Aber jetzt, wo es so weit war, fühlte ich einen kalten Knoten der Angst im Magen und Schweiß unter meinen Achseln.

»Ich steige ein«, sagte er.

»Mit dir spiele ich nicht, Wakeman«, sagte ich mit trockener Kehle.

»Nennst du mich etwa einen Betrüger?«

»Nein, aber es macht keinen Spaß. Du verlierst immer.«

Barleycorn fand diese Bemerkung komisch und lachte laut. Wakeman packte ihn mit einem Fluch am Arm und riss ihn grob von der Kiste herunter, auf der er gesessen hatte. Dann nahm er seinen Platz ein, mir gegenüber. Das alles lief genau nach Plan, doch meine Hand zitterte, und ich musste sie aufstützen, um diesen Umstand zu verbergen.

Wakeman starrte mich an. »Du hast mich beleidigt«, sagte er, scheinbar ruhig.

»Das wollte ich nicht.«

»Mach es wieder gut.«

»Was willst du von mir?«

»Nur den Einsatz. Ich habe gerade nichts dabei.«

»Ich verleihe kein Geld.«

»Brauchst du nicht. Du schenkst es mir.«

Jetzt musste ich handeln. Meine Hand zitterte immer noch, trotzdem machte ich eine Bewegung zu meinem Gürtel, wo das Messer steckte. Da hatte Wakeman plötzlich sein eigenes in der Hand.

»Das glaube ich jetzt nicht, Junge«, sagte er.

Er richtete das Messer auf mein Gesicht. Es war dünn und spitz, wohl aus einer Feile oder einem Marlspieker geschliffen, wie das von Moore. Ich hob abwehrend die Hände.

»Das war ein großer Fehler«, sagte Wakeman. »Deine Hurenmutter hat dir nicht beigebracht, dass Jungs nicht mit Messern spielen. Das bringe ich dir jetzt bei.«

Zugleich langte er mit der Linken herüber, um mein Geld an sich zu raffen. Doch das Messer an meinem Gürtel war das von Hawden. Mein eigenes hatte ich im Ärmel. Ich rammte es mit beiden Händen in Wakemans ausgestreckte Pranke. Die Klinge ging durch seinen Handrücken wie durch Butter und blieb tief in dem Fassdeckel stecken, auf dem wir gespielt hatten.

Wakeman brüllte wie ein Stier. Er ließ sein Messer fallen und versuchte mit der freien Hand, das meine herauszuziehen. Doch es steckte zu tief im Holz. Er war an dem Fass festgenagelt.

Alle Furcht fiel von mir ab. Ich sprang auf, packte seinen freien Arm und verdrehte ihn hinter seinem Rücken. »Wirst du uns jetzt in Ruhe lassen, Wakeman?«

»Du bist tot!«, brüllte er, während er sich wand und versuchte, seinen Arm zu befreien. Das Blut sprudelte aus seiner Hand und lief über den Fassdeckel. Um uns herum versammelten sich Seeleute. Sie riefen Wakeman spöttische Ratschläge zu. Keiner mochte ihn, aber manche hatten ihn gefürchtet.

Der Captain kam vom Achterdeck. »Was ist das für ein Geschrei?«

»Er wollte mein Geld stehlen«, sagte ich.

»Hast du Zeugen?«

Barleycorn wollte etwas sagen, aber Wakeman warf ihm einen mörderischen Blick zu.

»Nun, Barleycorn?«, fragte der Captain.

»Ich weiß es nicht, Sir. Ich habe nichts mitbekommen.«

Das war eine faustdicke Lüge. Doch dann rief Hawden aus der Reihe der Umstehenden: »Ich habe es gesehen, Sir!«

»Du bist tot, Hawden!«, stieß Wakeman mit verzerrtem Gesicht hervor.

»Wakeman, noch ein solches Wort, und ich lasse dich kielholen. Schulmeister, zieh ihm jetzt das Messer raus«, sagte der Captain.

Ich stemmte meinen Fuß gegen das Fass. Doch sosehr ich auch zog, ich bekam das Messer nicht heraus. Der Zimmermann musste kommen und den Fassdeckel mit seinem Meißel spalten, um Wakeman zu befreien.

»Was weißt du über Kanonen, Schulmeister?«, fragte mich der Captain.

»Alles Nötige, Sir«, sagte ich eifrig. »Das Prinzip der Kanone ist der Druck expandierender Gase. Laut Newton folgt die Kanonenkugel einer Parabelbahn –«

»Das genügt. Du befehligst jetzt die beiden vorderen Kanonen. Als Gun Captain steht dir ein ganzer Anteil zu wie einem Vollmatrosen. Wakeman, weck den Doktor auf, damit er sich um deine Hand kümmert.«

»Gun Captain bin ich«, grunzte Wakeman, während er versuchte, seinen schmierigen Ärmel um die Hand zu wickeln. Er blutete immer noch wie ein Schwein.

»Jetzt nicht mehr. Wenn du das überlebst, wird der Schulmeister dir eine neue Arbeit zuweisen. Du bekommst den halben Anteil, und sei froh darum. Wer Kameraden bestiehlt, hat eigentlich alles verwirkt. So steht es im Schiffsvertrag, der dir vorgelesen wurde.«

Wakeman antwortete nicht. Er fasste sich ins Genick, dann starrte er mir ins Gesicht und fuhr sich dabei mit der blutenden Hand über die Kehle.

»Vielleicht, Schulmeister«, sagte der Captain, »solltest du in nächster Zeit nur mit einem Auge schlafen.« Doch er wirkte nicht ernstlich besorgt, eher amüsiert, wie ein Zuschauer bei einem Hundekampf.

Auch ich nahm Wakemans Drohung nicht ernst. Mein Sieg vernebelte mir den Kopf. Ich fühlte mich leicht wie ein Vogel. Ohne sein Messer, das ich an mich genommen hatte, und mit der durchstochenen Hand kam mir Wakeman nicht mehr gefährlich vor.

Das Messer gab ich an Peter weiter. »Steck das unter deine Jacke. Wenn jemand dir Ärger macht, halt es ihm an die Kehle.«

»Das werde ich, Sir Richard«, sagte Peter.

In den nächsten Tagen kreuzten wir die Malabarküste auf und ab. Zweimal näherten wir uns einem Hafen, doch jedes Mal sahen wir dort englische Schiffe vor Anker liegen, und der

Captain ließ wieder abdrehen. Am Abend des 18. November passierten wir eine kahle Felseninsel. Sie hieß Sacrifice Rock, und der indische Pirat Marakkar soll dort einst auf Schiffe gelauert haben. Die Felsen glühten blutrot in der untergehenden Sonne. Manche an Bord bekreuzigten sich bei dem Anblick. Es hieß, Marakkar habe dort seine Gefangenen abgeschlachtet, und ihr Blut bedecke immer noch die Steine.

»Segel in Südost!«, brüllte der Ausguck vom Großmast.

Der blutige Felsen war vergessen. Wir nahmen sofort die Verfolgung auf. Alle Segel wurden gesetzt. Der Wind kam von Westen, günstig für uns. Doch es wurde rasch dunkel. Der Captain schickte auf jeden Mast zwei Matrosen, um die fremden Segel im Mondschein im Auge zu behalten. Das andere Schiff hatte alle Lichter gelöscht und wechselte jede halbe Stunde den Kurs, um uns abzuschütteln. Einige Male dachten wir schon, wir hätten sie verloren. Doch als der Morgen graute, sahen wir sie immer noch südlich von uns, keine drei Meilen entfernt.

Es war eine Ketsch, ein Zweimaster mit langem Bugspriet und weit vorne stehendem Großmast. Die Flagge zeigte ein weißes Kreuz auf blauem Grund, was die Mannschaft in Aufregung versetzte, denn das waren französische Farben. Der Captain ließ eine weiße Flagge hissen, die Farbe der französischen Marine. Über den Schriftzug »Adventure Galley« an Bug und Heck wurden rasch Bretter mit der Aufschrift »La Victoire« gehängt.

Die Ketsch versuchte nicht mehr, Haken zu schlagen. Sie floh in Richtung Südost, wohl in der Hoffnung, den Hafen von Calicut zu erreichen. Obwohl sie alle Segel gesetzt und zusätzliche Stagsegel aufgeriggt hatte, war klar, dass wir sie in Kürze einholen würden. Auf Befehl des Captains wurden die Kanonen ausgerannt. Wir hatten unsere beiden Zwölfpfünder mit normalen Kugeln bestückt, aber einige der anderen Geschütze waren bereits mit Kartätschen und Kettenkugeln geladen, um Deck und Takelage zu bestreichen.

Als Soldaten fiel uns die Aufgabe zu, als Erste das feindliche Deck zu stürmen. Die erfahrenen Matrosen, die schwerer zu entbehren waren, bildeten die zweite Angriffswelle, falls eine solche nötig sein sollte. Wir bekamen an Deck die letzten Anweisungen für das Entern. Diese erteilte John Browne, ein ehemaliger Pirat mit vielen Narben und einem weißen Schnauzbart im Gesicht. Zu seinen Füßen stand die Kiste mit den Säbeln, die vor dem Kampf an uns verteilt werden würden.

»Ihr seid gerade dabei, zu entern!«, rief er. »Ihr steht auf der Reling, bereit zum Sprung auf das feindliche Deck. Aber die Besatzung dort erwartet euch schon und fuchtelt mit ihren Säbeln und Pistolen. Was macht man jetzt auf gar keinen Fall?«

Alle brüllten im Chor: »Zurückschauen!« Offenbar wurde die Lektion in der Kunst des Enterns nicht zum ersten Mal erteilt.

»Richtig, ihr feiges Pack! Ich weiß genau, beim Entern möchte jeder von euch gerne auf die anderen warten und ihnen den Vortritt lassen. Würden das aber alle tun, könnten wir niemals ein Schiff kapern. Was passiert also mit jedem, der sich beim Entern feige zeigt?«

»Kein Anteil!«, riefen alle.

»Richtig! Und wer betrunken entert, hat seinen Anteil gleichfalls verwirkt. Aber für den, der als Erster mit den Füßen das feindliche Deck berührt, hat unser Captain den doppelten Anteil ausgesetzt!«

Wenngleich alle begeistert johlten, nahm ich mir vor, dass ich das gewiss nicht sein würde. Doppelter Anteil hin oder her.

»Was macht man, wenn man ein Schiff entert?«

»Brüllen!«, brüllten alle.

»Aye, Gebrüll ist das Wichtigste! Mit richtigem Gebrüll kann auch ein kleiner Trupp mit einer Überzahl fertigwerden. Ihr könntet waffenlos und völlig nackt auf den Feind zurennen. Aber wenn er euch brüllen hört und ihr euch wie verrückte Wilde gebärdet, was euch wohl keine Schwierigkeit bereiten dürfte, macht er sich vor Angst in die Hosen und ergibt sich.«

Einige Spaßvögel hüpften jetzt auf und ab, trommelten sich auf die Brust und gaben Affenlaute von sich.

»Gut so! Und was macht ihr mit dem Säbel?«, rief Browne und fuchtelte mit einem solchen in der Luft herum.

»Gerade draufhauen!«

»Aye, vergesst alles, was ihr über Fechtkunst gehört habt. Fechten kann man mit dem Degen, aber mit dem Säbel schlägt man einfach drauf. Trägt der Feind keinen Helm, haut auf seinen Kopf. Sonst haut ihm auf die Schulter. Und denkt daran, die krumme Seite immer nach vorne!«

»Wenn auch die Schulter gepanzert ist?«, rief einer.

»Dann hackt ihm eben die Arme ab. Haut mit dem Säbel bloß nicht auf eine Rüstung! Jeder Säbel kostet fünfzehn Schilling. Wer einen Säbel kaputt macht, bekommt das vom Anteil abgezogen. Und jetzt bewaffnet euch!«

Er öffnete die Säbelkiste. Die Waffen wurden verteilt. Wir machten uns kampfbereit. Ich begab mich zu meinem Posten an der Kanone.

12

Vor Calicut, 18. November 1697

»Kanone eins, Schuss vor den Bug!«

Ich spähte durch die Stückpforte und wartete, bis der schwankende Horizont seinen höchsten Punkt erreicht hatte und wieder abwärts sank. Dann hielt ich die Lunte ans Zündloch und wappnete mich innerlich für den Knall. Die anderen steckten sich die Finger in die Ohren.

Ein Feuerstrahl schoss aus dem Zündloch. Die Kanone sprang mit gewaltigem Donner zurück und prallte in ihre Haltetaue. Staub und Sägemehl flog aus den Ritzen zwischen den Planken. Ich versuchte, durch den Pulverqualm hindurch den Flug der Kugel zu verfolgen. Sie warf dreihundert Fuß vor dem Bug der fliehenden Ketsch eine Wasserfontäne auf. Der Schuss hatte perfekt gesessen.

»Kanone zwei!«

Die zweite Kanone donnerte los. Ich sah hektische Geschäftigkeit auf der Ketsch. Die Flagge ging herunter. Die Segel wurden gegengebrasst. Die Ketsch verlor rasch an Fahrt. Deenes und Burton waren schon dabei, unsere Kanone zu drehen. Peter stieß den triefenden Wischmopp in den Lauf, aus dem es zischte und dampfte.

»Wakeman!«, rief ich in Richtung Heck. »Wo bleibt das Pulver?«

Ich hatte ihm Peters Aufgabe übertragen, da seine Hand schlecht verheilte und er außer zum Pulverholen zu nichts zu gebrauchen war. Doch Wakeman erschien nicht. Wenngleich

ich Peter schon zu meinem Nachfolger beim Auswischen der Kanone bestimmt hatte, musste ich ihn noch einmal zum Pulverholen schicken.

»Hast du Wakeman gesehen?«, fragte ich ihn, als er mit dem Pulversack ankeuchte.

»Nein, Sir Richard.«

Wakeman war irgendwo auf dem Weg von der Kanone zur Pulverkammer verschwunden. Doch darum konnten wir uns jetzt nicht kümmern, denn während wir die Kanone wieder luden, hatte die Ketsch beigedreht. Die *Adventure* näherte sich rasch. Wir wurden an Deck gerufen, um uns zum Entern bereit zu machen.

»Schulmeister!«, rief Kidd vom Achterdeck. »Sprichst du Französisch?« Neben ihm stand Pierre LeRoy, einer der Seeleute, der aus Montpellier stammte. Pierre trug einen Dreispitz und Kidds Uniform mit den massiven Epauletten.

»Ich habe französische Bücher gelesen, Sir, aber ich kann es nicht sprechen.«

»Leg den Säbel weg und komm her!«

Auf dem Achterdeck erklärte er mir: »Pierre kann nicht lesen. Also sollst du die Papiere von dem Franzosen prüfen. Wir müssen sie dazu bringen, freiwillig einen französischen Pass vorzuweisen. Dann ist sie eine legale Prise. Zieh das an!« Er warf mir eine Uniformjacke zu, die aussah, als würde sie einem Theaterfundus entstammen. »Pierre spielt den Captain, du bist Erster Offizier.«

So stand ich nun mit Pierre an der Heckreling und blickte hinunter auf das Deck der Ketsch. Es war wie beim Anhalten der *Fortuin*, nur mit vertauschten Rollen. Wir beide trugen Uniformen und Dreispitze. Pierre schwenkte den seinen und brüllte: *»Bonjour!«*

Die Ketsch war ein altes Schiff, die Beplankung von der Sonne ausgeblichen, die Segel vielfach geflickt. Dennoch schien sie ein schneller Segler zu sein. Die Seeleute waren Laskaren, schnurrbärtig und dunkelhäutig, keiner bewaffnet.

Sie starrten ausdruckslos zu uns herüber. Nur der Kapitän war ein Weißer. Er hatte ein wettergegerbtes Gesicht und trug keinen Hut. Sein langes graues Haar hatte er im Nacken zu einem Zopf gebunden.

»Bonjour!«, rief er zurück und winkte. Unsere Kampfvorbereitungen waren offensichtlich unnötig gewesen.

Pierre rief: *»Je suis capitaine LeRoy de la vaisseau Victoire. Quel navire?«*

»Die *Ruparel* nach Calicut, Monsieur LeRoy«, antwortete der Kapitän auf Holländisch. »Ich bin der Skipper, Michael Dekkar. Warum schießt Ihr auf uns?«

Pierre sah mich fragend an, denn Holländisch verstand er nicht.

»Ihr seid kein Franzose?«, rief ich.

»Weiß Gott nicht. Ich komme aus Batavia.«

»Verzeiht den Aufenthalt. Wir jagen englische Piraten im Auftrag, äh, der französischen Krone.«

Skipper Dekkar hob pathetisch die Arme. »Sehen wir englisch aus? Oder ich etwa wie ein Pirat?«

»Warum seid Ihr dann geflohen?«

»Was zum Teufel hättet Ihr getan, wenn des Nachts eine waffenstarrende Fregatte auf Euch zuhält?«

»Wir müssen Eure Papiere prüfen. Seid so gut und kommt zu uns an Bord, Kapitän Dekkar. Bringt Euer Logbuch, die Ladepapiere und alle Pässe.«

»Gibt's bei Euch wenigstens was zu trinken?«

»Daran soll es gewiss nicht fehlen.«

Ich muss gestehen, dass mir das Auftreten als Schiffsoffizier in Uniform und Dreispitz auf eine gewisse Art gefiel. Dies war eine Seite an mir, die ich bisher nicht gekannt hatte. Skipper Dekkar kletterte an Bord. Er schüttelte Pierre und mir die Hände und ließ sich in die Kajüte führen. Wir waren nun für kurze Zeit die Herren über Captain Kidds Reich.

Pierre kredenzte dem Skipper sogleich einen Madeira aus Kidds Bestand, wobei er nicht vergaß, sich auch selbst großzügig zu versorgen. Dekkar drückte mir einen Stapel Papiere in die Hand.

»Seht ruhig alles durch«, sagte er. »Darunter findet Ihr einen Pass von Eurem Ostindien-Direktor, Monsieur Martin. Er garantiert mir freie Passage und Beistand von allen französischen Schiffen.«

Ich ging den Stapel durch: ein lückenhaftes Logbuch auf Holländisch; eine Ladeliste, die hauptsächlich Möbel und Hausrat aufführte; dazu eine Unzahl von Pässen und Passierscheinen in vielerlei Sprachen. Pierre und Dekkar waren schon beim dritten Glas Madeira, als ich endlich das weitschweifige Dokument fand.

Nous, Jean Baptiste Martin, directeur-général de la royale compagnie de France des Indes Orientales, à tous ceux qui ces presentes lettres verront, salut. Savoir faisons, que le nommé Vameldas Narendas, marchand de Baroche, desirant envoyer son navire nommé Rouparelle ...

»Wer ist Vameldas Narendas?«, fragte ich Dekkar.

»Der Eigner. Der Teufel hole seine knauserige Seele.«

»Ihr seid demnach kein Freund des Eigners?«

»Weiß Gott nicht.«

»Dann würde es Euch nicht sehr betrüben, wenn Euer Schiff beschlagnahmt würde?«

»Was zum Teufel soll das heißen?«

»Ein französischer Pass!«, rief ich laut.

Da flog die Tür zur Nebenkammer auf. Captain Kidd stürmte herein, in Hut und rotem Uniformrock, den Säbel in der Hand.

»Bei Gott, Sir! Jetzt habe ich Euch! Euer Schiff ist nun eine Prise für England!«

Dekkar blieb der Mund offen stehen. Auch dem Captain selbst erschien sein Auftritt nun wohl ein wenig zu melodramatisch. Jedenfalls legte er den Säbel weg und zeigte Dekkar eine Urkunde.

»Sir, dies ist mein Kaperbrief von Whitehall. Euer Schiff gehört nun mir, denn es segelt unter einem französischen Pass.«

»Dann gratuliere ich zu Eurer Prise, Sir«, sagte Dekkar trocken. »Ihr habt gewaltige Schätze erbeutet.«

Die Schätze erwiesen sich als vier Fässer Zucker, eine kleine Kiste Opium und neun Ballen Baumwollstoff. Der Rest des Laderaums war vollgestellt mit den Möbeln eines holländischen Stadtgouverneurs, der die *Ruparel* für seinen Umzug gechartert hatte. Er selbst war nicht an Bord. Von den Laskaren heuerten fünf sogleich bei uns an, ebenso Skipper Dekkar, dem der Captain den Posten als Prisenkommandant der *Ruparel* anbot. Die restlichen Seeleute der Prise wurden mit einem Kompass und etwas Proviant im Beiboot ausgesetzt. Die Küste und Calicut waren nicht weit entfernt.

Wichtiger als die magere Ladung waren die Vorräte der *Ruparel*, darunter zwei Fässer Arrak, sowie die Schiffskasse. Beides hob die Stimmung der Mannschaft beträchtlich. Der Captain ordnete an, jedem Mann seinen Anteil sogleich auszuzahlen. Es bildete sich eine Schlange vor der Kajüte. Walker rief jeden mit Namen auf und zählte ihm die Münzen auf die Hand. Mein Gewinn betrug vier Pfund. Immerhin hätte ich für einen solchen Betrag als Bibliothekar oder Hauslehrer wochenlang arbeiten müssen.

Wakemans Name wurde aufgerufen, doch er tauchte nicht auf. Er konnte schwerlich über Bord gegangen sein. Wir hatten wenig Seegang, und ein Sturz ins Wasser am hellen Tag wäre kaum unbemerkt geblieben. Der Letzte, der ihn gesehen hatte, war ich, als ich ihn am Morgen zur Pulverkammer geschickt hatte. Walker ließ das Schiff durchsuchen und auch in der Bilge mit Stöcken herumstochern. Doch Wakeman blieb verschwunden. So wanderte sein halber Anteil in Captain Kidds Schiffskasse.

Da wir jetzt frischen Proviant hatten, entfiel die Dringlichkeit, einen Hafen anzulaufen. Die Fluchtgelegenheit für Peter und mich war damit weiter in die Ferne gerückt.

Die Nacht brach herein, und ich stand an der Reling und sann über mein Schicksal nach. Wollte ich überhaupt noch fliehen? Der Sieg über Wakeman, der Befehl über die Kanone, die Scharade mit Skipper Dekkar – all dies hatte mir eine seltsame Befriedigung verschafft. Ich ertappte mich bei dem Gedanken, dass mir das Leben als Freibeuter durchaus gefallen könnte. Mir wurde auch bewusst, dass ich nun schon tagelang nicht mehr an Annika gedacht hatte. Ich hatte sogar bereits Mühe, mir ihr Gesicht ins Gedächtnis zu rufen.

Um die Kaperung der *Ruparel* zu feiern, spendete der Captain ein Fass Arrak. Die Männer tranken und grölten schon seit der zweiten Wache. Unter dem Hausrat des Gouverneurs befand sich auch ein französisches Cembalo, das verziert und mit pastoralen Szenen bemalt war. Die Seeleute hatten es auf die *Adventure* geschafft und auf dem Vorderdeck aufgestellt. Einer nach dem anderen setzte sich an die Tasten, doch keiner konnte das Instrument richtig spielen. Es kam nur eine Katzenmusik zustande. Das schien aber niemanden zu stören.

Früher hätte ich mich von solchen Veranstaltungen tunlichst ferngehalten, nun verspürte ich die seltsame Neigung, mitzutun und mitzugrölen. Doch irgendetwas trennte mich noch von den anderen.

An der Reling starrte ich auf die Sterne am Südhimmel, als könnten sie mir mein Schicksal verraten. Da hörte ich ein Geräusch hinter mir, eine Art Schlurfen. Ich fuhr herum. Eine dunkle, riesenhafte Gestalt sprang auf mich zu. Ich erstarrte vor Schreck, dann fühlte ich mich am Gürtel gepackt und über die Bordwand gestoßen.

Ich bekam gerade noch den Rand der Reling zu fassen. Als ich mich hochzuziehen versuchte, erblickte ich Wakeman über mir, mit wilden Augen. Er schlug mit der Faust auf meine rechte Hand, mit der ich mich an der Reling hielt, dann versuchte er, meine Finger aufzubiegen. Zum Glück konnte er dafür nur eine Hand gebrauchen. Ich packte mit der Linken sein Handgelenk, aber er riss sich los.

»Du bist tot!«, stieß er hervor. Er zog einen Belegnagel aus der Nagelbank, schwang ihn wie einen Hammer und ließ ihn auf meine Hand niedersausen. Bevor er traf, ließ ich mich fallen.

Der Aufprall presste mir die Luft aus den Lungen. Ich riss die Augen auf, sah nichts, hatte nur Rauschen in den Ohren und spürte, dass ich unter Wasser war. Ich wollte zur Oberfläche, doch wusste ich die Richtung nicht. Meine Lungen fingen an zu brennen. Ich machte Schwimmzüge und stieß sofort gegen ein hartes Hindernis. Ich ertastete Planken. Der Rumpf der *Adventure*. Ich versuchte, mich zu orientieren. Dann sah ich über mir ein verschwommenes Licht, irgendeine Laterne. Endlich bekam ich den Kopf aus dem Wasser.

Ich nahm tiefe Atemzüge. Meine Augen brannten von dem Salzwasser. Vom Vorderdeck hörte ich das Cembalo und das Grölen der Seeleute. Ich blickte die Bordwand empor. Von Wakeman war nichts mehr zu sehen. Die Ruderluken, drei Fuß über mir, waren außer Reichweite und obendrein fest verschalkt. Ich brüllte: »Hilfe!« Doch das Singen und das Cembalogeklimper gingen unbeirrt weiter. Bei dem Lärm konnte man mich nicht hören.

Während ich Wasser trat, sah ich mich um. Das Meer war warm, doch ich spürte, wie Hose und Stiefel meine Bewegungen hemmten und mich nach unten zogen. Ich hielt Ausschau nach einem herabhängenden Tau oder nach irgendetwas, woran ich mich festhalten konnte. Es gab nichts. Obwohl kein nennenswerter Seegang herrschte, schlugen immer wieder kurze Wellen gegen meinen Kopf und ließen mich Salzwasser schlucken.

Mir kam die Idee, mein Messer in eine Ritze zwischen den Planken zu stoßen und mich daran festzuhalten. Als ich aber danach tastete, fiel mir ein, dass ich es weggelegt hatte, um einen Köcher dafür zu nähen. Messer und Nähzeug steckten in meinem Seesack. Doch am Nachmittag hatte man Proviant von der *Ruparel* herübergeschafft. Die Pinasse musste noch irgendwo vertäut an der Bordwand liegen, wahrscheinlich auf der anderen Seite des Schiffes.

Ich stieß mich ab und begann, um die *Adventure* herumzuschwimmen. Da spürte ich an meinen Beinen eine plötzliche Strömung, als sei etwas Großes unter Wasser dicht an mir vorbeigeschossen. Ich hielt sofort inne. Ich hatte gehört, dass man stocksteif verharren sollte, wenn ein Hai in der Nähe war. Haie greifen alles an, was sich bewegt. Doch wenn man im Meer stocksteif verharrt, geht man sogleich unter. Ich schlug mit den Armen, kam wieder hoch und spuckte Salzwasser.

Mein Herz klopfte wild. Ich musste unbedingt ruhig werden. Keine hastigen Bewegungen. Ich versuchte, nur mit den Armen zu schwimmen und die Beine möglichst still zu halten. So erreichte ich den Bug. Womöglich hatte ich den Hai, oder was immer es war, hinter mir gelassen. Über mir spannte sich die Kette zwischen Bugspriet und Vordersteven, doch sie war außer meiner Reichweite. Jetzt spürte ich wieder eine Bewegung, diesmal seitlich von mir, dicht unter der Oberfläche. Das Wasser vor mir war schwarz wie Pech. Der Laternenschein vom Schiff reichte nicht bis hierher. Dreißig Fuß über mir lärmten die Matrosen.

Ich war jetzt auf der anderen Seite des Schiffes. Keine zweihundert Fuß entfernt lag die beigedrehte *Ruparel*. Ihre Bordwand war niedriger, aber auch dort sah ich nichts, woran ich hätte hochklettern können. Ich blickte mich nach der Pinasse um. Sie war nirgends vertäut. Ich sah nach oben, und dort hing sie, unerreichbar an Taljen zwischen Großrah und Fockrah. Man hatte sie hochgezogen, um das verdammte Cembalo auszuladen.

Ich schwamm mit möglichst geringen Bewegungen die

Bordwand entlang in Richtung Heck. Vielleicht konnte ich dort am Ruder hochklettern oder mich irgendwie bemerkbar machen.

Als ich drei Viertel der Strecke zurückgelegt hatte, kam zwischen der *Ruparel* und mir eine dreieckige Flosse aus dem Wasser. Sie zog eine Gischtspur, dann tauchte der gewaltige Rumpf auf, mit einem Muster von dunklen Streifen. Der Hai war mehr als doppelt so groß wie der, den die Mannschaft letzte Woche gefangen hatte. Die Schwanzfinne peitschte das Wasser, dann verschwand der Hai wieder unter der Oberfläche. Aber er hatte jetzt die Richtung geändert. Ich sah den Wasserwirbel, der sich direkt auf mich zubewegte.

Mit wildem Paddeln und rudernden Beinen erreichte ich das Heck. So schnell war ich noch nie geschwommen. Da das Schiff beigedreht war, stand das Steuerruder im spitzen Winkel nach Luv. Es gab keine Möglichkeit, daran hochzuklettern. Ich packte es und rüttelte wild daran herum, in der Hoffnung, dass die Ruderwache die Bewegung am Steuerhebel bemerkte. Irgendetwas ließ mich zurückschauen. Wenige Fuß hinter mir kam der Kopf des Hais aus dem Wasser. Er schoss mit aufgerissenem Rachen auf mich zu.

Ich drückte mich in den Spalt zwischen Ruder und Bordwand und schob mich tief hinein. Die Bugwelle des Hais ließ das Wasser über meinem Kopf zusammenschlagen, dann rammte er das Ruderblatt mit einer Wucht, dass ich schon dachte, es würde zersplittern. Im Schein der Hecklaterne blickte ich direkt in seinen Rachen, sah Reihen dreieckiger Zähne wie Dolche vor dem dunklen Abgrund des Schlunds. Der Hai schüttelte sich hin und her, um an mich heranzukommen, wobei das Wasser nach allen Seiten schäumte. Dann war er wieder unter der Oberfläche verschwunden.

»Hilfe!«, brüllte ich. Auf dem Schiff ging der Gesang vom Vorderdeck unbeirrt weiter.

Der Hai kam zurück und wälzte sich auf die Seite. So schob er sich in den Spalt hinein, in dem ich steckte. Sein

Auge schien starr auf mich gerichtet, seine flache Schnauze presste mich gegen die Bordwand. Doch er hatte das Ruderblatt jetzt zwischen den Kiefern. Er zerrte heftig daran, wobei sein Rumpf die See peitschte. Ich hieb mit beiden Fäusten auf seine Schnauze ein. Das schien keinerlei Eindruck auf ihn zu machen.

»Was ist da los?«, rief jemand von oben.

»Evans!«, brüllte ich. »Wirf ein Tau runter!«

»Was? Bist du das, Schulmeister?«

»Ein Tau! Schnell!«

Der Hai hatte mit seinem Schütteln das Ruder ein Stück weggedrückt, sodass der Spalt breiter wurde. Dann tauchte er wieder weg, zweifellos für einen neuen Angriff. Ich versuchte, das Ruder zurück an die Bordwand zu ziehen. Doch es bewegte sich nicht. Aus dem Holz war ein halbrundes Stück herausgebissen.

Ein Tauende klatschte neben mir ins Wasser. Ich packte es, war aber zu schwach, um daran hochzuklettern. Mit zitternden Fingern mühte ich mich, das Ende unter meinen Armen zu verknoten.

»Evans, zieh mich hoch, schnell!«

Ich spürte gerade, wie sich das Tau unter meinen Achseln spannte, da schoss der Hai wieder auf mich zu, diesmal dicht unter der Oberfläche. Er wand sich in den Spalt hinein und peitschte das Wasser mit seiner Schwanzflosse.

Über mir wurde das Heckfenster aufgestoßen. Captain Kidd beugte sich heraus, im blauen Schlafrock, die Pistole in der Hand. Er zielte auf den Hai und schoss. Ich sah Wasser aufspritzen, direkt vor der Rückenflosse, und der Hai krümmte sich und verbiss sich wieder in das Ruder. Er zerrte daran herum, während ich endlich hochgezogen wurde. Als ich vor dem Heckfenster hing, starrte ich dem Captain ins Gesicht. Er war gerade dabei, die Pistole neu zu laden.

»Ein nächtliches Bad, Schulmeister?«

»Das war Wakeman«, brachte ich hervor. Unter mir

tauchte der Hai weg. Ich wurde das letzte Stück zur Heckreling emporgehievt. Evans und Comden, der Rudergänger, zogen mich über die Reling. Auf den Planken fiel ich zusammen wie ein nasser Sack.

Wenig später wurde die Feier der Mannschaft abrupt unterbrochen. »Der Spaß ist zu Ende, an die Arbeit, Männer!«, rief der Captain. Er hatte den Schlafrock gegen seinen roten Uniformrock getauscht. »Wakeman versteckt sich hier irgendwo auf dem Schiff. Sucht in jedem Winkel. Zwei Pfund für den, der ihn findet!«

Ich hätte mich gern beteiligt, war aber zu erschlagen. Doch in der Hängematte konnte ich trotz der Erschöpfung lange nicht einschlafen. Um mich herum hörte ich die trunkenen Rufe der Seeleute, während sie das Schiff mit Laternen durchstöberten, vom Mastkorb bis zur Bilge.

»Wakeman, wo steckst du?«

»Wakeman, komm zu mir!«

»Wakeman, ich sehe dich!«

Erst am Morgen wurde Wakeman entdeckt. Er hatte sich in einer Kiste im Laderaum, kaum größer als er selbst, ein Versteck eingerichtet. Johlend schleppte man ihn an Deck.

»Wakeman, du wolltest einen Kameraden ermorden«, sagte der Captain. »Wäre es gelungen, würdest du jetzt an der Rah den Hornpipe tanzen. Doch mir ist es um das Tau zu schade. Du wirst ausgesetzt, und vorher hast du die Wahl zwischen Kielholen und dreißig Hieben.«

Wakeman wählte die Hiebe. Die Seeleute rissen ihm das Hemd herunter und banden ihn an den Großmast, sodass sein Rücken frei lag. Ich hatte von den Strafen auf Schiffen gehört. Hundert Hiebe sind der sichere Tod. Dreißig kann man überleben, ist aber für immer gezeichnet.

Der Captain bestimmte mich dazu, die Strafe auszuführen. Walker brachte mir die neunschwänzige Katze. Sie bestand aus einem kurzen Holzknüppel mit neun daran gebundenen Lederschnüren. Sie waren zwei Fuß lang und in Abständen geknotet. Es erfreute mich nicht, das Urteil zu vollstrecken. Gegen jemanden zu kämpfen, ist eine Sache. Einen gefesselten Mann zu schlagen, eine ganz andere.

Die Katze war schwer, und sie zu schwingen erforderte Kraft. Beim ersten Schlag stieß Wakeman ein Keuchen aus. Über seinen behaarten Rücken zogen sich neun rötliche Striemen.

»Eins!«, rief Walker.

Ich schlug abermals zu.

»Zwei!«

»Halt!« Der Captain hielt meinen Arm fest. »Schulmeister, auf ein Wort.« Er führte mich auf die Seite und sagte leise zu mir: »Schulmeister, du schlägst wie ein Mädchen. Es steckt kein rechter Wille dahinter. Wenn du so weitermachst, verlierst du allen Respekt bei den Männern.«

»Sir, ich bin kein Henker.«

»Denke an das Schändlichste, das du Wakeman hast tun sehen. Ruf dir alle Einzelheiten ins Gedächtnis. Dann stell dir vor, du bist das Opfer und kannst es ihm jetzt heimzahlen.«

Ich dachte an den Hai, meine Angst und daran, wie Wakeman mit dem Belegnagel meine Hand zerschlagen wollte. Dann dachte ich daran, wie er Peter Gibson zusammengeschlagen und seinen Talisman zertrampelt hatte.

Ich machte weiter. Beim nächsten Schlag platzte Wakemans Haut auf. Ich schlug und schlug. Bald waren die Lederschnüre so mit Blut verkrustet, dass sie zusammenklebten und ich sie alle paar Schläge entwirren musste. Ich lernte später, dass dies »die Katze kämmen« hieß und ein Anzeichen für eine ordentlich durchgeführte Bestrafung war.

Um mich herum standen die Seeleute und feuerten mich an. Jemanden über Bord zu stoßen, war das Schlimmste, das man auf einem Schiff tun konnte, viel schlimmer als totschlagen oder erstechen.

Wakeman brüllte bei jedem Schlag wie am Spieß. Sein Rücken war blutiges Fleisch. Ich konnte an einigen Stellen die

Rippen sehen. Irgendwann wurde er bewusstlos. Sein Kopf rollte auf die Seite. Ich schlug weiter, obwohl mir der Arm wehtat und ich der Erschöpfung nahe war.

»Halt!«, brüllte Walker. »Nur dreißig, dreißig! Schulmeister, aufhören!«

Ich hielt inne. Ich war von oben bis unten mit Blut bespritzt. Auch um den Mast herum war der Boden glitschig von Blut. Wakeman hing reglos in den Fesseln, wie ein Toter.

»Er hat einunddreißig bekommen«, sagte der Captain. »Aber die ersten Schläge waren etwas schwächlich. Mir scheint, damit ist es ausgeglichen. Gut gemacht, Schulmeister.«

Man band Wakeman los und schleppte ihn ins Lazarett. Ich wankte an die Reling. Dort zog ich einen Eimer mit Seewasser hoch, um mich zu säubern. Als ich in den Eimer blickte, starrte ein bärtiges, rot verschmiertes Gesicht zu mir zurück. Es erschien mir fremd. Dann erkannte ich es. Es war das Gesicht meines Vaters.

13

Malabarküste, Januar 1698

»Parrot, du sitzt da und bist stumm. Erzähl was!«

»Genau! Erzähl noch mal die Sache mit der einbeinigen Hure in New York.«

»Nein!«, rief ich. »Ich habe genug von den verdammten Hurengeschichten. Es ist Sonntag. Erzähl die Geschichte von Jesus!«

»Wie ihr wollt.« Parrot saß an die Lafette gelehnt und klopfte am Kanonenrohr seine Tonpfeife aus. Er war ein dünner Mann mit einem Vogelgesicht und einem groben grünen Pullover, von dem Haare abstanden wie bei einer Raupe. Er hieß nicht wirklich Parrot, aber der Name folgte ihm wohl von einem Schiff zum nächsten. »Das war auf der *Loyal Russell.* Einmal ging uns der Proviant aus. Wir hatten fast nichts mehr. Zu den Mahlzeiten gab's nur ein einziges Stück Zwieback und einen einzigen Trockenfisch. Und zwar für alle, für die ganze Backschaft.«

»Das war mal ein geiziger Kapitän!«, rief ein Seemann mit Namen Blake.

»Wohl wahr«, sagte Parrot, »aber warte, jetzt kommt's. Wir hatten nämlich einen unter uns, einen Spanier, der wurde von allen nur Jesus genannt. Vielleicht hieß er wirklich so. Er hat jedenfalls dafür gesorgt, dass wir alle von diesem einen Fisch und diesem Zwieback satt wurden.«

»Oho! Wie hat er das wohl angestellt?«

»Ganz einfach.« Parrot legte eine dramatische Pause ein,

obgleich ihm klar sein musste, dass jeder die Pointe bereits kannte. »Nun, er hat dem Fisch einen Faden an den Schwanz gebunden. Sobald einer von uns den Fisch verschluckt hatte, wurde er gleich wieder hochgezogen und an den Nächsten weitergegeben. Und mit dem Zwieback hat er's genauso gemacht. Und wenn wir dann noch nicht satt waren, gab's noch mal eine Runde.«

Es erhob sich ein gewaltiges Gelächter. Und obwohl ich die Geschichte schon zweimal gehört hatte, lachte ich am lautesten.

Dabei fiel mir plötzlich auf, dass mir die gleiche Erzählung früher gewiss unsinnig und unglaubwürdig vorgekommen wäre. Doch nun konnte ich nur den Kopf schütteln über all die Dinge, die mir früher wichtig gewesen waren. Nun wusste ich, wie der Hase läuft. Man muss seinen Platz erkämpfen, im Leben, in Geschäften, auf dem Schiff. Fluchte mir einer, fluchte ich jetzt doppelt zurück. Stieß mich einer, ob mit Absicht oder nicht, stieß ich ihn zweimal. Wenn es nötig war, nahm ich das Messer zur Hand. Ich rede hier nicht vom Brotschneiden. Ich war auf der *Adventure* erwachsen geworden, ich gehörte nun zur Mannschaft wie jeder andere, und es fühlte sich gut an.

Wakeman konnte nach dem Auspeitschen kaum noch laufen. Wir hatten ihn bei Calli Quilon, einem indischen Schmugglernest, an Land gesetzt und seinem Schicksal überlassen. Ich habe nie wieder von ihm gehört. Doch falls er überlebt hat, ist er vielleicht der Glücklichste von uns allen, denn er war so dem Galgen entkommen. Ich hätte auch die Gelegenheit gehabt. Ich hätte leicht in Calli Quilon mit Peter von Bord fliehen können. Doch ich tat es nicht, und Peter wollte nicht allein vom Schiff. Er hielt sich weiter an mich und nahm wohl an, ich sei auf seiner Seite. Aber jeder muss sehen, wie er selbst zurechtkommt.

Auch von den anderen Seeleuten nutzte niemand die Gelegenheit zum Desertieren. Die Eroberung der *Ruparel*, mittlerweile unser Begleitschiff und umbenannt in *November*, hatte die Stimmung gehoben. Allerdings nicht für lange. Die magere Beute war nicht das, was Captain Kidd den Männern zu Beginn der Reise versprochen hatte.

Als Ersatz für Wakeman hatte der Captain in Calli Quilon einen Wilden gekauft. Er stammte von einem Volk in Afrika, wahrscheinlich aus dem Land Nigritia, aus dem bekanntlich die meisten Sklaven kommen. Allerdings war sein Haar eher wellig als kraus, seine Haut eher braun als schwarz. Ich versuchte, seinen Namen zu erfahren. Doch dieser klang wie das Surren einer Maschine, etwa »Azuma-Zi Tesfay«. Vielleicht war er nach einem Gott seines Volkes benannt. Für uns war der Name unaussprechlich, also nannten wir ihn »Thursday«.

Da er nur das Idiom seines Stammes verstand, musste ich ihm mit Zeichensprache seine Aufgaben klarmachen: das Auswischen des Laufs und das Einsetzen der Kanonenkugel. Er hatte zweifellos noch nie eine Kanone gesehen. Auch viele andere Dinge waren ihm fremd. Nach dem Auslaufen lag er tagelang seekrank darnieder. Mir erging es diesmal besser.

Peter wurde wieder Pulverjunge.

In meiner neuen Position als Gun Captain konnte ich nicht gut Decksplanken schrubben, ohne Verdacht zu erregen. Um sich meine Berichte anzuhören, lud der Captain mich daher hin und wieder zum Zechen in die Kajüte ein. John Walker, der Quartiermeister, leistete uns dabei stets Gesellschaft, zuweilen auch der Schwager des Captains, Samuel Bradley, und der Schiffsarzt, Dr. Bradinham. Letzterer war allerdings in der Regel schon mittags so betrunken, dass er von den Tischgesprächen wenig mitbekam.

Bradley hatte sich in Mohelia mit der Roten Ruhr angesteckt. Im Gegensatz zu vielen anderen hatte er überlebt, doch die Krankheit steckte immer noch in ihm, machte ihn schwach und blass, und Dr. Bradinhams Tinkturen und Medizinen halfen nicht. Er verließ seine Kabine selten und ließ sich kaum einmal an Deck blicken.

Nach ein paar Gläsern entspann sich oft ein Streit zwischen dem Captain und Mr. Walker. Walker wollte am Bab el-Mandeb Jagd auf reiche Pilgerschiffe machen, zum Teufel mit den Kaperbriefen.

»Das wäre offene Piraterie, John«, sagte der Captain. »So etwas mache ich nicht. Ich bin ein ehrenhafter Mann. Darauf zählen die Lords, die mich beauftragt haben.«

»Man hält uns ohnehin für Piraten. Erzählt man sich das nicht überall in Kapstadt, Schulmeister?«

»Vielleicht, Sir. Ich war in Kapstadt eingekerkert. Ich habe nur gehört, was sich die Wachen erzählten.«

»Warum warst du überhaupt im Kerker?«

»Wegen eines Duells.«

»Da du noch lebst, hast du es offenbar gewonnen?«

»Nicht direkt, Sir. Es ist kompliziert.«

Der Captain schüttelte den Kopf. »Dein üblicher Fehler, Schulmeister. Du fängst etwas an, dann wird es kompliziert, und du bringst es nicht zu Ende. Hoffentlich weißt du es nun besser.«

»Ja, Sir.« Ich war nun wirklich ein anderer, entschlossen, alles bis zum Ende durchzukämpfen.

»Wie dem auch sei«, sagte Walker. »Wir brauchen bald Beute, sonst haben wir eine Meuterei am Hals.«

Der Wunsch sollte in Erfüllung gehen. Am nächsten Tag wurde ein Segel gesichtet. Der Captain ließ die französische Marineflagge hissen und signalisierte der *November*, die uns begleitete. Wir nahmen die Verfolgung auf. Es wurde rasch klar, dass wir einen riesigen Dreimaster jagten, vermutlich gut bewaffnet und bemannt, doch ein schwerfälliger Segler. Er konnte uns nicht entkommen. John Browne hatte wieder seine große Stunde.

»Bald kommt es zum Gefecht!«, rief er. »Mann gegen Mann. Die Laskaren kämpfen schlecht, mit denen würde ein Kind fertig. Doch zuweilen sind Türken an Bord. Auf die gebt acht. Sie fürchten den Tod nicht, denn nach ihrem

Glauben kommen sie dann ins Paradies, und dort kann sich jeder über zweiundsiebzig Jungfrauen hermachen.«

Dies wurde von den Männern mit unanständigen Rufen und Gesten quittiert.

Browne rief: »Ruhe! Wir wollen noch nicht ins Paradies. Heute geht es ums Überleben. Nehmt an, eure Waffe ist weg. Ihr habt damit einen Gegner durchbohrt, aber jetzt steckt sie in ihm fest. Ein säbelschwingender Türke rennt auf euch zu. Was macht ihr?«

»Weglaufen!«, brüllten alle.

»Genau, denn dann rennt der Gegner hinter euch her, und das gibt euren Kameraden die Gelegenheit, ihn von hinten niederzumachen. Vergesst nie, ihr kämpft zusammen! Aber nun nehmt an, ihr seid abgeschnitten, kein Kamerad in Sicht. Der Türke stürmt brüllend auf euch zu, Schaum vor dem Mund. Um das Schiff herum ist überall Wasser. Haie ziehen ihre Kreise. Da kann man nicht weit weglaufen. Was macht ihr?«

»Aufentern!«

»Aye, ihr sucht euch den nächsten Mast. Zum Aufentern braucht man beide Hände, also muss der Türke seinen Säbel wegstecken oder zwischen die Zähne klemmen. Ihr klettert also die Wanten hoch und der Türke hinter euch her. Und nun?«

»Tritt ins Gesicht!«

»Richtig! Türken klettern schlecht, und auf den Wanten ist der im Vorteil, der höher geklettert ist. Ein beherzter Tritt, und der Türke segelt durch die Luft und landet im Paradies bei seinen Jungfrauen.«

Diese Taktik wäre für mich ungeeignet, dachte ich. In dieser Situation würde ich lieber ins Wasser springen, Haie hin oder her.

»Nun drehen wir die Sache um«, fuhr Browne fort. »Ihr steht unbewaffnet hinter einem Gegner. Er sieht euch nicht. Was macht ihr?«

»Den Galgenstrick!«

»Aye, mit diesem Griff kann man jeden von hinten erledigen, ganz ohne Waffe. Und wie geht er? Wer kennt den Galgenstrick noch nicht? Der Schulmeister! Schulmeister, komm her. Du lernst den Galgenstrick am besten, wenn ich ihn an dir vorführe.«

Ich trat zögernd vor. Mir gefiel das nicht. »Warum heißt es ›Galgenstrick‹?«

»Merkst du gleich. Stell dich hierhin und blicke nach achtern.«

Ich tat es und fühlte mich plötzlich von hinten am Hals umklammert.

»Rechter Arm fest um den Hals!«, rief Browne und drückte mit dem Ellenbogen mein Kinn nach oben. »Genau wie die Schlinge eines Henkers. Und jetzt presst ihr mit der Linken gegen euren Unterarm. So fest ihr könnt. Und nehmt die Schultern zurück!«

Ich spürte, wie der Griff enger und enger wurde. Mir tanzten Sterne vor den Augen. Ich versuchte, nach hinten zu stoßen und zu treten, doch vergebens. Dann ließ Browne mich plötzlich los.

»Ein paar Augenblicke länger«, sagte er grinsend, »und man müsste dich bewusstlos wie einen Mehlsack wegschleppen. Eine Minute länger, und du wärst tot. Warum ist ein bewusstloser Feind besser als ein toter?«

»Lösegeld!«, brüllten alle.

»Richtig, Männer. Für Tote zahlt niemand.«

Nach einigen Stunden hatten wir das feindliche Schiff eingeholt. Die Kanonen wurden geladen und ausgerannt. Durch die Stückpforte beobachtete ich das Schiff. Es war deutlich größer als die *Adventure* und führte eine Flagge, die ich noch nie gesehen hatte.

»Die Farben von Armenien«, sagte Hawden.

Das Schiff war von fremdartigem Bau. Achter- und Vorderkastell ragten hoch auf und sahen aus wie wirkliche Festungen mit Zinnen und Ecktürmen. Ich zählte neun Kanonen auf der uns zugewandten Seite des Mitteldecks. Darunter waren zwei weitere Kanonendecks mit je vierzehn Stückpforten. Alle zusammengerechnet, kam ich auf vierundsiebzig Kanonen. Der Größe der Stückpforten nach waren es Vierundzwanzig- oder gar Sechsunddreißigpfünder. Das war die Feuerkraft eines modernen Linienschiffes. Der Armenier war uns weit überlegen.

Doch der Captain gab kein Kommando zum Abbruch der Verfolgung. Wir warteten auch nicht auf die *November*, die weit hinter uns lag. Mir schien das taktisch unklug. Dies war eine ganz andere Sache als die leichte Kaperung der *Ruparel.*

Auf dem Kanonendeck herrschte angespannte Stille. Wir waren kaum mehr eine Viertelmeile von dem Armenier entfernt, und aus dieser Entfernung wären unsere Bordwände für sechsunddreißigpfündige Kugeln wie Papier. Beim Kampf würde unser Platz sofort zu einer Hölle aus Pulverqualm, Explosionen, Schreien, Holzsplittern und herumfliegenden Körperteilen.

Buchannon lief mit bleichem Gesicht von Kanone zu Kanone. Wir waren vorbereitet, so gut es ging. Alle scharfkantigen Gegenstände, die bei Einschlägen zu wirbelnden Geschossen werden konnten, waren weggeräumt. Fässer mit Seewasser standen bereit, um Brände zu löschen. Auf dem Boden war eine Schicht Sand ausgestreut, damit die Männer in Blutlachen nicht ausrutschten. Der Feind konnte jetzt jeden Moment beidrehen und die Kanonen ausrennen, und dann würden wir die volle Breitseite abbekommen.

Doch die feindlichen Stückpforten blieben geschlossen. Buchannon visierte über eine Kanone. Dann begann er plötzlich zu lachen. »Männer, schaut einmal genau hin. Die Stückpforten!«

Jetzt sah ich es auch. Die Pforten bestanden nur aus Farbe. Sie waren aufgemalt. Was immer sich auf den unteren Decks des Armeniers befand, es waren keine Kanonen. Nur die Geschütze auf dem Mitteldeck waren offenbar echt. Aber ich bemerkte keine Anstalten, sie schussbereit zu machen. Stattdessen schienen die Seeleute dort ziellos hin und her zu laufen, aufgescheuchten Hühnern gleich.

Die Männer fingen an zu johlen.

»Ruhe!«, brüllte Buchannon.

»Kanone eins und zwei, Schuss vor den Bug!«, rief Walker vom Deck.

Auf unsere Schüsse hin strich der Armenier sogleich die Flagge und drehte bei. Der Kanonendonner hatte mir diesmal nichts ausgemacht. Im Gegenteil, ich fühlte sogar etwas wie Enttäuschung. Ich wollte endlich einmal direkt auf den Feind schießen, statt immer nur vor den verdammten Bug.

Wie wir mit der *Ruparel* eine Scharade gespielt hatten, so versuchte das armenische Schiff nun eine Scharade mit uns. Angesichts unserer französischen Flagge kam der Kapitän, ein Franzose, auf unser Schiff, ließ sich bewirten und präsentierte fröhlich einen französischen Pass. Auch dieser war ausgestellt vom Direktor der französischen Kompanie, dem unvermeidlichen Monsieur Martin. Beim Anblick von Captain Kidd mit seinem englischen Kaperbrief stieß der Franzose Flüche aus, beruhigte sich nach einigen weiteren Gläsern Madeira jedoch schnell. Er hatte den Kapitän nur gespielt. Der wirkliche Kapitän, ein Engländer, hielt sich auf seinem Schiff versteckt.

Es war die *Queda Vacharrakan*, ein indisches Handelsschiff, gechartert von Armeniern, unterwegs von Bengali nach Surat. Nichts an ihr war französisch außer dem Pass. Sie besaß nicht einmal eine französische Flagge. Doch das war nun vollkommen gleichgültig. Denn ihre riesigen Laderäume, getarnt mit den aufgemalten Stückpforten, waren bis obenhin gefüllt mit Ballen feinster Seide und golddurchwirkten Musselins. In einem besonderen Raum fand man zwei Kisten voller Goldringe, Rubine, Smaragde und Diamanten.

Wenngleich der Captain versuchte, den Fund dieses Schatzes geheim zu halten, machte die Nachricht sogleich die Runde. Und als er die Mannschaft der Form halber befragte, ob man die *Queda* samt Ladung beschlagnahmen oder lieber laufen lassen sollte, brüllten alle, auch ich: »Sie gehört uns!«

Während eine Prisenmannschaft das gekaperte Schiff nach weiterer Beute durchstöberte, begannen die Männer auf der *Adventure* schon zu feiern. Der Captain hatte einen der Stoffballen herüberschaffen lassen, rote Seide mit Goldfäden. Viele schneiderten sich daraus in Windeseile neue Hosen, Hemden und Mützen. Nie sah man eine kostbarer gekleidete Schiffsmannschaft, außer vielleicht auf Piratenschiffen.

Ich wollte mit ihnen feiern, nicht nur die Beute, sondern auch mein Lebensziel, das ich endlich kannte. Meine früheren Träume von Büchern und einem Leben als Bibliothekar waren ebendas gewesen – Kinderträume. Die wahren Reichtümer lagen nicht zwischen Buchseiten. Das wahre Leben spielte sich auf der See ab. Jetzt Kanonier, dann Offizier, dann Kapitän, vielleicht Freibeuter mit dem Kaperbrief eines Monarchen, vielleicht auch Kaufmann wie mein Vater – und ihn irgendwann übertreffend mit erworbenen oder eroberten Schätzen. Ich sah meinen Lebensweg nun klar vor mir.

Doch dann wurde ich aus meinen Gedanken gerissen, denn der Captain brüllte vom Achterdeck der *Queda*: »Schulmeister, du wirst hier gebraucht! Nimm die Jolle!«

Burton half mir, die Jolle von der Großrah aus zu Wasser zu lassen. Ich ruderte sie die kurze Strecke zur *Queda* hinüber, machte sie fest und kletterte über die ausgelegte Strickleiter an Bord. Der Captain hatte Besatzung und Passagiere unter Deck sperren lassen. Vor allem die armenischen Kaufleute, denen die Ladung gehört hatte, gebärdeten sich wie die Wilden.

In der Heckkajüte fand ich Captain Kidd, einen unserer Soldaten mit Namen Bullock und einen schmächtigen Inder, der an einen Stuhl gefesselt war. Er trug einen gewaltigen

Turban und auf seiner Nase eine Brille mit goldgefassten Linsen. Sie war mit Schlaufen hinter seinen Ohren befestigt.

»Dieser Bursche«, sagte der Captain, »spricht außer seinem indischen Kauderwelsch nur Latein, wie es scheint. Rede mit ihm. Ich will wissen, was in dieser Schatulle ist. Sie ist verschlossen. Er wurde erwischt, als er sie über Bord werfen wollte.«

Auf dem Kajütentisch stand eine silberne Dose mit goldverziertem Deckel. Ich wandte mich an den Inder, der keineswegs eingeschüchtert wirkte, sondern mich mit frecher Miene musterte. Er war jung, vielleicht fünfundzwanzig Jahre, und hatte auffallend weiche Gesichtszüge. Die Augen hinter den Brillengläsern waren mit schwarzer Schminke umrandet.

»Seid gegrüßt«, sagte ich auf Lateinisch. »Ich bin Richard Kreutzner, Sohn des Kaufmanns Balthasar Kreutzner. Nennt mir Euren Namen.«

»Seid gegrüßt, Richard Kreutzner«, gab er zurück. »Mein Name ist Sahir Khan. Mein Vater ist Mukhlis Khan, Wesir und Befehlshaber des *Munihyan*.«

»Des *Munihyan*?«

»Des Ministeriums für geheime Dienste und verborgenes Wissen am Hof des großen Aurangzeb, dem Großmogul von Indien.« Der Inder sprach ein viel klareres Latein als ich.

»Sahir Khan, wo habt Ihr Euer Latein gelernt?«

»Von einem Jesuitenpater am Hof des großen Aurangzeb.«

»Ist das nicht ein islamischer Hof?«

»Der große Aurangzeb, Herrscher über Indien und Dekkan, duldet zuweilen Gesandte anderer Nationen und Religionen an seinem Hof. Sofern sie nützlich sind.«

Der Captain klopfte ungeduldig auf die goldverzierte Dose, und ich sagte: »Sahir Khan, mein Kapitän möchte wissen, was in dieser Schatulle ist und warum Ihr sie über Bord werfen wolltet.«

»Es ist die meine, Richard Kreutzner. Ich kann damit machen, was ich will.«

»Das könnt Ihr nicht. Sie gehört jetzt uns, denn unser Kaperbrief gibt uns das Recht, alle Ladung auf diesem Schiff zu beschlagnahmen.«

»Richard Kreutzner, ich protestiere gegen die Beschlagnahme. Ich protestiere auch dagegen, dass ich gefesselt wurde und man mich hier gefangen hält.«

»Er protestiert«, sagte ich zu dem Captain. »Er ist angeblich der Sohn eines hohen indischen Wesirs, des Geheimdienstministers am Hof des Großmoguls.«

»Mit seinem Protest kann er sich gern an König William wenden. Der König ist mit zehn Prozent an unserem Unternehmen beteiligt. Und jetzt verliere ich allmählich die Geduld. Was ist in der Schatulle?«

»Sahir Khan, mein Kapitän ist erzürnt. Ihr solltet nun rasch sagen, was es mit der Schatulle auf sich hat.«

Er zuckte die Achseln, soweit es die Fesseln zuließen. »Sie enthielt mein Rasierzeug.«

»Wie öffnet man sie?«

»Das ist geheim. Sie enthält aber nichts, das für Piraten irgendeine Bedeutung hätte.«

»Warum wolltet Ihr sie dann ins Meer werfen?«

»Ich brauche kein Rasierzeug mehr. Ich habe mich entschlossen, mir aus Protest gegen die Kaperung einen Bart wachsen zu lassen.«

»Ich glaube«, sagte ich zum Captain, »er will uns zum Besten halten. Darf ich mir diese Schatulle einmal ansehen?«

»Nur zu«, sagte der Captain.

Die runde Dose bestand aus zwei Hälften, die offenbar fest miteinander verschraubt waren. Sie ließ sich nicht öffnen, so kräftig ich auch drehte und zog. Wenn ich sie schüttelte, meinte ich aus dem Inneren ein leises Klicken zu hören. Der Deckel war verziert mit einer goldenen Einlegearbeit, die Sonne, Mond und Sterne darstellte. Es war eine präzise, wunderbare Arbeit, offenbar von einem meisterhaften Goldschmied. Doch nirgends fand ich ein Schlüsselloch oder irgendeinen Mechanismus. Nichts an den Goldeinlagen ließ sich bewegen, ich sah keine geheimen Knöpfe, Hebel oder Löcher, nur den kaum sichtbaren Schlitz, der Unterteil und Deckel trennte. Dennoch war klar, dass diese Schatulle etwas sehr Kostbares enthalten musste. Sie allein dürfte an die hundert Pfund wert gewesen sein.

Der Inder betrachtete meine Bemühungen mit spöttischer Miene.

Mir kam eine Idee. »Wurde seine Kabine durchsucht?«

»Gründlich«, sagte Bullock. »Von mir selbst.«

»Hast du dabei ein Stück Metall gefunden? Eines, das scheinbar keinem Zweck dient?«

»Nein«, sagte Bullock. »Pluderhosen, Pantoffeln, ein paar Bücher, aber kein Stück Metall. Nicht einmal einen Dolch.«

»Es sieht vielleicht nicht aus wie Metall. Vielleicht ist es ein schwarzer Stein.«

»Da war auch kein Stein.«

»Hast du auch ihn durchsucht?«

»Wir haben ihm alles abgenommen.«

»Worauf willst du hinaus, Schulmeister?«, fragte der Captain.

»Der Schlüssel könnte ein Magnet sein. Die Dose hat keine Öffnungen, also wird das Schloss vielleicht von einer Kraft betätigt, die durch die Wand wirkt. Ein Magnet hat eine solche Kraft.«

Der Captain runzelte die Stirn. »Wenn es so ist, dann hat der Bursche den Magneten wohl ins Meer geworfen, wie er es ja auch mit der Schatulle tun wollte.«

Das erschien mir folgerichtig. Dennoch hatte ich das Gefühl, mit der Schatulle und ihrem möglichen Magnetschloss irgendetwas übersehen zu haben. Vielleicht kam ich auf Umwegen besser ans Ziel.

»Sahir Khan«, fragte ich, »was macht Ihr hier auf dem Schiff?«

»Ich reise als Agent des *Munihyan*.«

»Ihr seid jung für einen Agenten.«

Er setzte wieder sein freches Lächeln auf. »Und Ihr, Richard Kreutzner, seid jung für einen Piraten. Soweit man das bei dem Gestrüpp in Eurem Gesicht erkennen kann.«

»Wir sind keine Piraten. Wir handeln nach Recht und Gesetz. Wohin reist Ihr?«

»Nach Surat.«

»Und was wollt Ihr in Surat?«

»Weiterreisen.«

»Wohin?«

»Das ist geheim.«

So kam ich nicht weiter. »Sahir Khan, warum wolltet Ihr die Schatulle ins Meer werfen?«

»Das sagte ich schon. Ich brauche sie nicht mehr.«

Allmählich stieg Zorn in mir auf. »Sir, er will es nicht sagen. Und als Sohn des Geheimdienstministers ist er vermutlich unter Spitzeln und Spionen aufgewachsen. Das Verbergen, Lügen und Täuschen ist dann seine zweite Natur.«

»Der Zimmermann könnte das Ding aufsägen, Sir«, schlug Bullock ungefragt vor. »Oder ich mache es mit der Axt.«

Es behagte mir nicht, die kostbare Arbeit zerstört zu sehen. »Wenn die Schatulle irgendein filigranes Kleinod enthält, würde es dabei beschädigt. Es ist besser, sie ohne Gewalt zu öffnen.«

Der Captain stimmte mir zu. »Das ist sicher besser. Wir wollen aus dem Burschen die Wahrheit herausholen. Schulmeister, das ist nun deine Aufgabe.«

»Aber er ist halsstarrig. Wie soll ich ihn zum Reden bringen, Sir?«

»Wie wohl? Füge ihm Schmerzen zu. So lange, bis er redet.«

»Ich soll ihn foltern?«

»Ich weiß, Schulmeister, die peinliche Befragung ist nichts für Weichlinge und Schwächlinge. Doch zu denen zähle ich dich nicht mehr. Du hast viel gelernt auf dem Schiff. Ich will dich ohnehin zum Geschützmeister dieser Prise machen, mit doppeltem Anteil. Aber vorher löse diese Aufgabe.«

Der höhere Anteil und das Kommando lockten mich sehr. Das war der nächste Schritt zu meinem Ziel. Zudem war ich selbst begierig, das Geheimnis der Schatulle in Erfahrung zu bringen.

»Ich werde es tun, Sir«, sagte ich.

»Gut. Wir wollen korrekt vorgehen. Bullock, in der Kiste auf der Pinasse findest du den holländischen Folterkragen. Hol ihn her. Und bring einen Eimer Seewasser. Den Kragen hält niemand lange aus. Damit wirst du, Schulmeister, dem Burschen die Zunge schon lösen.«

14

Vor Cochin, 30. Januar 1698

Ich war nicht gänzlich unwissend im Foltern. Ich hatte Henricus Institoris' »Liber de arte interrogationis« gelesen, freilich nur bis zum zehnten Kapitel. Von da an begannen die Beschreibungen allzu drastisch zu werden, und ich bekam davon Alpträume und mochte nicht mehr weiterlesen. Es war das einzige Buch bisher, bei dem ich nicht bis zum Ende gekommen war. Ich hatte damals nicht verstanden, warum Menschen einander so etwas antun. Über meine frühere Zimperlichkeit konnte ich jetzt nur lachen.

Doch in den Kapiteln, die ich gelesen hatte, wurde kein holländischer Folterkragen erwähnt. Der Kragen machte einen harmlosen Eindruck. Es war ein Halbrund aus steifer weißer Leinwand mit Schnüren und Bändern.

»Wie funktioniert er?«

»Bullock soll dir das erklären, Schulmeister. Mach mir sogleich Meldung, wenn der Bursche geredet hat. Ich bin in der Offiziersmesse.«

Damit entfernte sich der Captain. Er war gewiss nicht zartbesaitet. Es war wohl eher so, dass er jede Kenntnis von einem peinlichen Verhör bestreiten wollte, sollte das einmal nötig werden.

»Sahir Khan«, sagte ich. »Es ist nun Eure letzte Gelegenheit, die Wahrheit zu sagen, ohne zu leiden. Macht Ihr davon keinen Gebrauch, müssen wir Euch einer grausamen Folter unterziehen.«

»Euer schlechtes Latein, Richard Kreutzner, ist bereits die schlimmste Folter. Habt Erbarmen! Redet bitte kein Wort mehr! Ich gestehe auch alles!«

»Eure Späße werden Euch noch vergehen. Zum letzten Mal: Wie öffnet man die Schatulle?«

»Eure Drohung hat mich nun so in Schrecken versetzt, dass ich es vor Angst vergessen habe.«

Nun hatte ich genug von dem unverschämten Kerl.

»Den Folterkragen, Schulmeister?«, fragte Bullock.

»Gleich. Ich will vorher noch etwas anderes versuchen. Sahir Khan, seid Ihr ein gläubiger Muslim?«

Er verlor sofort sein impertinentes Lächeln. »Ich glaube an Gott und den Propheten«, sagte er ernst. Endlich hatte ich eine Schwachstelle in seinem Panzer gefunden.

»Bullock, gibt es hier einen Koran?«

»Wie sieht der aus?«

»Ein Buch, oft kostbar gebunden, in arabischer Schrift. Die Schrift gleicht Blumen und Brandungswellen.«

»Ich glaube, so ein Buch habe ich in einer der Kaufmannskabinen gesehen.«

»Hol es her.«

Als Bullock verschwunden war, sagte ich: »Sahir Khan, ich werde jetzt vor Euren Augen den Koran verbrennen.«

Er riss die Augen auf. »Das wagt Ihr nicht! Ihr würdet auf ewig in der Hölle schmoren!«

»Nicht als Christ. Für uns ist es nur ein Buch. Zudem ein langweiliges, wie ich leider sagen muss.«

»Ihr lest den Koran? Ihr versteht Arabisch?«

»Nein, aber ich kenne die lateinische Übersetzung des Robert von Ketton. Und in die Hölle kommt nur Ihr, Sahir Khan. Denn Ihr könnt das Verbrennen jederzeit verhindern, indem Ihr mir sagt, was ich wissen will.«

Bullock brachte den Koran. Es war ein gewichtiges Werk, in grünes Leder gebunden, die Schriftzeichen darauf in Blattgold geprägt. Dieses Buch wäre ein Prunkstück in jeder Sammlung.

Vom Tisch nahm ich eine Kerze und Feuerzeug. Der Inder beobachtete mich, während ich Feuer schlug und die Kerze entzündete. Es war mir zuwider, ein wertvolles Buch zu zerstören. Obwohl ich über solche Dinge längst hinweg sein sollte, sträubte sich etwas in mir dagegen. Aber ich riss mich zusammen und hielt die brennende Kerze unter das Buch. Es begann sofort zu rauchen. Ich nahm die Kerze wieder weg.

»Werdet Ihr nun reden, Sahir Khan?«

Er antwortete nicht. Ich riss eine Seite aus dem Buch. Sie war nicht gedruckt, sondern voller sorgsam gemalter arabischer Schriftzeichen und Ornamente. Ich hielt die Kerze an die Ecke. Das schwere, gebleichte Papier fing rasch Feuer. Ich drehte es, bis es hell aufloderte, dann warf ich das brennende Blatt aus dem offenen Kajütenfenster.

»Nun, Sahir Khan? Soll ich weitermachen?«

»Damit macht Ihr Euch nur selbst zum Barbaren, Richard Kreutzner.«

Ich riss die nächste Seite heraus. Ich wollte schon die Kerze daran halten, da fiel mein Auge auf die Illustration, die die obere Hälfte der Seite einnahm. Sie schien mir nicht sehr fromm. Tatsächlich trieb sie mir die Schamesröte ins Gesicht.

Der Inder lachte laut auf. »Ihr seid des Arabischen offenbar wirklich nicht mächtig. Was Ihr dort verbrennt, Richard Kreutzner, ist nicht der Koran. Das sehe ich von hier aus. Es ist der ›Duftende Garten‹, ein Ratgeber für die körperliche Liebe.«

Ich blätterte hastig durch das Buch. Die Schrift war arabisch, aber manche Seiten waren detailreich illustriert. Ich sah, dass Sahir Khan offensichtlich recht hatte. Er schien sich über meinen Fehlgriff prächtig zu amüsieren.

»Jetzt habe ich endgültig genug. Bullock, wie funktioniert der Folterkragen?«

»Den kriegt der Bursche fest um den Hals geschnürt«, erklärte Bullock eifrig. »Wie einen Trichter, der bis zur Stirn geht. Dann gieße ich von oben Seewasser hinein. Erst geht es ihm nur bis zum Mund. Dann über die Nase. Er muss es nun trinken, um den Wasserspiegel zu senken und nicht zu ersticken. Aber solange er nicht gesteht, gieße ich einfach immer weiter Wasser nach.«

»Wie soll er gestehen, wenn er den Mund unter Wasser hat?«

»Er kann mit der Hand Zeichen machen. Sonst muss er immer weitertrinken, um nicht zu ersticken. Irgendwann ist er fürchterlich aufgebläht, wie ein riesiges Fass. Das glaubst du nicht, Schulmeister, wenn du es nicht selbst gesehen hast. Das Wasser kommt ihm dann überall heraus, aus den Ohren und den Augen. Später krepiert er daran. Aber alle reden vorher.«

»Setz ihm den Kragen auf.«

Bullock band dem Inder den Kragen um. Er klappte ihn hoch, verschnürte ihn und machte ihn an der Lehne des Stuhls fest, sodass der Inder den Kopf nicht mehr bewegen konnte. Sein Gesicht verschwand in dem weißen Trichter. Nur der Turban ragte noch über den Rand.

»Bullock, fang an zu gießen.«

»Ich habe keine Angst«, tönte es aus dem Trichter, während Bullock hinter seinem Stuhl stand und langsam Wasser aus dem Eimer in den Trichter rinnen ließ.

»Das solltet Ihr aber, Sahir Khan. Wenn Ihr zum Reden bereit seid, winkt mit Eurer rechten Hand. Ich will nur wissen, was in der Schatulle ist und wie man sie öffnet. Dann hören wir sofort auf.«

Der untere Teil des Trichters war nun voll Wasser. Bullock goss weiter.

»Richard Kreutzner«, hörte ich aus dem Trichter, »Ihr seid kein Folterer. Was tut Ihr hier?«

»Was lässt Euch das glauben?«

Doch statt einer Antwort vernahm ich nur ein Blubbern. Das Wasser hatte seinen Mund erreicht. Bullock goss weiter.

Ich sah, wie der Inder anfing zu zucken, während das Wasser an seinem Gesicht hochstieg. Aber er machte keine Bewegung mit der Hand. Der Wasserspiegel war nun auf Höhe seiner Nase. Bullock goss weiter.

»Der Bursche wird gleich trinken«, sagte er grinsend.

Aber er trank nicht. Er zuckte auch nicht mehr. Bullock goss weiter. Das Wasser stand nun am Rand des Trichters. Ich sah, wie sich die Hände des Inders verkrampften, aber er machte kein Zeichen. Mir schwindelte. Ich merkte plötzlich, dass ich selbst den Atem angehalten hatte, seit des Inders Gesicht unter Wasser war.

Ich stürzte auf ihn zu und riss ihm den Trichter herunter. Ein Wasserschwall ergoss sich über seine Kleidung. Er tat hastige, tiefe Atemzüge. Seine Brille saß schief, von der Augenschminke liefen schwarze Streifen über sein Gesicht.

Bullock stand immer noch hinter dem Stuhl, den Eimer in der Hand, mit verblüfftem Ausdruck. »Was soll das, Schulmeister?«

»Ich weiß, was ich tue.«

»Warum hörst du auf? Der Bursche hätte bald geredet.«

»Bist du der Folterer oder ich? Wir machen es auf meine Weise. Ich wollte ihm erst eine Kostprobe geben. Seewasser ist giftig. Er wäre vielleicht gestorben, bevor er geredet hätte.«

»Und was machen wir nun?«

»Es ist spät. Sperre ihn in eine Kabine. Der Gedanke an die Folter wird ihn über Nacht weichkochen. Morgen wird er reden wie ein Wasserfall. Das ist Wissenschaft, Bullock. Ich habe darüber gelesen.«

»Wenn du meinst. Aber es wird dem Captain nicht gefallen.«

Dem Captain gefiel es nicht. Doch er sagte nur: »Morgen früh will ich die Schatulle offen sehen, Schulmeister. Ist das klar?«

»Ja, Sir.«

Ich nahm die Kabine eines armenischen Kaufmanns in Beschlag. Ihn selbst hatte man im Laderaum eingesperrt, aber seine Koje war mit weichen Polstern und Kissen ausgestattet. Es war meine beste Schlafstatt seit vielen Monaten. Dennoch war mir ein ruhiger Schlaf nicht vergönnt. Zuerst erwachte ich von einer Stimme, die in der Dunkelheit zu mir sprach.

»Es ist Uns ein Gräuel, wenn ein Mann bei einem Mann liegt.«

»Seid Ihr von Sinnen, Herr? Ich kann diesen Burschen nicht einmal ausstehen.«

»Du weißt also genau, von wem Wir sprechen.«

»Ich bin keineswegs in der Art veranlagt, die Ihr andeutet. Und selbst wenn, was ginge es Euch an?«

»Du begehst damit in Gedanken eine große Sünde.«

»Das also ist eine Sünde, aber Foltern nicht?«

»Beim Foltern versündigst du dich nur an einem Heiden. Doch mit deinem unnatürlichen Begehren versündigst du dich vor Uns.«

»Schweigt sofort, Herr. Oder ich werde, das schwöre ich, gleich morgen zum Islam konvertieren.«

Das stopfte Gott den Mund, hoffentlich für lange Zeit. Dennoch konnte ich nicht mehr einschlafen. Ich grübelte, natürlich nicht über den Inder und mein angebliches Begehren, sondern über die Schatulle. Wenn es mir gelänge, sie zu öffnen, wäre morgen keine weitere Folter vonnöten. Die Dose hatte kein Schlüsselloch. Also wurde das Schloss irgendwie anders betätigt – so viel schien klar. Etwa mit einem Magneten. Sonne, Mond, Sterne – irgendetwas hatte dieses Kunstwerk zu bedeuten. Die Sonne regiert den Tag, der Mond die Nacht. Sonne und Mond beherrschen auch die Meere, bringen Ebbe und Flut, wie Newton in den »Principia Mathematica« dargelegt hatte. Aber das half mir nicht weiter.

Ich war schon fast wieder eingeschlafen, doch im Dämmerzustand sah ich immer noch Sonne, Erde, Mond und Planeten umeinanderkreisen und einen Tanz aufführen. Ich sah mit der Mondbahn die Flutwellen um die Erde wandern. Dann verstand ich plötzlich alles. Es durchfuhr mich wie ein Schlag. Ich war sofort hellwach.

Auch der Captain schlief nicht. Er saß bei Kerzenlicht in der großen Kajüte am Tisch, studierte Ladelisten, trug Zahlen in ein Buch ein. Auf dem Bett waren Stücke aus der Ladung aufgestapelt, die er wohl für sich selbst vorgesehen hatte, darunter eine große nautische Pendeluhr. Würde sich einer seiner Männer etwas von der Beute nehmen, hätte er sofort seinen Anteil verwirkt.

»Sir, darf ich die Schatulle noch einmal untersuchen?«

Der Captain wirkte irritiert, machte aber eine auffordernde Handbewegung. Ich nahm die Dose und stellte sie senkrecht auf den Tisch, wie ein Karrenrad. Dann rollte ich sie langsam hin und her, bis die Sonne auf dem Deckel oben war und der Mond unten. Wieder meinte ich ein feines Klicken zu hören. Ich drehte an dem Deckel. Er ließ sich nun mühelos aufschrauben.

»Ha! Wie hast du das herausbekommen, Schulmeister?«

»Die Wissenschaft kennt zwei Kräfte, Sir. Die eine ist die Magnetkraft. Die andere ist so alltäglich, dass sie uns kaum auffällt. Doch sie bestimmt die Bahnen des Mondes und der Planeten. Es ist die Schwerkraft.«

Die Dose war nun offen, und ich sah den einfachen Mechanismus. Das Gewinde wurde von kleinen Kügelchen in Schlitzen blockiert. Bei einer bestimmten Ausrichtung der Dose rollten alle Kügelchen zurück, und das Gewinde war frei.

Doch der Captain interessierte sich nicht für die Kügelchen. Er starrte in die Schatulle. Sie war leer. Das Innere war mit Samt ausgeschlagen, und man sah deutlich, dass in der Mitte ein Gegenstand mit Bändern befestigt gewesen war.

»Keine Juwelen«, sagte der Captain. »Sondern nur ein einziges großes Juwel, wie es scheint.«

Er steckte seine Hand in die Dose, befühlte die Bänder,

prüfte die Länge. Der dort befestigte Gegenstand musste etwa die Größe einer Männerfaust gehabt haben.

»Wenn das ein Diamant oder Rubin war«, sagte der Captain, »dann der größte, der je gefunden wurde.«

Er betastete den Samt, suchte nach verborgenen Taschen oder doppelten Böden, aber es gab keine.

»Er muss mehr wert sein als das ganze Schiff mit aller Ladung.« Des Captains Augen glänzten im Kerzenlicht. Ich sah die Gier darin.

»Jetzt wird mir alles klar«, sagte er. »Der Kerl hat den Diamanten irgendwo auf dem Schiff versteckt. Die leere Schatulle wollte er loswerden, damit wir von dem Juwel nichts erfahren. Jetzt ergibt alles einen Sinn.«

Er hatte zweifellos recht. Irgendwo auf dem Schiff war ein immenser Schatz verborgen, was immer es sein mochte.

»Schulmeister, Eure Arbeit ist getan. Walker und Bullock machen morgen mit dem Inder weiter. Latein ist nicht mehr nötig. Er muss uns nur noch das Versteck zeigen.«

»Ja, Sir. Aber dennoch, das ist der Sohn eines hohen Wesirs. Ihn mit Seewasser zu foltern, kann seinen Tod bedeuten. Das könnte diplomatischen Ärger geben, Sir.«

»Lass das meine Sorge sein. Niemandem hier wird es auffallen, wenn er verschwindet.« Er verzog das Gesicht zu einem Grinsen. »Du weißt, Schulmeister, in England sind Lords und ein König meine Geschäftspartner. Dagegen gilt ein Wesir gar nichts. Ich kann hier tun, was ich will, solange sie ihren Anteil bekommen.«

»Ich verstehe. Dann wünsche ich noch eine gute Nacht, Sir.«

Ich selbst hatte keine gute Nacht. An Einschlafen war nicht zu denken. Die letzten Worte des Inders, die ich aus dem Trichter gehört hatte, tönten immer noch in meinem Kopf wie Glocken: *Richard Kreutzner, quid hic agitis?*

Was zur Hölle tat ich hier?

Das Schiff und der Captain hatten mich zu jemandem gemacht, der ich früher nicht gewesen war. War ich wirklich auf dem richtigen Weg? Oder wurde ich zu einem Bullock oder Walker? Und vielleicht bald zu einem Wakeman? Aber ich war doch so viel besser als sie. Für mich lief doch alles glänzend. Ein doppelter Anteil an der Beute, die Aussicht auf das Kommando über achtzehn Zwölfpfünder. Dafür höchstens ab und zu ein wenig foltern. Ein gutes Geschäft. Mein Vater wäre stolz auf mich.

Von fern drang der Lärm der feiernden Matrosen auf der *Adventure* an meine Ohren. Auch auf der etwas abseits liegenden *November* wurde getrunken und gegrölt. Auf der *Queda* war alles still. Die eingesperrten Laskaren und Kaufleute verhielten sich ruhig. Morgen würde der Captain sie irgendwo an Land setzen. Nur den Inder nicht.

Die Ruderwache schlug die Glocke: vier Glasen. Ich stand auf. Ich erinnerte mich, wie ich nachts durch meines Vaters Haus geschlichen war, das Messer in der Hand. Es kam mir vor, als wäre ich in der Zeit zurückversetzt worden, als müsste ich das, was ich einmal getan hatte, jetzt wieder tun.

Die Kabine, in der der Inder eingesperrt war, fand ich leicht. Bullock hatte die Tür von außen mit einer Holzlatte verrammelt. In der fensterlosen Kabine war es stockdunkel. Ich leuchtete mit der Laterne hinein. Im flackernden Lichtschein sah ich Sahir Khan, der gefesselt auf seinem umgekippten Stuhl lag. Seine Augen waren offen. Ich kniete mich an seine Seite, stellte die Laterne ab und zog mein Messer.

»Kommt Ihr, um noch eine Runde zu foltern, Richard Kreutzner?«

Statt einer Antwort säbelte ich die Stricke durch. Er versuchte aufzustehen, fiel aber auf die Seite.

»Ich kann meine Beine nicht bewegen.«

»Ihr wart zu lange gefesselt. Versucht, Euer Blut in Gang zu bringen. Ich besorge Seemannskleidung. Mit Euren indischen Sachen fallt Ihr sonst an Deck auf wie ein bunter Hund.«

»Neue Kleidung würde ich begrüßen. Ich war gezwungen, in Fesseln mein Wasser abzuschlagen.«

In den Seemannskisten im Vorderkastell fand ich Leinwandhosen, eine Teerjacke, einen breitkrempigen Seemannshut. Ich kehrte mit meiner Beute in die Kabine zurück. Der Inder hatte sich inzwischen aufgesetzt und massierte seine Beine. Ich legte ihm das Kleiderbündel hin.

»Ihr seid ein ungewöhnlicher Pirat, Richard Kreutzner«, sagte er.

»Wir sind keine Piraten. Beeilt Euch mit dem Umziehen.«

»Würdet Ihr dann bitte die Kabine verlassen? Wir Inder sind es nicht gewohnt, uns vor Fremden auszuziehen.«

»Meinetwegen. Aber gewöhnt Euch derlei Umstände rasch ab. Wir werden wahrscheinlich mehrere Tage in einem kleinen Boot verbringen.«

Draußen blickte ich den Gang auf und ab. Die Offiziersmesse war leer, aber von irgendwoher vernahm ich Lärm, Flaschenklirren, das Geräusch eines Würfelspiels. Aus anderen Kabinen drang lautes Schnarchen. Das Prisenkommando hatte sich häuslich eingerichtet. Mir aber kam es vor, als würde ich neben mir stehen und mir selbst zusehen. Ich konnte nicht verstehen, was ich gerade getan hatte. Ich wusste nur, dass es jetzt kein Zurück mehr gab. Dann bemerkte ich, dass die Tür zur großen Kajüte einen Spalt offen stand. Der Captain lief wohl irgendwo auf dem Schiff herum. Ich wünschte mir, Sahir Khan würde sich beeilen.

Endlich trat er aus der Kabine. Er sah nun aus wie einer unserer Seeleute, mit zwei Ausnahmen.

»Ihr solltet Eure Brille abnehmen, Sahir Khan«, flüsterte ich. »Und vor allem den Turban.«

»Ohne Gläser bin ich blind wie ein Maulwurf. Und den Turban gebietet meine Religion. Auch der Prophet hat stets einen Turban getragen.«

»Dann zieht wenigstens den Seemannshut darüber, damit es nicht so auffällt. Steckt die Brille weg und haltet Euch neben mir. Versucht, wie ein Seemann zu gehen. Die Ruderwache kann das Deck einsehen.«

Wir passierten das Deck schwankend und aneinander festhaltend wie zwei betrunkene Seeleute, die zur Reling streben, um sich zu erleichtern. Ich sah den Schatten der Ruderwache auf der Galerie. Er rief uns nicht an. Vielleicht schlief er im Stehen. Die Stelle an der Bordwand, wo die Jolle vertäut lag, war zum Glück von der Galerie nicht einsehbar.

»Klettert hier die Strickleiter hinunter. Legt Euch flach in die Jolle, sodass man Euch vom Deck aus nicht sieht. Ich besorge Proviant.«

Die Tür zur Kapitänskajüte stand immer noch offen. In einer Kammer daneben waren Leckereien gelagert, offenbar für die Händler und die Offiziersmesse. Die Kammer war oberflächlich geplündert worden. Säcke waren aufgeschlitzt, der Boden war bedeckt mit Reiskörnern und getrockneten Erbsen. Von Wein, Rum oder Arrak war natürlich nichts mehr da. Aber andere Vorräte gab es noch genug.

Ich versuchte so lautlos wie möglich, einige Lebensmittel zusammenzuraffen. Dafür musste ich zweimal gehen. Das erste Mal schleppte ich einen Sack Kokosnüsse und ein kleines Fass mit in Essig eingelegtem Gemüse an die Reling. Dann kehrte ich zurück, immer mit einem Auge auf die Tür der Kapitänskajüte, und lud mir einen Sack mit getrockneten Datteln auf, dazu einen Schlauch mit irgendeinem sauren indischen Getränk. Das alles würde wohl für einige Tage reichen.

Als ich mit meiner Last zurückkehrte, erstarrte ich. An der Reling stand jemand. Genau an der Stelle, wo die Strickleiter hing und ich die Vorräte abgelegt hatte. Ich erkannte die bullige Gestalt des Captains. Er spähte die Bordwand hinunter.

»Wer dort in der Jolle? Komm ans Licht, damit ich dein Gesicht sehe!«

Ich handelte, ohne zu überlegen. Ich ließ Sack und Schlauch fallen und umklammerte den Captain mit dem rechten Arm am Hals. Er wollte etwas rufen, aber ich drückte ihm die Luft ab. Mit der Linken presste ich gegen meinen Unterarm, gerade so, wie Browne es uns gezeigt hatte.

Der Captain warf sich wild hin und her, versuchte, meinen Arm wegzudrücken, aber ich hielt ihn mit aller Kraft fest. Es dauerte eine endlos scheinende Zeit. In Wirklichkeit waren es wohl nur wenige Augenblicke. Dann erschlaffte er. Der Galgenstrick hatte tatsächlich funktioniert. Ich ließ sofort seinen Hals los und fasste ihn unter den Armen, um ihn zu Boden gleiten zu lassen.

Ich horchte. Alles schien ruhig zu bleiben, obwohl der Captain mit seinen Füßen ziemlichen Lärm gemacht hatte. Ich riss den Kokosnusssack in Streifen. Einen stopfte ich dem Captain als Knäuel in den Mund, mit einem anderen band ich den Knebel fest. Dann fesselte ich seine Hände und Füße. Vor dem Heckkastell lag ein großes Boot hochkant, und ich schleifte den Captain in den Schatten zwischen Wand und Boot. Mit dem Rest des Sackleinens band ich ihn an der Bootsbank fest. Gottlob schien die Ruderwache alles andere als wachsam zu sein.

Gerade als ich fertig war, kam der Captain zu sich. Er starrte mich mit aufgerissenen Augen an. Er versuchte, etwas zu sagen, doch wegen des Knebels war es unhörbar.

»Tut mir leid, Sir. Ich mustere ab. Lebt wohl, Sir.«

In Windeseile warf ich ein paar Kokosnüsse und die anderen Vorräte über die Reling in die Jolle, wo Sahir Khan sie auffing und verstaute. Dann kletterte ich hinab, machte das Boot los und stieß es von der Bordwand ab. Ich dachte daran, dass ich mit meiner Flucht nun Peter Gibson abermals im Stich ließ. Aber jetzt an der *Adventure* anzulegen und nach Peter zu suchen, wäre Wahnsinn gewesen.

Ich ergriff die Riemen und versuchte, mich zu orientieren. Im Osten lag die Küste. Also musste ich nach Westen. Es war Neumond, und dadurch hatten wir gute Chancen zu entkommen.

Ich richtete das Boot so aus, dass ich das Sternbild Wasserschlange mit den Südsternen auf der Backbordseite hatte, und pullte los.

»Ist das nicht die falsche Richtung, Richard Kreutzner?«, flüsterte der Inder, der hinter mir im Bug saß.

»Es ist die richtige, weil es die falsche ist. Ich will nach Westen aufs offene Meer. Dort werden sie uns nicht vermuten. Dann in einem weiten Bogen nach Norden zurück an die Küste.«

»Meint Ihr, sie werden nach uns suchen?«

»Da bin ich sicher. Nicht heute Nacht. Die Matrosen sind zu betrunken. Aber morgen. Der Captain glaubt, dass Ihr einen riesigen Diamanten irgendwo auf dem Schiff versteckt habt. Er wird Eurer habhaft werden wollen, um jeden Preis.«

Der Inder sagte nichts mehr. Ich pullte. Der Lichtkreis der Schiffslaternen lag bald weit hinter uns. Um uns herum war düstere Nacht. Es ging ein schwacher Ostwind, den ich im Gesicht spürte. Die Dünung war kaum wahrnehmbar. Von fern drang immer noch der Lärm der Feiernden herüber. Dann bemerkte ich plötzlich, dass auf der *Queda* etwas im Gange war. Ich sah, wie sich Lichter an der Bordwand entlangbewegten. Laternen wurden an die Webeleinen gehängt.

»Sie haben den Captain entdeckt. Jetzt wissen sie, dass wir geflohen sind.«

»Hoffentlich finden sie die Raketen nicht«, sagte der Inder.

»Welche Raketen?«

»Unser Schiffsführer, Mr. Wright, besitzt eine Kiste chinesischer Raketen. Er hat zur Unterhaltung der Passagiere einige Male eine zünden lassen. Sie steigen auf und erleuchten die Nacht weithin mit rotem Licht.«

»Vielleicht weiß der Captain nichts von dieser Kiste.«

Hinter uns auf den Schiffen herrschte wilde Geschäftigkeit, aber es stiegen keine Raketen in die Nacht. Ich sah schattenhaft, dass offenbar ein Boot ausgesetzt wurde. Bei der Dunkelheit hatten sie wenig Aussicht, uns zu finden, aber ich ruderte aus Leibeskräften. Wir mussten weiter wegkommen.

Nach Stunden des angestrengten Ruderns, bei dem wir uns abwechselten, verschwanden die Lichter der Schiffe endlich am Horizont. Gegen Morgen waren wir beide zu Tode erschöpft. Mir taten alle Glieder weh. Doch ich war sicher, dass wir nun auch vom Großmast der *Adventure* aus unter der Kimm lagen. Wir trieben allein auf dem dunklen Meer. Ich legte die Riemen ins Boot und wandte mich zu dem Inder um.

»Ich glaube, wir sind vorerst in Sicherheit. Bei Tag dreht der Wind auf West, ungünstig für Verfolger. Wir können dann das Segel aufriggen und quer zum Wind segeln. Aber jetzt, Sahir Khan, verratet mir doch, was in der Schatulle war und wo Ihr es versteckt habt.«

»Rudert Ihr dann gleich zurück? Ihr seid sehr raffiniert, Richard Kreutzner.«

»Redet keinen Unsinn. Ich habe mein Leben riskiert, um Euch zu retten. Ich habe meinen Kapitän angegriffen. Das ist Meuterei. Wenn man uns fängt, bin ich tot, ebenso wie Ihr.«

»Gut, Ihr sollt es wissen.«

Er griff an seinen Turban, zog die Nadel heraus, die ihn zusammenhielt, und begann ihn abzuwickeln.

»Was ist mit Eurer Religion?«

»Auch der Prophet hat den Turban hin und wieder abgenommen.«

Wegen der Dunkelheit konnte ich nicht genau erkennen, was er die ganze Zeit in seinem Turban verborgen hatte. Es war ein faustgroßer, kantiger Gegenstand. Er reichte ihn mir.

»Lasst das nicht ins Wasser fallen, Richard Kreutzner. Wohl und Wehe ganzer Nationen könnten davon abhängen.«

Ich hielt eine Pyramide aus Metall in der Hand. Sie hatte eine viereckige Grundfläche und dreieckige Seiten. Die Kanten, die ich ertastete, waren von einer Geradheit und Schärfe wie bei einem geschliffenen Diamanten. Doch es war kein Edelstein. Die Pyramide fühlte sich kalt an.

»Was ist das für ein Metall?«

»Das ist geheim. Ich darf es Euch nicht sagen, auch wenn ich wollte.«

»Es heißt, ägyptische Pyramiden hatten einst Spitzen aus einem Metall, das man ›Elektron‹ nannte.«

»Diese Pyramide kommt nicht aus Ägypten. Sie ist alt, mehr als tausend Jahre, aber nicht so alt wie die Pyramiden der Pharaonen.«

»Wozu ist sie gut?«

»Auch das darf ich Euch nicht sagen.«

Im beginnenden Licht des Morgens glänzte das Metall honigfarben. Aber die Pyramide bestand nicht aus Gold, dazu wog sie nicht genug. Die Seiten waren völlig eben. Das Glitzern der Wellen spiegelte sich unverzerrt darin. Wenn sie wirklich über tausend Jahre alt war, dann hatte die Zeit ihr nichts anhaben können.

»Wohin wolltet Ihr sie bringen? Oder ist das auch geheim?«

»Nach London. Zu Sir Hans Sloane, dem Sekretär der Royal Society.«

Ich blickte auf. Mir blieb der Mund offen stehen. Die Sonne kam gerade über den Horizont. In ihrem rötlichen Schein sah ich Sahir Khan zum ersten Mal ohne den Turban. Sahir – mir schwante nun, dass dieser Name womöglich falsch war – betrachtete mich durch die Brillengläser mit dem schon gewohnten spöttischen Lächeln.

»Ihr habt eine tiefe Stimme«, brachte ich hervor.

»Das hat geholfen«, sagte sie.

15

London, 23. Mai 1701

Defoe erhebt sich steifbeinig von den Holzplanken des Docks. »Mein Notizbuch ist voll. Und mir tun die Glieder weh.« Er streckt sich. »Ich versuche, mehr Papier aufzutreiben. Seid so gut, Sir, und wartet hier auf mich. Es wird gewiss nicht lange dauern.«

Ich sehe ihm nach, als er in der Menge verschwindet. Mittlerweile sind auch die Straßen um das Dock voller Menschen. Der Sonnenschein hat viele verlockt, die Häuser zu verlassen und dem Schauspiel beizuwohnen. In den Schenken hängen Menschentrauben in den Fenstern. Auch auf der Themse sehe ich Ausflugsboote, die auf Höhe des Docks an Holzpfählen festgemacht haben.

Zwei Sänften treffen ein. Die Träger bahnen sich mit Geschrei und Stöcken einen Weg durch die Menge. Die Soldaten lassen sie durch. Die Sänften werden neben dem geschmückten Sessel abgesetzt, im Schatten des roten Baldachins. Einer entsteigt ein hagerer Mann mit einem grünen Turban. Sein weißer, spitz zulaufender Bart reicht ihm bis auf die Brust, die buschigen Augenbrauen sind finster zusammengekniffen. Er nimmt Platz auf dem Thronsessel und wippt ungeduldig mit den Füßen, die in goldenen Pantoffeln stecken.

Ich sehe, dass Defoe sein Notizbuch zurückgelassen hat. Natürlich kann ich der Versuchung nicht widerstehen, es durchzublättern. Er hat keineswegs meine Lebensgeschichte aufgeschrieben. Dafür ist gewissenhaft notiert, wie ein Schiff gesteuert und eine Kanone gehandhabt wird. Mehr kann ich nicht entziffern, denn schon taucht Defoe wieder auf. Unter einem Arm trägt er ein Kissen, unter dem anderen einen Stapel unbedrucktes Zeitungspapier. Er strahlt über das ganze Gesicht.

»Eine gute Nachricht für Euch, Sir, und auch für mich: Captain Kidd wird bald hier eintreffen. Er hatte an einer Taverne halten lassen, um sich für den Galgen noch etwas zu stärken. Und dann wollte er von dort wohl gar nicht wieder fort. Doch man hat ihn nun überredet.« Defoe lässt sich auf dem Kissen nieder, legt den Papierstapel vor sich hin und nimmt den Bleigriffel wieder zur Hand. »Bitte seid so gut und fahrt fort, Sir.«

»Wer ist das dort auf dem Sessel, neben der Sänfte?«

»Ausländische Presse.« Defoe verzieht das Gesicht. »Der Fall des Captain Kidd hat überall Aufsehen erregt, und dieser Türke dort berichtet gewiss an seinen Sultan. Er ist wohl im gleichen Geschäft wie ich. Doch wie es aussieht, weitaus besser bezahlt und weitaus nachlässiger in der Arbeit. Er macht sich nicht einmal Notizen.«

»Auch Ihr scheint Euch nur die Rosinen herausgepickt zu haben, Sir«, sage ich und deute auf Defoes Notizbuch.

Er lässt es schnell in seiner Manteltasche verschwinden. »Ich schreibe auf, was den Leser interessiert«, sagt er. »Die Geschichte Eures Lebens mag für Euch selbst von Bedeutung sein, Sir, doch Lebensgeschichten kann ein Dichter sich im Dutzend ausdenken. Auf die Details kommt es an. Nur sie können eine Geschichte so wahr erscheinen lassen, dass der Leser sie selbst zu erleben vermeint.«

»Genügt es nicht, dass sie wirklich geschehen ist?«

»Ganz unwichtig, Sir. Nehmt an, ein Dichter plant ein Buch über einen Seemann, der ein Missgeschick erleidet. Er strandet auf einer einsamen Insel, weitab jeder Zivilisation. Wovon lebt er nun? Wie baut er seine Wohnstatt? Wie trotzt er den vielen Gefahren? Wie der Einsamkeit? Das unterscheidet das wahre Buch vom falschen. Nicht die Geschichte selbst muss wahr sein, sondern die Einzelheiten müssen den Hauch der Wirklichkeit atmen.«

»Wollt Ihr so ein Buch schreiben, Mr. Defoe?«

»Vielleicht. Irgendwann. Wenn ich die Zeit finde.«

»Nun, dabei könnte ich Euch tatsächlich helfen. Mir ist ein solches Missgeschick passiert.«

16

Indischer Ozean, Februar 1698

Es ist seltsam, wie sehr die eigene Voreingenommenheit bestimmt, wie man einen Menschen wahrnimmt. Als Mann war Sahir – der wirkliche Name, wie sie versicherte – ein vorlauter Bursche mit weichlichen Zügen und Schminke im Gesicht. Als Frau erschien sie mir wunderschön. Sie hatte ein rundes Antlitz, dunkle Augen, aus denen der Humor blitzte, und feine, geschwungene Brauen. Ihr Haar trug sie in einem Knoten, damit es unter den Turban passte.

»Warum die Maskerade, Sahir Khan?«

»Ich reise fast immer so. Für Männer ist in Indien vieles einfacher.«

»War die Unkenntnis des Englischen auch nur gespielt?«

»Von Eurem Wortwechsel mit dem Kapitän habe ich einiges verstanden. Aber Latein ziehe ich vor.«

»Die Augenschminke?«

»Die hasse ich. Ich schminke mich nur als Mann.«

»Und Eure Brille? Gehört sie auch zur Tarnung?«

»Nein, ich brauche sie wirklich. Ich habe mir als Kind wohl durch zu vieles Lesen die Augen verdorben.«

Wie zumeist hatte der Wind nach Tagesanbruch auf Südwest gedreht und aufgefrischt. Er blies zur Küste hin. Ich machte mich bereit, Segel zu setzen. Zwar wären wir dann aus weiterer Entfernung zu sehen. Doch wir hatten nun den Windvorteil, und wir konnten nicht ewig weiterrudern.

Die Jolle verfügte über eine Takelung einfachster Art.

Unter der Bank waren eine Taurolle, ein kurzer Mast und zwei dreieckige Segel verstaut. Ich verbrachte geraume Zeit damit, den Mast aufzurichten, Stage zurechtzuschneiden und festzumachen und die Segel aufzuriggen. Wenn mir ein Windstoß ein Tauende oder die Ecke eines Segels aus der Hand riss, fing Sahir es jedes Mal geschickt wieder ein.

»Richard Kreutzner, seid Ihr sicher, dass Ihr die Kunst des Segelns beherrscht?«

»Ich bin auf großen Schiffen gefahren, Sahir Khan. Auf Zweimastern und Dreimastern.«

Nachdem beide Segel glücklich gesetzt und ausgerichtet waren, nahm ich die Pinne in die Hand. Ich versuchte, nach Nordwesten zu segeln, so hart am Wind, wie es nur ging. Ich wollte zunächst noch Abstand zum Land halten. Vielleicht hatte der Captain die *Adventure* und die *November* die Küste auf und ab geschickt, um uns abzufangen.

»Sahir Khan, beobachtet den Horizont im Osten. Wenn Ihr dort irgendetwas seht, eine Mastspitze oder ein Segel, müssen wir sofort reffen.«

Unser Frühstück bestand aus grünen Kokosnüssen, die ich mit meinem Messer anbohrte. Während wir daraus tranken, überlegte ich, wie ich das Thema der Weiterreise ansprechen sollte.

Schließlich sagte ich: »Wie es der Zufall will, Sahir Khan, möchte ich ebenfalls nach London reisen. Gleichfalls zu Sir Hans.«

»Welch eigenartiger Zufall. Was wollt Ihr denn von Sir Hans Sloane?«

»Das ist geheim.«

Sie starrte mich mit hochgezogenen Brauen an.

»Nur ein Scherz«, sagte ich schnell. »Ich will wegen einer Anstellung als Bibliothekar vorstellig werden. Das wollte ich schon immer, doch auf dem Schiff habe ich es ein wenig aus den Augen verloren. Sir Hans besitzt die weltgrößte Büchersammlung.«

»Ein Pirat, der Bibliothekar werden möchte. Ihr wollt also anregen, dass wir zusammen reisen?«

»Dieser Gedanke ist mir tatsächlich gekommen. Ich könnte Euch weiterhin beschützen.«

»Richard Kreutzner, auf dem Schiff mag ich Euch hilflos vorgekommen sein. Aber ich wurde von Kind an ausgebildet, mich selbst zu beschützen. Mit dem Rapier und dem Speer, auch mit dem Krabbenbogen und sogar im waffenlosen Kampf.«

»Das klingt, als könntet dann Ihr mich beschützen. Umso mehr Grund für mich, Euch meine Begleitung vorzuschlagen.«

»Habt Ihr Geld für die Passage nach London?«

»Habt Ihr welches?«

»Mein Geldbeutel wurde natürlich gestohlen. Aber ich habe meinen Gürtel unter dieser Jacke. Darin sind zehn goldene Dublonen eingenäht.«

»Das reicht für uns beide. Ich will in der Gegend von Calicut landen. Dort finden wir gewiss ein englisches Kompanieschiff nach London.«

»Ich soll Euch also nicht nur beschützen, sondern auch Eure Reise bezahlen?«

»Immerhin habe ich Euer Leben gerettet.«

»Dann sollten wir uns gleich richtig verstehen, Richard Kreutzner. Ihr seid ein Mann, ich eine Frau. Wir reisen zusammen. Aber Ihr solltet keine etwa weitergehenden Absichten hegen. Ihr wisst, was ich meine.«

Irgendetwas ließ mich zögern, doch dann sagte ich: »Gewiss, Sahir Khan. Wir reisen wie Bruder und Schwester. Meine Hand darauf.«

So schlossen wir unseren Reisepakt. Und wie die meisten Pläne sollte auch dieser zum Scheitern verurteilt sein.

Während ich versuchte, trotz des immer schwächer werdenden Windes den Kurs zu halten, erläuterte mir Sahir die Wunder des Islams. »Eines Nachts«, erzählte sie, »wurde der

Prophet von einer Stimme geweckt. Sie sprach zu ihm nur ein Wort. Ein wunderbares Wort. Es lautete: ›Lies!‹«

»War das die Stimme Gottes?«

»Nein, aber es läuft auf dasselbe hinaus. Allerdings konnte der Prophet den Befehl nicht sogleich befolgen. Er wusste nicht, was er lesen sollte. Und als Kaufmann hatte er zum Lesen ohnehin seine Bediensteten. Er selbst beherrschte diese Kunst nicht.«

»Für den Propheten einer Buchreligion ist das ungünstig.«

»Deshalb diktierte die Stimme ihm das zu Lesende. Es dauerte die ganze Nacht. Es war das Wunderbarste, das er je gehört hatte. Es war der Koran. Das Buch, das Ihr als langweilig bezeichnet habt.«

»Ich kenne nur die Übersetzung, Sahir Khan. Robert von Ketton war Papist. Er hat das Buch vielleicht mit Absicht langweilig übersetzt.«

Sie beugte sich vor und legte mir im Eifer die Hände auf die Knie, ohne es zu bemerken. »Ihr müsst den Koran im Original lesen, Richard Kreutzner! Auch der Prophet hat drei Jahre gebraucht, bis er alles verstanden und seine Zweifel überwunden hatte. Eurer mangelnden Bildung kann abgeholfen werden. Ich will Euch während unserer Reise nach London das Arabische lehren.«

»Was ist mit den zweiundsiebzig Jungfrauen im Paradies? Steht das so im Original?«

»Ja, aber begeistert Euch darob nicht allzu sehr. Die genaue Zahl der Jungfrauen ist unter Gelehrten umstritten.«

Im Laufe des Tages schlief der Wind ein. Wir mussten wieder zu den Riemen greifen, um voranzukommen. Die Sonne brannte unbarmherzig herab. Wir hatten die Segel auf der Sonnenseite zwischen die Stage gespannt, damit wir wenigstens im Schatten saßen. Es half nicht viel. Über dem Meer lag eine Art Dunst, und die Luft schien dicker zu werden, schwerer zu atmen.

»Der Himmel ist seltsam«, sagte Sahir.

Tatsächlich hatte der Himmel eine unnatürliche rote Färbung angenommen, obwohl die Sonne noch weit über dem Horizont stand.

»Vielleicht Staub«, sagte ich. »Ein Wind hat wohl eine Staubwolke vom Festland über das Meer getrieben.«

»Still! Hört Ihr das?«

Nach einer Weile hörte ich es auch. Es war ein fernes Grollen, in Abständen von einigen Minuten. Es klang wie das Gebrüll eines Tieres weit weg im Norden. Über uns leuchtete der Himmel immer noch wolkenlos in dem kuriosen rötlichen Glanz. Doch die Kimm verschwamm nun im Dunst, die Grenze zwischen Wasser und Luft war nicht mehr auszumachen. All dies gefiel mir nicht. Ich änderte den Kurs auf Nordost. Wir ruderten jetzt wieder auf die Küste zu. Aber wir würden auch bei günstigem Wind noch zwei Tage brauchen, um sie zu erreichen.

Als die Sonne den Horizont berührte, schien sie das Firmament in Brand zu setzen. Der Himmel im Westen flammte in allen Stufen von Rot und Orange auf. Es war der schönste Sonnenuntergang, den ich jemals gesehen hatte. Wir beide ahnten nicht, dass es auch unser letzter Sonnenuntergang sein würde, für viele Tage.

Nachdem die Sonne gänzlich verschwunden war, verblieb im Norden noch längere Zeit ein seltsamer heller Streifen über dem Horizont.

Die Nacht brachte keine Abkühlung. Sie verlief unruhig. Zum einen flackerte Wetterleuchten im Norden, und ab und zu hörten wir das ferne Grollen, jedes Mal etwas näher. Zum anderen bot das schmale Boot nicht viel Platz zum Schlafen. Die Form des Rumpfes drängte uns stets zur Mitte hin. Immer wieder fanden wir uns auf unschickliche Weise eng beieinanderliegend.

Der Morgen kam und bot einen gänzlich neuen Anblick von Himmel und See. Das Wasser war jetzt grau wie Schiefer. Im Norden und Osten hatten sich pechschwarze Wolkenwände aufgebaut, hoch wie Gebirge. Noch während wir hinsahen, breiteten sie sich über das Meer aus, als wollten sie es erdrücken. Das Grollen war zu einem Brausen angeschwollen, mit einem hohen Ton darüber, wie das Jammern von Seelen in der Hölle. Nur direkt über uns und im Süden war noch ein Stück Himmel zu sehen.

»Es scheint ein Gewitter heraufzuziehen«, sagte Sahir.

Es war klar, dass wir es vorher nicht mehr an die Küste schaffen würden. Mir schien es auch besser, das schlechte Wetter auf dem offenen Meer abzureiten, als in die Nähe von Brandung und Klippen zu geraten. Über uns sah ich nun Wolkenfetzen nach Süden jagen, dunkel wie Rauch. Ich begann, die Segel abzunehmen.

»Wird es schlimm? Wie viele Stürme auf See habt Ihr schon erlebt, Richard Kreutzner?«

»Nun, keinen direkt. Aber ich habe darüber genug Geschichten von anderen Seeleuten gehört.«

Ich wusste immerhin, dass das Wichtigste in einem Boot bei Sturm der Lenzeimer ist. Und ein Seeanker, um das Boot gegen die Wellen auszurichten, sodass es nicht umschlägt. Einen Eimer hatten wir, aber keinen Seeanker.

Sahir blickte auf die brodelnden Wolken, unter denen jetzt Blitze zuckten. »Eines Tages«, sagte sie, »werden vielleicht Straßen über die Meere führen, so wie heute Straßen an Land. Und auf ihnen fahren Schiffe aus Metall, mit festen Dächern, in die kein Wasser eindringt. So kann ihnen kein Sturm etwas anhaben.«

»Ich wünschte, wir hätten jetzt so ein Schiff. Wir sollten alles festbinden. Es könnte etwas windig werden.«

Wir machten uns daran, die Vorräte unter den Bootsbänken zu befestigen und den Lenzeimer zu sichern. Zum Glück hatten wir Tau genug. Inzwischen war das schwarze Wolkengebirge näher gerückt, und wir bekamen erste Windstöße zu spüren.

»Sahir Khan, darf ich um Eure Schuhe bitten?«

»Wozu?«

»Ich will einen Seeanker konstruieren.«

Ich wickelte Sahirs Schuhe zusammen mit den meinen und einigen leeren Kokosnüssen in eines der Segel und verschnürte es, sodass ein dickes Paket entstand. Ich band ein Tau daran und machte es an der Pinne fest. Doch ich wollte den Anker noch nicht ins Wasser werfen. Es waren gute Schuhe, und vielleicht ging der Sturm an uns vorbei.

Jetzt aber erhob sich ein starker Wind. Er kam von der Wolkenfront her und blies uns Gischt ins Gesicht. Die Wellen begannen, sich höher aufzutürmen. Aber es war nichts, was ich nicht auf dem Schiff schon oft erlebt hatte.

»Helft mir, das Segel wieder zu setzen. Vielleicht können wir dem Sturm einfach davonsegeln.«

Mit vereinten Kräften befestigten wir das Focksegel zwischen Bug und Mast. Der Wind füllte es sofort und spannte es zum Bersten. Er pfiff schrill durch die Stage. Das Boot jagte jetzt nach Süden, schneller als die Wellen. Wir schossen auf ihrem Rücken empor, kippten über den Kamm und stürzten hinab ins Tal. Ich hielt mich am Mast fest und spannte den Rest von der Taurolle zwischen den Dollen kreuz und quer über das Boot. »Damit wir nicht hinausfallen«, erklärte ich.

»Meint Ihr, dass es so schlimm wird?«

»Hoffentlich nicht.«

Einen Sturm der allerschlimmsten Sorte nannten die Seeleute *Hurakán*, nach einem Sturmriesen aus den Seemannsgeschichten. Einen *Hurakán* will niemand erleben, ich ganz gewiss nicht. Doch der Wind nahm immer noch zu, und die Wellen wurden höher und unregelmäßiger. Das Boot führte einen wilden Tanz auf. Wir beide mussten uns festhalten. Die Taue ächzten. Ich hoffte nur, dass Mast und Stage der Belastung standhielten, vor allem die Knoten, die ich gemacht hatte. Zwar hatte ich mich Sahir gegenüber als erfahrener Seefahrer gebärdet. Doch meiner Seemannschaft war ich mir alles andere als sicher.

Die Richtung zur Sonne ließ sich nicht mehr ausmachen. Meinem Gefühl nach entfernten wir uns rasch von der Küste. Das war einerseits gut, denn nichts ist schlimmer bei Sturm, als in die Brandung einer Leeküste zu geraten. Andererseits war es schlecht, denn wir trieben jetzt weit hinaus aufs offene Meer. Der Rückweg würde langwierig werden. Ich blickte zurück und sah hinter dem Boot eine graue Wasserwand auf uns zurasen.

Es war keine Welle, sondern eine Regenfront. Ich hatte gerade noch Zeit, Sahir eine Warnung zuzurufen und den Seeanker auszuwerfen. Dann kam der Regen über uns wie ein Wasserfall. Wir warfen uns auf den Boden des Bootes. Der heulende Wind trieb Regentropfen mit einer Wucht wie Hagelkörner über uns hinweg. Das Segel platzte sofort mit einem dumpfen Schlag, und die Fetzen wurden davongetragen. Doch das Boot verlor kaum an Geschwindigkeit. Der bloße Mast wirkte in diesem Sturm wie ein Segel. Wenn ich nach achtern schaute, fühlten sich Regen und Gischt an, als würde Sand in mein Gesicht geblasen, und der Wind machte das Atmen fast unmöglich. Das Wasser stand schon einen Fuß hoch im Boot. Aber als ich lenzen wollte, riss mir der Sturm den Eimer aus der Hand. Zum Glück war er mit einem Seil gesichert. Wir konnten ihn mit aller Kraft wieder einholen.

Ich mochte mir kaum vorstellen, dass ein Sturm dieser Heftigkeit lange dauern konnte, doch im Lauf des Tages nahm er eher noch zu. Die Wellen türmten sich zu unglaublicher Höhe. Sie brachen nicht, sonst wären wir sofort von der See verschlungen worden, aber die Gischt von den Kämmen kam immer wieder wie ein Sturzbach über das Boot und ließ uns hustend nach Atem ringen.

Wir lagen auf dem Boden, festgeklammert an allem, was wir greifen konnten. Ständig mussten wir lenzen. Das Boot tanzte und schlingerte wild über die Wellenkämme. Grelle Blitze zuckten durcheinander, doch wir hörten keinen Donner. Das Brüllen des Sturms übertönte alles. Es war unmöglich, ein Wort miteinander zu reden, selbst wenn man dem anderen direkt ins Ohr schrie. Wir konnten uns nur durch Zeichen verständigen.

Eine fürchterliche Nacht brach herein. Der Sturm tobte unvermindert weiter. Inmitten des Brausens fuhren unablässig Blitze von den Wolken in die See und von der See zurück in die Wolken. Völlig erschöpft versuchten wir, abwechselnd zu schlafen und zu lenzen.

Der Morgen brachte keine Verbesserung. Die See kochte auf allen Seiten, und ich sah in einiger Entfernung riesige Wassersäulen, die sich wirbelnd in die Luft erhoben. Würden wir in eine solche geraten, wäre dies das sichere Ende. Ohne den Seeanker, der das Boot in Windrichtung hielt, wären wir wohl ohnehin längst umgeschlagen und ertrunken.

Die wenigen Augenblicke, in denen der Wind etwas nachließ, nutzten wir, um etwas zu essen oder zu trinken. Dann, als habe er nur Atem geholt, brach der Sturm wieder mit doppelter Stärke über uns herein. Wir wurden im Boot hin und her geschleudert. Unsere Körper waren wund von der nassen Kleidung und dem unaufhörlichen Anprall von Gischt.

Wieder brach die Nacht herein und ein neuer Tag, und der Sturm tobte weiter. Er schien immer noch zuzunehmen. Abgewandt vom Wind war die Luft unerträglich feucht und salzgeschwängert, kaum zu atmen. Ich glaubte nicht, dass wir dies noch lange überstehen konnten. Doch es nahm kein Ende.

Es vergingen Tag und Nacht und weitere Tage und Nächte. Die Erschöpfung lähmte uns die Glieder. Um meinen Geist wach zu halten, versuchte ich, die Wellen zu zählen und zu berechnen, auf wie viele hohe Wellen eine noch höhere folgte. Doch irgendwann ließ ich es bleiben. Wenn ich zu Sahir hinüberblickte, war ihr Gesicht grau vor Müdigkeit und ihr Haar eine filzige Masse. Nur die Brille, die sie mit doppelten Riemen festgebunden hatte, saß noch sicher an ihrem Platz.

Irgendwann brach der Mast, und die Reste wurden sofort

von Sturm und Wellen davongetragen. Wir mussten mittlerweile Hunderte Meilen von der Küste entfernt sein.

Es gibt eine Grenze dessen, was ein Mensch ertragen kann. Jenseits davon wird man gleichgültig gegenüber Leben und Tod. Man hält sich mechanisch irgendwo fest, den Kopf nach unten gebeugt, um trotz des Sturms atmen zu können. Man taucht mechanisch den Lenzeimer ein und leert ihn über die Bordwand, aber es spielt nicht mehr wirklich eine Rolle. Ohne Sahir hätte ich wohl irgendwann aufgegeben und einfach losgelassen. Es war der Wunsch, diesmal eine Sache zu Ende zu bringen, der mich ans Leben klammerte. Ich wollte sie beschützen, solange es irgend möglich war. Vielleicht ging es ihr ähnlich. Wenn wir nicht lenzen mussten, lagen wir am Boden des Bootes und umklammerten einander, um uns festzuhalten und gegenseitig zu wärmen.

Ich hatte vergessen, wie viele Tage vergangen waren, als der Sturm an Kraft zu verlieren schien. Die Vorräte waren längst verbraucht. Nur an Durst litten wir nicht, wegen der ständigen Regengüsse. Die Wellen gingen immer noch hoch. Doch es flog keine Gischt mehr, und die Sicht wurde besser. Ganz kurz rissen über uns die Wolken auf, wie ein Auge, das sich öffnet. Ich sah ein Stück blauen Himmel und davor einen Vogel segeln, eine Möwe oder einen Sturmtaucher. Dann schloss sich der Spalt wieder. Aber es war ein Strahl der Hoffnung gewesen. Doch alle Zuversicht verflog, als ich nach vorne blickte.

Dort bäumte sich das Meer auf. Riesige Brecher wuchsen direkt aus der See. Alles dahinter verschwand in Dunst und Gischt, und genau auf diese Hölle aus tobendem Wasser wurde unser Boot zugetrieben.

Ich packte Sahir am Arm, um sie zu warnen. Wir duckten uns hinter die Bordwand und ergriffen die Taue, um uns festzuhalten. Es dauerte nur wenige Augenblicke, dann warf uns die Strömung mitten hinein in den Hexenkessel. Eine Wasserwand türmte sich vor uns auf. Das Boot wurde sofort herumgewirbelt und auf die Seite geschleudert. Dabei krachte der Rumpf gegen ein hartes Hindernis und zerbarst. Ich fand mich in der tosenden See zuerst inmitten von Plankentrümmern und dann in einem leeren, grauen Nichts.

Lange schwebte ich so. Es war keine See mehr da und kein Himmel, aber irgendetwas umfasste mich auf allen Seiten. Schließlich kam alle Bewegung zum Stillstand. In mir fühlte ich eine große Ruhe. Nun waren die Kämpfe vorbei.

Ich erwachte vom Geruch von gebratenem Fisch. Kurzzeitig glaubte ich mich in meiner Kabine in der *Fortuin*, und ich fragte mich, ob ich zum Frühstück am Kapitänstisch zu spät kommen würde. Dann spürte ich, wie kühler Wind über mein Gesicht strich. In der Ferne hörte ich Brandung, das Klappern von Blättern im Wind, die Rufe unbekannter Vögel. Ich blinzelte. Über mir war eine Art Sonnenschutz aufgebaut, ein Zelt aus Palmwedeln.

Vor dem grünen Dach sah ich Sahirs Gesicht. Sie beugte sich über mich und rüttelte mich an der Schulter. »Willkommen unter den Lebenden, Richard Kreutzner. Geht es Euch gut?«

Ich versuchte, mich aufzurichten. Ich lag auf feinem weißen Sand. Mein Kopf schmerzte, und ich ertastete eine dicke Beule. »Wo sind wir?«, krächzte ich.

»Im Paradies«, sagte sie. »Aber ich habe auch eine schlechte Nachricht. Es gibt hier keine zweiundsiebzig Jungfrauen. Nur eine.«

17

Arcadia, Februar 1698

Die Insel war nicht das Paradies. Doch ihre dunkle Seite offenbarte sie uns nicht sofort. Als ich aus dem Unterstand kroch, dehnte sich vor mir eine weite Bucht mit weißem, sanft ansteigendem Strand. Dahinter begann der Wald. Ich sah Kokospalmen voller grüner Früchte, die in Bündeln unter den Kronen hingen. Überall lagen abgerissene Palmblätter und entwurzelte Bäume, die Zeichen des Sturms. Tausend Fuß vor dem Strand erstreckte sich ein Korallenriff. Dort tobte immer noch die Brandung. Doch die Lagune zwischen Riff und Strand war still und friedlich. An einigen Stellen ragten vom Sand glatt geschliffene Korallenfelsen aus dem Wasser.

»Was ist passiert?«

»Ihr erinnert Euch nicht? Ich musste Euch retten und an Land ziehen. Mir scheint, wir sind nun quitt. Ihr wart erst ohne Bewusstsein, dann habt Ihr wirr geredet, irgendetwas über eine hohe Welle nach acht Wellen. Dann habt Ihr fast einen Tag lang geschlafen.«

Ich konnte mir kaum vorstellen, wie sie es geschafft hatte, mich über Wasser zu halten und an Land zu schleppen.

Vor dem Unterstand aus Palmwedeln flackerte ein Feuer. Darüber brieten zwei auf Stöcke gespießte Fische. Sahir hatte auch einen Stapel Kokosnüsse gesammelt.

»Wie konntet Ihr Feuer machen?«

»Mit der Sonne und meiner Brille.«

Außer der Beule hatte ich überall am Körper blaue Flecken

und Schrammen. Doch verspürte ich vor allem Hunger und Durst. Sahir prüfte die Fische, dann legte sie sie auf ein Palmblatt. Zum Öffnen der grünen Kokosnüsse hatte sie einen angespitzten Stock in den Boden gerammt. In der kurzen Zeit auf der Insel hatte sie schon viele sinnreiche Dinge gebaut oder vorbereitet.

Als ich nach meinem Messer greifen wollte, um den Fisch zu zerteilen, war es fort.

»Ich habe mir Euer Messer geliehen, um einen Speer zu machen«, sagte sie. »Hier habt Ihr es zurück.«

»Behaltet es. In Euren Händen scheint es nützlicher zu sein als in meinen.«

Die Fische waren nicht gewürzt, aber nie hatte mir etwas besser gemundet. Sie waren ellengroß und flach wie ein Brett, mit den Augen auf einer Seite und dem Maul auf der anderen.

»Wie habt Ihr die Fische gefangen?«

»Sie lassen sich leicht speeren, dort bei dem Felsen. Man muss sie nur finden. Sie lauern am Grund, und ihr Rücken hat die Farbe des Sandes.«

»Ihr wisst viel vom Überleben in der Natur.«

»Mein Vater hat uns zuweilen einzeln im Dschungel ausgesetzt. Wir mussten zurechtkommen und den Weg herausfinden.«

»Demnach scheint Ihr eine interessante Kindheit gehabt zu haben, Sahir Khan.«

»Mein Vater hat uns ausgebildet, mich und meine vierzig Brüder und Schwestern von seinen zwölf Ehefrauen. Wir alle können lesen, schreiben und mit Waffen umgehen. Der eine schlechter, die andere besser, aber er hat zwischen Söhnen und Töchtern keinen Unterschied gemacht.«

»Habt Ihr noch etwas aus dem Boot retten können? Abgesehen von mir?«

»Ja«, sagte sie, »das Wichtigste.« Sie griff in ihre Jacke und zeigte mir die Pyramide. Das Metall schimmerte in der gleichen Farbe wie ihre Haut, der Farbe dunklen Honigs.

»Aber Ihr wollt mir immer noch nicht verraten, wo sie herkommt und was es damit auf sich hat?«

Sie schüttelte lächelnd den Kopf, und ich fragte nicht weiter. Hier auf der Insel schienen solche Dinge an Bedeutung zu verlieren.

Später zeigte sie mir die Süßwasserstelle. Es war ein Bach, der zwischen den Bäumen hervorsprudelte und sich über Felsen und Tümpel in die Lagune ergoss. Genau gegenüber der Bachmündung klaffte eine breite Lücke in dem Korallenriff. Hätte ich diese Lücke gesehen und hätten wir noch einen Mast und ein Segel gehabt, dann hätte ich das Boot vielleicht hindurchsteuern können.

Ich sprang in den Bach und wusch mir das verkrustete Salz aus Kleidung, Bart und Haaren. Es war ein wunderbares Gefühl. Sahir lachte und bespritzte mich mit Wasser. Ich ergriff ihre Hand und zog sie herein. Als wir im Wasser des Baches herumtollten, fühlte ich einen überwältigenden Drang, sie in die Arme zu nehmen, ihren Körper zu spüren und ihr nasses Haar zu zausen. Sie ließ es zuerst lächelnd geschehen. Aber als ich dann begann, ihren Rücken zu streicheln, und ihr Hemd aufknöpfen wollte, schlug sie mir auf die Hand und rief: »*Vadite retro!* Hört auf damit!«

Ich ließ sie los. »Verzeiht mir, Sahir Khan.«

»Schon gut.«

»Euer Anblick – es überkam mich so plötzlich …«

»Das ist wohl die menschliche Natur.«

»Und dass wir noch am Leben sind – versteht Ihr, im Überschwang …«

»Das ist gewiss verständlich. Doch als unverheiratete Muslima kann ich keine Zärtlichkeiten mit einem Mann austauschen.«

Wir wanderten am Strand entlang, um die Ausmaße der Insel zu erkunden. Sie hatte die Form eines Keils, so als wäre sie von einem Riesen an einer Seite angehoben worden. Im Osten und Westen lagen weiße Sandstrände, im Norden ein Küstenstrich mit Mangroven, in deren Ästen unzählige Flughunde hausten. Im Süden erhob sich eine steile Klippe mehr als hundert Fuß bis zu einem kahlen Felsplateau. Das Innere der Insel war dicht bewaldet. Ihr Durchmesser betrug etwa eine halbe Meile. Wir würden hier wohl eine unbestimmte Zeit verbringen müssen, und dies ohne alle Annehmlichkeiten der modernen Zivilisation.

»Wir wollen die Insel ›Arcadia‹ nennen«, schlug ich vor.

»Arcadia?«

»Nach dem Gedicht von Vergil. Ein Land im Naturzustand, ohne Straßen, Häuser und Städte.«

Doch Sahir sagte: »Auch diese Insel, Richard Kreutzner, wird irgendwann eine wunderbare Zukunft erleben. Dort, wo jetzt diese Palmen wachsen, stehen dann hohe steinerne Häuser. Oder Paläste. Vielleicht Gasthäuser für Fremde.« Sie wies auf den Wald, der sich vom Strand empor bis knapp unter das Felsplateau erstreckte. Ihre Augen glänzten. »Diese Landschaft wird dann von festen Straßen durchzogen sein. Und die Luft geschwängert vom Rauch der Schmieden, in denen kunstvolle Dinge gefertigt werden, die wir uns heute nicht einmal vorstellen können. Viele tausend Menschen werden hier glücklich leben, und die Lagune wird von Booten und Schiffen wimmeln. Dann ist es wirklich ein Paradies.«

»Ihr glaubt, dass der Fortschritt alles erobern wird?«

»Gewiss. Wir haben ja gerade den Zorn der Natur erlebt. Doch bald werden die Menschen die Natur gezähmt haben, so wie wir in Indien gelernt haben, wilde Elefanten zu zähmen. Früher war Indien ein Land, in dem selbst der König in einer Lehmhütte hauste. Heute hat der große Aurangzeb prachtvolle Paläste gebaut und neue Städte gegründet. Und so wird es überall weitergehen. Ein Goldenes Zeitalter steht uns bevor.«

Wir folgten dem Bachlauf, um das Innere der Insel zu erkunden. Sahir hatte die Führung inne, als sei es das Natürlichste auf der Welt. Hin und wieder benutzte sie mein Messer, um uns den Weg freizuschneiden.

Zu beiden Seiten des Baches rankten sich Kletterpflanzen an den Bäumen empor. Sie trugen violette Knollen, die Sahir als essbare Passionsfrüchte erkannte. Sie hatten einen säuerlichen, frischen Geschmack. Wir stopften damit unsere Bäuche voll, während wir uns einen Weg aufwärts durch das Dickicht bahnten. In der Luft waberte ein süßlicher Geruch, unter unseren bloßen Füßen knirschte wassergetränktes Moos. An manchen Stellen waren Bäume umgestürzt und ließen Lücken im Blätterdach, durch die Sonnenstrahlen fielen. Schmetterlinge und schillernde Käfer tanzten dort im Licht.

Auf halber Höhe sahen wir zwischen den Bäumen etwas, das nicht natürlichen Ursprungs zu sein schien.

Dort war einmal eine Lichtung gewesen, doch der Wald hatte sie zurückerobert. Zwischen jungen Palmen und Sträuchern stand eine Art Hütte, ein seitlich offener Unterstand. Das Dach war eingestürzt. Im Dunkel darunter wucherten Farngewächse. Ich stöberte in der Ruine und scheuchte einige große, blasse Spinnen auf. Doch außer den Überresten von etwas, das einmal ein Tisch oder eine Bank aus Bambus gewesen sein mochte, fand ich keinen Hinweis auf die früheren Bewohner.

»Warum baut jemand hier im Wald eine Hütte? Am Strand wäre es einfacher«, sagte Sahir.

Wir folgten dem Bachlauf weiter aufwärts. Der Wald wurde lichter. Statt der Palmen wuchsen hier Büsche und krüppelhafte, verkrümmte Bäume, deren Zweige sich wie Klauen nach uns ausstreckten. Auf ihnen wucherten Grasbüschel, die Tau gesammelt hatten und uns bei der Berührung durchnässten.

Schließlich wich der Wald zurück, und wir gelangten zu einer Felsformation mit einer natürlichen Zisterne, einem Becken im Fels. Dort sprudelte der Bach in einem kleinen Wasserfall hervor. Das Wasser im Becken war kristallklar.

Offenbar wurde es nicht nur vom Regen gespeist, sondern auch von einer Quelle am Grund.

Auf der anderen Seite der Felsblöcke fanden wir menschliche Knochen. Bleiche Rippen ragten aus dem Sandboden und daneben, halb vergraben, ein Schädel. Noch während ich hinsah, kroch durch die linke Augenhöhle ein großer goldglänzender Käfer und verschwand zwischen den Felsen. Wir starrten schweigend auf die sterblichen Überreste. Die Knochen waren weiß und blank. Wir fanden keine Spuren von Kleidung oder Schuhen.

»Das war wohl der Erbauer der Hütte«, mutmaßte Sahir. »Er muss viele Jahre auf dieser Insel verbracht haben. Vielleicht ist in dieser Zeit niemals ein Schiff gekommen.«

»Die Insel wird gewiss hin und wieder angelaufen. Zwischen Indien und Afrika verkehren viele Handelsschiffe. Die Öffnung im Riff ist breit genug, und es gibt hier Süßwasser.«

»Dann wollte er nicht gefunden werden. Darum hat er seine Hütte mitten im Wald gebaut.«

Der Felsblock neben den Knochen hatte eine Form wie ein Thronsitz und war nach Westen ausgerichtet. Der Blick von dort ging frei über das Meer. Vielleicht hatte der Einsiedler hier Tag für Tag gesessen. Vielleicht wollte er vor seinem Tod noch ein letztes Mal den Sonnenuntergang sehen.

Mit den Händen gruben wir eine Vertiefung in den Sandboden und legten die Knochen hinein. Wir wussten nicht, ob der Tote Muslim oder Christ gewesen war. Also sprach jeder von uns ein Gebet. Dann schichteten wir Steine auf das Grab.

Weiter aufwärts gelangten wir schließlich zu dem kahlen Felsplateau, das man vom Strand aus sehen konnte. Wir waren nun am höchsten und zugleich südlichsten Punkt der Insel. Das Plateau war etwa hundert Fuß breit. Es endete mit einer scharfen Kante. Sahir trat ohne Zögern an den Rand und schaute hinab. Mir schwante bereits, dass mich der Blick in die Tiefe nicht erfreuen würde, also legte ich mich auf den Boden und kroch vorsichtig zur Kante vor.

Die Klippe fiel senkrecht hinab bis ins Meer. Unzählige Seevögel hatten in der Wand ihre Brutplätze. Die Luft war erfüllt von ihrem Geschrei und der Fels befleckt mit ihren Ausscheidungen. Das Korallenriff kam hier nahe an die Küste heran. Es war niedriger, und die Brandung ging darüber hinweg und rannte gegen den Fuß der Klippe an. Das halbrunde Riff und die Felszacken ließen das Ganze wie ein aufgesperrtes Maul wirken, ein tosender Höllenrachen. Mir schauderte. Ich zog mich zurück.

»Ihr mögt keine Höhen?«, fragte Sahir.

»Schon als Kind nicht.«

»Mir gefällt es hier auch nicht.«

Das Plateau wäre eigentlich ein idealer Ort für eine feste Behausung gewesen. Steine lagen genug herum, wir waren abseits von Feuchte und Ungeziefer, die Sicht ging weit, und die Wasserquelle lag in der Nähe. Doch von der Klippe und den schwärzlichen Felsen ging etwas Düsteres aus, das sich schwer in Worte fassen ließ. Der Ort gemahnte mich an die fluchbeladene Felseninsel des Piraten Marakkar.

Auch Sahir spürte etwas. Sie blieb unvermittelt stehen und sagte: »Ich glaube, ich werde an diesem Ort sterben.« Dann lachte sie und setzte hinzu: »Was für ein Unsinn. Doch lasst uns nun zurückgehen.«

Wir richteten uns auf der Insel ein. Täglich galt es, Fische zu fangen oder Früchte zu ernten, wenn wir uns nicht hungrig schlafen legen wollten. Am wichtigsten waren die Kokosnüsse. Von drei oder vier am Tag konnte man leben. Die jungen Nüsse boten ein erfrischendes Getränk, die älteren nahrhaftes Fruchtfleisch. Sogar die unansehnlichen Nüsse, die schon im Boden zu keimen begonnen hatten, besaßen ein wohlschmeckendes inneres Geflecht.

In den ersten Tagen ließen sich die Nüsse leicht aufsammeln, denn der Sturm hatte viele Palmen entwurzelt oder ihre Früchte heruntergeworfen. Später wurde die Nussernte schwieriger. Weder Sahir noch ich schafften es, auf eine Palme zu klettern und die jungen Nüsse oben abzupflücken. Wir behalfen uns mit einer langen Stange, die wir aus Bambushalmen zusammenbanden und an deren Spitze wir das Messer befestigten.

Wir hielten oft Ausschau, ob irgendwo Beschläge, Segelfetzen oder Taue von dem Boot angeschwemmt worden waren, denn wir hätten manches gut gebrauchen können. Doch wir fanden nichts. An einer Stelle bildete das Riff eine flache Insel, die aussah wie der Brustkorb eines Ertrunkenen. Dort hatte die See allerlei Unrat angespült – totes Seegras, Splitter von Fassdauben, einen halben Schuh, sogar eine leere Rumflasche, freilich ohne Botschaft darin. Keiner dieser Schätze war für uns von großem Nutzen.

Sahir zeigte mir, wie man Fische speert. Den angespitzten Stock muss man knapp am Fisch vorbeistoßen, denn alle Dinge unter Wasser erscheinen verschoben. Obwohl wir den Stock später mit mehreren Spitzen versahen, gleich Neptuns Dreizack, erlangte ich im Speeren nie die Meisterschaft, die Sahir an den Tag legte. Mehr Erfolg hatte ich beim Angeln. Dazu benutzten wir die goldenen Dublonen, die in Sahirs Ledergürtel eingenäht waren. Diese ließen sich in Stücke brechen und mit Steinen zu Angelhaken hämmern. Unsere Seemannskleidung lieferte Fäden für die Angelschnüre. Wir spießten Muschelfleisch, Krebse oder kleine Fische auf den Haken und fingen damit die größeren. Zuweilen ging ein Angelhaken verloren, wenn er am Grund festhing und bei Ebbe nicht mehr aufzufinden war. Ich fragte mich dann, was spätere Generationen wohl denken mochten, wenn sie vergraben im Sand unsere goldenen Angelhaken fanden.

Die Insel besaß ihre Tücken. An manchen Stellen des Strandes lauerten Sandfliegen auf Opfer. Manche Bäume im Wald wurden von bissigen grünen Ameisen verteidigt, die ihre Brutsäcke aus Blättern geflochten und an den Ästen aufgehängt hatten. Wenn man gestochen wurde oder sich verletzte, war es eine Zeit lang vorbei mit dem Fischen. Das Wasser der Lagune war giftig. Es ließ auch den kleinsten Stich oder Schnitt zu einem Geschwür anschwellen, das nur langsam verheilte.

Aber es gab noch etwas anderes auf der Insel, etwas Schlimmeres, Dunkles. Ich wusste nicht, was es war. Doch es ging irgendwie von dem kahlen Felsplateau aus, das von jeder Stelle des Strandes aus zu sehen war und düster auf uns herabstarrte. Die ganze Zeit auf der Insel fühlte ich eine dunkle Wolke über uns, meist kaum merklich, aber nie ganz verschwunden.

Sahir hatte fast ebenso viele Bücher gelesen wie ich, freilich vor allem Werke in Sanskrit oder Arabisch. Außer dem Koran fanden wir kein Buch, das wir gemeinsam kannten. Wenn wir uns nicht um die nächste Mahlzeit kümmern mussten, versuchte sie, mir das Arabische beizubringen. Sie zeichnete Wörter in den feuchten Sand. Die arabische Schrift war eleganter als die lateinische, doch die Sprache war schwer. Wir hätten wohl noch viele Monate, vielleicht Jahre, auf dieser Insel verbringen müssen, bis ich in der Lage gewesen wäre, den Koran im Original zu lesen. Falls wir einen gehabt hätten.

Doch meine Gedanken begannen, auch auf andere Art um Sahir zu kreisen. Sie war Muslima, ich Christ. Wir konnten nicht zusammenkommen, das war mir klar. Dennoch malte ich mir ebendies oft aus, wenn ich an ihrer Seite im Sand einschlief, und abermals, wenn ich neben ihr erwachte.

Zuweilen erzählte sie von der Zukunft. Sie stellte sich eiserne Schiffe vor, eiserne Pferde auf den Straßen, den Himmel voller eiserner Vögel, die Menschen an jeden Ort brachten. Keine Grenzen gab es in dieser eisernen Zukunft, keine Herren und keine Sklaven, nur glückliche Menschen unter dem grünen Banner des Propheten. Ich konnte ihr dabei stundenlang zuhören.

Zu meinen wirren Gefühlen mochte zusätzlich beitragen, dass Sahir Tag für Tag spärlicher bekleidet herumlief, denn wir hatten den größten Teil unserer Kleidung mittlerweile zu Seilen und Schnüren verarbeitet. Ich bewunderte auch, wie sie sich bewegte, geschmeidig wie eine Gazelle. Im Vergleich kam ich mir selbst ungelenk und ungeschlacht vor. Doch für Komplimente war Sahir völlig unempfänglich. Wenn ich ihre Schönheit lobte oder die Anmut ihrer Bewegungen, sah sie mich nur verständnislos an.

Die Monsunzeit begann mit dunklen Wolken und kurzzeitigen Regengüssen. Wir brauchten eine dauerhaftere Behausung als das Palmwedelzelt. Ich hätte viel für eine Axt oder Säge gegeben. Ich stöberte noch einmal in der verfallenen Hütte herum und fand tatsächlich etwas, das einmal eine Axtschneide gewesen sein könnte, doch jetzt war es nur noch ein Klumpen Rost auf dem Boden.

Sahir hatte mit einem Stein Kerben in unsere Messerklinge geschliffen, sodass man damit zur Not auch sägen konnte. Aber für grobe Arbeiten war es unbrauchbar. So verbrachte ich Tage damit, geeignete Steine an den Korallenfelsen zu schleifen und zu schärfen, damit wir sie mit einem Stiel versehen und damit Mangrovenstämme fällen konnten. Die brauchten wir als Stützpfähle für unseren Unterstand.

Wir wählten eine Stelle am Waldrand, wo es keine lästigen Sandfliegen gab. Dort gruben wir tiefe Löcher in den Boden und verankerten die Pfähle. Vorher hatten wir sie eine Woche in der Lagune gewässert, da Sahir meinte, das schütze vor den Termiten. Drei der Seitenwände bestanden aus Bambushalmen. Die Seite zum Meer hin blieb offen, damit uns die Morgensonne wecken und der Rauch vom Feuer abziehen konnte.

Doch dann standen wir vor einem Problem. Wir hatten Bambus für das Dach zurechtgeschnitten, aber nichts mehr, womit wir die Stangen an den Stützpfählen befestigen konnten. Die Ranken, die im Wald wuchsen, waren ungeeignet, denn sie zerfielen nach kurzer Zeit. Und unsere Kleidung hatten wir bereits zu allem Möglichen verarbeitet, bis auf die letzten Überbleibsel von Hose und Hemd, um ein Mindestmaß an Schicklichkeit zu wahren.

»Es hilft nichts, wir brauchen mehr Seil«, sagte Sahir.

»Das sehe ich ebenso.«

»Seile sind wichtiger, als Sachen am Körper zu tragen. In diesem Klima brauchen wir sie ohnehin nicht. Beim Regen werden sie nur nass.«

»Auch da muss ich Euch zustimmen. Es sieht uns hier niemand außer Gott. Und im Paradies liefen Adam und Eva, deren Name im Koran nicht genannt wird, auch in ihrem Naturzustand herum.«

»Richard Kreutzner, ich werde jetzt meine Kleidung ablegen. Ihr tut das Gleiche. Aber kommt nicht auf falsche Gedanken.«

Also zogen wir die Reste aus, die wir noch am Körper trugen. Wir schnitten sie in Streifen, banden damit die Stangen zusammen und belegten das Dach mit Palmblättern, die wir mit Steinen beschwerten. Im Inneren der Hütte zeichnete Sahir Linien in den Sand. »Dies ist jetzt Euer Zimmer«, sagte sie. »Dies ist mein Zimmer. Und das große Zimmer ist für uns beide und für die Feuerstelle.«

Das neue Heim erschien mir damals als große Errungenschaft. Es war ein Schritt hin zur Zivilisation. Ich ahnte nicht, dass es letztlich unser Schicksal besiegeln würde.

Falls wir nun Adam und Eva glichen, dann nach dem Sündenfall. Anders als diese schämten wir uns zwar nicht lange unserer Nacktheit. Man gewöhnt sich schnell daran. Dennoch war eine neue Spannung zwischen uns entstanden. Wenn wir uns zufällig berührten, zuckten wir beide zurück. Wenn wir merkten, dass wir allzu dicht beisammensaßen, rückten wir rasch auseinander. Wenn wir uns zu lange ansahen, blickten wir schnell wieder weg.

Während ich völlig nackt herumlief, pflegte Sahir ihren Ledergürtel um die Hüften zu tragen, mit dem Messer darin. Aus irgendeinem Grund machte dieser Gürtel sie für mich noch viel verführerischer. Sie glich damit einer braunen Amazone aus dem Mythos, wenn auch mit Brille. Ich konnte sie natürlich nicht bitten, den Gürtel deshalb abzulegen, denn das wäre mir lächerlich vorgekommen. So aber begann ein Unmut in mir zu wachsen. Ich trug ihr nach, dass ich sie begehrte. Zugleich wusste ich, dass sie daran vollkommen unschuldig war. Sie ahnte ja gar nichts von meinen Gedanken. Doch ich versuchte, mich von ihr zurückzuziehen, soweit es auf der Insel und in unserem gemeinsamen Heim irgend möglich war. Das war nicht sehr weit.

Es half nicht, dass Sahir begann, eigenartige Bemerkungen zu machen. Sie sagte etwa: »Richard Kreutzner, Ihr seid immer so übermäßig höflich und zurückhaltend.«

»Wie meint Ihr das?«

»Ihr wisst, als Muslima kann ich keinem Mann nahe sein, der nicht mein Ehemann ist. Ihr habt das stets geachtet und keine Versuche mehr in diese Richtung unternommen. Natürlich«, fügte sie schnell hinzu, »hätten diese ohnehin keinen Erfolg gehabt, denn ich wüsste meine Tugend zu verteidigen.«

»Daran habe ich keinen Zweifel.«

Marcus Aurelius lehrt uns, sich frei zu machen von Leidenschaft. Wir mussten auf dieser Insel noch lange Zeit zusammenleben. Wir sollten freundlich und sachlich miteinander umgehen, ohne Beeinflussung durch dumme Gefühle. Dies nahm ich mir fest vor.

Am Abend, als wir vor der Hütte saßen, wollte ich Sahir die Sternbilder am Firmament erklären. Da sagte sie: »Ach! Wer weiß, was geschehen würde, wenn Ihr etwas weniger Astronom und ein wenig mehr Pirat wäret.«

Eine solche Bemerkung hätte ich früher nicht verstanden. Jetzt aber deutete ich sie in meiner Verwirrtheit als Zeichen, den Arm um ihre Hüfte zu legen und sie an mich zu ziehen. Vergessen war, wieder einmal, die Philosophie.

Zu meiner Überraschung stieß sie mich nicht zurück. Im

Gegenteil ließ sie ihren Kopf an meine Schulter sinken und begann, mit den Fingerspitzen über meine Brust zu streichen. Ich wollte gerade mit der ihren das Gleiche tun, da hielt sie inne und sagte: »Das dürfen wir nicht. Ich muss meine Religion achten. Verzeiht mir, Richard, es ist meine Schuld. Ich habe Euch in Versuchung geführt. Ich werde mich sogleich entfernen.« Doch sie tat es nicht.

Ich nahm all meinen Mut zusammen, fasste ihre Hand und fragte: »Sahir, willst du mich heiraten?«

»Ich bin sechs Jahre älter als Ihr«, sagte sie.

»Das ist nicht schlimm. In meinem Land heiraten Männer durchaus auch alte Frauen, wenn sie eine gute Partie sind.«

»Es geht trotzdem nicht. Als Muslima kann ich nur jemanden meines Glaubens heiraten.«

»Ich bin doch fast ein Muslim. Ich habe den Koran gelesen.«

»Den Koran zu lesen, genügt nicht. Ihr müsstet das Glaubensbekenntnis sprechen.«

»Ich bezeuge, dass es keinen Gott gibt außer Gott und dass der Prophet sein Prophet ist. Bin ich nun ein Muslim?«

»Die bloße Rede genügt nicht. Es muss von Herzen kommen.«

Ich hob feierlich die Hand. »Ich schwöre, mir kam noch nie etwas so sehr von Herzen.«

»Ohnehin kann nur ein Imam eine muslimische Ehe schließen. Dazu sind auch zwei Zeugen nötig.«

»Auf einsamen Inseln kann man diese Regeln gewiss etwas freier auslegen. Wir bezeugen unsere Ehe selbst. Und was braucht man, um Imam zu werden?«

»Jeder Imam braucht eine jahrelange Ausbildung in der Lehre und dem Inhalt des Korans.«

»Ich kenne den Koran bereits. Jedenfalls die lateinische Übersetzung. Ob du es glaubst oder nicht, Sahir, ich fühle mich gerade zum Imam berufen.«

»Richard Kreutzner, das ist jetzt nicht Euer Ernst.«

»Es war mir noch nie so ernst. Sahir, sage mir endlich, willst du meine Frau werden?«

Sie blickte mich an, ohne sogleich zu antworten, und ließ mich zappeln. Doch dann lächelte sie und sagte: »Viel Auswahl habe ich hier ja nicht.«

»Dann erkläre ich, der Imam Richard Kreutzner, uns beide zu Mann und Frau. Wir dürfen uns jetzt küssen.«

»Noch nicht. Als neu bekehrter Muslim musst du erst vierzig Tage lang enthaltsam leben und fasten.«

»Wie bitte?«

»Nur ein Scherz. Lass mich etwas näher zu dir, mein Ehemann!«

Damit warf sie sich auf mich.

So wurde dies unsere Hochzeitsnacht, in welcher wir nicht viel zum Schlafen kamen. Irgendwann sagte ich zu ihr: »Ich will mich nie an dich gewöhnen. Du sollst nie alltäglich für mich werden.« Sie lächelte wieder und küsste mich. Und wirklich wurde sie mir nie alltäglich, denn wir liebten uns jeden Tag auf eine unterschiedliche Art.

»In meinem Land gibt es ein Buch«, sagte sie, »in dem die vierhundertzehn verschiedenen Arten der Liebe genau beschrieben sind. Ich habe es natürlich gelesen.«

»Ist das der ›Duftende Garten‹, den ich verbrannte, um dich zu foltern?«

»Nein, das Buch, von dem ich rede, ist in Sanskrit verfasst. Es heißt ›Kama Sutra‹.«

Ich nahm mir vor, Sanskrit zu lernen und das »Kama Sutra« in die Liste der fünftausend Bücher aufzunehmen, die ich lesen wollte, sollten wir je von dieser Insel herunterkommen. Womit es mir jedoch im Augenblick nicht eilig war.

Meine Drohung Gott gegenüber, zum Islam zu konvertieren, hatte ich nun wahrgemacht. Ich wartete darauf, von Ihm verflucht zu werden. Doch Er ließ nichts von sich hören. Ohnehin hatte ich den Eindruck, dass Gott an diesem Ort abwesend war. Vielleicht mied Er die Insel, da sie zu sehr dem

Garten Eden glich. Vielleicht bannten Ihn meine täglichen Gebete in Richtung Mekka, die ich nun gemeinsam mit Sahir verrichtete.

Weil wir jetzt zusammen waren, hatte sie die Linien zwischen unseren Zimmern verwischt. In einer Ecke der Hütte schimmerte die metallene Pyramide auf einer Steinplatte, gleich einem bronzenen Idol auf einem heidnischen Altar. Mir kam der Gedanke, dass diese Pyramide alles beobachten konnte, was wir taten. »Da wir nun Eheleute sind«, sagte ich, »sollte es zwischen uns keine Geheimnisse geben. Willst du mir nicht endlich verraten, was es mit diesem Ding auf sich hat?«

»Das will ich, Richard. Aber später. Die Zeit ist noch nicht gekommen.«

Dies stellte meine Neugier auf eine harte Probe, doch ich drang nicht weiter in sie.

Mit dem Monsun kamen Regen und Stürme. Wir waren froh über unsere Hütte. Allerdings waren wir ständig damit beschäftigt, sie zu reparieren und neue Blätter über das Dach zu decken.

Der Regen zeigte uns auch eine neue Methode, Seile herzustellen: Wenn grüne Kokosnussschalen lange in Pfützen oder nassem Sand lagen, wurden sie weich und ließen sich zu Fasern zerklopfen. Aus diesen konnte man feste Schnüre drehen, viel besser als die Stricke, die wir aus den Kleidern gemacht hatten. Hätten wir das vorher gewusst, hätten wir unsere Jacken und Hemden behalten können. Aber es war vielleicht ganz gut so.

»Richard, ich bekomme keine monatliche Blutung mehr«, sagte Sahir eines Morgens, als ich noch halb im Schlaf lag.

Diese Nachricht machte mich sofort wach. »Ich habe darüber gelesen. Das könnte bedeuten –«

»Dass ich guter Hoffnung bin. Oder vielleicht nicht. Früher, wenn ich in der Wildnis war und wenig zu essen hatte, blieb zuweilen gleichfalls meine Blutung aus.«

»Aber hier haben wir genug zu essen.«

Sie sah mich an, und ihre Augen funkelten. »Ich glaube, Richard, ich bekomme wirklich ein Kind.«

»Das ist jetzt nicht einer deiner Späße?«

»Nein, Richard, dies ist kein Scherz.«

Mir schwirrte der Kopf. Ich musste mich an den Gedanken erst gewöhnen. Ich stellte mir unser Leben als Familie vor, mit Söhnen und Töchtern. Wir würden die Insel bevölkern, so wie Adam und Eva die Erde bevölkert hatten. Doch dann dachte ich an die Schwierigkeiten und die Gefahren der Geburt. Hebammen machen ein großes Geheimnis daraus. Männer werden stets aus dem Zimmer geschickt, da sie bekanntlich den Anblick und die Schreie nicht ertragen können und dabei reihenweise in Ohnmacht fallen.

»Wir werden das schaffen, Sahir«, sagte ich dennoch tapfer. »Allerdings ist es ohne Hebamme vielleicht nicht einfach.«

Doch noch während ich redete, hatte sie sich aufgerichtet und starrte auf das Meer hinaus. »Dann trifft es sich ja gut«, erwiderte sie, »dass dort gerade ein Schiff einzulaufen scheint.«

Als ich aufsprang und zum Riff blickte, sah ich eine große Fregatte, die sich gegen den Wind durch die Brandung kämpfte. Die Masten schwangen wie Pendel in den Wellen. Kein Segel war gesetzt. Trotzdem steuerte das Schiff direkt auf die Öffnung im Korallenriff zu.

Zwischen schäumenden Brechern schob sich der Rumpf in die Lagune. Er war pechschwarz. Seitlich an der Bordwand, unter den Stückpforten, bewegten sich Riemen im Takt. Jetzt konnte ich auch den Namen am Bug erkennen. Es war die *Adventure*.

18

Arcadia, Juli 1698

Wir beobachteten, wie die *Adventure* Anker warf, so dicht am Ufer, dass sie fast aufsetzte. Die Riemen wurden ins Innere des Schiffes gezogen, die Luken geschlossen. Dabei fiel mir auf, dass höchstens ein Drittel der Riemen eingesetzt worden war. Wir hatten uns in einem Mangrovendickicht versteckt und von dort einen guten Blick auf die Bucht. Ich erkannte Walker und den Captain auf dem Achterdeck.

»Was wollen sie hier?«, fragte Sahir.

»Vorräte ergänzen«, mutmaßte ich. »Vermutlich sind sie unterwegs nach Madagaskar. Oder vielleicht nach dem Bab el-Mandeb, um weitere Schiffe zu kapern. Oder sie sind gar auf dem Weg zurück nach England.«

Die *Queda Vacharrakan* und die *November* waren nirgends zu sehen. Spätestens beim Auffüllen der Wasserfässer würde man unsere Hütte entdecken. Dann wussten sie, dass jemand auf der Insel lebte. Ich wünschte mir jetzt, wir hätten die Hütte im Wald gebaut, so wie der Einsiedler.

Von der *Adventure* wurde die Pinasse zu Wasser gelassen. Sahir murmelte einen indischen Fluch. »Wir sind waffenlos. Hätte ich wenigstens das Messer, könnte ich einen Speer machen oder einen Bogen.«

Doch das Messer steckte an unserer Stange für die Kokosnussernte, und die lehnte an einer Palme am Strand direkt gegenüber dem Schiff. Wir hatten bei der hastigen Flucht in den Wald nur die Pyramide mitnehmen können. Sahir hatte sie sich an einer Schnur aus Kokosfasern um den Hals gehängt.

»Wir müssen uns ein oder zwei Tage lang verstecken«, sagte ich. »Sie werden ihre Wasserfässer füllen, vielleicht Kokosnüsse einsammeln, dann wieder verschwinden.«

»Wieso schleppt die Pinasse ein Tau hinter sich her?«

»Vielleicht als zusätzliche Verankerung am Ufer. Oder sie sind zu faul zum Rudern und wollen sich auf dem Rückweg ziehen lassen.«

Die Pinasse hatte den Strand erreicht. Männer sprangen heraus. Ich erkannte Parrot an seinem grünen Pullover. Auch der Captain watete aus dem Wasser. Die Männer begannen, das Tau in Richtung der Bäume zu schleppen. Ich sah jetzt, dass sein anderes Ende am Großmast in Höhe der Royalrah befestigt war. Zwei Leute trugen ein Fass zum Bach. Die Pinasse wurde wieder ins Wasser geschoben und zum Schiff zurückgerudert.

Nach einigen weiteren Fahrten der Pinasse waren drei Taue von den Masten zu Taljen an Palmen und an einem Felsblock am Ufer gespannt. Unsere Hütte hatte man bisher nicht entdeckt. Unter dem Zug der Taue schwang das Heck herum, bis das Schiff parallel zum Strand auf den Grund aufsetzte. Irgendetwas war dort auch unter Deck zugange. Dann vernahmen wir ein Rumpeln, und die *Adventure* begann sich zu neigen. Offenbar hatte man die Kanonen und die Ladung auf eine Seite geschafft.

Ein Dutzend Männer zogen jetzt am Strand an den Taljen. Das Schiff neigte sich immer mehr, bis das Wasser über die verschalkten Ruderluken ging und sogar die Stückpforten halb unter Wasser lagen. In dieser Position wurden die Taue festgemacht.

»Was haben sie vor?«, fragte Sahir.

»Sie wollen wohl den Rumpf auf der anderen Seite vom Bewuchs freikratzen, vielleicht neu kalfatern. Dann drehen sie das Schiff und nehmen sich diese Seite vor.«

Einen Schiffsrumpf zu überholen, konnte Wochen dauern.

Vom Bach her kamen Rufe. Die Männer, die zum Auffüllen der Fässer geschickt worden waren, hatten unsere Hütte entdeckt. Einer lief zum Captain an den Strand hinunter. Er trug die Kokosmatte, die wir als Lager benutzten.

»Ich habe tagelang an dieser Matte geflochten«, zischte Sahir.

Doch der Captain interessierte sich nicht für die Matte, wohl aber für unsere Erntestange, die ihm jetzt ein anderer brachte. Er band das Messer los und drehte es hin und her. Dann starrte er zum Wald hinüber. So verharrte er minutenlang. Die Männer standen um ihn herum. Plötzlich legte er seine Hände wie einen Schalltrichter um den Mund und brüllte: »Schulmeister!«

»Er hat das Messer erkannt«, flüsterte ich Sahir zu. »Ich habe es einst von ihm bekommen.«

»Schulmeister!«, schrie der Captain vom Strand. Seine Stimme überschlug sich. »Komm heraus! Oder wir kommen dich holen!«

Jetzt begannen auch die anderen, zu brüllen und durcheinanderzurufen.

»Im Wald werden sie uns niemals finden«, sagte ich.

»Wenn sie uns ernsthaft und mit ganzem Willen suchen«, sagte Sahir, »könnten sie uns finden.«

Ich teilte ihre Besorgnis nicht. Der Wald war im unteren Teil dicht bewachsen, voller Ranken und mannshoher Farne. Ein Suchtrupp könnte zehn Fuß an uns vorbeilaufen und würde uns nicht bemerken. Wasser gab es im Bach, Passionsfrüchte, Mangos und Kokosnüsse wuchsen an vielen Stellen. Wir konnten es lange im Wald aushalten. Irgendwann würde der Captain mit seinen Leuten davonsegeln.

Wir beobachteten, wie die Pinasse wieder ablegte, vermutlich, um Verstärkung an Land zu bringen. Dann zogen wir uns ins Innere der Insel zurück. Bald darauf vernahmen wir die Geräusche von Männern, die den Wald durchkämmten. Doch sie kamen schlecht voran. Obwohl nackt, wussten wir uns mittlerweile im Dickicht besser zu bewegen als die Seeleute, die sich ihren Weg mit Messern freihackten. Sie machten genug Lärm, um weithin ihre Positionen zu verraten. Von allen Seiten hörten wir Flüche und zuweilen laute Schmerzensschreie. Dann hatte jemand wohl mit seinem Säbel auf eines der korbartigen Gebilde geschlagen, die hier und da von Ästen herunterhingen. Das waren Nester der grünen Ameisen.

Wir hatten uns in ein Bambusdickicht zurückgezogen, nahe der Hütte des Einsiedlers, doch die Männer kamen nicht einmal in unsere Nähe. Mit unserer dunklen Haut – ich war mittlerweile fast so braun wie Sahir – waren wir wohl auch zwischen den Halmen schwer auszumachen. Ein Trupp stampfte den Bachlauf herauf. Dann gab es aus Richtung der Ruine wieder lautes Geschrei, und nach einer Weile hörten wir sie zurückkommen.

»Vielleicht haben sie schon genug«, sagte Sahir. »Der Biss der grünen Ameise ist äußerst schmerzhaft.«

Ich spähte zwischen dem Bambus hervor. Der Suchtrupp stolperte abwärts durch den Bach. Einer der Männer wankte wie betrunken und wurde von zwei seiner Kameraden gestützt. Es gab grün schillernde Schlangen im Wald. Sahir und ich waren nie von einer gebissen worden, aber vielleicht setzte die Insel sich selbst gegen die neuen Eindringlinge zur Wehr.

Es wurde dunkel. Im Wald hörten wir nichts mehr, dafür aber umso mehr Geschrei und Flüche vom Strand her. Ich wusste, dass dort in der Dämmerung die Sandfliegen herauskamen. Es gab auch große Krabben mit gewaltigen Scheren, die einem Mann leicht den Finger abkneifen konnten.

Zum Schlafen suchten wir uns einen Baum mit dichter Krone. Wir vergewisserten uns, dass er weder von Ameisen noch von anderem Getier bewohnt war, dann rissen wir

Bambushalme aus und legten sie kreuz und quer über die Äste, sodass eine Plattform entstand. Von unten war diese nicht zu sehen. Mir schien es ein gutes Versteck zu sein, in dem wir es lange aushalten konnten.

Die Nacht verlief ereignislos. Am Morgen bemerkten wir ungewöhnlich viele Flughunde, die dicht über den Baumwipfeln flatterten. Das hätte uns warnen sollen, denn etwas musste sie aus ihren Mangroven aufgescheucht haben. Doch ich kletterte arglos vom Baum herab. Dann drehte ich mich um und stand plötzlich Evans gegenüber.

Er war wohl ebenso überrascht wie ich, fasste sich jedoch schnell und zog den Säbel. Dabei schrie er laut: »Ich habe ihn! Der Schulmeister ist hier!«

Im Gestrüpp konnte er den Säbel nicht richtig schwingen, und das war mein Glück, denn ich konnte ihm ausweichen. Im nächsten Moment ließ Sahir sich vom Baum herab auf seinen Rücken fallen. Evans fuchtelte mit dem Säbel und versuchte, sie abzuschütteln. Ich hörte jetzt von überallher im Wald Rufe. Sahir hielt Evans umklammert und warf sich nach hinten. Beide stürzten rücklings in ein Farngebüsch.

Ich trat auf Evans' Handgelenk, bis er den Säbel losließ. Dann packte ich die Waffe am Griff, riss sie hoch und stieß sie in seine Kehle. Ich hatte nicht nachgedacht, wollte ihn nur zum Schweigen bringen.

Evans presste die Hand auf seinen Hals, aus dem das Blut schoss. Er schrie nicht mehr, machte nur noch ein gurgelndes Geräusch.

Überall im Wald um uns herum hörten wir jetzt die näher kommenden Männer. Wir flohen zurück in das Bambusdickicht. Dort musste ich mich an einem Baum abstützen und mich übergeben. Der Captain hatte behauptet, das Töten fiele einem mit der Zeit immer leichter. Doch nicht das Töten selbst ist schwer, sondern der Augenblick danach, wenn man sich klarmacht, was man getan hat.

»Alles gut, Richard?«, fragte Sahir.

»Dieser Mann hat mich einmal vor einem Hai gerettet. Er hat mir im richtigen Moment ein Tau zugeworfen.«

»Jetzt wollte er dich umbringen«, sagte sie. »Aber mit seinem Säbel kann ich uns Bambuslanzen machen. Vielleicht sogar einen Bogen, wenn wir etwas für die Sehne finden.«

Ich hörte die Flüche, als die Männer Evans entdeckten. Dann durchkämmten sie den Wald in der Nähe. Doch wir konnten ihnen leicht ausweichen. Schließlich hörten wir, wie sie Evans durch das Unterholz nach unten zum Strand schleppten.

Sahir schnitt mit dem Säbel einen Bambushalm zurecht und spitzte ihn zu einer Lanze. Es war uns beiden klar, dass diese Waffe wohl für die Jagd auf Fische, aber eher nicht für den Kampf gegen Bewaffnete taugte. Unsere Hoffnung lag darin, uns so lange zu verstecken, bis der Captain aufgeben und davonsegeln würde.

Doch das sollte nicht sein. Sahir roch es zuerst. »Da brennt irgendetwas.«

»Vielleicht ein Feuer am Strand. Sie müssen zum Kalfatern Teer in einem Kessel erhitzen.«

Dann bemerkten wir die Schwärme von Vögeln und Flughunden, die sich in die Luft erhoben hatten. Sie kreisten ziellos über den Baumkronen und erfüllten die Luft mit ihren Schreien. Und nun sahen wir den gelblichen Rauch, der zwischen den Bäumen in unsere Richtung zog.

»Wir müssen aus dem Wald heraus, hinunter zum Strand«, sagte Sahir.

»Nein«, widersprach ich. »Das ist genau das, was der Captain will. Er hat Feuer legen lassen, um uns aus dem Wald zu treiben. Am Strand hat er vermutlich überall Männer postiert.«

Der Rauch wurde dichter, und wir hörten jetzt auch das Prasseln der Flammen. Es klang wie ein anschwellender Wolkenbruch und schien von allen Seiten zu kommen.

Sahir horchte. »Es brennt nicht nur an einer Stelle.«

»Du hast recht. Er hat wohl überall an den Waldrändern Feuer gelegt.«

Der letzte Regen war vor einer Woche gewesen. Seither hatten wir heiße, trockene Tage gehabt. Die Palmen und Büsche brannten vermutlich wie Zunder. Jetzt sahen wir auch den roten Schein zwischen den Bäumen. Das Feuer kam rasch näher.

»Wenn wir nicht zum Strand können, müssen wir weiter nach oben. Hier können wir nicht bleiben«, sagte Sahir.

Also hasteten wir aufwärts. Hinter uns brauste das Feuer wie ein Orkan. Der Rauch holte uns ein und wirbelte um uns herum. Als wir die Felsformation mit der Zisterne erreicht hatten und zurückblickten, sahen wir den Wald im gesamten unteren Bereich brennen. Über den Baumkronen wirbelten spiralige Flammenzungen hoch empor. Ich hörte Geräusche wie Pistolenschüsse, wenn Bäume in der Hitze platzten. Die Rauchwolken versperrten die Sicht auf den Strand.

Vor dem Rauch tanzten kleine Feuerbälle, Vögel mit brennendem Gefieder, die wohl zu lange auf ihren Nestern verharrt hatten, um ihre Brut nicht zu verlassen. Sie taumelten in der Luft, stürzten zurück in den Wald und entfachten neue Brandherde.

Wir waren von dem Lauf aufwärts außer Atem. Aber hier oben auf dem Sandboden wuchsen nur ein paar niedrige Büsche, ähnlich wie Heidekraut. Vor dem Feuer waren wir vorerst sicher.

Sahir warf die Bambuslanze auf den Boden. Sie nestelte die metallene Pyramide von ihrem Hals. »Wir müssen sie schützen. Die Piraten dürfen sie nicht in die Hände kriegen.«

»Wir könnten sie hier vergraben. Aber was hat es mit ihr auf sich? Woraus besteht sie?«

»Aus Eisen.«

Das Metall der Pyramide sah nicht aus wie Eisen. Es schimmerte geheimnisvoll wie dunkler Bernstein.

»Sie wurde vor tausend Jahren von dem Meisterschmied

Gupta für seinen König Chandrasekhar hergestellt«, sagte Sahir. »Später kam sie in den Besitz der Familie meines Vaters.«

»Was ist so besonderes daran?«

»Meister Gupta konnte Eisen gießen, das Jahrtausende überdauert, ohne zu rosten. Ein Stoff im Eisen verhindert es. Er gibt dem Metall diesen goldbraunen Glanz. Stell dir vor, Richard, was nicht rostendes Eisen für den Fortschritt der Menschheit bedeuten würde!«

Niemand wusste besser als ich, wie mühsam es war, eiserne Kanonen vor dem Rosten zu bewahren.

»Gupta hatte noch andere wunderbare Dinge aus diesem Eisen erschaffen«, fuhr Sahir fort. »Aber alle sind verschollen, bis auf diese Pyramide und eine Eisensäule in Delhi. Doch die Säule ist heilig und darf nicht angetastet werden.«

Das Feuer hatte sich jetzt durch den unteren Teil des Waldes gefressen. Der Rauch zog den Hang empor und ließ unsere Augen tränen.

»Warum gießt man dann nicht einfach noch mehr davon?«

»Das Geheimnis ging mit Guptas Tod verloren. Wenn wir es wieder zum Leben erwecken, können wir Schiffe, Wagen und Brücken ganz aus Eisen bauen. Wir können eiserne Städte im Dschungel oder in der Wüste errichten, und sie werden nach tausend Jahren immer noch aussehen wie neu.«

»Anfangen wird man wahrscheinlich mit eisernen Kanonen«, sagte ich. »Aber wenn das Geheimnis verloren ist, dieser Stoff im Eisen, was nutzt dann die Pyramide?«

»Mein Vater hatte im Geheimen mit den berühmtesten Gelehrten in London korrespondiert. Die Zeit ist reif, das Geheimnis zu entschlüsseln. Sir Isaac Newton kann Licht von glühendem Metall in einen Regenbogen aufspalten. Sir Robert Boyle kann die Zusammensetzung eines Stoffes mit Säure ermitteln. Sir Hans Sloane war zuversichtlich, dass die Gelehrten der Royal Society der Pyramide das Geheimnis entlocken werden. Zu ihm sollte ich sie bringen. Im Gegenzug will die Royal Society mit all ihrem Wissen meinem Land Indien zu einer goldenen Zukunft verhelfen.«

Ein Windstoß trug dichten Rauch und Funken zu uns empor. Wir kauerten uns hinter die Felsen.

»Leider«, sagte Sahir, »ist der große Aurangzeb für neue Ideen nicht so aufgeschlossen wie mein Vater. Und es gibt auch andere Kräfte, die den Fortschritt hemmen. Die Sultanate, die Kirche, die Orden. Alle diese Mächte streben danach, dass die Dinge stets so bleiben, wie sie sind, damit sie ihre Macht behalten können. Deshalb ist diese Mission geheim. Richard, du darfst mit niemandem darüber reden, außer mit Sir Hans. Und sollte ich nicht überleben, beschütze die Pyramide und bringe sie nach London. Versprich mir das.«

»Ich verspreche es. Aber wir werden das überleben, Sahir, und auch unser Kind. Sobald das Feuer ausgebrannt ist und es dunkel wird, schleichen wir uns hinab an den Strand. Dort verstecken wir uns hinter Felsen oder am Riff.«

Wir vergruben die Pyramide tief im Boden. Ich merkte mir die Stelle: sechs Fuß südlich von dem steinernen Thronsitz.

Das Feuer hatte nun den oberen Teil des Waldes erreicht, und die Hitze trieb uns hinauf auf das Plateau. Seit dem ersten Tag auf der Insel hatten wir es nicht mehr betreten, und es wirkte ebenso düster und bedrohlich wie damals. Doch wir hatten keine Wahl.

Allerlei Getier floh jetzt aus dem brennenden Wald. Ich sah Frösche, Eidechsen, einen großen Leguan, der sein Ei sorgsam im Maul trug. Er würde es nicht mehr ausbrüten, denn all diese Kreaturen waren dem Untergang geweiht. Sie würden keine Nahrung mehr finden und keine Bäume, um Nester zu bauen. Arcadia würde zur Wüste werden.

»Nein«, sagte Sahir, als ich ihr diesen Gedanken mitteilte. »Der Dschungel gewinnt immer. In zwanzig Jahren ist hier alles wieder so grün wie zuvor.«

Doch jetzt war es eine rauchende Hölle, aus der immer noch Feuersäulen in den Himmel stiegen. Die Hitze war zu stark, um das Plateau zu verlassen. Erst am späten Nachmittag hatte das Feuer allmählich seine Nahrung verzehrt. Der Rauch ließ nach. Wo vorher dichter Wald gewesen war, ragten nur noch geschwärzte Baumgerippe und die Stümpfe von Palmen empor.

Unten am Strand formierten sich zwei Trupps. Bei dem einen sah ich Walker, bei dem anderen den Captain. Es waren zusammen etwa vierzig Mann, weniger, als ich gedacht hatte, doch vermutlich war der Rest der Mannschaft auf die *Queda* und die *November* verteilt worden. Die Männer versammelten sich am Waldrand, dann setzten sie sich in Marsch.

»Das wird nichts mit dem Herausschleichen bei Nacht«, sagte Sahir. »Ich wünschte, ich hätte hier meinen Krabbenbogen.«

Aber außer der Bambuslanze und dem Säbel hatten wir nur Steine als Waffen. Wir schleppten alle großen Brocken, die wir finden konnten, an den Rand des Plateaus, um sie auf die Angreifer hinabrollen zu lassen. Dann ging ich zur Felskante auf der anderen Seite und warf einen Blick in die Tiefe. Hundert Fuß unter mir tobte die Brandung zwischen spitz aufragenden Felsen. Hier gab es keinen Weg zum Hinabklettern, selbst wenn ich mich dazu hätte überwinden können.

Sahir trat neben mich. Sie nahm ihre Brille ab. Bevor ich verstand, was sie vorhatte, warf sie sie in den Abgrund.

»Sahir, was tust du!«

»Ich kann auch ohne Brille kämpfen, wenn der Gegner nahe genug ist. Ich will aber nicht, dass sie mich sogleich erkennen.«

»Aber dann würden sie dich am Leben lassen! Der Captain glaubte, du hättest irgendwo auf der *Queda* ein Juwel versteckt.«

»Richard«, sagte Sahir, »du weißt, dass wir beide auf dieser Klippe sterben werden. Unser Kind wird ungeboren bleiben.

Aber sie sollen mich nicht fangen und foltern. Lass uns einfach kämpfen und unser Leben teuer verkaufen. Ich will so viele mitnehmen, wie ich kann.«

Ich sah sie an. Sie hatte keine Zeichen von Furcht im Gesicht, eher eine Art wilder Freude.

»Ich werde auch einige mitnehmen«, versprach ich. »Vor allem den Captain.«

»Nimm du den Säbel, ich nehme den Speer. Mit Speeren kann ich umgehen. Wir werden es ihnen nicht leicht machen.«

Wir hörten jetzt die Rufe der Männer, die sich durch den verkohlten Wald zu uns heraufarbeiteten. Sie kamen gut voran, denn Unterholz und Gebüsch waren zu Asche verbrannt. Dann hatten sie den Felsen erreicht, wo die Pyramide vergraben lag. Als sie uns sahen, begannen sie zu johlen. Sie stürmten den Hang herauf. Ich wollte die ersten Steinbrocken losrollen lassen.

»Noch nicht«, sagte Sahir. »Lass sie auf vierzig Schritt heran. Sonst können sie zu leicht ausweichen.«

»Sie sind jetzt bei vierzig Schritt.«

»Dann los!«

Gemeinsam schoben wir die Steine an, einen nach dem anderen. Wir ließen eine Lawine auf die Matrosen hinunterrollen. Sie fluchten, sprangen zur Seite, ich hörte Schmerzensschreie. Der ganze Hang war voller Staubwolken. Ich sah, wie Walker einem Steinbrocken auswich, aber ein zweiter riss ihn von den Füßen. Er stürzte mit dem Gesicht voran zu Boden. Dann rollten die letzten Steine unten bei den Felsen aus. Mehrere Männer lagen am Boden. Doch die anderen liefen johlend weiter den Hang hinauf. Wir hatten nichts mehr, um sie aufzuhalten.

»Unsere Liebe war zu kurz«, sagte ich zu Sahir. »Vielleicht werden wir in einer anderen Welt wieder zusammen sein.«

»Das werden wir gewiss, im Paradies«, sagte sie.

Wir wichen in die Mitte des Plateaus zurück. Dort stellten wir uns Seite an Seite.

»Ich frage mich«, sagte Sahir, »ob auch ich zweiundsiebzig Jungfrauen bekomme. Und falls ja, was ich mit ihnen anfangen soll.«

Ich sah die Männer säbelschwingend und mit Gebrüll auf uns zurennen, genau wie wir es von Browne gelernt hatten.

»Den Schulmeister haut in Stücke!«, rief der Captain hinter ihnen. »Und wer die Wilde schnappt, kann sie zuerst haben!«

Doch niemand hatte es eilig, mich in Stücke zu hauen. Alle stürzten sich auf Sahir. Ich war der brutale Kerl mit dem Säbel, sie ein nacktes Mädchen mit einem Bambusstock.

Aber mich erfasste jetzt ein ungeheurer Hass auf die Männer, obwohl sie Schiffskameraden gewesen waren und nur Befehle befolgten und ich die meisten von ihnen kannte. Ich schlug wild mit dem Säbel auf den Ersten ein, der mir in die Quere kam. Ich glaube, es war Jennings. Er rannte davon, und ich warf mich zwischen die anderen und schlug weiter um mich, traf Arme, Schultern, einen Kopf. Neben mir wich Sahir einem Hieb aus und stieß blitzschnell dem Matrosen die Bambuslanze in die Kehle. Dann bekam ich einen Säbelhieb ins Gesicht. Ich spürte ihn kaum, nur das Blut machte mich auf einem Auge blind.

Der Captain stand etwas abseits. Er hatte zwei Pistolen im Gürtel, von denen er jetzt eine zog und auf mich zielte. Er schoss in dem Augenblick, als ich mich auf ihn stürzen wollte.

Es war wie ein Pferdetritt. Ich lag plötzlich rücklings auf dem Felsboden und spürte, wie das Leben aus mir heraussickerte. Ich konnte immer noch alles sehen, roch den Gestank von verbranntem Schwarzpulver, doch ich konnte kein Glied mehr rühren.

Der Captain zog die zweite Pistole und zielte auf Sahir. Sie war bis knapp an die Felskante zurückgedrängt worden und stieß mit der blutigen Lanze nach allen Seiten, sodass sich niemand weiter an sie heranwagte. Einer der Männer lag reglos am Boden, ein anderer krümmte sich mit einer Bauchwunde.

Der Captain schoss abermals.

Ich sah, dass sie getroffen wurde. Sie taumelte und ließ die Lanze fallen. Dann fing sie sich wieder. Sie lächelte, trat anmutig zurück, wie mit einem Tanzschritt, und warf sich rücklings ins Leere.

19

Indischer Ozean, Juli 1698

Ich erwachte. Kühler Wind strich über mein Gesicht. Er trug den Duft von Wein und Honig mit sich. In der Ferne hörte ich das Plätschern von Springbrunnen, Vogelgesang, die Melodie einer Laute. Ich blinzelte. Über mir erstreckte sich das Dach eines luftigen Pavillons, umflochten von Weinranken. Seidenvorhänge wehten in der Brise. Ich sah Sahirs Gesicht. Sie beugte sich über mich und fasste mich an der Hand.

»Willkommen, mein Geliebter. Lieg nicht faul herum. Steh auf und lass uns lustwandeln.«

Ich lag auf Kissen, so weich wie Wolken. Neben meinem Lager erblickte ich eine goldene Platte mit Schalen voller Früchte, weißer Trauben und rotem Wein.

»Wo sind wir?«, brachte ich hervor.

»Im Paradies«, sagte sie. »Unsere hundertvierundvierzig Jungfrauen habe ich fortgeschickt. Wir haben die Ewigkeit nur für uns beide.«

Ich erwachte. Ein beißender Gestank von Urin, Eiter und Erbrochenem hing in der Luft. Von ferne hörte ich Getrampel, dann das Schrillen einer Bootsmannspfeife. Ich konnte mich nicht rühren, nur den Kopf drehen. Schon diese Bewegung war eine Qual. Die drei Kojen neben meiner waren leer, die Laken voller bräunlicher Flecke. Auf dem Boden lagen schmutzige Bandagen. Dies war das Lazarett der *Adventure*. Ich lag auf der gleichen Koje, auf der ich Moore erstochen hatte. Am Schwanken des Schiffs spürte ich, dass wir auf hoher See waren. Dann sah ich Peter Gibsons Gesicht.

Er beugte sich über mich. »Sir Richard! Geht es Euch gut?«

Ich hatte Peter anders in Erinnerung. Sein ehemals zartes Gesicht hatte einen hageren, wölfischen Zug angenommen.

»Wie fühlt Ihr Euch?«, fragte er. »Ihr hattet viele Tage Fieber. Ich dachte schon, es wäre aus mit Euch.«

Ich versuchte mich aufzurichten, aber es ging nicht. Nicht nur wegen der Schmerzen – ich war nackt und an Händen und Füßen gefesselt. Ein blutverkrusteter Verband war um meine Brust und Schulter gewickelt.

»Peter, hast du noch das Messer?«, flüsterte ich.

»Ich habe es noch, Sir Richard«, sagte er. Er griff in seine Jacke und zeigte es mir.

»Schneid mich los.«

»Das lässt du bleiben«, sagte jemand neben mir. Ich drehte den Kopf mühsam auf die andere Seite und erblickte Walker, der auf mich herabstarrte. Er hatte verschorfte Schrammen im Gesicht, und seine Nase war blaurot und angeschwollen. »Die gebrochene Nase verdanke ich dir«, sagte er. »Aber keine Sorge, es wurde wettgemacht.«

Mit meinem Gesicht war etwas nicht in Ordnung. Die Haut spannte sich auf einer Seite und juckte wie wild, als krabbelten dort Ameisen. Doch mit den gefesselten Händen konnte ich mich nicht betasten und nicht kratzen.

»Du warst schon vor dem Säbelhieb keine Schönheit, Schulmeister«, sagte Walker. »Aber jetzt kann man mit deinem Gesicht kleine Kinder erschrecken. Immerhin, das Auge ist noch heil.«

Ich hatte furchtbaren Durst. »Wasser«, bat ich.

»Andere hatten nicht so viel Glück«, sagte Walker. »Jennings ist vor drei Tagen in der Koje neben dir abgekratzt. Die Säbelwunde, die du ihm verpasst hast, fing an zu faulen.«

»Wasser«, flüsterte ich nochmals.

Walker ergriff einen Krug, der neben meiner Koje stand, und schüttete den Inhalt über mich aus. Ich leckte gierig die Tropfen auf, die mir zwischen die Lippen rannen.

»Keine Angst, du kriegst bald genug zu trinken.« Walker setzte sein Grinsen auf. »Wohl mehr, als dir lieb sein wird. Ich sage dem Captain Bescheid.«

Damit verließ er das Lazarett. Peter brachte mir einen Becher Wasser und setzte ihn an meine Lippen. Ich trank begierig.

»Sir Richard«, flüsterte er. »Sie wollen Euch umbringen. Ich habe sie belauscht.«

Der Becher war schnell leer. »Mehr«, sagte ich.

Während ich weitertrank, hörte ich von Peter, dass die *Adventure* unterwegs nach St. Marie war. Abel Owen, der Koch, hatte die Pistolenkugel aus meiner Schulter geschnitten. Peter selbst hatte mich die ganze Zeit gepflegt.

»Der Captain wollte Euch unbedingt am Leben halten, Sir Richard. Er glaubt, dass Ihr das Versteck eines riesigen Diamanten kennt. Sagt ihm nichts! Sobald er das Versteck weiß, schickt er Euch über die Planke. Er redet von nichts anderem.«

Ich dachte darüber nach, doch das Denken war mühsam. Es war, als sei ein Nebel in meinem Kopf. Über der Anstrengung des Denkens schlief ich wieder ein.

Ich trieb unter Wasser in einem grauen Ozean. Ich versuchte, die Oberfläche zu erreichen, und zuweilen kam ich ihr nahe, dann verschwand sie wieder in der Ferne. Zugleich aber schwebte ich über dem Wasser und sah mir selbst zu, wie ich mich dort unten abmühte. Mir wurde klar, dass ich auf mein Spiegelbild schaute, auf mein Gesicht, das von einer wulstigen Narbe verunstaltet war. Dann stürzte ich in die See.

Ich saß gefesselt auf einem Stuhl im Vorraum des Heckkastells, immer noch nackt. Jemand hatte gerade einen Eimer Seewasser über mir ausgeleert.

»Aufgewacht, Schulmeister?«, fragte der Captain.

Neben ihm stand Walker mit dem holländischen Folterkragen. Bullock schleppte einen weiteren Eimer herbei.

»Ich nehme an, Schulmeister«, sagte der Captain, »dass du uns nicht freiwillig verraten willst, wo der Diamant versteckt ist?«

»Welcher Diamant?«

Der Captain schlug mir unvermittelt ins Gesicht. Ich spürte, wie meine Narbe wieder aufbrach und das Blut hinunterlief. »Ich hatte gehofft, dass du das sagen würdest, Schulmeister. Du bekommst jetzt einen neuen Kragen angemessen.«

Während Bullock mir den Folterkragen um den Hals band und hochschlug, hörte ich den Captain weiterreden.

»Ich bin nun sicher, dass die nackte Wilde niemand anders war als der Inder mit dem Turban. Wir haben sie nicht erwischt, aber dich. Du wirst uns jetzt verraten, wo sie den Diamanten versteckt hat. Während ihr auf der Insel herumgehurt habt, hat sie es dir gewiss erzählt.«

»Habt Ihr sie gefunden?«

»Nein, aber auch dich wird niemand finden, wenn du nicht redest. Bullock, fang an.«

Ich spürte, wie hinter meinem Kopf Wasser in den Trichter gegossen wurde. Es stieg mir am Hals empor bis zum Kinn.

»Wenn du reden willst, bewege deine Hand«, sagte Walker.

Bullock goss weiter.

»Ich habe keine Angst«, sagte ich. Das Wasser war jetzt an meinem Mund, und ich schmeckte es. Es war salzig.

Bullock goss weiter.

Das Wasser stieg über meinen Mund bis zur Nase. Es brannte wie Feuer in meiner frisch aufgebrochenen Narbe. Ich legte den Kopf zurück, um noch einen letzten Atemzug zu nehmen. Dann hielt ich die Luft an. Ich wusste, dass ich es nicht trinken durfte. Seewasser ist giftig.

Bullock goss weiter.

Das Salzwasser drang mir in die Augen, obwohl ich sie fest zugekniffen hatte. In meinen Ohren begann es zu dröhnen. Alle Geräusche wurden durch das Wasser verstärkt, und ich hörte, wie der Captain lachte und etwas sagte, doch ich konnte die Worte nicht verstehen. Das Plätschern hinter meinem Kopf klang wie ein Wasserfall. Funken tanzten vor meinen Augen.

Ich hielt es nicht mehr aus und wedelte hektisch mit meiner gefesselten Hand. Das Plätschern hörte auf, aber sonst geschah nichts.

Endlich zog jemand am Kragenrand um meinen Hals und ließ das Wasser ablaufen. Ich holte tief Luft.

»Nun, Schulmeister, wir hören«, sagte der Captain.

Ich brauchte Zeit, bis ich reden konnte. »Es ist kein Diamant, Sir.«

»Was dann?«

»Ein Rubin, Sir, größer als meine Faust. Und schwer.«

»Hast du ihn gesehen?«

»Ja.«

Jemand klappte den Kragen herunter. Meine Augen brannten noch so vom Seewasser, dass ich nur blinzeln konnte.

»Lügst du auch nicht?«, fragte der Captain.

»In Mysore schürfen sie große Rubine«, sagte Walker. »Das kann schon stimmen.«

»Ist er geschliffen oder ungeschliffen?«

»Geschliffen«, sagte ich. »Er ist durchsichtig wie Glas, aber innen leuchtet er wie rotes Feuer.«

»Ein solcher Rubin könnte mehr wert sein als die ganze *Queda* mitsamt Ladung«, sagte Walker, und der Captain fragte: »Wo auf dem Schiff hat sie ihn versteckt?«

»Er ist nicht auf der *Queda*. Sahir Khan hatte ihn in ihrem Turban verborgen.«

»Was?«, rief der Captain.

»Verflucht, wir hätten sie gänzlich ausziehen sollen«, sagte Walker. »Dann wäre auch herausgekommen, dass sie eine

Frau ist. Wir hätten den Rubin gehabt und obendrein noch manchen Spaß mit ihr.«

»Sie war angeblich ein Agent am Hof des Großmoguls«, sagte der Captain. »Wo wollte sie diesen Rubin hinbringen?«

»Nach London.«

»Und dort verkaufen?«

»Nein, Sir, er war ein Geschenk des Großmoguls an König William«, fabulierte ich. »Er sollte Teil der Kronjuwelen werden. Es ist der größte Rubin, der je in Indien gefunden wurde.«

Ich sah die Gier in den Gesichtern. Keiner bezweifelte meine Worte. Sie alle wollten unbedingt an diesen riesigen Rubin glauben.

»Wo ist er jetzt?«

»Auf der Insel, vergraben im Wald. Am Fuß eines Mangobaumes.«

»Verflucht! Der Wald ist abgebrannt.«

»Dann bist du uns zu nichts mehr nutze, Schulmeister«, sagte der Captain.

»Es sieht dort jetzt gewiss anders aus, Sir, aber es war nicht weit von dem Bach. Wenn ich dort wäre, könnte ich die Stelle wohl wiederfinden.«

»Wir sind schon tausend Seemeilen von der Insel weg«, sagte Walker. »Mit diesem Schiff kommen wir nicht mehr hin. Der Rumpf ist zu verrottet.«

»Aber wir schaffen es bis St. Marie«, sagte der Captain. »Dort treffen wir Bullen mit der *Queda*. Mit der segeln wir sofort zur Insel zurück, auf direktem Weg, bevor der Nordostmonsun einsetzt.«

»Schulmeister, wie's aussieht, hast du noch eine Gnadenfrist«, sagte Walker.

»Wenn du uns zu dem Rubin führen kannst«, sagte der Captain, »lassen wir dich vielleicht am Leben. Sonst …« Er fuhr sich mit zwei Fingern über die Kehle. »Bullock, schaff ihn in die Bilge. Dort soll er vor sich hin faulen, bis er gebraucht wird. Und Bullock, zu den anderen kein Wort über den Rubin, ist das klar?«

»Aye, Sir. Natürlich, Sir«, sagte Bullock und zerrte mich vom Stuhl hoch. Ich vermutete, dass spätestens am Abend alle auf dem Schiff von dem Rubin wissen würden.

»Mit der offenen Wunde verreckt er womöglich in der Bilge«, sagte Walker. »Sperrt ihn besser ins Kabelgatt.«

»So fürsorglich kenne ich dich gar nicht, John«, sagte der Captain.

Das Kabelgatt war ein finsterer, schimmlig riechender Verschlag im Bug unter dem Kanonendeck, keine vier Fuß hoch. Ich lag dort gefesselt zwischen Taurollen und rostigen Ketten und hörte den Ratten zu, wie sie an den Brettern nagten. Aber es war sicher besser als die Bilge.

Peter kam täglich zu mir, um mich mit Wasser und Zwieback zu versorgen, meine nässende Gesichtsnarbe zu säubern und meinen Schulterverband zu wechseln. Er brachte mir am ersten Tag auch eine Hose und ein Hemd. »Mit Empfehlung von Mr. Walker«, sagte er. Er half mir beim Anziehen, denn den linken Arm konnte ich noch nicht richtig gebrauchen.

Bullock stand dabei Wache und maß mir danach eine Eisenfessel mit Hand- und Fußschellen an, wie sie zum Ruhigstellen von Sklaven benutzt wird. »Mit Empfehlung vom Captain«, sagte er grinsend, während er die Schellen mit einer Zange zuschraubte.

Walker blieb weiterhin mein Wohltäter. Er ließ mir durch Peter hin und wieder etwas Arrak gegen die Schmerzen und zur Behandlung der Narbe zukommen. Einige Male suchte er mich auf und hockte sich ins Kabelgatt, um mit mir zu reden.

»Beschreibe mir noch einmal genau den Rubin«, sagte er.

»Er hat die Farbe von Blut. Er ist so groß wie meine Hand und geformt wie ein Zuckerhut. Bestimmt wiegt er zwei

Pfund. Wir hatten ihn in unserer Hütte auf eine Steinplatte gesetzt. Bei Dämmerung schien er zu leuchten.«

»Ein solcher Rubin ist gewiss hunderttausend Pfund wert. Aber ich frage mich, wie man ihn verkaufen kann, ohne dass es auffällt.«

»Ihr könntet ihn in Stücke zerteilen und neu schleifen lassen.«

»Der Captain will das nicht. Wir glauben, dass er den Rubin an König William übergeben will. Um sich als Beschützer der Kronjuwelen aufzuspielen. Für eine Begnadigung und eine fette königliche Pension.«

»Davon bekäme keiner hier einen Anteil.«

»Da liegst du wohl richtig.«

»Was wollt Ihr dagegen unternehmen, Mr. Walker?«

»Das ist eine gute Frage, Schulmeister. Eine sehr gute Frage.«

Allmählich ließen die Schmerzen nach, und auch mein Arm war wieder beweglicher. Ich grübelte oft über die Ereignisse auf Arcadia nach. Sahir war nicht gefunden worden. Ich hatte die Vorstellung, dass sie noch am Leben sein könnte. Vielleicht war die Schusswunde nicht tödlich gewesen. Vielleicht hatte sie den Sturz von der Klippe überlebt. Sie war stark und eine gute Schwimmerin. Sie hatte mich, als ich bewusstlos war, über Wasser gehalten und durch die Brandung an Land geschleppt. Die Kokospalmen waren abgebrannt, aber es gab dort noch Süßwasser, Fische und Austern. Sie konnte dort immer noch leben. Ich musste zu der Insel zurück, um Gewissheit zu haben.

»Ich kenne den Breitengrad nicht«, sagte Walker. »Den kennt nur der Captain. Es gibt Hunderte solcher Inseln im Indischen Ozean. Es würde Jahrzehnte dauern, alle anzulaufen und die richtige zu finden.«

»Der Captain hat doch gewiss die Position im Logbuch eingetragen.«

»Er hält das Logbuch unter Verschluss. Ich habe es schon lange nicht mehr gesehen.«

»Er scheint Euch nicht zu trauen, Mr. Walker.«

»Er traut seit deiner Flucht niemandem mehr. Er hat große Stücke auf dich gehalten, Schulmeister. Zum Dank hast du ihn fast erwürgt und ein Boot gestohlen.«

»Ihr wisst, dass ich nicht freiwillig angeheuert habe. Ich bin dem Captain nichts schuldig.«

»So denkt auch manch anderer«, sagte Walker. »Vielen gefällt nicht, dass der Captain den Großteil der Beute für seine Teilhaber abzweigen will. Beim Anheuern hatte er allen das Blaue vom Himmel versprochen. Jetzt sollen wir für alle Mühen und Gefahren mit einem Bettlerlohn abgespeist werden.«

»Das ist sehr ungerecht.«

»Hier auf der *Adventure* halten viele noch zu ihm. Aber auf der *Queda* und der *November* sieht es anders aus. Dorthin hat er die geschickt, die ihm Ärger machen könnten. Ich bin sicher, dass sich Bradinham, Bullen und Palmer von der Beute nichts abzwacken lassen wollen.«

»Dann solltet Ihr in St. Marie mit ihnen reden.«

»Wenn du mitmachst, Schulmeister, kriegst du den gleichen Anteil wie die anderen. Sobald wir den Rubin und die andere Beute zu Geld gemacht haben, reicht das für dein ganzes Leben.«

»Mr. Walker, ich könnte Euch viel besser helfen, wenn Ihr meine Fesseln losmacht.«

»Nicht so schnell. Wir wollen doch keinen Verdacht erregen.«

Am nächsten Tag wurde die Küste von Madagaskar gesichtet. Die *Adventure* lag mittlerweile ähnlich tief im Wasser wie die *Fortuin* letztes Jahr im Atlantik. Ich hörte Tag und Nacht die Pumpen. Peter erzählte mir, dass der Captain Taue um den Rumpf hatte spannen lassen, um die morschen Planken zusammenzuhalten.

Wir kreuzten gegen den Wind nach Süden, die Küste entlang zu der vorgelagerten Insel St. Marie. Sie galt als ein Schlupfwinkel für Piraten. Sie war auch ein Hafen für wagemutige Kapitäne, die mit diesen Handel trieben. Der Captain hatte St. Marie als Treffpunkt mit der *Queda* und der *November* vereinbart.

»Peter«, sagte ich, »es ist so weit. In St. Marie wirst du sicher Gelegenheit bekommen, von diesem Schiff zu fliehen. Versteck dich an Land. Vielleicht findest du dort später ein Schiff nach London, auf dem du anheuern kannst. Zumindest eines zum Kap oder nach St. Helena. Von da aus kommst du leicht nach Amsterdam oder London.«

»Ihr kommt nicht mit, Sir Richard?«

»Ich will versuchen, dir zu helfen. Aber ich kann dich nicht begleiten. Ich habe noch eine Aufgabe vor mir.«

20

St. Marie, August 1698

Es gibt gute und schlechte Ankermanöver. Aber was ich in der Bucht von St. Marie erlebte, war gewiss das lausigste Manöver aller Zeiten, und es hätte mich fast das Leben gekostet. Zu Captain Kidds Ehrenrettung muss ich sagen, dass das Schiff wohl schon so leck und vollgelaufen war, dass es sich kaum noch steuern ließ.

Ich hörte zuerst, wie Segel gerefft wurden. Das ging nicht ohne Flüche und Geschrei ab, denn die *Adventure* war mit vierzig Mann unterbesetzt, und darunter waren höchstens fünfzehn erfahrene Matrosen. Dann spürte ich hektische Bewegungen des Ruders. Die verbliebenen Segel schlugen wild gegen den Mast, und das Schiff neigte sich mal auf die Seite, mal schwang es mit einer taumelnden Bewegung wieder zurück. So ging es eine Weile. Dann gab es einen harten Schlag, der mich gegen die Wand schleuderte. Der Kiel war auf Grund gelaufen. Er kam noch einmal frei, aber dann saß das Schiff mit einem zweiten Schlag und entsetzlichem Knirschen endgültig fest.

Ich dachte schon, dass wir nun wenigstens das Ziel erreicht hätten. Da hörte ich unter mir ein lautes Knacken, dann das Splittern von Planken, dann das Geräusch hereinströmenden Wassers. Der morsche Rumpf war unter der Belastung aufgebrochen. Das Schiff begann, sich nach Backbord zu neigen, erst langsam, dann immer schneller. Wenn es kenterte, würde ich gefesselt im Kabelgatt ersaufen wie eine Ratte.

Vom Deck kam Lärm. Unter mir gurgelte das Wasser, über mir rollte ein Geschütz mit lautem Gepolter quer über das Kanonendeck und krachte gegen die Bordwand. Dann kamen die im Gatt gestapelten Taurollen ins Rutschen. Ich wurde unter einem Gewirr von Tauen begraben.

Ich hörte Getrampel und gebrüllte Kommandos vom Ruderdeck, direkt vor meiner verschlossenen Luke. Die Neigung verlangsamte sich. Offenbar versuchten die Männer, den Rumpf mit den Riemen am Grund abzustützen. Das Schiff ächzte in allen Fugen. Schließlich richtete es sich schwerfällig wieder auf und kam mit leichter Schlagseite zur Ruhe. Als ich mich von den Tauen befreite, sah ich, dass das Wasser schon am Boden des Kabelgatts stand. Mit der *Adventure* würde niemand mehr eine Fahrt machen.

Ich hörte, wie ein Boot zu Wasser gelassen wurde. Dann geschah lange Zeit nichts weiter. In dem Maße, in dem das Schiff sich tiefer in den Sand setzte, stieg der Wasserspiegel in meinem Verschlag höher. Ich hatte Taue unter mir aufgestapelt, um halbwegs im Trockenen zu sitzen, und konnte nur hoffen, dass das Wasser nicht bis zur Decke stieg. Irgendwann hörte ich das Boot zurückkommen. Am Licht, das durch die Ritzen sickerte, sah ich, dass es Abend wurde. Ich fragte mich, wo Peter blieb, und wünschte mir zum tausendsten Mal, die Fesseln los zu sein.

Nach Einbruch der Nacht vernahm ich Geräusche außen an der Bordwand. Es schienen Boote anzulegen. Ich hörte Getrampel, dann laute Rufe und einen Pistolenschuss. Schläge dröhnten durch das Schiff, als würde jemand Holz hacken. Darauf krachten weitere Schüsse, dann folgte Stille. Doch es war zu spüren, dass viele Leute an Bord waren. Ich hörte ab und zu Gemurmel, Schritte, zuweilen ein Hämmern oder Klopfen. Es gab keine Kampfgeräusche mehr. Nicht zu wissen, was vorging, machte mich fast verrückt. Irgendwann schlief ich dennoch ein.

Peter weckte mich. Er hatte einen Hammer und einen

Meißel dabei. »Mr. Walker schickt mich«, sagte er. »Ich soll Euch befreien.«

»Was ist passiert?«

»Wir haben gewonnen, Sir Richard. Das Schiff ist in unserer Hand. Jedenfalls fast.«

Mit den Werkzeugen schlugen wir gemeinsam die Eisenschellen los. Im Ruderdeck stand das Wasser einen halben Fuß hoch. Das Gehen war ungewohnt für mich, und Peter musste mich auf der Treppe zum Deck stützen. »Gleich seht Ihr etwas, das Ihr noch nie gesehen habt«, versprach er.

Er hatte recht. Wir befanden uns in einer tiefen Bucht, die aussah wie der Biss eines Riesen ins Land. Die Mündung der Bucht war geschützt von einer bewaldeten Insel, und an dieser war die *Adventure* glücklich vorbeigekommen. Aber in der Mitte der Bucht lag eine weitere kleine Insel, eher eine Sandbank, und direkt daneben waren wir aufgelaufen. In einiger Entfernung nahe dem Ufer erblickte ich die *Queda Vacharrakan* und die *November*, der der Großmast zu fehlen schien. Am anderen Ende der Bucht ankerte eine große Fregatte mit dem Namen *Resolution* am Heckspiegel. Doch den verblüffendsten Anblick bot das Land selbst. In der Morgensonne schimmerte das Ufer in allen Farben des Regenbogens. Leuchtend rote, blaue, gelbe und goldene Streifen liefen an manchen Stellen parallel zum Wasser bis hin zum Waldgürtel, wo Palmen in der Brise rauschten. Es war ein wundersamer Anblick, wie aus einem Märchenbuch.

»Haben die Eingeborenen die Küste bunt bemalt?«

»Ich weiß es nicht, Sir Richard«, bekannte Peter.

Am Bug sah ich Walker, Palmer und andere frühere Schiffskameraden, die wohl von der *Queda* oder der *November* herübergekommen waren. Den Captain konnte ich nirgends entdecken. Ruderstand und Achterdeck der *Adventure* waren verwaist. Mehrere Boote lagen an der Bordwand. Ein weiteres hielt gerade über die Bucht auf uns zu, und Walker zog seinen Hut und winkte hinüber.

Das Boot wurde von Eingeborenen gerudert, Männern wie Frauen. Alle trugen nur Lendenschurze, auch bei den Frauen war die Brust unbedeckt. In der Mitte des Bootes, im Schatten eines Sonnenschirms, saß ein Weißer auf einem hochlehnigen Stuhl. Als das Boot an die Bordwand stieß, stand er auf und griff nach der Strickleiter, die ihm von oben hinabgeworfen wurde.

»Erlaubnis, an Bord kommen zu dürfen?«, rief er.

»Willkommen auf der *Adventure*, Captain Culliford!«, rief Walker hinunter.

Dies war also der Gentleman-Pirat, von dem ich schon in Kapstadt gehört hatte. Er schwang sich über die Reling und hieb Walker leutselig auf die Schulter. »Ihr seid gewiss Captain Walker! Welche Freude, Euch kennenzulernen.«

Walker widersprach dem Titel nicht.

Culliford war ein gut aussehender Mann, hochgewachsen, sorgfältig rasiert und mit langem blonden Haar, das nicht wie üblich zum Zopf geflochten war, sondern ihm frei auf die Schultern fiel. Er trug eine blauseidene Uniform, die von goldenen Litzen nur so blitzte.

Überhaupt fiel mir auf, dass sich viele der anderen Männer mit ähnlich bunter Kleidung ausstaffiert hatten, offensichtlich aus der Beute geschneidert. Und jetzt wurde mir auch klar, was es mit den vielfarbigen Streifen am Ufer auf sich hatte: Es waren lange Bahnen von Brokat und Seide. Die Seeleute der *Queda*, wie ich später erfuhr, hatten die Bahnen ausgerollt, um sie stückweise an Edward Welch zu verkaufen, der auf der Insel einen Handelsposten betrieb. Im Gegenzug hatten sie Rum und die Dienste eingeborener Mädchen von ihm erworben.

»Dieser Handel gefiel Mr. Kidd gar nicht«, erzählte Walker grinsend. »Er hat sich gleich zur *Queda* rudern lassen, um Henry Bullen zur Rede zu stellen, den er dort als Kapitän eingesetzt hatte. Doch Bullen war tot. Die *Queda* wurde von niemandem mehr befehligt.«

»Ich weiß«, sagte Culliford. »Aber dem armen William wurde kein guter Empfang bereitet, habe ich gehört?«

»Es gab Ärger. Er befahl, die Stoffe sogleich wieder an Bord zu schaffen und das Schiff zum Auslaufen klarzumachen. Die Männer haben ihm daraufhin nahegelegt, sich zu verpissen.«

Culliford lachte. »Die *Queda* liegt hier seit vier Wochen. Die Männer haben sich an das freie Leben gewöhnt. William hätte sie nicht so streng behandeln sollen. Ihr seid jetzt der neue Captain, wie man mir sagte?«

»Ich wurde in fairer Wahl zum Captain bestimmt.«

»Dazu darf ich Euch gratulieren, Captain Walker. Aber ich kann mir denken, dass Willam Kidd mit dieser Entwicklung der Dinge nicht einverstanden war.«

»Er hat sich hier im Heckkastell verschanzt, zusammen mit Sam Bradley, seinem Schwager. Er hat die Kisten mit Juwelen in seiner Kajüte. Und ein Pulverfass. Er will das Schiff in die Luft sprengen, wenn wir die Kajüte stürmen.«

Culliford blickte zum Heckkastell. »William war schon immer ein schlechter Verlierer.«

»Captain Culliford, Ihr kennt ihn von früher, aus Westindien. Vielleicht könnt Ihr vernünftig mit ihm reden. Wenn Ihr ihn zum Aufgeben bringt und zur Herausgabe der Schatzkisten, sollt Ihr zweihundert Pfund aus unserer Beute bekommen.«

»Ich rede gerne mit ihm«, sagte Culliford. »Wenn wir auch damals nicht unbedingt im Frieden auseinandergegangen sind. Doch tausend Pfund scheinen mir angemessener.«

Sie einigten sich auf dreihundert.

»Wie lange kann er es im Heckkastell aushalten?«

»Eine Zeit lang. Wahrscheinlich haben sie Wasser, ganz sicher aber Weinvorräte.«

»Wer ist noch auf seiner Seite, außer seinem Schwager?«

»Etwa fünfzehn Männer halten noch zu ihm, auch die Kajütenjungen. Sie sind mit einem Boot geflüchtet, als wir die *Adventure* besetzten. Sie haben sich wohl irgendwo an Land in die Büsche geschlagen. Alle anderen sind auf unserer Seite.«

Wir sahen Culliford zu, als er langsam über das Deck zum Heckkastell hinüberging. Seinen Säbel hatte er abgelegt. Dreißig Fuß vor der Tür blieb er stehen.

»Mein lieber William!«, rief er laut. »Welche Freude, dass wir uns hier wieder begegnen! Wenn auch nicht unter den glücklichsten Umständen.«

Ein Schuss krachte. Die Kugel schlug vor Cullifords Füßen in die Deckplanken und warf eine Wolke von Splittern auf. Er sprang hastig zurück. Ich hörte des Captains Stimme aus der Kajüte.

»Verschwinde von meinem Schiff, du Dieb, du meuterischer Hund!«

Culliford schüttelte betrübt den Kopf. »William, warum diese harten Worte? Ich will nur dein Bestes!« Er hob die Arme. »Sieh her, ich bin unbewaffnet. Lass uns in deiner Kajüte ein gutes Glas trinken und von alten Zeiten reden.«

»Von den alten Zeiten, als du mir bei Antigua das Schiff gestohlen hast?«

»Mein lieber William, an der Sache damals war ich fast unbeteiligt. Und ist es dir danach nicht gut ergangen? Hast du nicht jetzt Frau und Kind in New York? Willst du nicht rasch zu ihnen zurück?«

Die Antwort war ein weiterer Pistolenschuss. Ich sah keinen Einschlag, aber die Kugel musste dicht an Cullifords Kopf vorbeigeschwirrt sein. Er sprang zur Seite und trat dann den Rückzug an, so eilig, wie es die Würde seiner Uniform erlaubte.

In den folgenden Tagen wurde die *Adventure* ausgeplündert. Wir schafften Kanonen, Vorräte, alles, was nicht niet- und nagelfest war, an Land oder hinüber auf die *Queda*. Nur das Heckkastell blieb ausgespart. Gelegentlich dröhnte ein

Schuss herüber, wenn einer der Männer dem Heck zu nahe kam.

Ich arbeitete Seite an Seite mit einigen, von denen ich wusste, dass sie an der Treibjagd auf der Insel teilgenommen hatten. Über diese Ereignisse wurde nicht mehr geredet. Verantwortlich für Sahirs Tod machte ich nicht sie, sondern allein den Captain. Und ich hatte mir geschworen, dass er dafür bezahlen würde.

Das Leben in der Piratenbucht war ein ganz anderes als auf den Schiffen. Die Männer schliefen in Zelten oder unter freiem Himmel am Strand, zwischen Seidenballen und anderen Beutestücken, die dort aufgestapelt lagen. Jeder Abend endete mit einer trunkenen Feier. Der Händler Edward Welch verkaufte gegen Seide und Brokat Fässer mit einem Getränk, das *»Bomboo«* genannt wurde, eine Mischung aus Rum, Zucker, Wasser und Limonensaft. Davon besaß Welch einen unerschöpflichen Vorrat.

Er hatte seinen Handelsposten auf einem Hügel etwa eine Meile von der Bucht eingerichtet. Seine Hütten und sein Lagerhaus waren mit einer Palisade und sechs Kanonen gesichert. Zum Schutz der Waren hatte er auch einige Eingeborene angeheuert und mit Säbeln ausgestattet. Sein Vorgänger war von den Insulanern vertrieben und seine Behausung abgebrannt worden, doch Welch selbst kam mit ihnen offenbar prächtig aus.

Captain Kidd hingegen schienen die Lebensmittel auszugehen. Er ließ Walker die Forderung nach zwei Säcken Kokosnüsse überbringen. Andernfalls werde er das Schiff in die Luft jagen. Walker erwiderte, er könne die Kokosnüsse gerne haben, wenn er dafür mit zwei Säckchen Juwelen aus den Schatzkisten bezahle. Eine Einigung kam nicht zustande.

»Irgendwann wird der Hunger übermächtig«, sagte Walker. »Dann gibt er auf. Oder er erschießt seinen Schwager und isst ihn.«

»Oder er zündet wirklich das Pulverfass«, sagte Palmer.

Die Vermutung erwies sich als nicht abwegig. Samuel Bradley verließ tags darauf das Heckkastell und überbrachte uns totenbleich eine letzte Forderung des Captains. Die Mannschaft solle ihn am nächsten Morgen als Kapitän bestätigen und unter seinem Kommando Culliford angreifen. Dann wolle er mit den Meuterern gnädig verfahren. Andernfalls werde er die *Adventure* mitsamt den Schatzkisten vor Mittag in die Luft sprengen.

»Er meint es ernst«, beschwor Bradley uns. »Er sitzt in der Kajüte neben dem Pulverfass, mit einer brennenden Kerze, die Lunte in der Hand. Bei der Gnade Gottes, lasst mich von diesem Schiff herunter!« Er litt immer noch an seiner Krankheit, und wir ruderten ihn an Land.

Natürlich wollte keiner der Männer Culliford angreifen. Jeder würde lieber zehn Schüsse auf Kidd abfeuern als einen auf Culliford. In sechs Wochen wurde die indische Pilgerflotte in Surat erwartet, und Walker hatte mit Culliford vereinbart, sich dort mit der *Queda* und der *Resolution* auf die Lauer zu legen. Die Männer waren Feuer und Flamme für diesen Plan. Nur Peter und ich wollten uns nicht an der Kaperfahrt beteiligen, denn dies war offene Piraterie.

Peter wollte keine Schiffsplanken mehr unter seinen Füßen. Und ich wollte zurück nach Arcadia. Wäre ich erst auf der Insel, würde sich alles Weitere ergeben. Ich hatte mir klargemacht, wie unwahrscheinlich es war, Sahir dort lebend wiederzusehen. Aber ich wollte wenigstens die Pyramide ausgraben und nach London bringen, wie ich es ihr versprochen hatte.

Würde Kidd sich morgen tatsächlich mit der *Adventure* in die Luft jagen, wäre das Logbuch verloren und damit die genaue Position der Insel. Ich verfluchte mich, dass ich nicht zumindest den Breitengrad dort selbst bestimmt hatte. Mir fielen dazu nachträglich Dutzende Methoden ein. Ein hohler Bambushalm, zu Mittag auf die Sonne gerichtet. Der Winkel zu einem steinbeschwerten Faden. Der Schatten eines

Stabes im ebenen Sand. Alles nicht sonderlich genau, aber ich hätte die Messung ja täglich wiederholen können. Doch dieses Grübeln brachte mich nicht weiter. Ich musste einen Plan fassen.

»Captain Walker, ich möchte Euch etwas vorschlagen. Morgen will Kidd das Schiff sprengen. Aber wir könnten uns noch heute Nacht der Schatzkisten und des Logbuchs bemächtigen.«

Walker saß vor seinem seidenen Zelt, zusammen mit Palmer und Dr. Bradinham. Letzterer hatte bereits dem Bamboo kräftig zugesprochen und starrte mit glasigen Augen vor sich hin. Auch von den anderen Männern am Strand waren die wenigsten noch nüchtern.

»Wie willst du das anstellen, Schulmeister?«

»Hier feiern alle. Einen Angriff erwartet er jetzt nicht. Sam Bradley ist weg, Kidd ist allein, gewiss übernächtigt und müde. Jemand könnte an ihn herankommen und ihn erschießen, bevor er das Pulver zündet.«

»Wie kommt dieser Jemand an ihn heran, ohne dass er es bemerkt?«

»Von außen, durch ein Kajütenfenster. Damit rechnet er nicht.«

»Und wer könnte dieser Jemand sein, Schulmeister?«

»Ich würde es tun. Ich schlage einen Handel vor. Ich beschaffe die Juwelen und das Logbuch mit der Position der Insel. Dafür segelt Ihr mit mir dorthin und setzt mich dort an Land. Wenn Ihr den Rubin findet, gehört er Euch.«

»Wir segeln aber nach Surat.«

»Die Insel liegt irgendwo zwischen Madagaskar und Surat. Der Umweg kann höchstens eine Woche in Anspruch nehmen. Denkt daran, der Rubin ist mehr wert als alles, was Ihr von einem Pilgerschiff erbeuten könnt.«

»Es könnte gelingen. Wir lassen dich an einem Tau vom Achterdeck hinunter«, überlegte Palmer.

»Nein, Bewegung auf dem Achterdeck würde er hören.

Ich will es von unten angehen, vom Ruder aus. Wie tief ist das Wasser am Heck?«

»Ich schätze, zehn Fuß«, sagte Palmer.

»Wir legen mit einem Boot am Heck an. Das Schiff sitzt auf der Sandbank. Die Kajütenfenster liegen fünfzehn Fuß über dem Wasser. Wir stellen eine Leiter auf den Grund, und ich klettere mit einer Pistole hinauf.«

»Du brennst wohl darauf, den Captain umzubringen, was, Schulmeister?«, fragte Palmer.

»Mir soll es recht sein«, sagte Walker. »Gelingt es, bringen wir dich zurück zu der Insel. Solltest du ins Wasser fallen – nun, Palmer, du hast doch hoffentlich bisher keine Haie in der Bucht gesehen?«

»Doch, habe ich«, sagte Palmer. »Verdammt große Bullenhaie. Aber keine Sorge, jeder weiß, dass Haie nachts schlafen.«

Wir warteten bis zur Stunde vor der Morgendämmerung. Walker meinte, um diese Zeit würde Kidd am ehesten schlafen. Für die Leiter hatten wir eine lange Spiere von der verkrüppelten *November* geholt und daran kurze Querbalken festgemacht. Sie erinnerten mich ungut an die Fahrkunst.

Dr. Bradinham schnarchte friedlich, als wir aufbrachen. Wir legten die Leiter auf eines der Boote, schoben es leise ins Wasser und ergriffen die Riemen. Walker und Palmer hatten sonst niemanden eingeweiht. Der Grund war naheliegend.

»Die Juwelen müssen wir nicht mit allen teilen«, sagte Walker. »Wir machen daraus drei faire Anteile. Das Logbuch nehmen wir mit. Dann legen wir eine lange Lunte und jagen das Schiff selbst in die Luft.«

Palmer lachte. »Da ist dann wohl dem Captain das Pulver zu früh losgegangen – welch ein Unglück. Die Schätze liegen nun leider auf dem Meeresgrund.«

Mir war es gleich. Ich wollte vor allem das Logbuch.

Die restliche Strecke zu der *Adventure* legten wir schweigend zurück. Einige Ruderschläge brachten uns hinter das Heck. Wir hatten einen fast vollen Mond, doch der stand schon tief im Norden, und das Heck lag im Mondschatten. Vom Land kam kein Laut. Die Seeleute hatten bis lange nach Mitternacht gelärmt, nun schliefen sie ihren Rausch aus.

Palmer packte den Rand des Ruders und zog das Boot dicht ans Heck heran. Ich blickte hoch zu der Fensterreihe. Manche Schiffe haben dort eine Galerie, und die hätte meinem Plan sehr geholfen, doch auf der *Adventure* schlossen die Kajütenfenster glatt mit dem Heckspiegel ab. Alles sah dunkel und friedlich aus.

Wir ließen die Leiter ins Wasser gleiten, bis wir spürten, dass sie den Grund berührte. Ihr unteres Ende hatten wir mit einem großen Stein beschwert. Dann lehnten wir sie gegen die Schiffswand. Es klapperte ein wenig. Wir verharrten reglos und starrten nach oben, doch dort blieb alles ruhig.

»Sicher schläft er«, flüsterte Palmer.

Ich stieg vom Boot auf die unterste Sprosse. Mein Gesicht hatte ich mit Holzkohle geschwärzt, um am Fenster nicht leicht sichtbar zu sein. Am Gürtel trug ich ein Messer und zwischen den Zähnen die Pistole. Ich wollte durch die Glasscheibe hindurch auf Kidd schießen. Mit dem Schuss musste ich ihn sofort tödlich treffen. Wenn ich ihn nur verwundete, konnte er noch das Pulver zünden. Das Abdrücken würde mir leichtfallen. Vielleicht sah Sahir mir zu, vom Paradies aus.

Die Sprossen, die an der Spiere nur festgebunden waren, gaben unter meinem Gewicht ein wenig nach. Die Leiter endete knapp unter der Fensterreihe. Auf der vorletzten Sprosse lehnte ich mich gegen die Spiere, nahm die Pistole in die Hand und spannte sie. Ich bemerkte einen schwachen Lichtschein aus dem Inneren der Kajüte. Das war gut, denn würde Kidd dort drinnen im Stockdunklen sitzen, hätte ich ein Problem. Ich schob mich hoch und blickte durch das Fenster. Auf dem Kartentisch brannte eine Kerze. Aber Kidd war nirgends zu sehen. Die Kajüte war leer. Ich sah auch kein Pulverfass.

Das konnte nur bedeuten, dass sich Kidd in der Nebenkammer oder im Vorraum des Heckkastells verbarg. Damit war mein Plan gescheitert. Um durch das Fenster zu gelangen, müsste ich die Scheibe mit dem Pistolengriff einschlagen, und dieser Lärm würde ihn gewiss alarmieren. Ich tastete den Fensterrahmen ab. Er stand etwas vor. Das Fenster war tatsächlich unverriegelt. Das war ein Glücksfall.

Ich entspannte die Pistole wieder und steckte sie in meinen Gürtel. Dann zwängte ich mein Messer in den Spalt und hebelte das Fenster auf. Es knirschte ein wenig. Die Kerze flackerte im Luftzug, der durch das offene Fenster strich. Sonst rührte sich nichts. Ich steckte das Messer weg, stieg auf die letzte Sprosse und schob mich so lautlos wie möglich in die Kabine. Ich landete auf dem Boden und nahm sofort wieder die Pistole zur Hand.

Bradley hatte berichtet, dass Kidd die Schatzkisten unter seiner Koje lagerte. Seine Koje stand an der Wand, aber darunter sah ich keine Kisten. Dafür erblickte ich auf dem Kartentisch die Eisenkassette, in der der Captain sein Logbuch aufbewahrte. Jetzt fiel mir der Geruch auf. Es roch in der Kajüte nach schwelendem Hanf, wie von einer glimmenden Lunte. Auf dem Boden sah ich eine schwarze Rußspur. Sie verlief quer durch die Kajüte und verschwand unter der Tür zur Nebenkammer.

In dieser Kammer pflegte Kidd immer zu lauern, wenn Pierre den französischen Kapitän spielte. Ich spannte die Pistole und trat lautlos an die Tür. Dann riss ich sie mit einem Ruck auf. Mitten in der Kammer stand eines der Fässer mit Schwarzpulver für die Musketen. Knapp über dem Boden war ein Loch hineingebohrt. Darin steckte eine Lunte. Sie war noch etwa einen Fuß lang. Ihr Ende glomm.

Es war eine langsame Lunte, also blieb noch genügend Zeit. Ich trat auf die Glut, um sie zu löschen. Ich wollte keinen Lärm machen, denn ich wusste nicht, wo Kidd sich versteckt hielt. Aber die verdammte Lunte wollte sich nicht austreten lassen. Salpetergetränkter Hanf ist schwer zu löschen. Ich packte das Ende, um es aus dem Fass herauszuziehen. Es löste sich mit einem Ruck, doch aus dem Luntenloch stob eine Wolke von Schwarzpulver. Es gab einen Puff, als es sich an der Glut entzündete. Aus dem Loch begannen Funken zu sprühen.

Es ist nicht ratsam, sich mit einem explodierenden Pulverfass im gleichen Raum aufzuhalten. Ich sprang zurück, ließ die Pistole fallen, schnappte die Kassette vom Kartentisch und hechtete aus dem offenen Fenster. Noch während ich fiel, war um mich herum plötzlich alles taghell, und ich spürte eine Hitzewelle. Dann schlug das Wasser über mir zusammen.

Als ich hochkam, stieß ich mit dem Schädel gegen den Bootsrumpf. Fast hätte ich die Kassette losgelassen. Ich hielt sie über Wasser und warf sie ins Boot. Dann zogen Walker und Palmer mich hinein. Palmer griff zu den Riemen und brachte das Boot hastig auf Abstand zu der *Adventure*, aus deren Heck jetzt Flammen loderten.

»Verflucht, was ist passiert?«

»Ich habe Kidd nicht gesehen. Die Schatzkisten sind weg. Im Nebenraum war ein Pulverfass mit einem Zeitzünder.« Dass ich das Fass aus Tollpatschigkeit selbst zur Explosion gebracht hatte, musste niemand erfahren.

Hinter uns brach das Heckkastell mit lautem Krach in sich zusammen. Ein Funkenregen trieb über uns hinweg, und brennende Holzteile fielen ins Meer. Wo die Kajütenfenster gewesen waren, klaffte nun ein riesiges Loch, aus dem Flammen schlugen.

»Ob Kidd tot ist?«, überlegte Walker.

»Ich glaube, er ist geflohen. Ein Fenster war unverriegelt. Vermutlich haben ihn seine Getreuen in der Nacht mit dem Boot dort herausgeholt. Sie haben auch die Schatzkisten mitgenommen und dann eine lange Lunte gelegt.«

»Dieser verfluchte Hund Bradley«, sagte Walker. »Das müssen sie geplant haben. Aber sie können mit ihrem Boot nicht weit kommen. Sie müssen irgendwo landen. Bald geht die Sonne auf. Sobald ich die Männer wach kriege, werden wir mit der *Queda* die Küste absuchen.«

Auf der *Adventure* hatte nun auch der Besanmast Feuer gefangen. Brennende Spieren stürzten auf das Deck. Die Flammen breiteten sich rasch über das Schiff aus. Vom Ufer kamen Rufe. Die Explosion und das Feuer hatten einige der Männer aufgeweckt. Da vernahmen wir von der anderen Seite der Bucht das Geräusch einer Axt, dann ein lautes Klatschen, als ob schwere Taue ins Wasser fielen. Dann das Knarren von Rahen und das Flattern sich entfaltender Leinwand.

Der Schein des brennenden Schiffes reichte weit über die Bucht. Er beleuchtete Segel, die sich in der Morgenbrise füllten. Jemand hatte auf der *Queda* die Ankertaue gekappt und die Segel herabgelassen. Langsam setzte das Schiff sich in Bewegung. Im roten, flackernden Licht erkannte ich die schattenhafte Gestalt von Captain Kidd auf dem Achterdeck. Er stützte sich auf die Reling und blickte zur brennenden *Adventure* hinüber.

Walker zog seine Pistole aus dem Gürtel, spannte sie und zielte. Doch dann ließ er sie sinken. Die Entfernung war viel zu groß. Die *Queda* nahm Fahrt auf und steuerte zum Ausgang der Bucht, zu der schmalen Passage zwischen Küste und vorgelagerter Insel. Wir konnten ihr nur tatenlos nachstarren. Wir hatten nichts, um sie einzuholen. Die *November* hatte im Sturm den Großmast verloren, und Cullifords Dreimaster war auf die Seite gelegt worden, um den Rumpf für die bevorstehende Kaperfahrt von Seepocken zu befreien. Aber wenigstens besaßen wir nun das Logbuch mit der Position der Insel.

Wir ruderten ans Ufer, während hinter uns die *Adventure* brennend im Wasser versank. An Land brach Palmer die verschlossene Kassette mit Hammer und Meißel auf. Sie enthielt tatsächlich das Logbuch. Entgegen meiner Befürchtung hatte es beim Sturz ins Wasser kaum Schaden genommen, die Schrift war noch klar lesbar. Ich blätterte es durch.

Bis zur Kaperung der *Queda Vacharrakan* schien das Log einigermaßen regelmäßig geführt worden zu sein. Der *Queda* hatte der Captain eine französische Flagge angedichtet. Danach fehlten Seiten. Sie waren offensichtlich herausgerissen worden. Darauf folgte eine Reihe von rätselhaften Einträgen, die eine ereignislose Fahrt der *Adventure* von der Malabarküste nach Madagaskar beschrieben. Die Geschehnisse auf der Insel Arcadia kamen nicht vor. Der letzte Eintrag im Log lautete knapp:

1. April 1698. Mittag 49°7' Süd. Am Morgen Küste von Madagaskar in Höhe von Boamor in Sicht. Wind 4 Kn Ostnordost. Kurs entlang der Küste nach St. Marie.

»Schulmeister, was ist los?«, fragte Walker. Er und Palmer hatten sich über meine Schulter gebeugt, während ich das Logbuch studierte. Walker konnte nur schlecht lesen, Palmer überhaupt nicht.

»Wo war die *Adventure* am 1. April, Captain Walker?«

»Genau dort, wo auch wir jetzt hinsegeln wollen. Vor Surat. Der Captain wollte das Auslaufen der Pilgerflotte abpassen. Leider war die Flotte beschützt von Fregatten. Es gab ein Missgeschick. Wir haben dabei wohl versehentlich auf ein englisches Kompanieschiff gefeuert.«

»Im Logbuch steht nichts darüber. Nichts über Surat und nichts über die Insel. Alle Seiten seit Februar fehlen. Der Captain hat sie herausgerissen. Der Teil danach ist gefälscht.«

Walker setzte sich hin. Dann lachte er laut auf. »Das war's dann wohl mit der Insel und dem Rubin. Dieser Hund! Er wollte alles vertuschen. Jetzt hat er sich nicht nur die Schatzkisten unter den Nagel gerissen, sondern auch die Seide und die anderen Waren, die noch in der *Queda* geladen sind.«

Palmer fluchte und gab der Kassette einen Tritt, der sie weit über den Strand fliegen ließ.

Doch Walker zuckte die Achseln. »Was soll's? Die Pilgerflotte wird uns entschädigen. Auf der Rückreise gibt es immer Nachzügler, die wir uns schnappen werden. Die *Queda* ist fort, also segeln wir mit Culliford auf der *Resolution*.«

Ich brauchte länger, um die Wendung der Dinge zu verdauen. Am folgenden Tag sprach ich bei Captain Culliford vor. Er hauste wie ein König innerhalb der Palisade von Edward Welchs Handelsposten. Zu seiner Residenz, einer großen Hütte auf Stelzen, vormals ein Lagerhaus, musste man eine Treppe hinaufsteigen. Seinen Thronsaal teilte er mit fünf eingeborenen Damen, alle jung und von ausgesuchter Schönheit. Sie trugen allesamt knappe Bekleidung, manche nur Muschelketten.

Culliford lag mit bloßem Oberkörper ausgestreckt auf einem Lager aus Zebufellen, neben sich einen Krug und Körbe mit Früchten.

Eine der braunhäutigen Damen fächelte ihm mit einem Palmwedel Luft zu. Eine andere war damit beschäftigt, seine Arme zu massieren, eine dritte bearbeitete gerade seine Zehennägel mit einer Wurzelbürste. Es waren nicht zweiundsiebzig, und sie waren zweifellos keine Jungfrauen, aber sonst kam Culliford dem Ideal vom muslimischen Paradies ziemlich nahe.

»Macht die Ladys nicht verlegen mit Eurem Gaffen«, sagte er. »Kommt zur Sache, denn ich bin sehr beschäftigt. Habt Ihr es Euch überlegt? Wollt Ihr doch anheuern?«

»Ich möchte Euch vorher etwas fragen, Sir. Ihr kennt Mr. Kidd von früher. Wohin wird er mit der *Queda* segeln? Nach London zu seinen Geldgebern? Oder nach New York zu seiner Familie?«

Culliford lachte. »Wenn er dumm ist, segelt er nach New York. Wenn er noch dümmer ist, nach London. William ist mittlerweile ziemlich berühmt. In London würde man kurzen Prozess mit ihm machen.«

»Was würdet Ihr an seiner Stelle tun, Sir?«

»Mit den Schätzen in der *Queda* kann er in Westindien leben wie ein König. Dort fragt keiner nach der Vergangenheit. Er kann seine Familie zu sich kommen lassen.«

»Also segelt er nach Westindien?«

»Ich würde darauf wetten.«

»Er hat aber höchstens zwanzig Mann an Bord. Schafft er es damit über den Atlantik?«

»Wenn er in keinen Sturm gerät, schafft er es. Der gute William hat seine Schwächen, aber seine Seemannschaft ist untadelig.«

»Wohin in Westindien?«

»In keinen großen Hafen. Die *Queda* würde überall auffallen wie ein bunter Hund. Er wird sie in einer einsamen Bucht vor Anker legen und von dort aus versuchen, seine Schätze zu Geld zu machen. Ich kann mir auch denken, in welcher Bucht. Was wollt Ihr denn von ihm?«

»Ich habe mit ihm noch eine Rechnung offen, Sir.«

»Dann viel Glück. Ihr werdet dazu Geld brauchen. Da weiß ich Euch einen Rat: Nehmt Euren Mumm zusammen, kommt mit uns und holt es Euch von der Pilgerflotte. Gute Leute können immer bei mir anheuern. In zwei Tagen laufen wir aus.«

Geld würde ich nicht nur brauchen, um Kidd aufzuspüren und die Position von Arcadia aus ihm herauszuprügeln. Sondern auch, um dann einen Kapitän zu bezahlen, der mich zu der Insel brachte. Also holte ich tief Luft und sprach die Worte aus, die mich endgültig zum Gesetzlosen machten. »Ich bin kein Seemann, Sir, aber jeder wird Euch bestätigen, dass ich mit Kanonen umgehen kann.«

Culliford streckte die Hand aus, und ich schlug ein.

»Südlich von Hispaniola«, sagte er, »liegt eine Insel. Die Spanier nennen sie Santa Catalina. Sie ist unbewohnt. Die

Einheimischen meiden sie. Im Südwesten dieser Insel gibt es eine verborgene Bucht. Am Ufer in der Nähe steht ein großer Feigenbaum. Er ist weithin zu sehen. Er trägt schon lange keine Früchte mehr. Aber vielleicht findet Ihr in dieser Bucht etwas anderes zum Pflücken.«

»Vielen Dank, Sir.«

Die Dame, die Cullifords Arme massiert hatte, begann nun, ihre Aufmerksamkeit anderen Körperteilen zuzuwenden. Ich machte mich davon.

Als ich die Treppe hinabstieg, hatte ich das kuriose Gefühl, ich sei gerade in einen Fluss gesprungen. In ein reißendes Gewässer, aus dem es kein Entrinnen mehr gab und das mich nun immer weitertrieb, auf ein unbekanntes Ziel zu, sei es Santa Catalina oder Arcadia oder der Galgen. *»Piratae non sumus«*, hatte ich Sahir gegenüber stets beteuert. Jetzt war ich einer.

21

Indischer Ozean, September 1698

Vor dem Auslaufen aus St. Marie wurde disputiert, ob man die Sturmschäden an der *November* reparieren und neue Masten setzen sollte. Doch dies war harte Arbeit. Niemand verspürte dazu Lust. Die Zeit drängte, also wurde die *November* in Brand gesetzt und versenkt. Die Rauchfahne hing noch über der Insel, als wir mit dem Südwestmonsun Kurs auf Surat nahmen.

Die Mannschaft der *Resolution* bestand zum großen Teil aus früheren Schiffskameraden von der *Adventure*. Auf Cullifords letzter Kaperfahrt im Juni hatte ein Fieber seine eigene Mannschaft arg dezimiert und ihn zur vorzeitigen Rückkehr nach St. Marie gezwungen. Wäre Kidd damals tatsächlich dort gewesen und hätte ihn angegriffen, wie es sein Kaperbrief vorsah, hätte er wohl leichtes Spiel gehabt.

Von den sechsundvierzig Kanonen der *Resolution* waren zwölf auf dem Oberdeck, die anderen vierunddreißig im darunterliegenden Kanonendeck aufgestellt. Ein Teil der Kanonen stammte von der *Adventure*. Ich besaß das Kommando über zwei der bronzenen Bombarden auf dem Oberdeck. Sie verschossen dreißigpfündige Kugeln in einem steilen Winkel. Die Bordwände von Kriegsschiffen sind mit dicken Eichenbohlen gepanzert, nicht jedoch das Deck, sodass ein glücklicher Treffer von oben das Deck durchschlagen und viel Schaden anrichten kann. Mit den Waffen ließen sich auch Bomben mit kurzer Zündschnur verschießen. Trotz des größeren Kalibers waren sie leichter und ließen sich besser handhaben als Kidds Zwölfpfünder, zumal Bronze nicht ständig poliert und gegen das Rosten eingefettet werden muss.

Meine frühere Kanonenmannschaft – Hawden, Burton, Deenes, und Thursday, der Wilde – war fast wieder vollzählig. Nur Peter Gibson hatten wir auf St. Marie zurückgelassen. Edward Welch hatte ihn als Gehilfen aufgenommen.

Wenn wir nicht an den Kanonen übten, hockte Thursday auf dem Achterdeck an der Reling und starrte zum Himmel oder ins Kielwasser. Auf der *Resolution* durfte jeder achtern herumspazieren und über vieles andere an Bord mitbestimmen, ein kurioses Prinzip, das in der Antike als *»Democratia«* bezeichnet worden war. Schon Melchior Hahnefuß, der Kapitän der *Leopoldus*, hatte davor gewarnt. Damals hätte ich nie gedacht, dass ich es einmal selbst erleben würde.

Auf Piratenschiffen gab es auch keine Sklaven. »Thursday, du bist nun frei«, sagte ich zu ihm. Doch ich weiß nicht, ob er mich verstand. Er hatte bislang nur wenige Worte Englisch gelernt. Zuweilen hatte ich das Gefühl, dass er unsere Sprache aus freier Entscheidung gar nicht verstehen und sprechen wollte. Auf anderen Gebieten besaß er seltsame Fähigkeiten. Er konnte die Schiffszeit von den Sternen ablesen. Nach einem kurzen Blick auf einen großen Haufen Kanonenkugeln konnte er sofort einen zweiten Haufen mit genau der gleichen Zahl Kugeln daneben aufstapeln. Und ich hatte sogar den Verdacht, er könne auf seine Art lesen und schreiben. Wenn er etwas im Gedächtnis behalten wollte, ritzte er seltsame Zeichen in eine Planke.

Thursday blickte zum Nachthimmel empor. Er deutete auf das Sternbild des Zentauren, das hinter dem Schiff im Süden leuchtete, und dann auf seinen Kopf.

»Ist das euer Gott? Dort in den Sternen?«

Er schüttelte den Kopf, dann machte er eine Geste, als würde er jemanden umarmen, und legte mit geschlossenen Augen seinen Kopf zur Seite.

»Du hast eine Frau?«, fragte ich und malte mit den Händen eine weibliche Gestalt in die Luft.

Er nickte. Dann streckte er die Arme aus und machte eine wiegende Bewegung.

»Du hast Kinder? Du willst sicher zu ihnen zurück?«

Er nickte wieder traurig, lehnte das Kinn auf die Reling und sah zu den Sternen empor. Vielleicht verbanden sie ihn irgendwie mit seiner Familie. Unser Ziel lag an der indischen Küste, doch es konnte ebenso gut der Mond sein, so gering war Thursdays Aussicht, seine Frau und seine Kinder in den fernen Bergen von Nigritia je wiederzusehen. Hier an Bord war er frei. In jedem Hafen und jeder Stadt wäre er wieder ein Sklave.

Auch ich verbrachte viel Zeit damit, über das Meer zu starren und auf das Kielwasser, das eine schnurgerade helle Spur bis zum Horizont zog. Irgendwo südlich von uns, in einer unbekannten Entfernung, lag zwischen den vielen anderen Eilanden die Insel Arcadia. Im Gegensatz zu Thursday konnte ich vielleicht an dieses Ziel gelangen. Der erste Schritt dorthin war eine möglichst reiche Beute, und nichts anderes durfte mir im Augenblick wichtig sein.

Vor Surat warteten wir auf die Ankunft der Pilgerflotte. Doch diese erwies sich als Enttäuschung. Die riesigen Pilgerschiffe, Dhaus und Galeonen, fuhren unter allen Segeln im Konvoi, begleitet von Kriegsschiffen aller drei Ostindien-Kompanien. Wir zählten mindestens sechs Fregatten. Ihre Stückpforten, anders als bei der *Queda*, waren zweifellos echt. Wir lagen beigedreht vierzig Seemeilen vor der Küste und mussten tatenlos zusehen, wie die Schiffe am Horizont an uns vorübersegelten. Fernrohre gingen von Hand zu Hand.

»Jammerschade«, sagte Captain Culliford. »Ich sehe die Schätze an Bord dieser Schiffe direkt vor mir. Wir haben auch den Windvorteil. Aber wenn wir angreifen, bekommen wir es mit den Fregatten zu tun. Allein schaffen wir das nicht, wir bräuchten eine ganze Flotte.«

»Segel an Steuerbord!«, rief der Ausguck vom Großmast herunter. »Und verflucht! Auch an Backbord sehe ich jetzt eins! Knapp über der Kimm.«

Die beiden Schiffe, die er westlich und östlich von uns erspäht hatte, lagen ebenfalls beigedreht. Bei einem war so wie bei uns der King's Jack gehisst, bei dem anderen die französische Marineflagge. Niemand von uns glaubte auch nur einen Augenblick, dass dort ein englisches oder französisches Kriegsschiff lagen. Wir waren offensichtlich nicht die einzigen Piraten, die sich vor Surat auf die Lauer gelegt hatten.

Mit den beiden zusammen wäre ein schneller Angriff, gefolgt von einem ebenso schnellen Rückzug, auf das Ende des Konvois vielleicht gelungen. Aber es war zu spät. Die Pilgerflotte verschwand Schiff für Schiff im Osten unter der Kimm.

Nach dem Austausch von Signalen nahmen die beiden anderen Schiffe Kurs auf uns, bis wir schließlich Seite an Seite lagen. Das Schiff mit den französischen Farben war die *Pelican* unter Joseph Wheeler, einem ehemaligen Schiffszimmermann. Die Mannschaft hatte ihn zum Kapitän gewählt, nachdem sein Vorgänger verrückt geworden und ins Meer gesprungen war – so zumindest erzählten sie es. Und das Schiff mit dem King's Jack war die *Soldado*, eine zweimastige Brigantine, bei der man noch erkennen konnte, dass sie einst drei Masten besessen hatte. Sie wurde von niemand anderem befehligt als dem berühmten Piraten Rick Sievers.

»Es ist mir eine Ehre, Euch endlich kennenzulernen, Sir!«, rief Culliford hinüber.

»Meinerseits!« Sievers spuckte einen Priem über die Bordwand. Er war ein Riese von Gestalt, der die anderen Männer auf seinem Achterdeck um Haupteslänge überragte. Sein Gesicht verschwand fast unter einem roten Backen- und Kinnbart. Er sprach Englisch mit heftigem Hamburger Einschlag.

Die drei Kapitäne trafen sich auf der *Resolution*, um das weitere Vorgehen zu besprechen. Für das Treffen hatte man einen Tisch und Stühle auf dem Mitteldeck aufgestellt und zur Förderung der Ideen auch die geistigen Getränke nicht vergessen. Die Mannschaft wohnte der Disputation vollzählig bei, um ihre Meinung zu Vorschlägen durch Rufe oder Pfiffe kundzutun.

Wir erfuhren von Wheeler zunächst Neuigkeiten aus der Welt. Die Kaperung der *Queda* habe riesiges Aufsehen erregt, zumal mit dem Schiff auch Sahir Khan, Gesandte des *Munihyan*, verschwunden sei. Der Großmogul habe die Tat übel aufgenommen. Vor allem sein Wesir, Mukhlis Khan, Sahirs Vater, sei außer sich gewesen vor Zorn. Er wolle die englischen Schiffe in allen indischen Häfen festsetzen und alle Engländer im Land als Geiseln einsperren. Nur mit vielen Versprechungen und massiven Bestechungsgeldern habe die Ostindien-Kompanie solche Maßnahmen verhindern können. So erklärte sich auch die ungewöhnlich starke Bewachung der Pilgerflotte.

Es wurde beschlossen, die folgende Woche noch vor Surat zu verweilen, um etwaige Nachzügler der Flotte zu erwischen. Danach wollten wir die Malabarküste hinab in Richtung Calicut segeln, um dort unter den Handelsschiffen Prisen zu machen. Jede Beute sollte unter den beteiligten Schiffen fair aufgeteilt werden, sofern sie sich bei der Kaperung in Kanonenschussweite befanden.

Die Beschlüsse mussten gebührend gefeiert werden. Auf der *Resolution* waren zwar inzwischen Wasser und Proviant knapp, aber Wheeler stattete uns großzügig mit Arrak aus. Das Gelage dauerte die halbe Nacht.

Ich feierte nicht mit, denn Wheelers Nachrichten hatten frische Wunden aufgerissen. Den Zorn des Mukhlis Khan konnte ich nur allzu gut verstehen. Mir kam der Gedanke, ihn aufzusuchen und ihm über das Schicksal seiner Tochter zu berichten. Doch würde er mich wohl kaum mit offenen

Armen als Schwiegersohn begrüßen. Eher würde ich sofort ergriffen und als Pirat hingerichtet. Darüber grübelte ich nach, während ich vor dem Morgengrauen an der Reling stand und in die Finsternis starrte. Weder Mond noch Sterne waren zu sehen. Ein schwacher Nordwind trug die Gerüche der Küste zu uns herüber. Plötzlich hörte ich von fern, von irgendwo auf der dunklen See, eine Ziege meckern.

Das Geräusch kam nicht von der *Pelican* oder der *Soldado*. Eine Ziege dort wäre ohnehin längst im Kochtopf gelandet. Eine Insel lag auch nicht in der Nähe, nur Sandbänke. Ich spähte in die Dunkelheit. Die See war wie ein schwarzes Tuch. Doch dann vernahm ich wieder deutlich das ferne Meckern. Ich machte mich auf die Suche nach dem Captain und fand ihn schlafend in der großen Kajüte. Ich schüttelte ihn an der Schulter.

»Captain! Eine Ziege hat gemeckert!«

»Was? Wo?«

»Im Nordwesten.«

Culliford sprang aus der Koje und griff seine Uniformjacke. »Weckt alle Männer, aber leise! Wenn wir ihre Ziege hören, können sie uns auch hören.« Er blies die Kerze aus, die in einem Glasgefäß auf dem Kartentisch brannte. »Kein Licht machen!«

Die meisten Männer schliefen ohnehin auf dem Oberdeck. In wenigen Minuten waren sie wach, wenn auch alles andere als frisch und kampfbereit. Doch die Nachricht verbreitete sich sofort. Befehle wurden gezischt. Etwas taumelig von den Nachwirkungen des Arraks enterten Matrosen in die Masten. Die anderen drängten sich an der Bordwand und starrten in die dunkle Nacht. Auch von der *Soldado* auf unserer Steuerbordseite kamen nun die Geräusche von halblauten Kommandos und herabfallenden Segeln.

Die Ziege meckerte nicht mehr. Kein Licht war dort draußen zu sehen. Ich konnte nur hoffen, dass ich mir das Geräusch nicht eingebildet hatte. Wir hatten im Dunkeln alle

Segel gesetzt und gingen auf Ostkurs, auf die Küste zu, so hart am Wind wie möglich. Wahrscheinlich würde am Vormittag der Wind auf Südwest drehen und uns wieder den Windvorteil geben. Bei einem Gefecht ist die bessere Position stets in Windrichtung, denn sie erlaubt es, freier zu manövrieren.

Mit der diesen Breitengraden eigenen Plötzlichkeit brach der Tag an. Eben war es noch stockdunkel, dann erschien der Sonnenball am Horizont und warf sein Licht auf eine riesige dreimastige Galeone portugiesischer Bauart, kaum zwei Meilen entfernt. Culliford hatte unseren Kurs gut berechnet.

Die Galeone bot einen wundervollen Anblick. Unter Teilbesegelung lief sie gemächlich auf Surat zu, parallel zu uns. Die Topsegel waren gerefft, wohl um des Nachts wegen der Sandbänke die Fahrt zu reduzieren. Am Heck wehte das grüne Banner mit dem goldenen Löwen und der Sonne des Großmoguls. Die *Soldado* war ihr etwas näher, da sie dichter an den Wind gehen konnte. Die *Pelican* folgte uns in weitem Abstand. Ich blickte zum Achterdeck und sah, dass Culliford einen Dreispitz aufgesetzt hatte. So mochte er von ferne als Kapitän eines Kompanieschiffes durchgehen.

Die Galeone war ungewöhnlich getakelt, die Masten besaßen nur drei lange Rahen. Bug und Heck waren voller geschnitzter Ornamente und Zierrat. Es handelte sich zweifellos um ein Pilgerschiff, doch sie war wehrhaft. Ich zählte achtzehn Stückpforten. Bei unserem Anblick machte sie keine Anstalten, den Kurs zu ändern. An unseren Flaggenstock wie auch an dem der *Soldado* flatterten lustig die King's Jacks.

Archie Buchannon hatte auch auf der *Resolution* den Posten des Geschützmeisters übernommen. Er blickte durch sein Fernrohr zu der Galeone hinüber. »Ha! Sie fallen wirklich auf die englischen Lappen herein. Sie halten uns für eine Fregatte vom Geleitschutz.«

»Kannst du Einzelheiten an Deck sehen?«, fragte ich ihn.

»Türken. Hunderte. Sie starren alle zu uns herüber.«

»Woher weißt du, dass es keine Laskaren sind?«

»Laskaren tragen keine Helme. Sie haben auch keine Säbel und Piken.«

Unsere Männer kauerten hinter der Bordwand, um von der Galeone aus nicht gesehen zu werden. Doch Rick Sievers hielt offenbar nichts von solchen Vorsichtsmaßnahmen. Seine Leute liefen an Deck der *Soldado* hin und her, grölten und schwenkten ihre Säbel. Jetzt hörte ich auch von dort das Klappern und dumpfe Poltern, als auf der uns abgewandten Seite die Stückpforten aufgingen und die Kanonen ausgerannt wurden, wenngleich der Gegner noch weit außer Schussweite war.

»Diese Narren«, sagte Buchannon.

Auf der Galeone setzte sofort wilde Betriebsamkeit ein. Männer kletterten in die Wanten. Mars- und Bramsegel entrollten sich und spannten sich im Wind. Die Galeone lief jetzt unter allem Tuch und warf eine hohe Bugwelle auf. Sie leuchtete in der Morgensonne wie ein Palast aus Alabaster. Als sie noch etwa eine Meile entfernt war, sahen wir, wie sich ihre achtzehn Stückpforten öffneten. Zugleich luvte sie etwas an.

Culliford hielt wohl die Zeit für gekommen, sich nun ebenfalls als Pirat zu offenbaren. Er riss sich den Dreispitz vom Kopf, wedelte damit herum und rief laut auf das Deck hinunter: »Dort drüben gibt es eine fette Prise. Jetzt holen wir sie uns! Was, Männer?«

Lautes Gebrüll, Getrampel und Gejohle kam als Antwort zurück. Auch ich fühlte mich bemüßigt, »Hurra!« zu rufen. Das Schiff vibrierte von einer Erregung, die auch mich erfasst hatte. Dies war ein offener Angriff, ganz anders als die Scharaden von Captain Kidd. Jedem war klar, dass er womöglich bald einen Arm oder ein Bein los sein würde, wenn nicht gar das Leben, doch das war in diesem Moment gleichgültig.

Culliford warf Jon Swann, seinem Schiffsmeister, den Schlüssel zur Waffenkammer zu. »Jon, Waffen verteilen!«

Wie überall waren auch auf Piratenschiffen die Waffen unter Verschluss, nicht aus Furcht vor Meuterei, sondern damit die Männer ihre Streitigkeiten untereinander wenigstens nicht mit Hieb- und Schusswaffen austrugen. Nun gingen Säbel, Beile und lange Entermesser von Hand zu Hand. An uns Kanoniere, da wir mit Pulver umgehen konnten, wurden Schusswaffen ausgegeben.

Auf eine Muskete verzichtete ich, denn damit hätte ich aufentern und vom Mast aus schießen müssen. Da war mir der Kampf Mann gegen Mann an Deck lieber. Ich wählte eine schwere Pistole von der Art, die von den Piraten »Blunderbuss« genannt wurde. Sie besaß ein Radschloss und einen trichterförmigen Lauf, ähnlich der Waffe, die sich Mr. Floyd damals für das Duell geliehen hatte, nur größer. Sie verschoss keine Kugeln, sondern gehacktes Blei. Der Mündungstrichter machte das Laden einfacher. Mit einer solchen Waffe, hieß es, könne man mit etwas Glück drei Gegner zugleich erschießen. Doch ich hoffte, dass der Kampf vorbei sein würde, bevor ich Gelegenheit bekäme, das auszuprobieren.

»An Deck, Kettenkugeln laden!«, rief Buchannon. »Kanonen ausrennen!«

Kettenkugeln bestanden aus zwei Eisenbällen, die durch Kettenglieder verbunden waren. Damit schoss man ins Takelwerk. Ein Volltreffer mit einer Kettenkugel konnte einen Mast fällen.

Unter Deck wurden die Kanonen ausgerannt.

Trotz allen gesetzten Tuches und schäumender Bugwelle war die Galeone langsam, denn sie lag tief im Wasser. Das war verheißungsvoll. Die Laderäume waren für die Rückreise wohl mit Waren vollgestopft, da die Pilger stets von Händlern begleitet wurden. Auf dem Bugkastell sah ich die Käfige mit Lebendproviant. Von dort war das Meckern gekommen, das die Position des Schiffes verraten hatte.

Der Wind hatte etwas auf Westen gedreht, und wir kamen der Galeone stetig näher. Die *Soldado* lief etwa zweihundert Yard vor uns. Ich sah mich nach der *Pelican* um, aber diese lag fast eine Meile zurück.

»Zwei Strich anluven!«, rief Culliford.

Wir kreuzten das Kielwasser der *Soldado*, und ich verstand den Plan. Das Pilgerschiff sollte von beiden Seiten in die Zange genommen und aus der Entfernung sturmreif geschossen werden. Doch Sievers war bekannt als verrückter Hund, und das stellte er jetzt wieder unter Beweis. Er wollte sich wohl vor den Bug der Galeone setzen. Dazu musste er sie auf Steuerbord passieren, dicht vorbei an ihren Kanonenmündungen. Wir konnten aus dreihundert Yard Entfernung nur tatenlos zusehen.

Die *Soldado* schob sich am Heck der Galeone vorbei und begann zu schießen. Ihre Kanonen feuerten mit lang anhaltendem Donner nacheinander vom Bug bis zum Heck. Wegen des Rauchs ließen sich Einzelheiten schwer erkennen, doch es war zu sehen, dass die Galeone erzitterte und von ihrem Heckspiegel große Holzteile davonflogen. Aber dann antworteten ihre Kanonen, alle zugleich. Die Breitseite dröhnte wie eine einzige riesige Explosion. Sie traf die *Soldado* mittschiffs aus dreißig Yard Entfernung.

Eben noch hatte ich Sievers am Steuerhebel stehen sehen, jetzt verschwand die Brigantine vollständig in einer Rauch- und Splitterwolke. Oben ragten nur noch die beiden Masten heraus. Der Abstand zwischen ihnen schien zu wachsen. Das konnte eigentlich nicht sein, aber es war deutlich zu sehen. Taue und Stage zwischen den Masten spannten sich und rissen. Der Großmast neigte sich immer weiter nach vorne. Ein Musketier, der auf der Marsplattform saß, riss den Mund zu einem Schrei auf, dann verschwanden Mann und Mast in einem Gewirr von Leinwandfetzen und herabstürzenden Rahen.

»Jetzt ist es wohl aus mit Sievers«, sagte Buchannon neben mir. Es klang nicht, als würde er das sehr bedauern.

Die Brigantine verlor sofort an Fahrt. Aber Sievers hatte den Beschuss augenscheinlich überlebt, denn er legte das Ruder hart nach Backbord. Beide Schiffe schoben sich mit lautem Krachen ineinander. Rahen splitterten. Die Heckfenster der *Soldado* zerplatzten durch den Aufprall und fielen als Scherbenregen ins Meer. Wir sahen Enterhaken fliegen. Sie bissen sich in der Bordwand der Galeone fest. Dort hieben Männer mit Äxten auf die Haken ein, um die Seile zu durchtrennen, andere versuchten, mit langen Stangen die Brigantine wegzuschieben. Doch es war zu spät.

Die Schiffe lagen Bord an Bord, und Sievers' Piraten schwärmten jetzt auf das Deck der Galeone wie ein Rudel Hunde bei der Fuchsjagd. Sie stießen sofort auf Widerstand. Ein Trupp Türken mit Säbeln hatte sich mitten auf dem Deck aufgebaut und warf sich der Entermannschaft entgegen. Andere kamen jetzt mit Piken aus den Vorder- und Heckkastellen gerannt.

Die Türken trugen spitz zulaufende Helme und rote Pluderhosen. Sie waren offensichtlich in der Überzahl. In wenigen Minuten hatten sie Sievers' Männer zu einem Haufen an der Bordwand zusammengedrängt. Ich sah Sievers dort in der vordersten Reihe. Er hieb mit einem gewaltigen Schwert um sich, das er mit beiden Händen führte. Doch es sah nicht gut für sie aus.

Inzwischen hatte auch die *Resolution* die Galeone erreicht. Wir hatten noch keinen Schuss abgegeben. Ich konnte in die offenen Stückpforten an Backbord hineinblicken, sah aber keine Mündungen, nur dunkle Löcher. Wohl um mehr Laderaum verfügbar zu machen, hatte die Galeone nur die halbe Zahl Kanonen an Bord. Sie konnte sich nur auf einer Seite verteidigen.

Culliford rief: »Jetzt gilt es! Lasst uns die Kameraden heraushauen!«

An der Bordwand schwangen Männer mit wildem Gebrüll die Enterhaken. Andere kamen mit Planken angerannt. Jetzt wurden die Türken der Gefahr in ihrem Rücken gewahr. Ihre Formation löste sich auf, sie liefen hinüber zu unserer Seite des Decks und versuchten, auch hier mit Äxten und ihren Säbeln die Enterleinen durchzuhauen. Aber die Schiffe waren bereits durch ein Netz von Tauen verbunden. Die Bordwände krachten gegeneinander, Planken wurden herübergelegt.

»Macht sie fertig! Alle entern!«, brüllte Culliford. Mir wurde klar, dass damit auch ich gemeint war.

Ich lief als einer der Letzten über die Planke, in der einen Hand die Blunderbuss, in der anderen ein Entermesser. Als ich auf das Deck der Galeone sprang, umfing mich ein überwältigender Gestank nach Pulverdampf. Vor mir sah ich wildes Getümmel. Ich konnte keine Formationen mehr erkennen, jeder schien gegen jeden zu kämpfen.

Seitlich von mir führte eine Treppe auf die Heckgalerie. Dorthin rannte ich. Es war natürlich nicht meine Absicht, mich vor dem Kampf zu drücken. Ich wollte mir einfach erst einen Überblick verschaffen. Außerdem hatte ich mit der Blunderbuss nur einen Schuss, sodass ich das Ziel sorgfältig wählen musste.

Die Treppe führte auf die Plattform mit dem Steuerhebel der Galeone. Er war so riesig, dass ihn nur zwei Mann bedienen konnten. Die beiden Laskaren am Hebel blickten mir entgegen, mit Schrecken im Gesicht. »Verschwindet!«, brüllte ich und fuchtelte mit der Pistole. Sie ließen sich das nicht zweimal sagen und drängten sich durch die Tür ins Heckkastell.

An Deck unter mir tobte der Kampf. Ich ließ das Entermesser fallen, denn zum Betätigen der Blunderbuss brauchte ich beide Hände. Die Türken kämpften mit Säbeln und Piken nach beiden Seiten gegen Sievers' und Cullifords Männer. Doch mir schien, dass sie immer noch in der Überzahl waren und die Piraten langsam zurück an die Bordwände drängten. Die *Soldado* an Steuerbord war nur noch ein Wrack, das Deck ein einziger Trümmerhaufen. Blut lief aus den Speigatten.

Ich stützte die Waffe auf der Brüstung auf. Als ich sorgfältig dorthin zielte, wo ich den dichtesten Haufen Türken sah, hörte ich hinter mir ein Geräusch. »Verschwinde!«, rief ich über die Schulter, denn ich nahm an, einer der Laskaren sei zurückgekehrt. Dann veranlasste mich ein Instinkt, zur Seite zu springen, keinen Augenblick zu früh. Eine Klinge rammte die Brüstung neben mir. Ich fuhr herum. Der Türke riss die Pike aus dem Holz und wollte gerade wieder zustoßen. Er hielt jedoch inne, denn ich hatte die Blunderbuss auf ihn gerichtet.

Wir starrten uns an. Der Türke hatte die Augen zusammengekniffen, wie um abzuschätzen, ob ich ihm wirklich etwas antun wolle. Die gezwirbelten Enden seines Schnurrbarts ragten zwei Zoll über die Ränder seines Helms hinaus. Ich stellte mir vor, dass er sehr stolz auf diesen Schnurrbart war und ihn wohl ungern einer Ladung gehackten Bleies aussetzen wollte.

»Ergib dich!«, rief ich.

Doch der Türke hielt die Pike weiter auf mich gerichtet und machte jetzt einen Schritt auf mich zu.

Ich wich zurück. »Nicht weiter!«

Doch er schritt mit der Pike unbeirrt voran, sodass ich immer weiter zurückweichen musste. Als ich die Wand des Heckkastells hinter mir spürte, drückte ich ab. Das Rad sprühte Funken und entzündete mit einem Puff das Pulver in der Pfanne. Sonst passierte nichts. Das Pulver im Lauf der Blunderbuss war wohl feucht geworden oder der Pulverkanal verstopft.

Der Türke lächelte breit.

Browne hatte uns erklärt, eine Pike sei beim Nahkampf nutzlos, denn man könne sie leicht unterlaufen oder packen und zur Seite drängen. Ich sah jetzt, was für ein Unsinn das war. Die Pike war kurz, besaß jedoch eine fast zwei Fuß lange Klinge, die an beiden Seiten wellenförmig geschliffen und am Holzschaft mit Stacheln versehen war. Wenn ich sie packte, wäre ich nur meine Finger los. Ich hatte keine Waffe. Mein Entermesser lag am Boden, wo ich es hingeworfen hatte, außerhalb meiner Reichweite.

Ich ließ die Pistole sinken. »Ich ergebe mich!«, rief ich.

Der Türke grinste. Er bückte sich, während die Pike in der Armbeuge weiter auf mich gerichtet war, hob das Entermesser auf und hielt es mir hin. Er tat, als wolle er es mir geben. Dann stieß er plötzlich mit der Pike nach mir, aber spielerisch, sodass ich ausweichen konnte. Er schien es nicht eilig zu haben, mir den Todesstoß zu versetzen. Er wollte offenbar vorher noch ein wenig Spaß haben.

Ich schleuderte ihm aus dem Handgelenk die Pistole ins Gesicht und sprang zugleich zur Seite, auf die Treppe zu, die von der Galerie aufs Achterdeck führte. Hinter mir hörte ich einen wütenden Ausruf und den dumpfen Schlag, als die Pike ins Holz stieß. Ich rannte die Treppe hinauf. Das Achterdeck war menschenleer. Normalerweise hätte ich hier den Kapitän und die Offiziere angetroffen und mich ihnen ergeben können. Aber sie hatten sich wohl unter Deck verzogen.

Der Türke rannte hinter mir her, die Pike zum Stoß erhoben. Er blutete unter dem Auge und hatte das Gesicht jetzt zu einer wütenden Grimasse verzerrt. Vor mir spannten sich die Wanten des Besanmasts. Ich sprang daran hoch, schwang mich auf die Außenseite und begann zu klettern.

Ich war schon einige Yards über dem Deck, als mir klar wurde, dass ich die falsche Taktik gewählt hatte. Jetzt war es zu spät, ins Wasser zu springen. Die Wanten verliefen schräg, und ich wäre auf das Deck gefallen. Ich musste weiterklettern.

Der Türke begann, mir nachzuklettern, wobei er die Pike nicht losließ. Es war die klassische Situation, die Browne uns ausgemalt hatte. Aber mir wollte einfach nicht einfallen, was er als Lösung empfohlen hatte. Das lag an der Höhe. Ich konnte nicht klar denken. Ich war jetzt schon dreißig Fuß über dem Deck, der Türke ein Stück hinter mir. »Türken klettern schlecht«, erinnerte ich mich. Allerdings kletterte ich noch schlechter.

Höhenangst kann man beherrschen. Das hatte ich im Bergwerk gelernt. Dennoch ist die Angst immer da. Sie lähmt Geist und Körper. Sie macht weiche Knie, nasse Hände, lässt die Glieder unwillkürlich zittern. Sie nimmt jede Kraft, macht jede Bewegung zu einem Kampf. Dagegen kann man nichts tun. Man kann nur die Zähne zusammenbeißen und weiterklettern.

Die Wanten liefen in der Höhe enger zusammen, und ich brauchte alle Aufmerksamkeit, um die Füße in die Zwischenräume auf die Webeleinen zu bekommen, ohne abzurutschen. Vor mir erstreckten sich die Großrah und darüber die Plattform mit der Luke, die Soldatenloch genannt wurde. Matrosen verachten diesen Weg, sie klettern außen herum. Ich schob mich durch die Luke, so schnell ich konnte, packte die Wanten am Rand der Plattform und kletterte weiter.

Jetzt war ich wohl fünfzig Fuß über dem Deck, zwar nichts, verglichen mit der Tiefe eines Bergwerksschachts, aber dort war es wenigstens dunkel. Ich wusste, dass ich auf keinen Fall hinabsehen durfte. Sonst würde mir schwindlig, und mein Griff würde sich lockern. Die Tiefe war wie ein Sog, aber ich blickte stur geradeaus.

Ich merkte nur am Schwanken der Wanten, dass der Türke immer noch hinter mir herkletterte. Dann hatte ich das Soldatenloch der Marsplattform erreicht und zwängte mich hindurch. Von hier aus gingen Wanten noch weiter nach oben, bis hinauf zur Bramrah. Aber dort gab es keine Plattformen mehr, nur noch Stege, um darauf zu stehen. Ich konnte ohnehin nicht weiterklettern. Es musste hier enden.

Ich zog mein Messer aus dem Gürtel und hockte mich vor die Luke. Sobald der Türke seinen Kopf hindurchsteckte, würde ich ihm die Kehle durchschneiden. Hier in der Höhe fühlte ich starke Windböen, und ich musste mich mit der freien Hand an einem Tau festhalten, um nicht zu schwanken.

Der Türke tauchte nicht auf. Ich wagte nicht, durch die Luke zu blicken. Vielleicht lauerte er direkt darunter, und ich bekäme jeden Moment die Pike ins Gesicht. Dann spürte ich, wie die Plattform erzitterte, und fuhr herum. Der Türke kletterte gerade auf der gegenüberliegenden Seite die Wanten hoch, wie ein Matrose. Er hielt sich an den Seilen fest und stieß wieder mit der Pike nach mir. Ich wich um den Mast herum an den Rand der Plattform zurück. Hastig sah ich mich um.

Unter mir verlief die Marsrah. Es gab keinen anderen Weg. Der Türke schwang sich auf die Plattform. Ich hielt mich an den Außenwanten fest, ließ mich auf die Rah hinab, umklammerte sie und ließ mich dann noch weiter hinunter, bis ich mit den Füßen das Tau darunter erreichte, das Fußpferd, auf dem die Matrosen beim Bergen der Segel stehen. Ich schaffte das, indem ich nur auf meine Füße achtete und nicht auf das Deck tief unter mir. Die Rah mit dem darunter gespannten Segel hatte ich jetzt in Brusthöhe. Ich schob mich rasch weiter nach außen.

Der Türke erschien am Rand der Plattform. Er blickte zu mir herunter und stieß mit der Pike nach mir. Aber ich war schon außer Reichweite. Er legte die Pike quer auf die Bretter zu seinen Füßen. Dann winkte er mir zu und streckte die Hand aus, als wolle er mir zurück auf die Plattform helfen. Natürlich tat ich ihm den Gefallen nicht. Er zögerte etwas, trat dann hinaus auf die Rah. Mit einer Hand hielt er sich an den Wanten fest, dann ließ er sich auf das Fußpferd hinab. Es sah halsbrecherisch aus. Ich konnte nicht glauben, dass ich gerade das Gleiche getan hatte.

Der Türke griff sich die Pike von der Plattform und richtete die Spitze wieder auf mich. Ich war jetzt am Ende der Rah angelangt. Weiter ging es nicht. Als ich einen Blick hinab wagte, um festzustellen, ob ich beim Sturz im Wasser oder auf dem Deck landen würde, sah ich tief unter mir die Kanonen der Heckbatterie. Dann schien sich der Abgrund vor meinen

Augen zu drehen. Als ich sie wieder öffnete, war der Türke schon in der Mitte der Rah. Er hielt sich mit der Linken daran fest und führte mit der Rechten die Pike, abgestützt in seiner Armbeuge. Schritt für Schritt schob er sich weiter auf mich zu.

Ich konnte nicht mehr weiter, also schwang ich ein Bein über die Rah und zog mich hinauf. Dadurch wurde das Fußpferd entlastet, und der Türke sackte abrupt ein Stück tiefer. Er musste sich mit beiden Armen auf der Rah abstützen, ließ aber die Pike nicht fallen.

Ich versuchte verzweifelt, von der Rah aus an den Block heranzukommen, mit dem das Fußpferd am Ende befestigt war. Mit dem linken Arm und den Beinen klammerte ich mich an die Rah, zog mit der Rechten wieder mein Messer und stieß es in die Schlaufe, die um den Block lief. Ich säbelte wild hin und her, um das Garn zu durchtrennen, mit dem die Schlaufe umwickelt war. Endlich rutschte das Tau seitlich vom Block. Der Ruck riss mir das Messer aus der Hand, zugleich hörte ich hinter mir einen Schrei. Als ich mich umwandte, war der Türke verschwunden. Das Fußpferd baumelte an einem Ende lose vor dem Mast.

Ich weiß nicht mehr, wie ich es rückwärts über die Rah auf die Plattform schaffte und von dort die Wanten hinunter. Den Türken fand ich zwischen zwei Heckkanonen. Er starrte blicklos in den Himmel. Sein Helm war fort, der Kopf erschien merkwürdig eingedrückt, aber der Schnurrbart sah immer noch eindrucksvoll aus. Die Pike steckte in den Decksplanken. Ich zog sie heraus und ging zur Treppe. Die Waffe war sauber ausbalanciert und mit der Spitze etwa fünf Fuß lang. Sie ließ sich gut handhaben.

Auf dem Mitteldeck unter mir tobte weiterhin der Kampf. Die Männer hieben mit ihren Säbeln aufeinander ein, einige schwangen Enterbeile. Viele lagen schon am Boden, manche bewegungslos, andere krochen herum, als suchten sie nach abgehackten Gliedmaßen. Ich konnte keinen Vorteil für eine

Seite erkennen. Die Zeit auf dem Mast war mir wie Stunden vorgekommen, in Wahrheit waren es wohl nur ein paar Minuten gewesen.

Während ich zu dem Gemetzel hinabstieg, war mir, als riefe mir eine Stimme immer wieder zu: »Töte die Heiden!« Ich wusste, dass das die Stimme Gottes war. Er war nicht mehr mein Gott, die Heiden waren jetzt meine Glaubensbrüder, aber ich sah in jedem von ihnen nur noch den Türken, der mich auf die Marsrah gejagt hatte.

Gott hatte recht. Ich lief die Treppe hinunter, sprang mitten zwischen sie und schwang die Pike.

22

Vor Surat, 3. Oktober 1698

Wahrscheinlich habe ich wild gebrüllt. Die Piraten und die Türken um mich herum brüllten ebenso. Überall blitzten Säbel. Vor mir wandte sich ein Türke um und versuchte, meine Pike abzuwehren, aber ich rammte ihm die Klinge in die Seite. Dann ließ ich die Pike herumwirbeln und stieß sie nach allen Seiten. Mir war, als sei ich wieder auf dem Felsplateau und kämpfte an Sahirs Seite. Ich fühlte ihre Kraft in mir, und sie verwandelte mich in einen rasenden Wirbel aus Stahl. Um mich herum bildete sich ein freier Raum. Die Planken waren glitschig vom Blut. Ein Kopf kullerte über den Boden und rollte mir vor die Füße. Vom Vorderkastell aus schoss jemand mit der Armbrust in das Getümmel, aber ich konnte nicht erkennen, ob es ein Gegner war oder einer von uns.

Doch dann schwand ganz plötzlich mein Kampfesmut. Ich erwachte wie aus einem Rausch und wurde gewahr, wie anstrengend das Handhaben einer Waffe war. Während die erfahrenen Kämpfer um mich herum ihre Hiebe sparsam und gezielt einsetzten, hatte ich die Torheit begangen, mich völlig zu verausgaben. Meine Arme waren wie gelähmt, ich konnte kaum noch die Pike heben. Zum Glück für mich kämpften die Türken schon länger und waren gleichermaßen erschöpft. Ich sah die Ersten über das Deck rennen und im Vorderkastell verschwinden. Einige sprangen über die Reling.

Dann erblickte ich einen Offizier, der einen gelben Turban trug und einen ähnlichen Schnurrbart wie mein Verfolger.

Das fachte meine Wut wieder an, und ich stürmte mit der Pike und Gebrüll auf ihn zu. Der Offizier warf seinen Säbel fort und rannte davon. Die Türken waren jetzt überall auf dem Rückzug. Sie verschwanden vom Deck wie Wasser, das im Sand versickert. Nur noch ihre Toten und Verwundeten lagen herum. Mit den Letzteren wurde kurzer Prozess gemacht.

Das Deck gehörte uns, doch die Wut des Kampfes war noch nicht verflogen. In Trupps durchkämmten wir Kastelle, Kabinen und Laderäume. Die Türken hatten ihre Helme und Säbel fortgeworfen, aber wer noch bewaffnet war oder auch nur böse blickte, wurde sofort niedergemacht. Im Laderaum hielten sich Hunderte von Pilgern versteckt. Sie wurden aus ihren Winkeln hervorgezerrt. Darunter waren Familien mit Frauen und Kindern, und das hob gewaltig die Stimmung. Nicht nur, weil man Frauen und Mädchen in jedem arabischen Hafen für gutes Geld verkaufen konnte. Sondern auch, weil man bald Vergnügen mit ihnen haben würde.

Da auf der muslimischen Galeone kaum Alkohol zu finden war, wurden von der verspätet eingetroffenen *Pelican* Fässer mit Rum und Arrak herübergeschafft. Dafür versprach Culliford Captain Wheeler einen Anteil von tausend Pfund an der Beute. Sonst wäre die Mannschaft der *Pelican* gänzlich leer ausgegangen, denn wenngleich ihre Kanonen pausenlos gefeuert hatten, war sie am Ende des Gefechts immer noch außer Schussweite gewesen.

Wir sperrten die Türken, die Laskaren und die männlichen Passagiere in die Laderäume. Die Frauen wurden an Deck gezerrt. Dort wurden sie begutachtet. Jungfrauen erzielen auf den Sklavenmärkten besondere Preise, und Culliford versuchte, die Männer dazu zu bringen, wenigstens die jungen Mädchen in Ruhe zu lassen. Doch vergeblich.

Die Vergewaltigungen begannen. Stand oder Alter der Opfer war gleichgültig. Schleier wurden gelüftet, Kleider heruntergerissen, jungfräuliche Haut entblößt. Mädchen, fast Kinder noch, wurden über Fässer gebeugt, andere an die Reling gebunden. Alles geschah auf dem offenen Deck in hellem Tageslicht. Die Pilger, eingesperrt in den Laderäumen, mussten die Schreie ihrer Ehefrauen, Töchter und Mütter anhören. Eine Frau kletterte auf die Reling und sprang in das haiverseuchte Meer. Eine andere hatte einen Dolch im Ärmel verborgen und stieß ihn sich mit beiden Händen in die Brust, um der Schande zu entgehen. Doch der zerlumpte Pirat, einer von Sievers' Männern, vergewaltigte die Sterbende unbeirrt weiter.

All dies erschien mir unwirklich, als geschehe es in einem Traum. Im Kampf war ich wie im Fieber gewesen. Obwohl ich bisher keinen Tropfen Arrak getrunken hatte, fühlte ich mich immer noch berauscht. Ich war mit Blut bespritzt und hatte eine Schnittwunde am Bein, aber die hatte ich mir beim Herumwirbeln der Pike selbst zugezogen. In meinen Ohren gellte noch das Echo von Kampfgebrüll und Säbelklirren. Dazu verspürte ich eine seltsame Leichtigkeit.

Ich sah eine verschleierte Frau, die sich losgerissen hatte und zur Treppe zum Heckkastell rannte. Auf der gleichen Treppe war ich vor dem schnurrbärtigen Türken geflohen. Der Pirat, der die Frau verfolgte, wurde durch seine halb heruntergelassene Hose behindert. Er stürzte auf den Stufen und blieb liegen, offenbar besinnungslos betrunken.

Der Anblick der Fliehenden durchfuhr mich wie ein Fieberstoß. Ich sprang über den gestürzten Mann hinweg und stürmte hinter ihr her. Sie rannte schnell, aber ich erwischte sie an der Reling des Achterdecks. Dort packte ich sie um die Hüften. Es war, als habe mich ein Sog ergriffen. Ich hatte sie gefangen, sie gehörte jetzt gänzlich mir. Ich gierte danach, sie mit Gewalt zu besitzen. Aber als ich ihr den Schleier herunterriss, blickte ich in das Gesicht von Sahir.

Die Illusion dauerte nur einen Augenblick. Die Frau war im gleichen Alter, hatte aber sonst keinerlei Ähnlichkeit mit Sahir. Doch ich taumelte zurück. Sie nutzte die Gelegenheit, um auf die Reling zu klettern. Ich konnte sie gerade noch am Handgelenk packen. Sie strampelte mit den Beinen, aber ich zog sie wieder zurück auf das Deck.

»Hört auf zu treten! Ich tue Euch nichts!«

Sie verstand mich nicht und kämpfte weiter, aber ich hielt ihre Arme fest und zerrte sie die Treppe hinunter, auf die Galerie und durch den Türbogen ins Achterkastell. Dort gab es Dutzende von Kabinen für die wohlhabenderen Pilger. In eine davon stieß ich sie hinein und verriegelte die Tür hinter uns. Die Kabine war so klein, dass man sich kaum umdrehen konnte. Eine Truhe stand offen, bereits von Plünderern durchwühlt. Darin waren nur noch Kleider und wertloser Ramsch. Ich zerrte eine Hose und ein Gewand aus der Truhe und hielt ihr die Sachen hin.

»Zieht Euch aus und zieht das an!«

Sie starrte mich an. Langsam nahm sie die Sachen entgegen. Ich wandte mich um, so gut das in der engen Kabine ging. Sie konnte mir jetzt ein Messer in den Rücken rammen. Aber ich hörte Kleider rascheln. Als das Rascheln aufhörte, drehte ich mich um. Sie hatte Hose und Gewand an, aber den Schleier wieder vor dem Gesicht.

»Setzt Euch dort hin!«

Sie setzte sich auf die Koje. Ich riss ihr den Schleier wieder herunter und warf ihn in die Truhe. Dass Männer jetzt ihr Haar und Gesicht sehen konnten, war womöglich so schlimm wie eine Vergewaltigung, aber das ließ sich nicht ändern. Sie leistete keinen Widerstand, als ich ihr mit meinem Messer die Zöpfe abschnitt. Sie schien jetzt zu verstehen, was ich vorhatte. In der Truhe lagen Stoffbahnen, und ich nahm eine und versuchte, ihr einen Turban zu wickeln. Sie stieß meine Hände weg und wickelte ihn selbst.

Sie sah immer noch nicht aus wie ein Mann, sondern wie ein Mädchen im Männergewand. Ich schmierte Blut – nicht mein Blut – von meinem Ärmel in ihr Gesicht. Es sah schlimm aus, aber sie wirkte jetzt nicht mehr mädchenhaft, sondern wie jemand, der verprügelt worden war, zumindest aus der Entfernung.

Wir mussten über das Deck gehen, um zu den Laderäumen zu gelangen. Ich hielt sie fest am Arm gepackt. Doch niemand beachtete uns außer Captain Culliford, der sich an den Schändungen nicht beteiligte. Er lehnte am Vorderkastell und betrachtete das Spektakel mit angewidertem Gesicht.

»Der hatte sich in einer Kabine versteckt!«, rief ich ihm zu.

Er nickte und deutete auf die Luke zum Unterdeck. Dort sperrte ich sie in einen der Laderäume zu den anderen Pilgern, die dort eingeschlossen waren. Dann ging ich an Deck, setzte mich irgendwohin und starrte auf die See.

Als die Männer mit den Frauen fertig waren, holten sie die Händler einzeln herauf und begannen, sie zu foltern. Um ihre Geldverstecke herauszufinden, banden sie ihre Opfer an den Mast oder hievten sie am Seil an der Rah hoch. Dann veranstalteten sie entweder ein Messerwerfen oder ein Zielschießen mit Pistolen und Armbrüsten auf sie. Und wenn sie das Versteck wussten, schossen sie weiter, einfach zum Vergnügen. Sievers' Leute waren am schlimmsten. Während die einen folterten, ergötzten sich die anderen an einem Ballspiel mit etwas, das wie ein türkischer Helm aussah, bis ich erkannte, dass dort noch ein Kopf darin steckte.

Der Name der Galeone war *Muhammad Zabardast*. In den Laderäumen, den Kabinen und in vielen Verstecken fanden wir Säcke mit Goldstaub, Stangen aus Gold und Silber, Kisten und Schatullen voller arabischer und indischer Münzen. Es war eine ungeheure Beute, weit mehr als die Schatzkisten, die sich Kidd von der *Queda* angeeignet hatte. Es war wahrscheinlich der größte Schatz, der je im Indischen Ozean erbeutet wurde. Der Anteil für jeden von uns betrug sechshundert Pfund. Das war mehr als die Heuer eines ganzen Lebens.

Wir hatten fünfundzwanzig Tote, die meisten davon Leute

von Sievers, ein Drittel seiner Mannschaft. Weitere zwölf starben in den folgenden Tagen an der Wundfäule.

»Ich will das Schiff«, sagte Sievers. »Es wird die neue *Soldado*.«

»Es sei Euch meinethalben zugesprochen«, sagte Culliford. »Wenn die Männer zustimmen.«

»Habt Ihr gesehen, wie wir sie geentert haben?«

»Jeder hat es gesehen«, bestätigte Culliford. »Aber jeder hat auch gesehen, was Eure Männer mit den Passagieren gemacht haben. Das war unnötig.«

»Ein Schiff, das sich sofort ergibt, behandeln wir fair«, erwiderte Sievers mit finsterem Blick. »Aber wer Widerstand leistet, kann keine Gnade erwarten.«

Culliford erreichte wenigstens, dass die überlebenden Passagiere, Laskaren und Soldaten in den Booten der *Muhammad Zabardast* ausgesetzt wurden. Die Boote wurden zu Wasser gelassen, und in jedes davon pferchte man über hundert Menschen.

Als ich die Ausschiffung beobachtete, fiel mein Blick auf die Pilgerin, die ich in Männerkleidung gesteckt hatte. Sie wartete mit den anderen an der Bordwand. Die Kleidung und den Turban trug sie noch, und sie konnte aus der Entfernung wirklich als Mann durchgehen. Aber ich bemerkte, dass ihr Gewand zerrissen war. Sie hielt es mit den Händen zusammen.

Ich drängte mich zu ihr durch. Ihr Gesicht war nicht nur vom Blut, sondern auch von Tränen verschmiert. Ich sah, dass ihr Gürtel fehlte, und bemerkte auch Blutflecken auf ihren Beinkleidern.

»Was ist Euch passiert?«

Sie starrte mich mit wilden Augen an, dann erkannte sie mich und deutete auf eines der Boote. Die Passagiere am Bootsrand paddelten es gerade mit den bloßen Händen von der Galeone weg. Im Heck saßen einige junge Männer in Pilgerkleidung. Sie blickten ausdruckslos zu uns herüber.

Dann versuchten sie, sich wegzuducken, als sie mich dort mit der Frau stehen sahen. Einer aber lachte, machte obszöne Gesten und winkte höhnisch.

Es juckte mich in den Fingern, eine Muskete zu holen und ihn abzuschießen. Doch das hätte nur Aufmerksamkeit auf die Pilgerin gelenkt. Ich hatte sie vor der Schändung bewahren wollen, aber stattdessen war ihr von ihren eigenen Leuten Gewalt angetan worden, von den Pilgern, zu denen ich sie in den Laderaum gesperrt hatte. Ohne Schleier, in Männerkleidung, war sie Freiwild.

Was immer ich tat, wendete sich zum Schlechteren. Bestenfalls machte es keinen Unterschied. Es gab keine Unschuldigen, nirgends. Letztendlich gab es nur die Gier und die Gewalt. Auch in mir selbst lauerte ein Tier, wie ich nun wusste. Ich konnte nichts mehr für die Frau tun und wandte mich ab.

Den Booten hatte man ein paar Wasserfässer mitgegeben, doch sonst keine Vorräte, keine Segel, keine Riemen. Die Leute mussten mit bloßen Händen durch das haiverseuchte Meer in Richtung Küste paddeln. Wenigstens war so sichergestellt, dass die Kaperung nicht zu früh bekannt wurde. Wir wollten bis dahin eine möglichst große Strecke zwischen uns und den Ort des Ereignisses legen. Der Angriff auf ein Pilgerschiff und die Vergewaltigung muslimischer Pilgerinnen würde zu einem Aufschrei in ganz Indien führen und die Kriegsflotten der Kompanien auf den Plan rufen.

Im Dezember, kurz vor Weihnachten, waren wir wieder zurück in der Bucht von St. Marie. Wegen des ungewöhnlich späten Nordostmonsuns hatte sich die Rückfahrt hingezogen. Bei unserer Ankunft fanden wir in der Bucht einen schonergetakelten Zweimaster vor Anker. Von noch größerem Interesse für die Männer aber war ein neues Bauwerk am Strand, ein roh zusammengezimmerter Schuppen mit einer Art Theke.

Das Schiff war die *Nassau* aus New York unter Captain Shelley. Sie hatte die Laderäume bis obenhin gefüllt mit all den Dingen, die für Piraten auf einer fernen Insel wertvoll sein mochten – Pistolen, Pulver, Tabak, Hosen, Hemden, Kämme, Hüte sowie Unmengen Fässer mit Madeira und Rum. Und der neue Schuppen war eine Taverne, in der all dies, vor allem aber Letzteres, feilgeboten wurde. Ein Großteil der erbeuteten Schätze würde in den nächsten Wochen in den Geldkisten von Captain Shelley und Edward Welch landen.

Ich wollte fort aus diesem Piratenparadies, so rasch es ging. Ich brauchte die Position von Arcadia, und ich wollte Captain Kidd endlich bezahlen lassen für das, was er Sahir dort angetan hatte. Ich besaß jetzt die Geldmittel. Aber er hatte vier Monate Vorsprung. Vielleicht fand ich ihn in Westindien, in jener Bucht, von der Culliford gesprochen hatte. Dort würde ich ihn zuerst suchen. Sonst gab es noch eine andere Möglichkeit: Er hatte Frau und Kinder in New York. Er würde ihnen sicherlich Nachricht zukommen lassen. Zwar wusste ich nicht, wo in New York sie wohnten, aber so groß konnte dieser Ort nicht sein. Ich würde dort einfach von Haus zu Haus gehen und nach Mrs. Kidd fragen.

Shelley verlangte fünfzig Piaster für meine Passage nach St. Helena. Dies war eine Insel mitten im Atlantik, auf halbem Weg zwischen Afrika und Amerika. Dort würde ich wohl früher oder später ein Schiff nach Hispaniola, Cuba oder Jamaica finden.

Ich bezahlte Shelley mit Goldstaub. Ich hätte auch für Peter Gibson die Passage bezahlt, doch er hatte einen seltsamen Widerwillen gegen die See entwickelt. Es war ihm unmöglich geworden, Schiffsplanken zu betreten. Diese kuriose Eigenheit fesselte ihn an die Insel. Er hatte sich bei dem Händler Welch häuslich eingerichtet und mit einigen Eingeborenen angefreundet. Er schien sich mit seinem Schicksal abgefunden zu haben.

Mit einem Beutel voll Gold und Silber im Gepäck, mit in den Jackensäumen und Schuhsohlen eingenähten weiteren Goldmünzen und mit zwei neu erworbenen Pistolen begab ich mich im Januar 1699 auf die Reise zurück in die Zivilisation. Und auf die Jagd nach Captain Kidd.

23

Kurs auf St. Helena, Februar 1699

Ich war nicht der Einzige, der vom Piratenleben genug hatte. Mit mir reisten auf der engen und überfüllten *Nassau* noch vierzig weitere Piraten. Meine Koje im Unterdeck musste ich mit Darby Mullins teilen, einem von Kidds Bootsleuten, einem entsetzlichen Schnarcher.

Nach dem Ablegen verkündete uns Shelley die Preise für Essen und Trinken, welches in der Passage nicht enthalten war. Er verlangte fünf Schilling für einen Topf Reis und zwei Pfund für eine halbe Gallone Rum. Dr. Bradinham, der ebenfalls an Bord war, wurde im Hinblick auf Letzteres sein bester Kunde.

Wir segelten nicht sogleich nach St. Helena. Zuerst warf die *Nassau* in der Bucht von Tulear Anker, nahe der Südspitze von Madagaskar. Der Ort Tulear war eine Ansammlung strohgedeckter Hütten am Strand. Die Eingeborenen trieben gewohnheitsmäßig mit Seeleuten Handel, und einige Kanus paddelten sogleich zu uns heraus. Sie boten uns Früchte, Kokosnüsse und Zebufleisch an. Doch Shelley war an einer anderen Art Fleisch interessiert.

Er ließ sich mit der Pinasse an Land rudern und kehrte mit achtzehn Sklaven zurück, darunter zwei Frauen. Alle besaßen die gleiche Statur, die gleiche hellbraune Hautfarbe und hohe Wangenknochen wie die eingeborenen Händler, die sie an Shelley verkauften. Doch sie wirkten völlig entkräftet, redeten kaum und blickten aus leeren Augen zu Boden. Viele hatten Wunden von den Baststricken, mit denen sie gefesselt waren.

Es war mir unbegreiflich, wie Shelley auf dem überfüllten Schiff noch achtzehn Sklaven unterbringen wollte. Doch der Zimmermann schob unsere Kojen und Hängematten im Unterdeck noch enger zusammen, sodass ein freier Winkel im Bug entstand, von höchstens zehn Fuß Breite. Dorthinein baute er eine Art Regal aus Brettern und trennte es mit einer Wand vom Rest des Unterdecks ab. Die achtzehn wurden in diesen finsteren Verschlag hineingepfercht wie Kornsäcke. Es war so wenig Platz, dass sie nur auf der Seite liegen konnten. Vorher hatte man ihnen die Stricke abgenommen und sie stattdessen mit Fußeisen an einer Kette angeschlossen.

Ich konnte mir kaum vorstellen, wie ein Mensch eine solche Lage erleben musste. Grübelten sie über ihre Vergangenheit, ihr Dorf, ihre für immer verlorenen Brüder, Schwestern, Frauen und Kinder? Oder über die Gegenwart, die Ketten, die Enge, den Schmutz und die Schmerzen? Oder über ihre unbekannte Zukunft?

Ich dachte auch an Thursdays Schicksal und fragte Captain Shelley, ob es nicht unchristlich sei, diese Männer und Frauen aus ihrer Heimat und von ihren Familien fortzureißen und in fremde Länder zu verschleppen. Doch Shelley erwiderte barsch, dies sei im Gegenteil gottgefällig. Denn in der Bibel stehe ja geschrieben: »Willst du Knechte und Mägde zu Eigen haben, so sollst du sie kaufen von den Heiden.« Obendrein rette er ihnen das Leben, denn früher hätten die Wilden ihre Gefangenen einfach aufgegessen, statt sie zu verkaufen.

Nachdem die Sklaven untergebracht waren, lichtete die *Nassau* den Anker und nahm Kurs auf das Kap. Einige Piraten beschwerten sich, dass sie bei dem Stöhnen und dem Geruch aus dem Sklavenverschlag nicht schlafen könnten. Shelley riet ungerührt, sie sollten sich Wachs in Ohren und Nase stopfen. Wachskerzen könnten sie für einen Schilling von ihm erwerben.

Am 1. März sichteten wir St. Helena. Die Insel liegt mitten im Nirgendwo, tausend Seemeilen von jedem Land und jeder anderen Insel entfernt, so als habe Gott sie vom Himmel fallen lassen und im Meer verankert. Zwei Bergkegel umrahmen ein grünes Tal. Am Eingang des Tales liegt die Stadt Jamestown, die abgelegenste Stadt der Welt, ein einsamer Posten der Zivilisation inmitten einer grauen Wasserwüste. Die Stadt, wie auch die gesamte Insel, gehört der englischen Ostindien-Kompanie.

Zur Zeit meiner Ankunft lag kein Schiff im Hafen von Jamestown. Aber die *Swift* von Captain Waters hatte die Insel vor sechs Wochen auf der Fahrt von Kingston nach Kapstadt angelaufen. Sie wurde auf ihrer Rückfahrt täglich erwartet. Ich war der Einzige, der in Jamestown ausschiffte. Die anderen Piraten wollten mit der *Nassau* weiter nach New York.

Captain Shelley hätte gerne auch einige der Sklaven hier verkauft, zumal es nur noch siebzehn waren, denn eine Frau war unterwegs gestorben und ins Meer geworfen worden. Doch er fand die Preise ungünstig, selbst bei Einrechnung weiterer Verluste. In New York erbrachte ein Sklave mindestens dreißig Pfund, auf St. Helena nur fünfzehn. Hunderte afrikanischer Sklaven arbeiteten hier bereits in den Haushalten oder auf den Pflanzungen.

Während ich auf die *Swift* wartete, mietete ich ein Zimmer bei einer Witwe. Nach all der Zeit auf See und auf wilden Inseln war es für mich ungewohnt, wieder durch Straßen zu gehen, auch wenn es in Jamestown nur zwei gab.

Die Stadt war in vielerlei Hinsicht das Gegenteil von Funchal. Die winzige anglikanische Kathedrale bot höchstens fünfzig Gläubigen Platz. Und vielleicht aufgrund der Abgeschiedenheit ihrer Insel, vielleicht auch wegen ihrer Gewohnheit, zu allen Tageszeiten ein *»Punch«* genanntes Getränk aus Arrak und Früchten zu sich zu nehmen, besaßen die Einwohner eine lockere Moral. Am Hafen gab es viele *Punch*-Häuser, jedoch bemerkte ich kein einziges Hurenhaus. Der Bedarf war wohl gering, denn viele Mädchen hier schienen aus freien

Stücken einem kleinen Abenteuer mit einem Seemann nicht abgeneigt zu sein. Mehr als einmal bekam ich von jungen Damen zweideutige oder auch eindeutige Bemerkungen zu hören. Früher hätten mir diese die Röte ins Gesicht getrieben, jetzt waren sie mir herzlich gleichgültig.

Das untätige Warten schlug mir aufs Gemüt. Ich verbrachte die Zeit damit, in meinem Zimmer all meine Gold- und Silbermünzen flach zu hämmern, damit die Prägung nicht mehr zu erkennen war. Vermutlich würde die Kaperung der *Muhammad Zabardast* mit ihrem riesigen Schatz bald überall auf der Welt bekannt sein. Ich wollte nicht mit indischen oder arabischen Münzen Verdacht erregen. Doch jeder Schlag mit dem Hammer erinnerte mich schmerzlich an Arcadia, wo wir auf ähnliche Weise Sahirs Dublonen zu Angelhaken gehämmert hatten.

Irgendwann beschloss ich, nicht mehr daran zu glauben, dass sie noch am Leben sein könnte. Ich wollte keinen Illusionen nachhängen und keine bittere Enttäuschung erleben, falls ich wieder nach Arcadia gelangen sollte. Ich würde dort von ihr keine Spur mehr finden. Oder nur ihre Gebeine im Sand.

Zwölf Tage nach meiner Ankunft lief die *Swift* endlich in den Hafen ein. Ich wurde mit dem Kapitän schnell handelseinig. Er versprach, mich für vierzig Piaster in Santo Domingo an Land zu setzen.

Mit der *Swift* war auch ein Winzer aus Kapstadt eingetroffen, der auf St. Helena Wein auf den Hängen anpflanzen wollte. Ihm zu Ehren gab Captain Poirier, der Gouverneur der Insel, am Abend vor dem Auslaufen einen Ball. Die Offiziere der *Swift* waren eingeladen, ebenso ich als Passagier. Die Offiziere erschienen in ihren besten Uniformen, mein Auftritt war deutlich weniger eindrucksvoll. Der Kapitän, Jack Waters, wurde sogleich von den Inselschönheiten umschwärmt. Ich beteiligte mich nicht an den Gesellschaftstänzen. Stattdessen hielt ich mich an den *Punch*, der von livrierten Sklaven aus riesigen Schalen ausgeschenkt wurde.

Eine Dame näherte sich und nahm neben mir Platz.

»Ihr tanzt nicht?«, fragte sie mich.

»Wie Ihr seht.«

Sie trug ein blaues, recht offenherziges Ballkleid und hatte ein schmales, blasses Gesicht, umrahmt von dunklen Korkenzieherlocken.

»Erlaubt Ihr, Sir?«

Sie strich mit den Fingerspitzen über meine Narbe im Gesicht. Hier galten solche Berührungen nicht als anstößig. Ich hatte auch festgestellt, dass manche Menschen von Narben abgestoßen wurden, aber andere faszinierten sie.

»Woher habt Ihr das?«

»Ein Säbelhieb.«

Sie zupfte mich sachte am Ohr. »Auch dort scheint etwas zu fehlen.«

»Eine Pistolenkugel.«

»Ihr seid offenbar ein Abenteurer, Sir.«

»Ich schätze keine Abenteuer. Sie geschehen ohne mein Zutun.«

Sie schwieg und suchte wohl nach Worten. Dann fragte sie unvermittelt: »Nehmt Ihr mich mit nach Kingston?«

»Ich reise nicht nach Kingston.«

»Das ist mir gleich. Überallhin. Nur weg von dieser Insel.«

»Glaubt mir, wie schlimm es hier auch sein mag, fast überall ist es schlimmer.«

Da ich nun merkte, dass ich dem *Punch* allzu sehr zugesprochen hatte, entschuldigte ich mich und trat aus der Tür. Draußen warfen die Sterne ihr kaltes Licht auf Strand und Meer.

Demokrit hatte gelehrt, dass alle Dinge, auch Menschen, aus Atomen bestehen, aus unendlich vielen unendlich kleinen Teilchen. Diese Atome sind unvergänglich. Sie überdauern auch den Tod. Mit den Winden und Strömungen hatten sich wohl Sahirs Atome mittlerweile über alle Meere verteilt.

Wenn es unendlich viele waren, mussten sie auch vor dieser öden Küste umhertreiben.

Das Meer war ruhig. Kurze Wellen plätscherten an den Kiesstrand. Ich schritt hinaus. Der Strand verlief flach, und ich musste Dutzende Schritte zurücklegen, bis mir das Wasser bis zu den Hüften ging. Wenn Sahirs Atome hier draußen waren, konnte ich sie so noch einmal berühren. Ich legte meine Hände auf das Wasser, doch ich fühlte nichts. Ich dachte darüber nach, ob das hieß, dass sie irgendwo noch am Leben war, oder ob ich allmählich verrückt wurde. Vielleicht war ich einfach noch zu nahe am Strand. Aber als ich zurückblickte, stand dort eine Gestalt. Sie zögerte ein wenig, trat dann ins Wasser und watete zu mir hinaus.

»Ihr ruiniert Euer Ballkleid«, sagte ich.

»Ich brauche es ohnehin nur selten«, erwiderte sie.

Sie fasste mich an der Hand, und ich ließ mich von ihr zurück zum Strand ziehen. Sonst wäre ich vielleicht immer weiter ins Meer hinausgegangen. »Ich wünsche Euch, dass wenigstens Ihr an den Ort kommt, zu dem Ihr wollt«, sagte sie und ließ mich dann allein.

Als wir am Morgen den Anker lichteten, sah ich das Mädchen, das von der Insel wegwollte, noch einmal am Strand. Sie stand mit den Füßen im Wasser und starrte in Richtung des Schiffes. Das Tal und die Berge hinter ihr wirkten im Dunst wie eine gemalte Kulisse. Dann fingen die Segel den Wind, das Schiff nahm Fahrt auf, und sie wandte sich ab.

Mir kam der Gedanke, dass Kapitän Leeuwerik vielleicht recht gehabt hatte. Vielleicht können wir uns nur auf unseren vorgegebenen Kursen bewegen, wie Darsteller in einem Theaterstück. Mal kreuzen sich die Wege, dann gehen sie wieder auseinander. Jeder spielt seine eigene Rolle, jeder steht auf seiner eigenen Bühne. Jeder blickt in eine andere Richtung, jeder wünscht sich einen anderen Ausgang des Stückes, doch niemand kennt das ganze Schauspiel, nicht einmal Gott.

24

Santa Catalina, Mai 1699

Der Südostpassat machte die Reise nach Westindien kurz. Die meiste Zeit verbrachte ich an Deck und blickte über den Bug, dorthin, wo irgendwo weit voraus die Insel Hispaniola lag.

Bislang hatte ich immer nur versucht, von etwas wegzukommen. Weg von meinem Vater, weg von der *Adventure*, weg aus dem Piratenparadies. Doch nun bewegte ich mich endlich auf ein Ziel zu. Sobald ich den Captain aufgespürt hatte, würde ich den Breitengrad von Arcadia aus ihm herausprügeln und ihn dann für Sahirs Tod bezahlen lassen. Über das Wie machte ich mir im Augenblick keine Gedanken. Für mich war nur wichtig, dass ich mit jeder Seemeile diesem Ziel näher kam.

Hätte ich damals gewusst, dass mein Ziel letztlich der Galgen in London war, es wäre mir gleich gewesen. Und hätte mich jemand gefragt, was mir denn mehr bedeutete, die Rache oder die Rückkehr nach Arcadia, dann hätte ich keine Antwort geben können. In meinem Geist hing beides zusammen. Mit dem Verstand strebte ich danach, Sahirs Mission zu vollenden. Doch in meinem Herzen war eine Leere, die nur der Gedanke an Vergeltung ausfüllte.

Culliford hatte von einer Bucht auf der Insel Santa Catalina gesprochen, wo er Captain Kidd vermutete. In Santo Domingo versuchte ich, irgendeinen Fischer anzuheuern, damit er mich mit seinem Boot zu dieser Insel hinausfuhr. Doch ich hatte kein Glück. Die Männer, die ich fragte, bekreuzigten sich schon, wenn ich nur den Namen erwähnte. Santa Catalina galt anscheinend als verflucht oder als von Dämonen heimgesucht. Genau verstand ich es nicht, denn leider beherrschte ich das Spanische nur ungenügend. Unter Cullifords Leuten waren Spanier gewesen, und von ihnen hatte ich manche Wörter und Sätze aufgeschnappt, aber es unterschied sich doch arg vom Latein.

Santo Domingo war einst eine prachtvolle Stadt gewesen. Um den Platz mit der Kathedrale herum spannte sich ein Netz breiter Straßen, die schnurgerade von einem Ende der Stadt zum anderen verliefen. Die Häuser bestanden aus Stein und waren mit großen Fenstern und Balkonen ausgestattet. Doch alles wirkte furchtbar heruntergekommen. Bettler saßen an jeder Ecke, manche Häuser waren verfallen, andere dienten als Ställe für Hühner und Ziegen. In den Straßen häuften sich Abfälle und Tierkadaver derart, dass nur schmale Pfade zwischen dem Unrat passierbar waren. Der Gestank war überwältigend, und der Anblick konnte jeden schwermütig machen. Diese Stadt war das Gegenteil von Sahirs Vision der goldenen Zukunft. Hier ging nichts voran, sondern alles rückwärts.

Ich beschloss, die Küste hinab zu einem Ankerplatz zu reisen, der Balanza Romana genannt wurde, an einem Fluss mit dem Namen Rio Soco. Diese Stelle, so versicherte mir ein orts- und lateinkundiger Pater im Konvent von Santo Domingo, lag genau gegenüber der Insel Santa Catalina. Ich würde dort gewiss ein Boot auftreiben können. Zur Not konnte ich eins kaufen und selbst hinübersegeln oder -rudern, denn die Insel lag angeblich direkt vor der Küste. Wenn ich dort auf Kidd und seine verbliebene Mannschaft traf, besaß ich den Vorteil der Überraschung und zwei Pistolen. Wie genau ich diesen Vorteil nutzen würde, wollte ich mir überlegen, wenn es so weit war. Denn ich hatte mittlerweile gelernt, dass vorzeitige Pläne stets scheitern.

Für die Reise nach Balanza Romana konnte ich wählen,

ein Pferd oder einen Esel zu erwerben. Ich entschied mich für den Esel. Er schien mir das leichter zu reitende Tier. Diese Entscheidung sollte ich auf der Reise bald bereuen – die Füße hängen dicht über dem Boden, man krümmt unwillkürlich den Rücken, und die Gangart des Esels versetzt einem ständig harte, unregelmäßige Stöße. Nach einer Weile wusste ich nicht mehr, was mehr schmerzte, mein Rücken oder mein Hintern. Hinzu kommt, dass Esel oft eine eigene Meinung dazu haben, welcher Weg einzuschlagen sei, und dass sie diese Meinung durchaus auch durchzusetzen pflegen.

Ich war vor Wegelagerern gewarnt worden. Daher hielt ich meine Pistolen griffbereit, doch ich begegnete in den zwei Tagen keinem Menschen.

Balanza Romana war eine Ansammlung von Fischerhütten um eine verlassene spanische Zollstation. Schmuggler hätten hier wohl freie Bahn gehabt, wenn es in dem Land irgendetwas zu schmuggeln gegeben hätte. Die Insel Santa Catalina lag eine Meile vor der Küste. Sie war flach wie ein Brett und schien dicht bewaldet zu sein. Eine Art Dunst schwebte über der düsteren Vegetation. Einzelheiten ließen sich aus der Entfernung nicht ausmachen. Ich wünschte mir, ich hätte rechtzeitig daran gedacht, ein Fernrohr zu besorgen.

Ich war heilfroh, von dem Esel herunterzukommen. Die Verständigung mit den Fischern erwies sich als mühsam, aber aufschlussreich. Anscheinend hatten sie in letzter Zeit auf oder bei der Insel irgendetwas gesehen. Sie redeten von *»luces demoniacas«*, was wohl »kuriose Lichter« bedeutete. Auch war offenbar ein großes dreimastiges Schiff – oder drei große einmastige Schiffe – hinter der Insel verschwunden und nicht mehr aufgetaucht. Wenn das stimmte, dann musste dieses Schiff oder mussten diese Schiffe auf der anderen Seite der Insel noch irgendwo vor Anker liegen. Dies waren aufregende Neuigkeiten. Ich verlangte, sogleich hinübergerudert zu werden. Doch niemand zeigte große Lust. Erst im Tausch gegen meinen Esel – viel Glück damit – war ein Fischer schließlich dazu bereit.

Die Überfahrt dauerte nicht lange. Mein Fährmann saß an der Pinne und rauchte nach Sitte der Spanier – keine Pfeife, sondern zwischen Blättern gerollten Tabak, der hier *»Cigarillo«* genannt wurde. Doch als wir uns Santa Catalina näherten, warf er misstrauische Blicke umher, als erwarte er, in jedem Moment von einem Seeungeheuer verschlungen zu werden. Bevor ich an den Strand watete, bat ich ihn, mich in zwei Tagen wieder abzuholen, falls er mich an dieser Stelle anträfe. Ich hoffte, dass er mich verstand. Er murmelte *»Virgen te proteja«*, bekreuzigte sich und machte sich hastig auf den Rückweg.

Ich stand auf einem weißen Strand. Hinter mir rauschte das Meer, vor mir erhob sich ein Waldgürtel. Man konnte sich kaum ein friedlicheres Bild vorstellen. Mir schien es kurios, dass diese grüne Insel, so nahe an der Küste, völlig unbewohnt war.

Ich hatte am Morgen meine Pistolen frisch geladen und überprüfte sie jetzt noch einmal. Eine steckte ich in meinen Gürtel, die andere in meinen Reisesack, den ich nun schulterte. Dann machte ich mich auf den Weg. Die Bucht, von der Culliford gesprochen hatte, lag im Süden, also auf der anderen Seite der Insel. Der Strand war in dieser Richtung von Mangroven überwachsen und unpassierbar, und ich wollte ohnehin nicht im Freien entdeckt werden. Also nahm ich den Weg durch den Wald.

Zwischen den Bäumen wurde ich sogleich von Moskitos überfallen. Dichte Geflechte von Luftwurzeln ragten aus dem sumpfigen Boden und versperrten vielerorts den Weg. Die Wurzeln waren verkrümmt und verschlungen wie Schlangen. Sie widerstanden dem Messer. Zuweilen musste ich auf meiner Spur zurückgehen und mir einen anderen Weg suchen. Die Luft roch modrig. Aus trüben Wasserlachen zwischen den Bäumen gluckste es verdächtig, und hin und wieder hörte ich ein Platschen, sodass ich mich fragte, ob es hier etwa Wasserschlangen oder Krokodile gab.

Obwohl die Insel nur etwa zwei Meilen maß, wurde es schon dunkel, als ich endlich ihr anderes Ende erreichte. Ich war von Insekten zerstochen und heilfroh, aus dem verdammten Wald hinauszukommen..

Vor mir erstreckte sich eine schlammige Lagune. Um einen toten Baum am Ufer war ein Tau geschlungen, das im Wasser verschwand. Festgemacht an dem Tau, mitten in der Lagune, lag ein gewaltiges dreimastiges Schiff mit hoch aufragenden zinnenbewehrten Kastellen an Bug und Heck. Das letzte Mal hatte ich dieses Schiff unter Segeln in der Bucht von St. Marie gesehen. Es war die *Queda Vacharrakan*. Ich hatte Kidd gefunden.

Sofort zog ich mich in den Schatten der Bäume zurück. Aber auf der *Queda* rührte sich nichts. Ich sah keine Ruderwache und kein Licht hinter irgendeiner Öffnung. Die Segel waren abgenommen, die Masten ragten als kahle Gerippe in den Nachthimmel. Die Anker fehlten. Der Rumpf wirkte verwittert und war bedeckt mit dunklen Flecken, wie von Moos oder einer Flechte. Viel mehr war in der zunehmenden Dunkelheit nicht zu erkennen.

Normalerweise gibt es an Bord eines verankerten Schiffes stets Bewegungen und Geräusche. Man hört Schritte, Gerede oder Gelächter, in der Kombüse brennt ein Feuer, und bei Dämmerung wird die Hecklaterne entzündet. Doch hier war alles dunkel und totenstill.

Ich blickte mich um, ob irgendwo am Ufer ein Boot lag. Wenn die Mannschaft das Schiff verlassen hatte, waren sie wohl kaum geschwommen. Doch ich sah kein Boot. Allerdings hing eine Strickleiter über die Seite des Schiffes. Vielleicht hatten die Männer aus irgendeinem Grund das Schiff verlassen und Kurs auf das Festland genommen. Doch dass man keine Wachen zurückgelassen hatte, wunderte mich. Die Seidenballen, die die *Queda* bei der Flucht aus St. Marie noch im Laderaum hatte, waren gewiss viele zehntausend Pfund wert.

Ich konnte nicht hier am Ufer bleiben. Die Lagune machte auf mich einen unguten Eindruck. Ich wusste nicht, welche Tiere bei Nacht aus dem Wald oder aus dem trüben Wasser herauskommen mochten. Mich durch den dunklen Wald zurückzukämpfen, stand ebenfalls außer Frage. Ich musste an Bord. Das hieß schwimmen, und ich würde die Pistolen zurücklassen müssen. Nass nutzten sie mir nichts.

Ich zog mich bis auf die Hose aus und versteckte meine Sachen unter einem Busch. Dann watete ich in die Lagune. Der Boden bestand nicht aus Sand, sondern aus zähem Schlick, in den ich bis zu den Knöcheln einsank. Während ich die etwa zweihundert Fuß zu dem Schiff hinausschwamm, betete ich, dass etwaige Krokodile oder Haie gerade anderweitig beschäftigt waren. Tatsächlich erreichte ich die Bordwand mit der Strickleiter ohne unliebsame Begegnungen.

Das Deck war verwaist. Sechs der Deckskanonen waren verschwunden, nur ihre Haltetaue hingen noch in den Ringösen. Ich bemerkte aber keine Unordnung, die auf einen Kampf hingedeutet hätte. Das Schiff schien völlig verlassen.

Bevor ich es durchsuchte, wollte ich mich im Vorderkastell nach trockener Kleidung umsehen. Das hatte ich schon einmal getan, auf ebendiesem Schiff, bei meiner Flucht mit Sahir vor hundert Jahren.

Der Mannschaftsraum war stockfinster, die Luft stickig. Ich tastete mich zwischen Hängematten hindurch und öffnete Seekisten. In einer von ihnen erfühlte ich Schuhe und eine leinene Hose. Mit meiner Beute im Arm wollte ich mich aufrichten und stieß dabei mit dem Rücken an eine Hängematte. In der Matte lag etwas Schweres. Ich fuhr herum und fühlte eine kalte Hand auf meinem Gesicht.

Ich weiß nicht mehr genau, wie ich aus dem Vorderkastell herauskam, nur dass ich es in sehr kurzer Zeit schaffte. An Deck versuchte ich, mich zu sammeln. Es war immer noch totenstill auf dem Schiff. Die Hand auf meinem Gesicht war kalt und starr gewesen. Offenbar lag dort eine Leiche in der Hängematte. Tote sind normalerweise harmlos, wenn ich auch viele gegenteilige Seemannsgeschichten gehört hatte. Ich brauchte unbedingt Licht. Aber ich mochte nicht unter Deck im Dunkeln nach Kerzen suchen.

Jedes Schiff hat eine Laterne und Feuerzeug im Kompasskasten. Dort fand ich sie auch. Mit der brennenden Laterne in einer Hand und einem schweren Belegnagel in der anderen betrat ich das Vorderkastell erneut. »Wer da?«, rief ich laut, aber ich erwartete keine Antwort und bekam auch keine. Im flackernden Licht wirkte der Raum kleiner als im Dunkeln. Die Hängematten hingen dicht nebeneinander. Nur in der Mitte gab es einen schmalen Durchgang. In meiner Erinnerung hing die Matte mit dem Toten irgendwo an der Bordwand. Es dauerte nicht lange, bis ich sie fand.

Aus der Hängematte starrte mich ein gelbliches Gesicht mit weißen, blicklosen Augen an. Die Haut glänzte wie Wachs, die Züge waren verzerrt, die Lippen zu einem Grinsen zurückgezogen. Der Mann trug Seemannskleidung. Es war keiner von Kidds Männern. Sein Arm baumelte an der Seite herab. Er konnte noch nicht lange tot sein, aber ich sah keine Wunde. Ich mochte ihn auch nicht umdrehen, um danach zu suchen. Ich legte ihm den baumelnden Arm auf die Brust. Die Luft im Vorderkastell schien mir plötzlich kaum noch atembar zu sein. Ich nahm Hose und Schuhe an mich, die ich fallen gelassen hatte, und verließ hastig den Raum.

Die Schuhe waren zu klein, aber die Hose passte. Mittlerweile glaubte ich sicher, keinen Lebenden mehr an Bord zu finden. Aber vielleicht gab es ein Logbuch oder irgendwelche anderen Hinweise, was auf dem Schiff passiert war. Das Logbuch musste in der Kapitänskajüte zu finden sein. Mit der Laterne betrat ich das Heckkastell. Der Lichtschein tanzte über die Wände der Offiziersmesse. Die Tür zur Kajüte stand einen Spalt offen, genau wie damals bei unserer Flucht. Ich erwartete fast, jeden Moment den Schatten des Captains aus der Tür treten zu sehen.

Als ich darauf zuging, vernahm ich ein Stöhnen. Ich blieb stocksteif stehen. Die Planken knarrten leise, Wasser gluckste am Rumpf, dann hörte ich das Geräusch wieder. Es kam aus der Kajüte. Ich wünschte mir, und das nicht zum ersten Mal, ich hätte die Pistolen dabeigehabt.

Auf der Koje in der Kajüte lag jemand. Aber es war nicht der Captain. Ich leuchtete ihm mit der Laterne ins Gesicht. Es war schweißbedeckt. Die Augen waren geschlossen, der Atem ging laut und unregelmäßig. Ich kannte den Mann. Aber es dauerte eine Weile, bis ich ihn einordnen konnte. Ich schüttelte ihn an der Schulter.

»Herr Jonk!«

Er schlug die Augen auf. Sie glänzten fiebrig. »Nicolas, bist du es?«

»Ich bin nicht Nicolas. Ich bin Richard Kreutzner, der Hauslehrer auf der *Fortuin*.«

Er schien sich nicht mehr an mich zu erinnern.

»Wir sind zusammen nach Kapstadt gereist, Herr Jonk. Aber wie kommt Ihr hierher? Was ist geschehen?«

»Das Fieber«, murmelte er.

Ich legte ihm die Hand auf die Stirn. Sie fühlte sich heiß und feucht an.

»Was tut Ihr auf diesem Schiff?«

»Die Ladung bewachen. Bis Nicolas mit der *Spey* zurück ist.«

»Seid Ihr schon lange hier?«

»Ich weiß nicht. Eine Woche. Joris Pieters wurde krank, dann ich.«

»Ich glaube, ich habe Joris Pieters im Vorderkastell gefunden. Er ist tot.«

Jonk riss plötzlich die Augen auf und starrte an mir vorbei. Ich fuhr herum, doch hinter mir war niemand, nur die offene Kajütentür.

»Der kleine Mann«, flüsterte Jonk.

»Was?«

»Hier auf dem Schiff ist ein kleiner Mann. Er läuft in den Gängen herum.«

Er redete im Fieber. Der Wasserkrug neben seiner Koje war leer. Ich stieg mit der Laterne hinunter in die Kombüse. Wider besseres Wissen blickte ich dabei ständig über die Schulter, ob womöglich ein kleiner Mann hinter mir her war, aber natürlich sah ich niemanden. Ich füllte den Krug aus dem Wasserfass, das gleichfalls fast leer war, doch der Rest des Wassers schien einigermaßen frisch zu sein.

Als ich zurückkam, schlief Jonk wieder. Es war ein Fieberschlaf, er murmelte vor sich hin, und zweimal schrie er auf und stieß flüsternd hervor: »Das Grauen! Das Grauen!« Ich nahm die Laterne mit mir und trat aus der Kabine hinaus in die Finsternis.

Aus seinen Worten wurde ich nicht schlau. Kidd und seine Männer hatten die *Queda* offenbar verlassen – aber warum? Wo waren sie jetzt? Und was machte Jonk hier?

Er erwachte kurz vor dem Morgengrauen und rief mit schwacher Stimme. Ich ließ ihn Wasser trinken und legte einen nassen Lappen auf seine Stirn.

Nach Sonnenaufgang lief ein Schoner in die Bucht ein. Er kam längsseits, und ich rief ihn an. Es war die *Spey* aus Amsterdam, ein Handelsschiff, gechartert von Jonk und Vanderbiest auf eigene Rechnung. Nicolas Vanderbiest hatte das Kommando über das Schiff. Der eigentliche Kapitän, van Hoorn, war am Fieber gestorben.

Vanderbiest erkannte mich sofort. Wir trugen Jonk auf die *Spey* hinüber und begruben Joris Pieters am Ufer. Dabei nahm ich meine Besitztümer wieder an mich, die die Nacht im Wald zwar etwas feucht, aber sonst unbeschadet überstanden hatten.

»Was ist mit Mr. Kidd und seiner Mannschaft geschehen?«, fragte ich Vanderbiest.

»Sie sind unterwegs nach New York.«

Auf der Rückreise von Curacao war die *Spey* der *Queda* begegnet. Diese hatte eine Irrfahrt durch Westindien hinter sich, denn Captain Kidd wurde überall als Pirat gesucht und konnte keinen Hafen anlaufen. Er hatte einigen Kaufleuten, darunter Jonk und Vanderbiest, seine Ladung in Kommission anvertraut. Vor einer Woche war er mit einer gekauften Slup nach New York aufgebrochen. Die *Spey* kam gerade von Sint Maarten, wo Vanderbiest für Kidd eine Ladung Seidenballen verkauft hatte.

»Mr. Kidd will sich in New York vom Gouverneur begnadigen lassen«, sagte Vanderbiest. »Schiff und Ladung hier in der Bucht sind sein Faustpfand. Allein die Seide bringt in New York dreißigtausend Pfund. Auch seine Slup hat er mit Seide vollgepackt und mit Kanonen von der *Queda* bewaffnet.«

Die Vorstellung, dass sich Kidd mit der Beute eine Begnadigung erkaufen und dann ungestraft irgendwohin verschwinden könnte, war für mich unerträglich. Ich musste so rasch wie möglich nach New York.

»Warum behaltet Ihr nicht den Erlös, übernehmt noch eine Ladung Seide und segelt davon?«, fragte ich Vanderbiest.

»Das wäre Diebstahl, Herr Kreutzner. Wir schulden Mr. Kidd den Ertrag, abzüglich unserer Kommission.«

»Ihr schuldet ihm nichts. Der Mann ist ein Mörder und Pirat. Schiff und Ladung gehören ihm nicht, denn er hat sie selbst gestohlen.«

»Wenn er begnadigt ist, wird beides zur legalen Prise.«

»Sollte Euer Freund Jonk sterben, hat Kidd ihn auf dem Gewissen. Er muss gewusst haben, dass die Insel fieberverseucht ist. Deshalb wird sie von den Einheimischen gemieden.«

Vanderbiest machte ein nachdenkliches Gesicht. »Das mag sein«, sagte er. »Deshalb hat er Mr. Bolton einen Wucherpreis für die Slup bezahlt und sich eilig davongemacht.«

»Segelt nach New York und stellt ihn zur Rede! Dort erzielt Ihr für die Seide gewiss auch bessere Preise.«

»Das wäre Schmuggel. Alle Waren, die in New York verkauft werden, müssen den Weg über London nehmen.«

»Und wenn? Dort schmuggelt vermutlich jeder.«

Doch Vanderbiest ließ sich zu nichts überreden. Er war durch und durch ehrbarer Kaufmann, der zu seinem Wort stand. Aber er hatte es jetzt eilig, von der Fieberinsel wegzukommen. Ich half der Mannschaft beim Beladen. Bis zum Nachmittag hatten wir vierzig Ballen Seide auf die *Spey* geschafft. Der Schoner lag nun tief im Wasser. Vanderbiest wollte nach Curacao, um die Stoffe dort in Kommission zu verkaufen und einen Arzt für Jonk zu finden.

Keiner aus der Mannschaft mochte zur Bewachung an Bord der *Queda* zurückbleiben, zumal Jonk wieder vom »kleinen Mann« geredet hatte. Vanderbiest bot an, mich nach Curacao mitzunehmen. Doch in diesem Nest würde ich lange auf eine Passage nach New York warten müssen. Ich hatte einen anderen Plan gefasst. Für vierzig Piaster kaufte ich Vanderbiest eine Seekarte von Hispaniola und eine von der amerikanischen Küste ab. Die Mannschaft half mir, die Jolle der *Queda* zu Wasser zu lassen und an der Bordwand zu vertäuen.

Am Nachmittag frischte der Wind auf und drehte auf Nordwesten. Er blies die Fieberdünste fort und hielt die Moskitos in Schach. Ich sah der *Spey* nach. Sie passierte die Mündung der Bucht, wendete vor der Küste und nahm Kurs nach Süden. Als sie um die Spitze der Insel herum verschwunden war, begann ich, die Jolle aufzuriggen und Vorräte hineinzuschaffen. Dann ging ich unter Deck. Die Pulverkammer der *Queda* war noch mit Schloss und Riegel gesichert. Ich brach sie mit einer Axt auf. Dann verstreute ich Pulver überall im Laderaum zwischen den Seidenballen und legte eine langsame Lunte. Captain Kidd würde sich mit dieser Ladung keine Begnadigung mehr erkaufen können.

Er hatte einen Vorsprung von einer Woche.

Ich nutzte den Westwind, um mit der Jolle aus der Bucht zu segeln. Gerade als ich die Sandbänke am Eingang der Lagune passiert hatte und zurückschaute, explodierte die *Queda*. Ich sah die Fenster des Heckkastells hell aufleuchten, so als sei dort ein Fest im Gange. Dann brachen Flammen aus den Ladeluken empor und brausten in den Abendhimmel. Das riesige Schiff war in Minuten vom Feuer umhüllt. Der Wind blies stechenden Geruch von der verschmorten Seide zu mir herüber. Das Haltetau loderte auf und fiel ins Wasser, und die *Queda* trieb brennend auf den Ausgang der Bucht zu, als wolle sie zu einer letzten Reise aufbrechen.

Ich nahm mit raumem Wind Kurs nach Südosten, in Richtung der Insel Saona. Die Jolle machte rasche Fahrt, und ich hoffte, noch ein gutes Stück hinter mich zu bringen, bevor ich für die Nacht ankerte. Die Rauchsäule des brennenden Schiffes war noch lange am Horizont zu sehen. Irgendwann löste sie sich in der Dämmerung auf.

25

Auf dem Weg nach New York, Mai 1699

Die Jolle verfügte über ein Stagsegel vorne und ein Gaffelsegel am Mast. Mit achtzehn Fuß Länge übertraf sie deutlich das Boot, auf dem ich mit Sahir geflohen und in den *Hurakán* geraten war. Doch diesmal waren mir an den meisten Tagen Wind und Wetter hold.

Ich hatte den Kompass der *Queda* dabei und auch einen hölzernen Quadranten, den ich in einer Offizierskabine gefunden hatte. Wenn der Himmel nicht bedeckt war, konnte ich zur Mittagszeit den Breitengrad bestimmen, zuweilen sogar am Abend die Höhe des Polarsterns. Dennoch versuchte ich, mich nicht allzu weit vom festen Land zu entfernen. Trotz meiner Erlebnisse war ich alles andere als ein erfahrener Seemann.

An manchen Tagen wirkten See und Himmel schiefergrau, und der Wind blies in unregelmäßigen Böen. Das Boot krängte und stampfte, die Wellen überragten es wie Hügel, Gischt flog herein und durchnässte alles. Doch nach meinem Erlebnis im Indischen Ozean konnte mich das nicht mehr schrecken. Ich hockte zusammengekauert im Heck, um den Böen wenig Angriffsfläche zu bieten, und hielt mit beiden Händen an der Pinne das Boot am Wind.

Wenn ich im Westen Land erblickte, versuchte ich, die Position mit Hilfe der Seekarte zu bestimmen, die ich von Vanderbiest gekauft hatte. Am vierten Tag passierte ich die Bajamar-Inseln. Irgendwo inmitten dieser Inselgruppe lag

Nassau, das berüchtigte Piratennest. Mein Sack voll flach gehämmerter Goldmünzen wäre wohl eine gute Beute gewesen, doch ich begegnete keinem Schiff.

Für die Nächte versuchte ich, in die Nähe der Küste zu gelangen, um ankern zu können. Doch nicht allzu nahe, denn nachdem ich glücklich an den Bajamares vorbeigekommen war, wollte ich nicht in die Hände der Kannibalen geraten, die bekanntlich an der Küste Floridas hausten. War das Land zu weit entfernt oder fand ich keinen Ankergrund, drehte ich bei. Ich schlief neben der Pinne, eingewickelt in eine Decke, doch es war kein geruhsamer Schlaf. Wann immer der Wind drehte oder das Boot von einer besonders großen Welle angehoben wurde, schreckte ich auf. Nach den ersten Tagen auf See war ich dauerhaft in einem Zustand der Übermüdung und Erschöpfung.

Am zwanzigsten Tag sichtete ich Kap May und nahm Kurs entlang der Küste von New Jersey. Ich hatte keine Ahnung, was mich in New York erwartete. Aber aus irgendeinem Grund war ich sicher, den Captain dort zu finden. Er war nun ebenso vom Schicksal getrieben wie ich, denn man suchte ihn überall, er konnte in keinen Hafen, in keine englische Stadt seinen Fuß setzen, ohne die Verhaftung zu riskieren. Doch in New York war er zu Hause. Dort hatte er seine Familie und wahrscheinlich auch Freunde, die ihm helfen würden. Auch der Gouverneur, von dem er eine Begnadigung erhoffte, residierte dort. Ich plante, das Haus des Captains heimlich zu überwachen. Wenn er dort auftauchte, würde ich ihm einfach folgen, bis sich eine Gelegenheit ergäbe. Vielleicht in irgendeiner dunklen Ecke.

Ich erreichte die Mündung des North River bei schlechtem Wetter. Hinter Regenschleiern erblickte ich mein Ziel, die Insel Manhattan mit der Stadt New York. Ich hatte sie mir ähnlich wie Kapstadt vorgestellt, als eine Siedlung mit zwei oder drei Straßen, umgeben von Hecken zum Schutz gegen Eingeborene oder wilde Tiere. Doch Manhattan war dicht bebaut mit Hunderten hoher Häuser. Viele davon besaßen zwei, einige gar drei Stockwerke. Dazwischen ragten zwei Windmühlen und drei Kirchtürme in den Himmel. Mir schwante, dass mein Vorhaben in dieser gewaltigen Stadt nicht leicht werden würde.

Es gab keinen eigentlichen Hafen. Vielmehr war ganz Manhattan ein einziger Hafen. Aus den Flussufern zu beiden Seiten der Insel ragten Dutzende aus Steinen oder Erde aufgeschüttete Molen und Piers. Boote und Schiffe vielerlei Arten lagen dort vertäut, doch ich sah keine Kräne und wenig Lastkähne. Die meiste Arbeit wurde von Hand getan, die Waren schleppte man auf dem Rücken fort. Direkt an der Spitze der Insel erblickte ich auf einem ebenen Platz ein riesiges Galgengerüst.

Der Wind stand günstig zum Anlanden. Ich manövrierte in den East River hinein, steuerte die Jolle zu einer der Molen und machte fest. Ich hatte weit über tausend Seemeilen in diesem offenen Boot zurückgelegt. So etwas hätte ich mir im letzten Frühjahr, als ich noch in der Silbergrube schuftete, nie träumen lassen. Trotz meiner Erschöpfung kam es mir nun so vor, als könnte ich alles erreichen. Ich war fast am Ziel. Der Captain, schien mir, konnte mir nicht mehr entkommen. Ich ahnte nicht, dass ich mich mit meiner Ankunft in New York geradewegs ins Verderben begeben hatte, gerade so, wie ein Käfer blindlings auf eine Flamme zuschwirrt.

Während ich die Segel abnahm, versammelten sich einige Zuschauer auf der Mole, die meine Tätigkeit verfolgten. Bei meinen ersten unsicheren Schritten an Land wurde ich sogleich von ihnen umringt. Ein Mann in einem vielfach geflickten Überrock stellte sich als Hafendetektiv vor. Für zwei Schilling versprach er, ein Auge auf mein Boot zu haben, damit es nicht gestohlen werde. Ein anderer gab sich als Zollinspektor zu erkennen und kassierte gleichfalls zwei Schilling für das Nichtinspizieren meines Reisesacks. Ein fliegender Händler verkaufte mir einen Patent-Regenschutz aus Segeltuch. Ein Gassenjunge erbot sich, mich zum besten Hurenhaus der Stadt zu führen, doch ich sagte ihm, dass ich vor allem ein Quartier suche. Er brachte mich zwei Straßen weiter zu Handaside's Boarding House, der nach seiner Behauptung besten Herberge der Stadt. Er hätte auch meinen Reisesack getragen, aber den trug ich lieber selbst.

Nach den Wochen im offenen Boot war ich gänzlich erschöpft und meine Kleidung mit Salz verkrustet. Ich wollte erst Kräfte sammeln, bevor ich mich auf die Suche nach dem Captain machte. Ich bezahlte meine Vermieterin, Mrs. Hester Handaside, für drei Tage im Voraus. Sie war eine Dame unbestimmbaren Alters mit einer weißen gestärkten Haube. Nachdem sie mir die Hausregeln mitgeteilt hatte – kein Fluchen, kein Spucken, keine Besuche von Frauenzimmern –, durfte ich meine Kammer beziehen. Diese lag unter dem Dach und verfügte über ein Bett mit Strohsack, einen Nachttopf und ein schmales Fenster, um denselben auszukippen. Durch das Fenster blickte ich auf die Rückwand eines Lagerhauses aus braunem Backstein.

Mein Plan war, mich in den Tavernen nach Kidds Wohnhaus zu erkundigen oder mich notfalls von Haus zu Haus durchzufragen. Doch das erwies sich als unnötig. Mrs. Handaside kannte alles und jeden in New York. Sarah Kidd, die Ehefrau des Captains, bewohne ein großes Haus in der Pearl Street 119, nahe dem Ufer des East River, erzählte sie mir. Sie teilte mir auch ungefragt mit, dass Mrs. Kidd, um den Captain heiraten zu können, ihren vorigen Gatten vergiftet habe. Und dessen Vorgänger, gleichfalls ein reicher Kaufmann, sei auf verdächtige Weise in drei Fuß tiefem Wasser ertrunken. Aber niemand habe gewagt, Mrs. Kidd zu beschuldigen, denn sie stamme aus einer angesehenen englischen Familie. Ihr jetziger Ehemann, William Kidd, werde als Pirat gesucht und sei davor mit dem Schmuggel von Zucker und Melasse aus Westindien reich geworden.

Dass der Captain hier ein bekannter Schmuggler war und eine Giftmischerin und Gattenmörderin geheiratet hatte, wunderte mich nicht. Vielleicht war Letzteres der Grund, warum er lieber auf See als zu Hause verweilte. Es schien mir jetzt nicht mehr so sicher, dass er zu seiner gefährlichen Gattin zurückgekehrt war. Zumal ich von Mrs. Handaside auch erfuhr, dass der Gouverneur, Lord Bellomont, der den Captain begnadigen könnte, sich gerade in Boston aufhielt.

Am Abend machte ich trotz meiner Müdigkeit einen Spaziergang durch die Pearl Street, denn sie lag nicht weit von meinem Quartier entfernt. Für den Fall, dass ich dem Captain begegnen sollte, hatte ich eine meiner Pistolen unter der Jacke. Ich sollte später erfahren, dass ich damit schon gegen das Gesetz verstieß, denn das verborgene Tragen von Feuerwaffen war in New York neuerdings verboten.

Es regnete nicht mehr. Obwohl die Straße reichlich mit zerstoßenen Muschelschalen bestreut war, sank ich knöcheltief in den Schlamm, sobald ich die Tretsteine verließ. Auch musste ich darauf achten, nicht von einem der vielen herrenlosen Schweine umgerannt zu werden, die sich hier und dort im Schlamm suhlten oder auf den Straßen herumliefen wie anderswo Hunde.

Das Haus des Captains bot einen beeindruckenden Anblick. Es war zweistöckig, mit einem hohen Giebeldach und zwei Kaminen. Auf dem Dach glänzte ein kupferner Wetterhahn in der Abendsonne. Kerzenlicht brannte hinter einigen Fenstern im oberen Stockwerk.

Während ich unauffällig daran vorbeischlenderte, bemerkte ich einen offenen Pferdewagen an der Ecke. Das Pferd war eingespannt. Auf dem Kutschbock saß ein Mann mit Hut und Mantel und rauchte eine Pfeife. Dabei hatte er das Haus im Blick. Es war nicht der Captain, dafür war der Mann zu klein und schmächtig. Der Wagen stand dort wohl schon lange, zumindest seit dem Regen, denn ich sah keine Radspuren im Schlamm. Jetzt schien mir auch, dass noch jemand an der Straßenecke im Schatten eines Torbogens herumlungerte und gleichfalls das Haus beobachtete.

Ich hatte geplant, mich in der Nähe des Hauses auf die Lauer zu legen. Doch andere waren offenbar schon auf die gleiche Idee gekommen. Vielleicht waren es Konstabler, die den Captain unter Arrest nehmen wollten. Oder Kopfgeldjäger, falls der Gouverneur eine Belohnung ausgesetzt hatte. Das bedeutete wohl auch, dass der Captain hier bisher nicht aufgetaucht war.

Mir kam der Gedanke, der Gattenmörderin Mrs. Kidd am nächsten Tag einen Besuch abzustatten. Vielleicht war ihr Nachricht vom Captain zugegangen. Vielleicht war sie bereit, diese mit mir zu teilen, etwa in der Hoffnung, das Ableben ihres jetzigen Ehemanns zu fördern. Vielleicht hatten wir in dieser Hinsicht gemeinsame Interessen.

Am Morgen fühlte ich mich einigermaßen gestärkt für neue Unternehmungen.

Zuerst suchte ich einen Geldwechsler in der Wall Street auf. Er taxierte meine flach gehämmerten Münzen sorgfältig mit seiner Goldwaage. Dann gab er mir einen Wechsel über fünfhundert Pfund und zählte mir hundertfünfzig Piaster auf den Tisch. Diese Währung wurde hier »Spanischer Dollar« genannt. Ich war nun ein reicher Mann. Ich hätte mir von dem Geld Kisten voller Bücher kaufen und einige Jahre lang sorglos leben können. Wenn mir das noch etwas bedeutet hätte.

Vom Geldwechsler erfuhr ich auch, dass in der Stadt neuerdings viele ostindische Goldmünzen im Umlauf seien.

Für zwanzig Spanische Dollar erstand ich bei einem Herrenausstatter einen samtenen Gehrock, eine Perücke, einen Hut und Schuhe mit Silberschnallen. In dieser respektablen Aufmachung begab ich mich abermals zur Pearl Street 119. Der Pferdewagen stand noch dort, aber an einer anderen Stelle, und auf dem Kutschbock saß jetzt ein anderer Mann. Das Pferd fraß aus einem Hafersack.

Ich stieg die vier Stufen zu Captain Kidds Hauseingang hinauf und betätigte den Türklopfer.

Ein junges Dienstmädchen öffnete. Nachdem ich erklärt hatte, dass ich ein Schiffskamerad des Captains sei und die Dame des Hauses sprechen wolle, wurde ich sogleich in den Salon geführt. Das Zimmer war reich ausgestattet. Im Schrank glänzte Silbergeschirr, der Boden war mit einem türkischen Teppich ausgelegt. An einer Wand hing ein Messingkäfig mit einem gelben Vogel darin.

Mrs. Kidd saß in einem Sessel und trank Tee. Von Mrs. Handasides Erzählungen her hatte ich eine Schreckschraube erwartet, doch Sarah Kidd erwies sich als eine liebenswürdige junge Frau von etwa fünfundzwanzig Jahren. Sie trug ein Baumwollkleid mit weißen Spitzen, das sich nach der englischen Mode über unzähligen Unterröcken bauschte.

Ich stellte mich vor. Mrs. Kidd wies das Dienstmädchen an, mir ein Teegedeck zu bringen. Sie hatte eine angenehme Stimme. Von irgendwoher im Haus vernahm ich Kinderlachen.

»Ich habe als Kanonier bei Eurem Mann gedient«, sagte ich ihr.

»Auf der *Adventure Galley*? Ich war beim Auslaufen zugegen. An Euch erinnere ich mich nicht.«

»Ich kam vor Ceylon an Bord. Allerdings nicht ganz freiwillig.«

»Tatsächlich? Hier in New York standen die Männer Schlange, um auf der *Adventure* anzuheuern.«

»Ich würde gerne mit dem Captain reden. Wo kann ich ihn finden?«

»Da kann ich Euch nicht helfen, Sir«, erwiderte sie. »Wenn es sich um eine Schiffsangelegenheit handelt, so könnt Ihr offen mit mir reden, denn ich vertrete meinen Mann in allen geschäftlichen Dingen. Ist es aber eine Rechtsangelegenheit, so wendet Euch getrost an unseren Anwalt, Mr. James Emott in der Broad Street.«

»Es ist eine persönliche Angelegenheit, Ma'am.«

»Nun, ich kann Euch nicht sagen, wo mein Mann sich aufhält. Ich bin seit Jahren ohne Nachricht von ihm. Ihr habt vielleicht bemerkt, dass unser Haus von den Konstablern des Bürgermeisters überwacht wird. Sie waren schon einige Male hier, um nach ihm zu fragen.« Sie blickte auf meine Teetasse, die ich nicht angerührt hatte, und lächelte bitter. »Hat man Euch auch die Geschichte vom Giftmord erzählt?«

»Gerüchteweise. Verzeiht mir meine Manieren, Ma'am. Ich habe Jahre auf See verbracht.« Um zu zeigen, dass ich auf Gerüchte nichts gab, nahm ich tapfer einen großen Schluck Tee.

»Seid versichert, Sir, dass mein früherer Ehemann, Mr. Oort, nicht an Gift gestorben ist. Er fiel vom Pferd. New York ist eine Schlangengrube voller Klatsch und böser Nachrede.«

»Das glaube ich gerne. Doch es wundert mich, dass Ihr noch nichts von Eurem Gatten gehört habt. Er ist vor vier Wochen von Hispaniola nach New York abgesegelt.«

»Woher wisst Ihr das? Verfolgt Ihr ihn etwa? Was wollt Ihr denn von ihm?«

»Nur eine Rechnung begleichen, Ma'am.«

»Alle Welt will mit ihm Rechnungen begleichen. Warum könnt Ihr ihn nicht in Ruhe lassen?«

»Er hätte mich in Ruhe lassen sollen.«

»Was hat er Euch denn getan?«

»Er hat meine Frau getötet. Und mein ungeborenes Kind.«

Mrs. Kidd gab einen erschrockenen Laut von sich und presste die Hand vor den Mund. Dann sagte sie: »Ich glaube Euch nicht.«

»Er hat sie vor meinen Augen erschossen.«

»Warum sollte er so etwas tun?«

»Das weiß ich nicht, Ma'am. Es geschah auf einer Insel. Er hatte eine Art Treibjagd auf uns veranstaltet.«

»So«, sagte sie. »Dann seid Ihr nun wohl gekommen, um zum Ausgleich mich zu töten und meine Kinder?«

»Ich habe meine Rechnung nur mit dem Captain. Ich brauche den Breitengrad der Insel aus seinem Logbuch. Ich hatte gehofft, Ihr könntet mir helfen.«

Sie sprang auf. »Ihr wagt es, in mein Haus zu kommen, damit ich meinen Mann an Euch verrate? Wenn Eure Frau getötet wurde, so tut mir das leid, aber das war nicht er. Es war die See. Es ist immer die See. Sie verändert jeden von euch. Wenn ihr zurückkommt, seid ihr nicht mehr die gleichen. Seht Euch selbst an, Mr. Kreutzner! Verbittert, mit Narben, voller Hass, und ich bin sicher, dass die See Euch dazu gemacht hat, nicht mein Mann. Die See will euren Tod, aber kann sie euch nicht töten, dann tötet sie alles Gute in euch. Sie bringt immer nur Schlechtes zum Vorschein. Und trotzdem zieht es euch Männer dort hinaus, und wir Frauen können nichts dagegen tun. Mir ist das unbegreiflich. Ihr geht jetzt besser, Sir.«

»Ich bitte Euch für die Störung um Vergebung.« Ich erhob mich, ergriff meinen Hut und wandte mich zur Tür.

Sie sagte hinter mir: »Mr. Kidd ist der beste Ehemann und der fürsorglichste Vater, den man sich denken kann. Er hat mich nie geschlagen. Er ist eine Stütze für diese Stadt, sogar für den Bau der neuen Kirche hat er gespendet. Ich habe ihn niemals bösartig erlebt.«

»Ich schon.«

An der getäfelten Wand neben der Tür hing eine Uhr. Ich blieb stehen und betrachtete sie. Sie hatte ein Gehäuse aus Messing und ein kurzes Pendel, das schnell hin- und herschwang. Das Zifferblatt war in achtundvierzig Glasen eingeteilt.

»Das ist eine interessante Uhr, Mrs. Kidd.«

»Es ist eine Schiffsuhr.«

»Sie hat keine Gewichte. Wie bringt man sie zum Laufen?«

»Wie soll ich das wissen? Ich bin kein Uhrmacher.«

Aber ich wusste es. Nautische Uhren werden nicht durch Gewichte angetrieben, sondern durch ein Federwerk. Ein solches Werk läuft nur einen Tag lang. Die Uhr zeigte die richtige Zeit. Ich hatte sie schon einmal gesehen – in der Nacht meiner Flucht von der *Queda*, unter der persönlichen Beute des Captains.

Auf der Straße wandte ich mich ziellos in irgendeine Richtung. Nach all meinen Erlebnissen hatte ich mir eingebildet, Menschen nun besser zu verstehen, doch das Gespräch mit Sarah Kidd war ebenso aus dem Ruder gelaufen wie damals mein Versuch, mich mit Mr. Floyd zu versöhnen.

Ich hatte nicht vorgehabt, ihr von dem Mord an meiner Frau zu erzählen. Ich wusste nicht, warum ich ihr das anvertraut hatte. Sie war ganz gewiss nicht auf meiner Seite. Vielmehr hatte sie mich belogen. Angeblich seit Jahren ohne Nachricht von ihrem Mann, hatte sie mir dennoch keine einzige Frage zu seiner letzten Fahrt gestellt, nur auf ihren Anwalt verwiesen. In ihrem Salon hing die Schiffsuhr aus der Beute. Jemand hatte sie erst vor Stunden aufgezogen.

Der Captain fühlte sich offenbar so sicher, dass er sogar an die Ausstattung seines Heims gedacht hatte. Vielleicht war die Uhr ein Geschenk an seine Frau. Vielleicht war er immer noch dort im Haus, hatte hinter der Tür gelauert und das Gespräch belauscht. In jedem Fall würde er nun wissen, dass ich ihn jagte.

26

Manhattan, 20. Juni 1699

Einer meiner Hauslehrer, Pater Katz, hatte mir die Aussagenlogik des Philon von Megara eingebläut. Eine logische Aussage folgt aus einer Kette von Sätzen, die stets mit »Wenn« beginnen. Wenn der Captain die Uhr im Salon aufgezogen hatte, dann hatte er das Haus betreten. Wenn er das Haus betreten hatte, dann war er den Konstablern entgangen, die es überwachten. Wenn er den Bewachern entgangen war, dann war er entweder unerkannt an ihnen vorbeigekommen, was ich nicht glaubte, oder er hatte das Haus auf irgendeinem Weg betreten, der nicht überwacht wurde. Etwa durch eine Hintertür oder Kellerluke. Laut Mrs. Handaside hatte der Captain Zucker und Melasse geschmuggelt. Gewiss kannte er Wege, um Waren von einem Schiff in die Stadt zu bringen, wahrscheinlich in sein eigenes Haus, unbemerkt von Zollinspektoren und Konstablern.

Vanderbiest hatte erzählt, der Captain habe für die Fahrt nach New York eine Slup erworben, die *Saint Antonio*, und diese vollgepackt mit Waffen und Beute von der *Queda*.

Zuerst folgte ich dem Geruch von Teer und toten Fischen zum Ufer des North River und begann, dort die Kais und Molen abzusuchen. Viele Schiffe lagen an den Piers vertäut, große und kleine, auch Slups und Kutter, doch keines mit dem Namen *Saint Antonio*.

Schließlich gelangte ich zur Einmündung des East River. Er bot nur flaches Fahrwasser, doch für eine Slup würde der

Tiefgang wohl ausreichen. Ich hoffte nur, dass Kidd nicht etwa in einer einsamen Bucht im unbesiedelten Norden der Insel Anker geworfen hatte. Oder dass er bereits wieder davongesegelt war, etwa am Morgen nachdem er mich in seinem Haus gesehen hatte. Wenn er vom Gouverneur eine Begnadigung erhoffte, musste er irgendwann nach Boston. Dorthin würde ich ihm wohl folgen müssen, wenn ich ihn nicht vorher erwischte.

Während ich so grübelnd am Ufer des East River entlangmarschierte und die Schiffe musterte, erblickte ich plötzlich Barleycorn. Zuweilen kann ich mir Gesichter schwer merken, aber sein sommersprossiges Pferdegesicht war unverkennbar. Er saß an der Heckreling einer großen Slup. Dort ließ er die Beine baumeln und schnitzte an einem Stück Holz herum.

Zwar sah ich keinen Schiffsnamen am Heck. Doch an jeder Bordwand ragten die Mündungen von drei Kanonen durch ausgesägte Öffnungen in der Reling, und diese glichen genau den bronzenen Zwölfpfündern, mit denen das Deck der *Queda* bestückt gewesen war. Auf einer Wäscheleine unter dem Mastbaum erblickte ich ein Kleidungsstück, das verdächtig nach Parrots grünem Pullover aussah. Ich hatte die *Saint Antonio* gefunden.

Sie lag bei einem Pier, der auf Pfählen vom Ende der Broad Street aus weit in den Fluss reichte, war aber nicht am Pier vertäut, sondern ankerte in einigem Abstand.

Ich wurde gewahr, dass mich trotz Perücke und Hut meine Narbe verraten könnte. Hastig wandte ich mich um und tat, als würde ich die Tür eines Lagerhauses inspizieren. Barleycorn hatte mich zum Glück nicht bemerkt. Er war Kidds Kajütenjunge gewesen – und war dies vermutlich auch jetzt noch – und einer von denen, die dem Captain auf St. Marie zur Flucht verholfen hatten.

Die Mole, an der ich angelegt hatte, lag gleichfalls am Ostufer, doch weiter flussaufwärts. Zum Glück war meine

Jolle bisher nicht gestohlen worden, vielleicht aufgrund der Aufmerksamkeit des Hafendetektivs, vielleicht weil sie zu schäbig und mitgenommen aussah. Ich ruderte sie den Fluss hinab. Nach wenigen Minuten hatte ich die Broad Street mit dem Pier vor mir. Dort machte ich fest.

Das Segel hatte ich über den Mastbaum gebreitet. Auf diese Weise hatte ich ein Zelt geschaffen, in dessen Schatten ich die Slup beobachten konnte, ohne selbst gesehen zu werden. Der Captain war entweder an Bord, oder er hielt sich noch in seinem Haus auf. Ich hoffte, dass er irgendwann auftauchen würde. Vielleicht ergab sich dann eine Gelegenheit, ihn allein zu erwischen. Ich hatte meine Pistole dabei. Ich war geduldig. Ich konnte warten. Wenn es sein musste, mein Leben lang.

Barleycorn war unter Deck verschwunden. Auf der Slup tat sich nichts. Der Captain tauchte nicht auf. So verstrichen die Stunden. Nach Sonnenuntergang flammte die Straßenbeleuchtung New Yorks auf, bestehend aus einer Laterne an jedem siebten Haus, die von den Bewohnern herausgehängt wurde. Nachtwächter begannen, ihre Runden zu gehen. Alles wirkte wohlgeordnet. Aus den Tavernen drang der Lärm fröhlicher Zecher, nur ich hockte hier im Dunkeln und fror. Aber das machte mir nichts aus. Ich war meinem Ziel sehr nahe. Und ich dachte an Sahir. Sie hätte diese Stadt gemocht. Hier war der menschliche Fortschritt spürbar.

New York erwies sich bei Nacht als ebenso geschäftig wie am Tag. An den Molen herrschte ein Kommen und Gehen zwischen den Hafenschenken und den vertäuten Schiffen. Das Kichern von Straßenmädchen drang herüber. Irgendwo schrie jemand, woanders knallte ein Pistolenschuss.

Auf der Slup brannte jetzt Kerzenlicht in der Kajüte und hinter runden Bullaugen im Unterdeck. Ich konnte mir vorstellen, dass die Männer dort gerne an Land und in den Tavernen wären. Doch der Captain hatte es wohl verboten, damit niemand erkannt wurde. Und um sie nicht in Versuchung zu führen, hatte er nicht am Pier festgemacht, sondern mitten im Fluss geankert. Bei diesen Gedanken fiel mir plötzlich auf, dass kein Beiboot an Bord war.

Ich kam mir sehr dumm vor. Jedes Schiff hat ein Beiboot. Der Captain würde wohl kaum geschwommen sein. Er war an Land, und das Beiboot der *Saint Antonio* musste irgendwo am Ufer liegen. Bei dem Boot ergäbe sich eine gute Gelegenheit, eine viel bessere als hier auf dem Wasser, den Captain allein zu erwischen. Vielleicht würde ich in der Nähe auch den Weg finden, den er genommen haben musste, um unbemerkt in sein Haus zu gelangen. Überall am Ufer und an den Molen lagen Boote vertäut, aber Beiboote sind stets mit dem Namen des Schiffes gekennzeichnet, zu dem sie gehören. Ich musste mir also nur die Boote in der Nähe genauer ansehen.

Ich kletterte auf den Pier. Von einem Lampenverkäufer, der zu dieser Stunde wohl die besten Geschäfte machte, erwarb ich zwei Kerzen und eine Patentlaterne mit einer Blende aus Blech. In ihrem Schein suchte ich die Ufer ab. An Bug, Heck, oder Rümpfen von Booten prangten alle möglichen Schiffsnamen, doch nirgends *Saint Antonio*. Ich suchte bis zum Morgengrauen, erst in der Nähe der Broad Street, dann in weiterer Entfernung und schließlich am Ufer gegenüber der Pearl Street. Das Beiboot der Slup war nirgends zu entdecken. Ich beschloss schließlich, zu meinem Quartier zurückzukehren, mich auszuruhen und meine Suche am Nachmittag fortzusetzen. Es gefiel mir nicht, die Slup so lange unbewacht zu lassen. Aber ich musste irgendwann schlafen.

Vorher wollte ich zum Pier zurück und meinen Hut und meine Perücke vom Boot holen. Als ich in die Jolle kletterte, hatte die Ebbe einen tiefen Stand erreicht. Die Stützpfähle des Piers ragten jetzt weit aus dem Wasser und zeigten ihren schwarzen Pelz aus Muscheln und Tang. Am Anfang des Piers dümpelte etwas im Schatten zwischen den Pfählen. Ich hielt es erst für ein leeres Fass. Aber dann erkannte ich den Gegenstand als Bug oder Heck eines Kanus. Es war in dem Wald von Pfählen kaum auszumachen. Von oben war es gar nicht zu sehen. Ich hatte überall nach dem Beiboot gesucht, aber vergessen, direkt unter den Pier zu schauen.

Ich machte die Jolle los und ruderte hinüber. Das Kanu war zwischen zwei Pfählen festgemacht. Sein Holz war von Sonne und Salzwasser ausgebleicht. An der Seite trug es mit schwarzer Farbe die Aufschrift »Saint Antonio«. Ich hatte gefunden, was ich suchte.

Die Steine der Ufermauer unter dem Pier waren mit grünem Tang bewachsen. Dazwischen klaffte eine unregelmäßige dunkle Öffnung. Lehmiges Wasser strömte heraus und verteilte sich träge im Fluss. Es schien dort tief hineinzugehen. Der Captain war gewiss nicht mit der Schiffsuhr und anderen Beutestücken auf dem Rücken durch die Straßen von Manhattan spaziert. Ich konnte mir jedoch vorstellen, dass er einen Teil seiner Beute mit dem Kanu unter den Pier und von dort in dieses dunkle Loch geschafft hatte. Wer wusste, wohin es führte? Es war nur bei Ebbe zu sehen und auch dann nur, wenn man direkt unter dem Pier stand.

Ich setzte eine neue Kerze in die Laterne und entzündete sie mit Stahl, Feuerstein und Schießpulver. Dann ließ ich mich von der Seite des Bootes ins Wasser hinab. Es ging mir bis zu den Knien. Ich watete mit abgedeckter Laterne an der Ufermauer entlang zu der Öffnung, bückte mich tief und zwängte mich hindurch. Dahinter ging es über flache Steine wie auf einer Treppe empor, bis ich auf dem Trockenen stand. Als ich die Blende von der Laterne entfernte, fand ich mich in einem niedrigen Tunnel. Er verlor sich vor mir in der Dunkelheit. Der Boden war lehmig. Wasserlachen reihten sich aneinander wie auf einer Perlenschnur. Es roch nach Moder, doch nicht so stark, wie ich erwartet hatte, vermutlich weil der Tunnel täglich von der Flut durchgespült wurde.

Mrs. Handaside hatte bei ihren Schmugglergeschichten den alten Kanal erwähnt, den noch die Holländer angelegt hatten. Unter englischer Herrschaft sei dort ständig Schmuggelgut mit Schuten in die Stadt gekommen. Deshalb habe der Gouverneur den Kanal zuschütten lassen. So sei aus dem Broad Canal die Broad Street geworden. Doch augenscheinlich war der Befehl nur zur Hälfte befolgt worden. Aus dem Schmugglerkanal hatte man einen Schmugglertunnel gemacht, der direkt unter der Broad Street verlief.

Die Wände des Tunnels waren in Abständen auf abenteuerliche Weise mit Holzpfählen abgestützt. In Freiberg wäre ein Steiger, der im Vorbau ein so nachlässiges Holzwerk errichtet hätte, ins Gefängnis geworfen worden. Die Stützpfähle waren teilweise verrottet. Auch die Decke des Tunnels bestand aus verrotteten Bohlen, von denen manche gebrochen waren und in der Mitte durchhingen. Ich musste mich tief bücken, um mir nicht den Schädel anzuschlagen. An manchen Stellen tropfte lehmiges Wasser zwischen den Bohlen hindurch. Ich war mir sicher, dass Ebbe und Flut diese Konstruktion irgendwann zum Einsturz bringen würden, aber hoffentlich noch nicht jetzt. Ich hielt die Laterne hoch und stapfte durch die Wasserlachen tiefer in den Tunnel hinein. Aus Ritzen zwischen morschen Balken hingen Wurzelfäden und triefende Flechten. Ich sah keine Fußspuren am Boden, aber die wären ohnehin von der Flut ausgelöscht worden.

Nach einigen Dutzend Schritt passierte ich die Einmündung zu einem Seitengang. Ich leuchtete hinein. Der Gang war in den Lehm gegraben und ähnlich nachlässig abgestützt worden wie der Haupttunnel. Er führte steil nach oben. Ich folgte ihm ein Stück weit. Weiter oben wurde der Boden trockener, der Flutspiegel reichte nicht bis hierher. Dann endete der Gang an einer Ziegelmauer. Eine eiserne Tür war darin eingelassen. Ich drückte dagegen, aber sie gab nicht nach. Offenbar ging es hier in den Keller eines der Häuser an der Broad Street.

Ich kehrte um und marschierte weiter den Haupttunnel entlang. An einigen Stellen zweigten Gänge ab, zweifellos in andere Keller. Die Schmuggler hatten hier ein wahres unterirdisches Labyrinth geschaffen, um ihren Geschäften im Verborgenen nachgehen zu können. Einige hundert Fuß vom Eingang entfernt endete der Tunnel. An dieser Stelle war die Bohlendecke zusammengebrochen. Erde, Steinbrocken und Holztrümmer versperrten den weiteren Weg.

Ich war mittlerweile überzeugt, dass einer dieser Nebengänge unter die Pearl Street und zu Captain Kidds Haus führen musste. Also machte ich mich daran, die Gänge zu erkunden. Einige waren eingestürzt, andere endeten wie der erste an einer Mauer mit einer verriegelten Tür. Schließlich gelangte ich in einen Gang, der ein Stück nach oben führte und sich in eine Art Höhle oder Kaverne öffnete. Davor bemerkte ich deutliche Schleifspuren auf dem Lehmboden. Hier war etwas Schweres entlanggeschleppt oder -gezogen worden, und das vor nicht allzu langer Zeit. Ich dachte sofort an Kidds Schatzkisten.

Ich trug die geladene Pistole unter der Jacke. Jetzt überprüfte ich sie noch einmal. Dann trat ich aus dem Gang. Vor mir lag eine große natürliche Höhle. Der Boden fiel steil zur rechten Seite ab. Zapfen aus schimmerndem weißen Stein hingen von der Decke, andere wuchsen ihnen von unten entgegen. Die Zapfen saßen an manchen Stellen so dicht nebeneinander, dass sie ganze Vorhänge bildeten. Ich hatte über solche Kalksteinhöhlen bei Plinius gelesen, aber noch nie eine gesehen.

Entlang der Felswand auf der linken Seite waren Unebenheiten und Grate an Boden und Decke abgeschlagen und so ein Weg gebahnt worden. Die Bruchstellen funkelten im Licht meiner Laterne wie Kristalle, als ich vorsichtig weiterging. An einigen Stellen waren sie bereits von neuem Kalkstein überwuchert. Rechts abwärts verlor sich die Höhle in einer Tiefe, die der Lichtschein nicht mehr erreichte.

An einer Stelle des Wegs fand ich Flaschenscherben, an einer anderen die Überreste eines Fasses mit einer schwärzlichen, klebrigen Substanz. Es war kein Teer, sondern glitzerte wie dunkles Glas. Als ich etwas davon mit dem Finger aufnahm und vorsichtig daran leckte, schmeckte es süßlich. Der Captain hatte angeblich Melasse aus Westindien geschmuggelt. Ich schien auf der richtigen Spur zu sein.

Mir war plötzlich, als hätte ich etwas klappern gehört. Es ließ sich unmöglich sagen, ob es von vorne kam, von hinten oder aus der Tiefe der Höhle. Ich schob hastig die Blende vor die Laterne, sofort wurde es finster. Ich lauschte, aber ich hörte nichts mehr, nur das Tropfen von Wasser. Wenn der Captain oder jemand anders hier unten unterwegs war, dann gewiss mit einer Lampe oder Fackel, doch ich konnte von keiner Seite den geringsten Lichtschein wahrnehmen. Schließlich ließ ich meine Laterne wieder aufleuchten.

Je weiter ich in die Höhle vordrang, desto tiefer senkte sich die Decke herab, sodass ich am Schluss nur noch gebückt gehen konnte. Der Fels wurde wieder von lehmigem Erdboden abgelöst. Nach rechts zweigte ein Gang ab, der von Menschenhand gegraben schien. Die Höhle ging noch weiter, aber dic Decke war jetzt so niedrig, dass man dort nicht mehr durchkam. In dem Gang sah ich ähnlich abenteuerliche Stützkonstruktionen aus aufeinandergelegten Balken wie im Tunnel. Offenbar verfügte von denen, die diese Schmugglergänge angelegt hatten, niemand über solides Wissen im Bergbau.

Der Gang war nicht lang. Er endete wie die anderen an einer Ziegelmauer mit einer Eisentür. Doch diese ließ sich bewegen. Der Riegel auf der anderen Seite war verrostet. Ich betrat eine kleine Kammer. Es schien eine Art Lagerraum zu sein. Die Decke bestand aus Holzbalken, abgestützt in der Mitte mit einer Art Säule aus zusammengebundenen Pfählen. Die Wände waren teils Fels, teils Mauerwerk. Gegenüber der Tür führte ein dunkler Gang steil nach oben. In seinen Lehmboden waren Feldsteine eingegraben, die wohl als Stufen dienten. An einer Wand der Kammer standen leere Fässer aufgereiht, auf dem Boden lag ein verrotteter Flaschenzug. An der anderen Seitenwand waren zwei flache Holzkisten übereinandergestapelt, mit Aufschriften in armenischen Buchstaben. Sonst war der Raum leer.

Ich öffnete den Deckel der oberen Kiste. Sie war voller kleiner Ledersäckchen. Ich stellte die Laterne auf den Boden, nahm eines davon heraus und knotete die Schnur auf, die es verschloss.

»Schulmeister«, sagte jemand hinter mir.

Ich fuhr herum. Vor dem Gang nach oben stand der Captain, im Straßenmantel und ohne Hut und Perücke. Er hielt eine Kerze in einer Hand, in der anderen eine langläufige Pistole, mit der er auf mich zielte.

»Wer hat dir den Eingang verraten? Wer war die Ratte?« Ohne seine Perücke wirkte er um Jahre älter als in meiner Erinnerung.

Ich hatte nur den Gedanken, Zeit zu gewinnen, um an meine Pistole unter der Jacke heranzukommen. »Sir, das ist eine lange Geschichte«, sagte ich.

»Mach sie kurz. Sag den Namen. Du hast Zeit bis drei. Eins, zwei …«

Ich dachte fieberhaft an irgendeinen Namen. »Es war Mr. Emott, Euer Anwalt.«

»Du lügst. Emott ist gerade in meinen Rechtsangelegenheiten in Boston.«

Meine Jacke war zugeknöpft. Ich würde nicht schnell genug die Pistole ziehen und spannen können und verfluchte mich, dass ich sie nicht griffbereit in meinen Gürtel geschoben hatte.

»Ihr solltet hier nicht schießen«, sagte ich. »Die Erschütterung könnte alles einstürzen lassen.«

»Drei«, sagte der Captain.

Ich hielt noch das Ledersäckchen in der Hand und ließ es fallen. Schimmernde Rubine, groß wie Haselnüsse, rollten über den Boden. Der Captain stieß einen Fluch aus. Ich sprang auf ihn zu. Er riss seine Pistole zurück, nach der ich gegriffen hatte, und schoss.

Die Kugel verfehlte mich knapp. Ich spürte den Luftzug an der Wange und zerrte an meiner Jacke, um meine eigene Waffe herauszubekommen. Aber der Captain ließ jetzt Kerze und Pistole fallen und umklammerte mich. Er hatte Bärenkräfte. Ich fühlte, wie ich vom Boden hochgehoben wurde, konnte meine Arme nicht befreien und trat um mich. Der Captain schleuderte mich quer durch den Raum. Ich prallte mit dem Rücken gegen das Bündel Stützpfähle. Es krachte ohrenbetäubend. Und das Krachen wollte nicht aufhören. Die Luft war plötzlich voller Staub und Erde. Die Pfähle brachen über mir in alle Richtungen auseinander. Im nächsten Moment fielen die Balken von der Decke, nacheinander wie Dominosteine. Ich sah noch, wie der Gang hinter dem Captain zusammenstürzte. Es wurde schlagartig dunkel.

Als der Lärm aufhörte, lag eine schwere Last auf meiner Brust. Sie hielt auch meine Beine und den linken Arm fest. Ich konnte kaum atmen. Als ich die Augen aufriss, bemerkte ich in unbestimmter Entfernung einen schwachen Lichtschimmer. Mein rechter Arm, der über meinem Gesicht lag, ließ sich bewegen. Ich versuchte, langsam und stetig zu atmen. Es forderte all meine Kraft. Mit dem freien Arm tastete ich umher, fühlte Lehm und Fels. Ich war nicht eingeklemmt, lag nur unter Erde verschüttet wie in einem Grab. Aber das Atmen ging jetzt leichter. Ich versuchte, mich zu winden und die Beine zu beugen und wieder zu strecken, um mich aus diesem Erdhaufen zu befreien.

Irgendwann hatte ich mich herausgearbeitet. Über Steine und Balken kroch ich in die Richtung, in der ich den Lichtschein gesehen hatte. Das Licht drang aus dem Boden. Es war meine Laterne, halb im Lehm vergraben. Wie durch ein Wunder war das Glas nicht zersplittert. Die Kerze brannte noch. Ich hob die Laterne hoch und blickte mich um.

Die Kammer war zu einem winzigen Hohlraum geschrumpft. Knapp über meinem Kopf hatte sich eine Felsplatte schräg in den Boden gebohrt und verkeilt. Sie hatte mir wohl das Leben gerettet, sonst wäre ich völlig verschüttet worden. Die Zugänge waren verschwunden. Ich sah nur Fels und Erde auf allen Seiten.

»Captain?«, rief ich. Meine Stimme klang dumpf in dem kleinen Raum.

Zuerst sah ich ihn nicht, dann bemerkte ich eine menschliche Gestalt neben einem Ziegelhaufen, einem Überrest der Mauer. Ich kroch hinüber. Der Captain atmete noch. Er schien unverletzt zu sein, ich sah kein Blut, aber er war so mit Erde und Steinen bedeckt, dass ich ihn zuerst für einen Schutthaufen gehalten hatte.

Ich zog meine Pistole unter der Jacke hervor, spannte sie und stieß ihm den Lauf unter das Kinn. »Captain, aufwachen!«

Er hustete. Dann schlug er die Augen auf und tastete auf dem Boden herum.

»Sucht Ihr Eure Pistole? Sie nützt Euch nichts mehr«, sagte ich.

»Wo geht es hier hinaus?«

»Gar nicht. Nicht für Euch.«

Der Captain richtete sich mühsam auf. Er machte einen benommenen Eindruck. Ich bewegte mich ein Stück zurück, zielte aber weiter mit der Pistole auf seinen Kopf.

»Wollt Ihr mich jetzt erschießen?«, fragte er.

Seine Frau hatte mich das Gleiche gefragt. Es war meine Rolle in dem Spiel. Dazu war ich Pirat geworden, dazu hatte ich geplündert und gemordet. Doch so hatte ich mir das nicht vorgestellt. Es ist eine Sache, im Kampf zu töten. Es ist eine andere, einem Unbewaffneten ins Gesicht zu schießen. Wir würden hier ohnehin sterben, denn der Gang nach oben war eingestürzt, die andere Richtung durch die Felsplatte versperrt.

Als ich die Pistole entspannte, bemerkte ich, dass kein Pulver auf der Pfanne war. Die Erschütterung hatte es weggeblasen. Ich steckte die nutzlose Waffe weg und kroch zur anderen Seite, wo ich den Gang zurück zur Höhle vermutete. Neben der Felsplatte versuchte ich, die Erde mit bloßen Händen zur Seite zu schaufeln. Der Captain kroch zu mir herüber. Wir scharrten und schwitzten Seite an Seite und hatten bald blutige Fingerkuppen. Doch es gab natürlich kein Durchkommen. Hinter Erdschichten war der Weg durch Felstrümmer völlig blockiert. Wir waren auf allen Seiten von vielen Klaftern Fels und Erde umgeben.

»Wir brauchen nur zu warten«, sagte der Captain. »Es wird Sarah irgendwann auffallen, wenn ich nicht zurückkomme. Sie wird Hilfe holen.«

»Kennt Eure Frau diese Gänge?«

»Nein«, sagte der Captain. »Der Gang endet in einem alten Brunnen hinter dem Haus. Sie weiß nichts davon. Ich hab sie aus diesen Unternehmungen stets rausgehalten.«

»Wer weiß es noch?«

»Manche. Captain Clark. Edward Sands, aber der lebt nicht mehr in New York. Und offenbar die Ratte, die Euch den Eingang verraten hat.«

»Das wart Ihr selbst, Captain. Ich habe Euer Kanu unter dem Pier gefunden.«

Er schwieg.

»Es spielt ohnehin keine Rolle«, sagte ich. »In zwei Stunden sind wir tot.«

»Was soll das heißen?«

»Dann geht uns hier die Luft aus. Wenn verschüttete Bergleute nicht in einer oder zwei Stunden geborgen werden, findet man nur noch Leichen.«

»Ich erinnere mich«, sagte der Captain. »Ihr wart Bergmann.«

»Vier Männer mit Hacken, Schaufeln und Eimern brauchen einen halben Tag, um einen Gang in lockerer Erde zehn Fuß weit zu graben«, sagte ich. »Wenn sie genau wissen, wo sie graben sollen. Aber dass wir hier unten sind, weiß ja niemand.« Ich fühlte eine seltsame Befriedigung, ihm die schlechten Nachrichten unter die Nase zu reiben.

Der Captain hockte sich wieder an den Mauerrest. Sein Atem ging schwer. »Ihr habt mich die ganze Zeit verfolgt, Schulmeister?«, fragte er schließlich. »Sarah hat es mir erzählt. All die Mühe, all die Zeit, und jetzt sitzen wir beide hier. Obendrein irrt Ihr Euch. Ich habe Eure Frau nicht getötet.«

»Ich habe es selbst gesehen.«

»Ich habe sie nicht getötet«, wiederholte der Captain. »Ich wollte, dass sie den Speer fallen lässt. Ich habe nur auf ihren Unterarm gezielt. Ich weiß zu treffen, wohin ich ziele. Als wir die Insel verließen, war sie alles andere als tot.«

»Was?«

»In der Nacht wurde unser Lager am Strand geplündert. Niemand hatte etwas gesehen. Aber von den Kokosnüssen, vom Zucker und vom Rum fehlte alles, was jemand schleppen kann. Vor allem war die Brille verschwunden, die wir bei Ebbe im Sand unter der Klippe gefunden hatten. Wir haben dann noch einmal die ganze Insel abgesucht, aber sie muss sich irgendwo versteckt haben.«

»Walker hat mir davon nichts gesagt.«

»Walker hat geglaubt, es wäre Abel Owen gewesen, um die Viktualien unter der Hand zu verkaufen. Aber in seiner Kombüse haben wir nichts gefunden. Und was hätte er mit einer Brille anfangen sollen? Ich bin sicher, es war die Inderin.«

Vielleicht sagte er die Wahrheit. Vielleicht lebte Sahir immer noch auf der Insel. Es gab dort Süßwasser, Fische, Austern und vielleicht auch noch die Vorräte, die sie gestohlen hatte. Jetzt, da ich das wusste, war es für mich zu spät. Wir waren gefangen in einem winzigen Hohlraum tief unter der Erde, und bald würden wir tot sein. Die Luft wurde schon stickig.

»Ob es Eure Kugel war oder nicht, ist mir gleich«, sagte ich. »Ihr seid in jedem Fall ein Mörder, denn all das ist auf Euren Befehl geschehen.«

»Wenn jemand schuldig ist, dann Ihr, Schulmeister, durch Euren Verrat.«

»Ihr hättet mich nicht in Eure Mannschaft pressen sollen.«

So hatte eine Tat zur nächsten geführt, immer weiter, bis wir schließlich in dieser Gruft gelandet waren. Niemand kann aus seiner Rolle heraus. Ich verdiente den Tod ebenso wie der Captain oder sogar mehr, denn anders als er hatte ich wirklich mit eigenen Händen getötet.

»Ich schätze«, sagte der Captain, »auf der Insel gab es gar keinen Rubin.«

»Nein. Es war eine eiserne Pyramide, ohne jeden Wert für Euch.«

»All die Mühe, alles umsonst. Falls es Euch noch kümmert, die Insel liegt auf sechs Grad, dreißig Minuten nördlicher Breite. Sie war auf meiner Seekarte eingezeichnet. Einen Namen hat sie nicht.«

»Arcadia«, sagte ich.

Wir schwiegen und warteten auf den Tod. Die Kälte kroch vom Boden in die Füße und weiter den Körper hinauf. Ich wurde matt und leicht benommen, und das war keine Einbildung. Wenn ich atmete, hatte ich das Gefühl, nicht genug Luft in die Lunge zu bekommen.

»Das ist die Strafe für unsere Sünden«, sagte der Captain. »Mein Vater war ein Prediger. Freitags pflegte er uns stets mörderisch zu verprügeln, meine beiden Brüder und mich, summarisch für alle sündigen Taten, die wir in der Woche begangen haben mochten. Oder für all unsere sündigen Gedanken, auch wenn er sie nicht kannte. Mein jüngerer Bruder ist noch im Kindesalter gestorben. Mein Vater hat ihn totgeprügelt.«

»Eine traurige Geschichte, Captain, aber sie interessiert mich nicht. Jeder hat mit seinem Vater seine eigenen Probleme.«

»Mein älterer Bruder, hörte ich, ist gleichfalls Prediger geworden«, fuhr der Captain fort. »Ich habe keine Zweifel, dass er seine Kinder ebenso verprügelt. Ich bin mit vierzehn davongelaufen und zur See gegangen.«

»Was wolltet Ihr im Indischen Ozean? Ihr habt hier ein Haus, Kinder, eine Frau, die Euch liebt.«

»Ich wollte das nicht«, sagte der Captain. »Mein Lord Bellomont hat mich dazu gezwungen.«

»Erzählt das jemand anderem.«

»Ich wollte nur das Richtige tun.«

Die Luft war kaum noch zu atmen. In meinem Schädel begann es zu summen und zu brummen, aber nicht auf unangenehme Art, eher wie ein Schlaflied. Ich hatte Mühe, die Augen offen zu halten. Die Kerzenflamme in der Laterne flackerte. Auch sie war in der toten Luft am Absterben.

In dem unruhigen Licht sah ich zu unseren Füßen etwas rot aufblinken. Der Captain beugte sich mühsam vor und hob es auf. Es war einer der Rubine aus dem Ledersäckchen. Er rieb die Erde ab, hauchte daran und polierte den Stein mit seinem Ärmel. Dann steckte er ihn in seine Tasche.

»Nur zu, wühlt herum«, sagte ich. »Vielleicht findet Ihr noch mehr Rubine.« Ich hatte Schwierigkeiten, Worte zu finden, und merkte, dass meine Sprache schleppend geworden war, als wäre ich betrunken.

Jetzt kroch der Captain wieder über den Boden. Er begann, mit den Händen in dem Erdwall neben der Felsplatte zu graben.

»Ihr grabt in die falsche Richtung«, sagte ich. »Dort geht es nicht hinaus, nur tiefer hinein.«

»Hier müssen irgendwo die Kisten sein«, sagte er. Er schaufelte emsig weiter. Seine Hände bluteten.

»Die Schatzkisten? Was wollt Ihr damit? Die Juwelen nützen Euch nichts mehr.«

»Ich brauche sie für meinen Lord Bellomont. Wenn er seinen Anteil bekommt, wird er mich begnadigen.«

Er redete im Delirium, aber ich wollte nicht mit ihm streiten. Ich sah ihm zu, wie er keuchend herumwühlte und dabei den Rest unserer kostbaren Luft verbrauchte.

»Die Kisten sind weg«, sagte er.

»Grabt nur weiter. Die Richtung stimmt. Ihr werdet sie schon finden.«

»Sie müssen hier sein. Hier war die Mauer. Aber die Kisten sind nicht mehr da. Jemand hat sie gestohlen.«

Plötzlich kam der Erdhaufen, an dem er herumgrub, ins Rutschen. Ich hörte Steine mit Gepolter irgendwo hinabrollen.

»Da ist ein Loch«, sagte der Captain.

Ich kroch hinüber und blickte ihm über die Schulter. Tatsächlich klaffte dort ein waagerechter Spalt im Fels hinter den Erdhaufen und Mauerziegeln. Doch er führte nicht nach oben zur Oberfläche, sondern weiter in die Tiefe. Erde rieselte hinein.

»Ich erinnere mich«, sagte der Captain. »Wir hatten diese Seite zugemauert, damit nichts hineinfällt. Oder herauskriecht.«

Ich spürte einen Luftzug aus der Tiefe. Die Kerze in der Laterne brannte plötzlich heller. Ich hielt sie in das Loch hinein. Der Spalt war vielleicht eineinhalb Fuß hoch. Er führte schräg hinab, und im Kerzenschein sah ich dort unten Reihen dünner weißlicher Kalksteinzapfen wie Zähne in einem Gebiss. Das musste die unzugängliche Fortsetzung der Höhle sein, die ich auf dem Weg hierher passiert hatte.

»Die Kisten sind da hinuntergerutscht«, sagte der Captain. »Wir müssen sie wieder heraufholen.«

Mir schien, dass die Luft in unserer Gruft jetzt ein wenig frischer wurde. »Wir müssen selbst dort hinunter«, sagte ich. »Das könnte ein Weg nach draußen sein.«

»Es ist zu eng«, sagte der Captain.

»Das sieht nur so aus. Ich bin schon durch schmalere Spalte gekrochen.«

»Ich kann das nicht.«

Es stimmte, mit seiner Statur und ohne Grubenerfahrung würde er wahrscheinlich stecken bleiben. Ich jedoch hielt nun die Laterne vor mich und schob mich in den Spalt hinein.

Hinter mir rief der Captain etwas Protestierendes, da er jetzt im Dunkeln saß.

»Ich hole Hilfe!«, rief ich zurück und schob mich weiter. Es war sehr eng. Ich musste mich hin und her winden, um unter Felsgraten und zwischen Steinzapfen hindurchzukommen. Manche Stellen konnte ich nur passieren, indem ich meinen Kopf zur Seite drehte. Zum Glück half mir die Schwerkraft. Es ging immer weiter abwärts. Ich hoffte nur, dass sich der Spalt nicht noch mehr verengte, denn dann würde ich erbärmlich feststecken und käme weder vor noch zurück.

Doch der Spalt wurde stattdessen weiter und der Boden steiler. Dann geriet ich ins Rutschen. Ich konnte mich nirgends festhalten und schlitterte bäuchlings, Kopf voran, die Schräge hinunter. Dabei war ich nur krampfhaft bemüht, die Laterne hochzuhalten, damit sie nicht zerbrach. Es wurde noch steiler, dann tauchte im Lichtschein zwanzig Fuß vor mir ein Abgrund auf. Ich schoss auf den dunklen Schlund zu. Mit ausgebreiteten Armen versuchte ich verzweifelt, meinen Fall zu bremsen. Die Laterne zersplitterte. Erst kurz vor dem Abgrund prallte ich gegen einen Felsbuckel, der mich festhielt.

Es dauerte einige Zeit, bis ich wieder zu Atem kam. Den Lampengriff hielt ich noch umklammert. Das Glas war zerbrochen, doch der Kerzenstummel brannte weiter. Meine Hände und Knie, die ich auf den Boden gepresst hatte, waren zerschunden.

Ich hob die zerbrochene Laterne und sah mich um. Einige Fuß vor mir ging es an einer scharfen Kante in die Tiefe. Die Kerzenflamme flackerte in einem Luftstrom, der von unten heraufwehte und den Geruch von Kalk und feuchtem Fels mit sich trug. Ich kroch zur Kante vor. Zwei Fuß unter mir hing eine von Kidds Schatzkisten. Sie hatte sich schräg auf einem Vorsprung verkeilt. Darunter war nur Dunkelheit.

Die Felsdecke war hier hoch genug, sodass ich mich aufrichten konnte. Ich setzte mich auf die Kante und versuchte, die Kiste mit dem ausgestreckten Bein zu erreichen. Mit der Spitze meines Schuhs trat ich einige Male dagegen, immer wieder, bis ich es geschafft hatte, sie loszutreten und in die Tiefe stürzen zu lassen. Ich hörte die Kiste gegen die Felswand prallen, dann, nach langen Augenblicken, tief unten ein Klatschen. Dort gab es offenbar ein unterirdisches Gewässer, mehr als hundert Fuß unterhalb des Flussspiegels.

Zur rechten Seite hin musste die große Höhle liegen, deren oberen Teil ich auf dem Hinweg passiert hatte. Doch in dieser Richtung wurde die Schräge immer steiler und ging schließlich in den Abgrund über. Dort gab es kein Durchkommen. Ich wandte mich nach links.

Einige Dutzend Schritte weiter hob sich die Felsdecke so weit empor, dass ich aufrecht gehen konnte. Zu meiner Rechten gähnte der Abgrund. Er endete an einem Trümmerfeld. Herabgefallenes Geröll und Felsplatten bildeten einen Schutthaufen, der den Weg versperrte. Ich versuchte, seitlich daran vorbeizuklettern. Es war mühsam, denn mit meiner zerschundenen Hand konnte ich mich nur schlecht abstützen. Der Schein der Lampe reichte nicht weit. Von der dicken Kerze war nur noch ein Stummel übrig, gerade zwei Daumen hoch.

Endlich hatte ich die Geröllhalde überwunden und stand in einem niedrigen Gang, der weiterführte. In dieser Richtung entfernte ich mich immer mehr vom Ausgang, doch mir blieb keine Wahl. Die Flut würde inzwischen eingesetzt haben, der Schmugglertunnel stand vermutlich unter Wasser.

Der Boden des Gangs war wieder einigermaßen eben. Nur an einigen Stellen musste ich über Felsstufen klettern. Rechts öffnete sich der Fels in ein Gewirr von Spalten und Schründen, doch diese waren zu eng, um Durchgänge zu bieten. Ich konnte nur in gerader Richtung weiter. Plötzlich erstarrte ich. In einer der dunklen Spalten, vielleicht zwanzig Fuß entfernt, hockte jemand und beobachtete mich.

Ich stand stocksteif vor Schreck. Deutlich spürte ich, wie sich meine Nackenhaare aufrichteten. Ich rief, doch die Gestalt rührte sich nicht. Ihr Gesicht lag im Schatten. Sie saß wartend da, mit angezogenen Beinen, die Arme darübergelegt. Die Finger waren unnatürlich dünn und gekrümmt wie Klauen.

Ich trat näher heran. Der Kerzenschein fiel auf ein schreckliches Gesicht. Schwarze Augenhöhlen starrten mich an. Der Rachen war weit aufgerissen, zwischen den geschrumpften Lippen bleckten bräunliche Zähne. Die Wangen schienen wie von Motten zerfressen. Der Tote trug verblichene Lederkleidung, und auch die Füße steckten in halb zerfallenen Lederschuhen, aus denen vorne knöcherne Zehen herausragten. Der Körper war wohl einst mit Seilen umwickelt gewesen, von denen nur noch Reste übrig waren. Neben ihm lag eine lange steinerne Speerspitze. Auf einem Felsvorsprung sah ich Tonscherben, Pfeilspitzen und eine schwarze Beilklinge. Das hier war das Grab eines Kriegers.

Während ich vorsichtig weiterging, erblickte ich in Spalten und Nischen weitere menschliche Überreste. Im Dunkel schimmerten bleiche Knochen und Schädel, daneben Tontöpfe, Steinklingen, Reste von Kleidung. Ich war in einer Katakombe. Alles wirkte sehr alt, ich sah keine frischen Bestattungen. Doch wenn die Eingeborenen hier ihre Toten hinuntergebracht hatten, dann musste es einst einen Zugang gegeben haben oder vielleicht immer noch geben. Ich konnte mir nicht vorstellen, dass sie die Leichen und Grabgaben durch den Felsspalt gezerrt hatten, durch den ich gekrochen war.

Weiter vorne wurde die Felsdecke niedriger. Ich musste mich bücken, um weiterzugehen. Dann kam wieder eine Felsstufe, etwa zehn Fuß hoch. Davor waren große Steinblöcke offenbar von Menschenhand zu einer Rampe aufgeschichtet. Ich kletterte hinauf. Hinter der Stufe verengte sich die Höhle zu einem niedrigen Gang. Hier ragten auch wieder die hellen Kalksteinzapfen von der Decke herab oder wuchsen aus dem Boden. Manche waren zusammengewachsen und bildeten Säulen, weißlich schimmernd wie die Knochen von Riesen.

Der Gang wand sich mal nach rechts und mal nach links, mal wurde er enger, mal breiter. Nach einigen hundert Schritt ging es nicht mehr weiter. Vor mir war die Decke eingestürzt. Geröll und Felstrümmer versperrten den Weg. Wenn dies früher der Zugang gewesen war, dann erklärte es, warum die Katakomben seit langer Zeit nicht mehr benutzt wurden.

Ich setzte mich auf den Boden. Mich überkam tiefe Müdigkeit. Ich hatte mich schon gerettet geglaubt, aber es schien keinen Ausweg aus dieser verfluchten Höhle zu geben. Dann kam mir ein Gedanke. Bei den Bestattungen war der Fels voller Spalten gewesen. Vielleicht hatte ich dort etwas übersehen, einen Nebengang oder eine Spalte, die irgendwohin führte, in eine andere Höhle oder gar ans Licht, an die Oberfläche. Ich musste dorthin zurück und alles absuchen. Doch kaum hatte ich diesen Entschluss gefasst, da begann die Kerze in der zerbrochenen Lampe heftig zu flackern. Von dem Stummel war nur noch eine Wachspfütze übrig. Die Flamme bildete eine lange Zunge, loderte noch einmal bläulich auf und erlosch. Ich saß im Dunkeln.

Mit der Flamme erlosch meine Hoffnung. Ich würde so kaum zu den Katakomben zurückfinden, und falls doch, würde ich dort ohne Licht keine Felsspalten erkunden können. »Es ist vorbei«, sagte ich laut in die Dunkelheit. Das Echo stimmte mir zu. Sonst war hier unten alles vollkommen still. Für Gott wäre jetzt die Gelegenheit gewesen, sich wieder zu melden, aber von Ihm hatte ich schon lange nichts mehr gehört.

Ich dachte an Sahir und daran, dass sie eine halbe Welt entfernt vielleicht am Leben war. Ich stellte mir einen schnurgeraden Schacht vor, der von dieser Höhle senkrecht hinabführte, immer tiefer, durch den Mittelpunkt der Erde hindurch und dann wieder hinauf, bis zu der Insel Arcadia, genau auf der anderen Seite des Erdballs. Ich starrte in die Schwärze zu meinen Füßen und malte mir aus, wie es wäre, durch einen solchen Schacht einfach hindurchzufallen und im hellen Sonnenschein auf der Insel zu landen.

Doch es gab keinen Schacht. Ich konnte nur zurück zu Sahir, wenn ich aus dieser Höhle herauskam. Ich begann, über den Boden zu kriechen, in die ungefähre Richtung, aus der ich gekommen war. Ich erinnerte mich an die Felsstufe. Dort musste ich die steinerne Rampe finden. Doch zuerst kam die Strecke mit den Steinzapfen und Säulen. Ich tastete mich mühsam von einem Hindernis zum nächsten. Die Pfeiler waren nass und glitschig, und ich kam nur auf Händen und Füßen voran. Sobald ich mich aufrichtete, geriet ich auf dem unebenen Boden sofort ins Stolpern.

Das Vorwärtskommen war sehr ermüdend, und die Strecke kam mir viel länger vor als beim ersten Mal. Vielleicht war ich in einen Nebengang geraten. Ich beschloss, mich eine Weile auszuruhen.

Ich hatte in der letzten Nacht nicht geschlafen und geriet trotz der Kälte bald in einen Dämmerzustand. Ich träumte, nicht von Sahir, sondern seltsamerweise von St. Helena. Ich steckte dort im Sand fest, und das Mädchen im Ballkleid fasste mich wieder an der Hand und wollte mich ans Ufer ziehen. Doch es ging nicht. Ich steckte zu fest.

Als ich die Augen aufschlug, wusste ich nicht, wie viel Zeit vergangen war. Und vor allem wusste ich nicht mehr, in welche Richtung ich kriechen musste, um zu der Felsstufe und den Katakomben zu gelangen. Ich hätte meinen Weg markieren sollen.

Seltsamerweise machte es einen Unterschied, ob ich die Augen offen oder geschlossen hatte. Um mich herum war alles pechschwarz, doch bei offenen Augen schien auf meiner linken Seite die Schwärze weniger tief. In diese Richtung begann ich zu kriechen. Die Steinsäulen standen hier dichter zusammen. Zuweilen konnte ich einen Pfeiler oder einen Felszapfen als Umriss vor mir erkennen.

Dann kam ich zu einer Stelle, wo viele steinerne Zapfen an der Seitenwand oben und unten wie Rippen zusammengewachsen waren und eine Art Vorhang bildeten. Von diesem Vorhang ging ein schwacher Schimmer aus. Wenn ich meine Hand vor die Augen hob, sah ich sie deutlich vor dem helleren Hintergrund.

Der Steinvorhang war nicht ganz geschlossen, ich konnte durch eine schmale Lücke zwischen zwei senkrechten Rippen hindurchspähen. Dahinter sah ich einen halb mit Geröll gefüllten Felsspalt. Die Helligkeit schien zwischen den Steinen hindurchzusickern. Doch die zusammengewachsenen Zapfen versperrten mir den Weg wie die Stäbe einer Gefängniszelle. Ich kam nirgends daran vorbei.

Ich tastete auf dem Boden herum, bis ich einen großen Steinbrocken gefunden hatte, vielleicht zwanzig Pfund schwer und mit spitzen Zacken. Damit begann ich, auf das Hindernis einzuhämmern. Aber es gelang mir trotz aller Kraft nur, winzige Splitter abzuhauen. Ich machte mich auf die Suche nach einem noch schwereren Stein, doch ich fand keinen in der Nähe.

Mir kam eine andere Idee. Ich hatte noch die Pistole in der Innentasche meiner Jacke. Die Pfanne war ohne Pulver, aber vielleicht konnte ich welches durch das Zündloch herausklopfen. Ich schloss den Pfannendeckel und begann, die Pistole vorsichtig seitlich gegen einen Felsen zu schlagen. Es dauerte eine geraume Zeit, bis genug Pulver in der Pfanne war. Dann spannte ich den Hahn, zielte auf den Pfeiler vor mir und drückte ab. Gottlob funktionierte die Pistole. Der Schuss betäubte meine Ohren und blendete meine Augen. Ich ließ die Waffe sinken und wartete, bis ich wieder etwas sehen konnte.

Der steinerne Vorhang war gesplittert. Nach einer halben Stunde weiteren Herumhämmerns mit dem Steinbrocken hatte ich das Loch so erweitert, dass ich mich hindurchzwängen konnte. Vor mir führte ein Felsspalt weiter, dessen Boden mit Geröll bedeckt war. Ich kletterte über die Steine, wobei ich meinen Weg ertasten musste, denn das Licht vor mir war sehr schwach. Der Spalt wurde enger und niedriger und endete dann in einer wassergefüllten Kaverne. Hier war Schluss.

Ich setzte mich auf einen Stein. Wenn ich hier sterben würde, dann wenigstens nicht in völliger Dunkelheit. Das fahle Licht schien von überallher zu kommen, vielleicht von leuchtenden Pilzen oder Flechten an den Wänden. Doch als ich meine Hand vor mich hielt und drehte, konnte ich nur ihre Unterseite erkennen. Die Lichtquelle lag unter dem Wasser.

Ich watete hinein. Der Felsspalt schien unter Wasser weiter hinabzuführen. Von dort kam das Licht. Das war keine Verbindung zum Fluss, denn ich sah an den Wänden keine Anzeichen von Ebbe und Flut. Es gab nur einen Weg, weiterzukommen. Ich holte Luft und tauchte in den Spalt hinein. Er wurde enger, ich stieß mich links und rechts von den Wänden ab. Dann änderte sich das Licht und schien nun von oben zu kommen. Ich zwängte mich zwischen Steinen hindurch, bekam eine Art Wurzelgeflecht zu fassen und zog mich daran empor. Endlich bekam ich den Kopf aus dem Wasser.

Ich hatte es tatsächlich ins Freie geschafft. Ich konnte es kaum glauben. Und hatte keine Ahnung, wo ich war. Nach der langen Zeit in der Höhle war ich halb blind und musste mich erst an das Tageslicht gewöhnen. Dann schaute ich mich um.

Ich befand mich nicht mehr in New York. Um den trüben Tümpel, in dem ich aufgetaucht war, erhob sich dichter Wald. Baumriesen und Farne umgaben eine Bodensenke mit dem Teich in der Mitte. Vielleicht war dies ein vor langer Zeit eingestürzter Hohlraum.

Ich kroch ans Ufer. Es war ein wunderbares Gefühl, wieder freien Himmel über mir zu haben. Vögel zwitscherten in den Baumwipfeln. Dem Sonnenstand nach war es später Nachmittag. In der Nacht hätte ich diesen Ausgang aus den Höhlen niemals gefunden.

Als ich den Hang der Senke hinaufkroch, vernahm ich plötzlich Kirchenglocken. Es klang nicht weit entfernt. Ich bahnte mir einen Weg durch das Unterholz, zwischen hohen Bäumen mit glatter Rinde hindurch, in Richtung des Glockengeläuts. Nach hundert Schritt stieß ich auf einen niedrigen, überwucherten Erdwall mit den Überresten einer Palisade. Ich kletterte hinüber. Dann stand ich mitten auf der Wall Street.

Direkt vor mir erblickte ich den Laden des Geldwechslers, bei dem ich meine Goldmünzen eingetauscht hatte. Der Laden war geschlossen, aber viele Menschen spazierten im Sonntagsstaat die Straße entlang. Mit meiner nassen und verdreckten Kleidung erregte ich Aufsehen. Kinder lachten und zeigten auf mich.

Jetzt hätte ich einfach zu meinem Quartier gehen und mich ins Bett legen können. Man würde den Captain niemals finden. Allerdings hatte ich ihm, womöglich unter Wirkung der schlechten Luft, Hilfe zugesagt.

Also nahm ich die Dienste eines der Männer in Anspruch, die in New York an jeder Straßenecke mit gelb gestrichenen Handkarren auf Fahrgäste lauern. Kaum dass der Fahrer lostrabte, begann er auch schon zu schwatzen, doch mir war nicht nach Geplauder zumute. Ich ließ mich zur Pearl Street 119 fahren. In dem schmutzigen Aufzug, ohne Hut und Perücke, wurde ich nicht zu Mrs. Kidd vorgelassen. Doch schließlich kam sie an die Tür.

»Euer Gatte braucht Eure Hilfe«, sagte ich zu ihr.

Sie nahm sogleich alles in die Hand. Das Dienstmädchen wurde zu Captain Clark geschickt, einem Freund der Familie, der auch mit den Schmugglertunneln vertraut war. Die Seeleute wurden von der *Saint Antonio* geholt und mit Hacken und Schaufeln ausgestattet, all dies unauffällig, um nicht die Aufmerksamkeit der Obrigkeit zu wecken. Sie machten sich daran, den Captain auszugraben.

Ich beteiligte mich nicht. Ich war völlig erschöpft, und sein Schicksal war mir gleichgültig geworden. Ich kannte jetzt die Position von Arcadia. Sechs Grad, dreißig Minuten nördliche Breite.

Die nächsten Tage brachte ich damit zu, ein Schiff zu suchen, das mich zurück in den Indischen Ozean und zu der Insel bringen würde. Die *Saint Antonio* war gleich nach der Rettung des Captains abgesegelt. Auch das Haus in der Pearl Street wirkte verlassen, wenn ich daran vorbeikam. Alle Fensterläden waren verschlossen und verrammelt.

Ich erfuhr, dass Captain Shelley mit der *Nassau* eine neue Handelsreise plante. Auf Madagaskar wollte er Sklaven erwerben und diese in Surat gewinnbringend verkaufen. Ich gab ihm meinen Wechsel von fünfhundert Pfund. Dafür versprach er, mich zu der namenlosen Insel auf sechs Grad, dreißig Minuten nördlicher Breite zu befördern. Im August sollte die *Nassau* auslaufen, um den Südwestmonsun nicht zu verpassen.

Einige Tage später hörte ich, dass Captain Kidd mit leeren Händen in Boston aufgetaucht und vom Gouverneur ins Gefängnis geworfen worden war. Diese Nachricht machte überall in New York die Runde. Auch die Männer seiner Besatzung, die ihm bis zuletzt treu geblieben waren, hatte man im Bostoner Hafen von der *Saint Antonio* geholt und eingekerkert. Und schließlich erfuhr ich, dass auch Sarah Kidd, die mit Kindern und Dienstmädchen ihren Mann nach Boston begleitet hatte, auf Befehl von Lord Bellomont dort im Kerker saß.

Der Captain hatte die Kerkerzelle wohl verdient, doch die anderen Männer und vor allem seine Frau waren völlig unschuldig. Die Piraten hingegen, die das Gemetzel auf der

Muhammad Zabardast veranstaltet hatten und mit Shelley zurückgekehrt waren, liefen frei herum und gaben in New York und Philadelphia mit vollen Händen ihre erbeuteten Goldmünzen aus. Immer wieder begegnete ich auf den Straßen oder in einer Taverne einem bekannten Gesicht.

Ich hatte all meine Beute bereits zu Geld gemacht und zudem damals den Schiffsvertrag mit einem falschen Namen unterschrieben. Daher fühlte ich mich einigermaßen sicher.

Am 3. August 1699 wollte Shelley auslaufen, und ich fand mich rechtzeitig am Schiff ein. Die *Nassau* lag am Zollpier vor Anker. Bald würde ich New York, die englischen Kolonien und die Gefahr einer Verhaftung weit hinter mir gelassen haben. Und in vier oder fünf Monaten würde ich vielleicht Sahir am Strand von Arcadia in die Arme schließen.

»Bitte um Erlaubnis, an Bord kommen zu dürfen!«, rief ich hinauf.

Kapitän Shelley trat an die Reling. Doch er antwortete mir nicht, sondern rief laut zum Zollhäuschen hinüber: »Da ist das Narbengesicht!«

Die Tür flog auf. Soldaten in englischen Uniformen stürmten heraus. Ehe ich wusste, wie mir geschah, war ich umringt, wurde zu Boden gerissen und gefesselt. Als man mich den Pier entlangzerrte, begann die *Nassau* bereits, ihre Anker zu lichten.

Ich gelangte niemals zurück nach Arcadia.

27

London, Mai 1701

Fast fünf Monate verbrachte ich im Kerker der Festung von New York. Kurz vor dem Jahresende kamen Gerüchte auf, dass die New Yorker allzu nachsichtig mit Seeräubern verfahren und uns womöglich irgendwann laufen lassen würden. Ich wurde daher mit anderen gefangenen Piraten nach Boston verlegt. Dort erlebte ich in einer eiskalten, rattenverseuchten Zelle den Anbruch des achtzehnten Jahrhunderts, zusammen mit zwei Mördern, einem Taschendieb und einem Hexer.

Shelley hatte sich mit meinem Wechsel von fünfhundert Pfund nach Ostindien davongemacht. Aber der Rest meines Geldes begleitete mich treulich von Kerker zu Kerker, jedes Mal sorgsam gezählt und quittiert. Dabei nahm der Betrag stetig ab, denn ich musste für Kost und Logis in der Haft aufkommen.

Die ganze Zeit dachte ich an Sahir, die auf ihrer Insel ebenso gefangen war wie ich in der Zelle und wohl täglich um ihr Leben kämpfen musste.

Im März 1700 verfrachtete man uns nach London. Diese Stadt war lange das Ziel meiner Träume gewesen, doch nun erwartete mich dort keine Anstellung als Bibliothekar, sondern ein Prozess wegen Piraterie. Auf dem Schiff nach London teilte ich den Laderaum mit vielen früheren Kameraden. Dr. Bradinham war in Philadelphia ergriffen worden, Barleycorn in Boston, Mullins in New York. Wo man Thursdays habhaft geworden war, erfuhren wir nicht, denn er war des Englischen immer noch nicht mächtig.

Wie ich später hörte, wurde auch Captain Kidd mit dem gleichen Schiff, der Fregatte *Advice*, nach London befördert. Doch er reiste ungleich komfortabler als wir, in einer eigenen Kabine, mit zwei Sklavenkindern, die ihn bedienten. Seine Frau Sarah hatte hierfür den Kapitän bestochen. Sie war irgendwann freigelassen worden und nach New York zurückgekehrt.

Unser Prozess sollte in England stattfinden, denn nur dort konnte man uns als Piraten zum Tode verurteilen. In den Kolonien galt Piraterie als Kavaliersdelikt und wurde milde geahndet.

Bei der Ankunft auf der Themse nahm uns der Marschall der Admiralität, Mr. Cheeke, in Empfang. Im Marshalsea-Gefängnis verbrachte ich ein weiteres Jahr, während die Admiralität die Anklage vorbereitete. In dieser Zeit schrieb ich viele Briefe an Sir Hans Sloane. Ich gab ihm die Position der Insel preis und bot ihm an, die Pyramide nach London zu bringen oder einen Abgesandten der Royal Society zu der Stelle zu führen, wo Sahir und ich sie vergraben hatten. Ich erhielt nie eine Antwort.

Es hieß, alle Seeleute der *Adventure Galley* würden gehängt werden, um den Großmogul zu besänftigen und die Geschäfte der Ostindien-Kompanie nicht zu gefährden. Mein Überleben hing davon ab, ob ich beweisen konnte, dass ich unfreiwillig auf das Schiff gekommen war. Davon wussten allerdings nur Captain Kidd und John Walker, der immer noch frei war. Der Warnung des Captains eingedenk hatte ich sonst niemandem von meiner Rolle bei Moores Tod erzählt.

Am 8. Mai 1701 begann der Prozess im Old Bailey. In einem hölzernen Pferch im Gerichtssaal wartete ich auf mein Verhör, zusammen mit Parrot, Palmer, Dr. Bradinham und anderen Seeleuten von der *Adventure*. Angeklagt war zuerst nur Captain Kidd, aber nicht der Piraterie, sondern des

Mordes an seinem Geschützmeister William Moore. Eine solche Anklage hatte es bisher noch nicht gegeben. Jeder wusste, dass Seeleute auf englischen Schiffen alle Tage von ihren Offizieren geschlagen und zuweilen auch erschlagen wurden. Das war berufsbedingt und galt nicht als Mord.

Palmer und Dr. Bradinham schilderten in dramatischen Einzelheiten, wie der Captain seinem Geschützmeister plötzlich und ohne Anlass den Schädel zertrümmert habe. Es dämmerte mir, dass sie diese Aussage vorher abgesprochen hatten, wohl in der Hoffnung auf eine leichtere Strafe.

Verteidiger waren vor Gericht nicht erlaubt. Doch dem Captain hatte man immerhin einen juristischen Berater zugestanden, einen blassen Mann mit einer billigen Perücke, mit dem er von Zeit zu Zeit flüsterte. Einem Angeklagten war es auch gestattet, sich zu rechtfertigen und Zeugen zu befragen. Der Captain rief sogleich mich auf.

»Mr. Kreutzner, habe ich William Moore erschlagen? Oder wart das nicht vielmehr Ihr?«

Dies war meine Gelegenheit, wenigstens der Verurteilung als Pirat zu entgehen. »Es stimmt«, sagte ich. »Ich war es, der Moore erschlagen hat, doch in Notwehr. Moore hatte mich mit dem Messer angegriffen. Aufgrund dieses Vorfalls habt Ihr mich zum Dienst auf Eurem Schiff gepresst, Mr. Kidd. Sonst hätte ich niemals bei Euch angeheuert.«

Ganz offensichtlich gefiel dieses Geständnis weder dem Gericht noch den Zuschauern, die für die Teilnahme am Prozess viel Geld bezahlt hatten. Für die fünf Schilling Eintrittsgebühr wollten sie nun die Verurteilung von Captain Kidd erleben. Ein Getuschel und Gezischel ging los.

Der Captain begann, verstohlen zu lächeln, und dieser Anblick ließ mich meine Aussage fast schon bereuen. Dann jedoch wurde ich von Dr. Oxenden, dem Vertreter der Admiralität, ins Kreuzverhör genommen.

»Mr. Kreutzner, es ist also richtig, dass Ihr bei Mr. Kidd angeheuert habt?«

»Das ist richtig, Sir, aber es geschah unter Zwang.«

»Wie wurdet Ihr denn gezwungen?«

»Mr. Kidd ließ mir nur die Wahl, den Schiffsvertrag zu unterschreiben oder zu hängen.«

»Ich habe hier den Schiffsvertrag der *Adventure Galley*. Euer Name steht nicht darauf.«

»Weil ich gezwungen wurde, hatte ich mit einem falschen Namen unterschrieben. Das war am 31. Oktober 1697, einen Tag nach Moores Tod.«

»Die Unterschrift unter diesem Datum ist schwer lesbar. Sie könnte vielleicht ›Crusoe‹ lauten.«

»Den Namen hatte ich mir ausgedacht, Sir, da er im Englischen dem meinen ähnelt.«

»Hört, hört. Wenn Ihr Euch Namen ausdenkt und Unterschriften fälscht, woher sollen wir wissen, dass Ihr Euch den Rest nicht ebenso ausgedacht habt?«

»Ich habe die Wahrheit gesagt, Sir.«

»Habt Ihr das? Meine Lords, ich rufe Sir Peter Floyer als Zeuge für die Admiralität.«

Sir Peter Floyer war der Sheriff von London, ein massiger Mann mit einem roten Trinkergesicht, der in einer besonderen Loge im Gerichtssaal saß. Mir war rätselhaft, was er hier als Zeuge aussagen sollte. Er erhob sich nicht, sondern wedelte mit einem Schriftstück.

»Sir Peter, verzeiht die Umstände«, sagte Dr. Oxenden mit seiner schmeichlerischsten Stimme. »Ihr habt im März einen Brief erhalten, in dem von ebenjenem Mr. Kreutzner die Rede ist, der hier vor uns steht. Ist das richtig?«

»Den Brief habe ich hier.«

»Wenn es Euch genehm ist, würdet Ihr dem Gericht diesen Brief vorlesen?«

Der Sheriff räusperte sich laut. Er kniff die Augen zusammen, hielt sich das Dokument dicht vor die Nase und begann stockend zu lesen.

»An den Sheriff von London.
Euer Exzellenz, mir kam zu Ohren, dass mein missratener Sohn Richard in London der Piraterie angeklagt ist. Seid versichert, dass ich mit seinen Taten nichts zu tun habe und sie von Herzen verabscheue. Mein Sohn ist leider ein Dieb und ein notorischer Lügner. Keiner seiner Behauptungen dürft Ihr irgendeinen Glauben schenken. Er lief mir vor vier Jahren davon, um Pirat zu werden. Dabei stahl er mir einen Betrag von sechsundvierzig Talern, das sind neunzig Pfund zwei Schilling, um dessen baldige Rückerstattung ich untertänigst bitte.
Euer ergebenster Diener, Ratsherr Balthasar Kreutzner von Freiberg.«

Ich konnte es nicht fassen, nach all den Jahren wieder von meinem Vater zu hören, und das auf diese Weise. So hatte er sich für die Notiz gerächt, die ich ihm hinterlassen hatte.

Dr. Oxenden lächelte. Der Oberste Richter, Sir Edward Ward, wandte sich an den Protokollführer. »Die Einlassungen des Zeugen werden aus dem Protokoll gestrichen.«

»Mylord!«, rief ich. »Der Captain kann meine Aussage bestätigen!«

»Mr. Kreutzner, bei Eurer nächsten ungefragten Rede lasse ich Euch knebeln. Ihr werdet noch Gelegenheit haben, Eure Behauptungen vorzutragen.«

Doch die erhielt ich nicht. Ich sah, wie der blasse Rechtsbeistand heftig mit dem Captain tuschelte. Dann wandte dieser sich an das Gericht.

»Meine Lords, ich habe Mr. Moore nicht mit Vorsatz getötet. Er führte meuterische Reden, und es geschah im Affekt. Es tut mir von Herzen leid.«

Das Erschlagen eines Seemanns im Affekt wäre ein mildes Delikt, das vielen Kapitänen zuweilen unterläuft. Doch die Jury aus zwölf ehrenwerten Männern brauchte nicht lange, um Captain Kidd des vorsätzlichen Mordes schuldig zu sprechen. Damit wurde den Zuschauern beschert, wofür diese bezahlt hatten.

Sogleich begann der nächste Prozess. Diesmal war mit dem Captain auch die gesamte Besatzung der *Adventure Galley* angeklagt. Der Vorwurf lautete nun »Piraterie«, worauf in England stets der Galgen stand.

Der Captain trug einen langen Bericht über die Fahrt der *Adventure* vor. Er beschönigte vieles und ließ vieles andere aus. Von Piraterie wisse er nichts. Alle Kaperungen seien im Einklang mit dem Gesetz und seinem königlichen Kaperbrief geschehen. Seine Fahrt nach Surat und die Ereignisse auf Arcadia erwähnte er nicht. Angeblich war er schon im April 1698 auf St. Marie eingetroffen. Nach der Meuterei habe er dort noch ein halbes Jahr lang auf günstigen Wind für die Rückreise gewartet. Das Logbuch sei leider von Meuterern gestohlen worden.

Niemand glaubte ihm, zumal die französischen Pässe, die seine Kaperungen wohl tatsächlich rechtmäßig gemacht hätten, von Lord Bellomont beschlagnahmt worden und seither nicht mehr aufzufinden waren.

»Mr. Kreutzner«, sagte der Captain. »Ihr habt diese Pässe gesehen. Bestätigt dem Gericht, was darin stand.«

»Es stimmt«, sagte ich. »Die *Ruparel* und die *Queda* führten Pässe in französischer Sprache mit sich. Sie waren ausgestellt von Monsieur Martin, dem Direktor der –«

Dr. Oxenden unterbrach mich sofort. *»Dites-moi donc, Mr. Kreutzner«*, rief er zu mir herunter. *»Avez-vous vraiment vu ces passes ou est-ce juste un de vos mensonges?«*

»Es tut mir leid, Sir«, sagte ich. »Ich spreche das Französische nicht. Ich kann aber in dieser Sprache genug Worte lesen, um Dokumente zu verstehen.«

Dies rief spöttisches Gelächter im Saal hervor. Dr. Oxenden verbeugte sich unter Beifall, da er mich so raffiniert aufs Kreuz gelegt hatte. Sir Edward befahl abermals, meine Aussage aus dem Protokoll zu streichen. Mir war mittlerweile klar, dass es keine Rolle spielte, was ich oder sonst jemand vor diesem Gericht aussagte. Die Urteile standen längst fest.

Bis auf die Kajütenjungen wurden wir alle der Piraterie für schuldig befunden, sogar der Schiffskoch Abel Owen, der mir die Kugel aus der Schulter geschnitten und auf der *Adventure* nichts anderes getan hatte als auf jedem anderen Schiff auch. Von allen konnte ich mich über den Schuldspruch am wenigsten beklagen, denn ich hatte wirklich Piraterie betrieben, auch wenn diese Tat hier gar nicht zur Sprache gekommen war.

Sir Edward nahm vom Richtertisch eine schwarze Kapuze. Er stülpte sie sich mit beiden Händen feierlich über die gelockte Perücke. Dann erteilte er Dr. Oxenden die Ehre der Urteilsverkündung.

Dieser erhob sich und rief mit pathetischer Stimme: »Ihr, die Gefangenen vor dem hohen Gericht, wurdet der Piraterie und des Raubes angeklagt, und Ihr, William Kidd, zusätzlich des Mordes. Ihr alle wurdet vor diesem Gericht überführt und als schuldig erkannt. Und nun bleibt nichts weiter, als das Urteil nach dem Gesetz zu verkünden.«

Jetzt war es vollkommen still im Saal. Dr. Oxenden machte eine Pause und blickte sich um. Er genoss sichtlich den Moment. Dieser Prozess war wohl der Höhepunkt seiner Laufbahn. »Das Urteil lautet: Ihr alle werdet von dem Ort, an dem ihr seid, zu dem Ort gebracht, von dem ihr gekommen seid, und von dort zum Ort der Hinrichtung. Und dort werdet ihr am Hals aufgehängt, bis ihr tot seid, tot, tot, tot. Der Herr sei euren Seelen gnädig.«

28

London, 23. Mai 1701

»Nun kennt Ihr die Schatzinsel, Sir«, sage ich zu Defoe. »Es ist die Insel Manhattan. Doch den Schatz zu bergen, dürfte wohl schwierig sein.«

Defoe hat zwei Bögen Zeitungspapier vollgeschrieben. Ich zweifle nicht daran, dass er sich wieder nur die Rosinen herausgepickt hat. Er klemmt sich den Stapel unter den Arm. Dann geht ein Lächeln über sein Gesicht. Ich sehe jetzt auch den Henker strahlen, der Schmied und die Soldaten haben nun ebenfalls fröhliche Mienen, und aus der Menge ertönen Hochrufe. Der Karren mit Captain Kidd ist endlich eingetroffen.

Der Captain braucht die Hilfe eines Offiziers, um vom Wagen zu klettern. Er trägt, im Gegensatz zu uns anderen Verurteilten, saubere Kleidung und eine gute Weste, ist aber sichtlich betrunken. Und er kommt nicht allein, mit ihm schwappt eine neue Welle von Gaffern auf das Dock, die seine Fahrt offenbar schon von Newgate aus begleitet haben. Auch sie haben unterwegs wohl kräftig gezecht. Einige grölen Lieder. Die Stimmung ist ausgelassen.

Am Arm geführt, stolpert der Captain zu uns herüber. Er murmelt etwas, das ich nicht verstehe, etwas von Lords und ihrer Geldgier.

Jetzt geht es schnell. Wir haben Ebbe, die Galgen stehen frei, niemand muss sich die Füße nass machen. Der Henker kommt herüber, das Bündel Stricke über der Schulter. Doch zuerst müssen wir uns in einer Reihe vor dem Sheriff aufstellen.

Der Sheriff zieht ein Papier aus seinem Ärmel. Ein Siegel hängt daran. Es kann sich nur um eine Begnadigung handeln. Er hat damit bis zum letzten Moment gewartet, um den Begnadigten vorher alle Schrecken auskosten zu lassen. Aber jetzt hält er sich das Papier vor die Nase wie damals im Gerichtssaal den Brief meines Vaters und beginnt, laut vorzulesen.

»Hört, hört, hört!«, liest er ab. Dann macht er eine Pause und blickt uns an.

Ich bemühe mich um eine ausdruckslose Miene. Der Captain schwankt leicht. Der Sheriff lässt seinen Blick von einem zum anderen wandern, dann liest er weiter.

> *»Wir gewähren dem Sklaven aus dem Besitz des William Kidd, der Thursday genannt wird, gnädigen und umfassenden Pardon. Wir verfügen fürderhin die Konfiskation des Sklaven Thursday aus dem Besitz des William Kidd. Somit soll er in den Besitz der Krone übergehen, auf dass er in einer königlichen Pflanzung künftig seine Arbeit zum Nutzen von Gott und der englischen Krone verrichte. Gezeichnet von Seiner Majestät William III, König von England, Schottland und Irland.«*

Thursday blickt verwirrt, denn seinen Namen hat er verstanden, den Rest nicht. Der Wachoffizier legt ihm die Hände auf die Schultern. Er schiebt ihn von uns fort zum Rand des Docks und lässt ihn dort stehen.

Wir sehen zu, wie der Henker mit seiner Leiter zu den Galgen hinübergeht und überall die Schlingen festmacht. Ich bin jetzt vollkommen ruhig. Mein Leben ist nicht immer glücklich gewesen, nicht in der Grube und nicht in den vielen Kerkern. Aber es hat gute Zeiten gegeben. Als Kind mit einem Buch, auf der *Fortuin* beim Unterricht, auf Arcadia mit Sahir. Das muss genügen. Auch um Gott muss ich mir keine Sorgen machen. In meinem Kopf eingesperrt, wird Er wohl mit mir zugrunde gehen, doch niemand auf der Welt wird Sein plötzliches Fehlen bemerken. Man wird weiter zu Ihm beten und weiter in Seinem Namen Heiden versklaven und Köpfe einschlagen. Gottes wirkliche Existenz ist für die Welt ebenso gleichgültig wie die meine.

Der Offizier packt Mullins am Arm. Der Ire ist also zuerst an der Reihe. Doch Robert Barrow, Defoes Konkurrent, schiebt sich in den Weg.

»Mr. Mullins, Mr. Mullins!«, ruft er. »Was ist Euer letzter Rat an unsere Leser?«

Mullins hätte jetzt Gelegenheit, eine Probe seiner neu erworbenen Frömmigkeit zum Besten zu geben. Doch er sagt nichts, starrt nur auf die Galgen. Von dem Offizier und einem Soldaten wird er zu dem ersten Pfahl geführt. Der Henker hat die Leiter daran gelehnt. Der Soldat muss sein Bajonett nicht einsetzen, Mullins steigt freiwillig hinauf. Der Henker steht auf einem kleinen Podest hinter dem Pfahl. Er legt Mullins die Schlinge um den Hals und zieht sie seitlich unter dem Ohr zusammen. Dann bindet er ihm einen schwarzen Lappen vor die Augen. Mullins hebt die Hände und reckt das Gesicht zum Himmel, als wolle er Gott erinnern, dass es nun an der Zeit sei, zu Hilfe zu eilen.

Der Henker steigt vom Podest und blickt hinüber zum Sheriff. Der nickt. Der Henker packt mit beiden Händen die tiefste Leitersprosse und zieht mit einem Ruck die Leiter weg. Mullins hängt frei in der Luft.

Sofort beginnt er, mit den Beinen zu strampeln und sich hin und her zu werfen. Man hört keinen Laut, seine Kehle ist abgeschnürt, doch er hat beide Hände an der Schlinge und versucht verzweifelt, sie zu lockern. Natürlich vergebens. Sein Gesicht wird dunkelrot. Ich sehe, wie sich seine Blase entleert. Aus der Menge kommen anfeuernde Rufe: »Tanzen, tanzen, tanzen!« Mullins tanzt.

Es dauert lange. Er will und will nicht ruhig werden. Es steckt wohl noch viel Leben in ihm, das lange braucht, um zu entweichen. Endlich ist es vorbei. Sein Kopf fällt nach vorne, die Arme pendeln herab, Urin tropft von seinen Füßen auf den Boden. Der Henker tritt hinzu. Er zieht sein Podest zum nächsten Galgen und lehnt die Leiter daran.

Der Wachoffizier ergreift den Captain am Ellenbogen.

»Mr. Kidd, Mr. Kidd!«, ruft Barrow wieder, und auch Defoe ruft dazwischen: »Bereut Ihr nun Eure Taten, Sir?«

Die Frage ergibt wenig Sinn, denn wer würde angesichts des Galgens nicht die Umstände bereuen, die ihn dorthin geführt haben. Doch der Captain schüttelt den Kopf und murmelt in undeutlicher Sprache. Er habe immer nur das Richtige tun wollen, verstehe ich, und sei von böswilligen Menschen verraten worden.

Barrow und Defoe machen sich Notizen. Dann führt man den Captain zum Galgen.

Die Soldaten vertreiben einige Zuschauer, die sich bis zum Thronsessel vorgewagt haben. Der Mann auf dem Sessel, mit dem Turban und Spitzbart, soll einen freien Blick auf das Geschehen haben.

Vor dem Galgen bleibt der Captain noch einmal stehen, wendet sich zur Menge und ruft laut und deutlich: »Zum Teufel mit allen gierigen Lords und ihren falschen Versprechungen!«

Einige bekreuzigen sich. Ein Fluch angesichts des Todes ist eine große Blasphemie.

Der Captain klettert die Leiter hinauf und lässt sich vom Henker widerstandslos die Schlinge um den Hals legen. Und von da an geht alles schief.

Der Henker vergisst die schwarze Augenbinde, oder Kidd hat ihn bezahlt, um sie wegzulassen. Auf das Zeichen des Sheriffs hin gelingt es nicht, die Leiter wegzuziehen, denn sie steckt unter des Captains Gewicht zu fest im schlammigen Boden. Zwei Soldaten müssen dem Henker helfen. Endlich fällt die Leiter, der Captain baumelt frei, schwingt einmal hin und her, dann stürzt er schwer auf den Grund.

Der Strick ist nicht gerissen, er hat sich oben vom Balken gelöst. Ich frage mich, ob Kidd den Henker bestochen hat, damit er das Ende mit einem falschen Kopfschlag belegt, der sich unter Gewicht öffnet.

Von der Menge kommt ein ohrenbetäubendes Gejohle, durchsetzt mit Pfiffen. Niemand weiß, was zu tun ist, denn eine fehlgeschlagene Hinrichtung führt normalerweise zur Begnadigung. So etwas gilt als Gottes Eingriff. Der Mann mit dem Turban ist aufgesprungen. Er zeigt auf den Galgen und ruft dem Sheriff etwas zu. Seine Augen sprühen Funken.

Der Captain sitzt benommen auf dem Boden, die Schlinge noch um den Hals. Zwei Soldaten stehen bei ihm. Der Henker nimmt ihm den Strick ab und untersucht den Knoten. Dann klettert er auf die Leiter und macht ihn erneut am Querbalken fest. Die Soldaten greifen dem Captain unter die Arme. Der Henker tritt auf sein Podest hinüber, und die Soldaten schieben Kidd die Leiter hoch. Es gibt also noch einen Versuch.

Der Captain steht auf der Leiter und blickt sich um, als sei er gerade aus einem Traum erwacht. Er macht jetzt einen nüchternen Eindruck. Er ruft etwas, das im Lärm der Menge untergeht, doch ich verstehe deutlich den Namen Sarah. Der Henker legt ihm die Schlinge abermals um den Hals. Dann bindet er ihm das schwarze Tuch um. Der Turbanträger hat sich wieder hingesetzt.

Diesmal gelingt es. Die Schlinge bricht dem Captain das Genick, in der plötzlichen Stille ist das Knacken deutlich zu hören. Kidd pendelt langsam am Strick und rührt kein Glied mehr. Das war ein gnädiger Tod. Der Captain hat zum Schluss doch noch Glück gehabt.

Jetzt ist die Reihe an mir.

»Mr. Kreutzner, Mr. Kreutzner! Euer letzter Rat an unsere Leser?«

»Vergeudet keine Zeit«, sage ich.

»Keine Zeit – womit, Mr. Kreutzner?«

Mit Lesen, will ich sagen, doch schon werde ich mit festem Griff zum Galgen geführt. Die Leiter hat sechs Sprossen. Schon auf der fünften baumelt die Schlinge direkt vor meiner Nase. Der Henker hat Wort gehalten: Seine beiden Buben nehmen rechts und links von mir Aufstellung. Sie tun das gewiss nicht zum ersten Mal.

»Keine Sorge, Sir!«, ruft der eine. »Wir halten fest, und wenn Ihr noch so strampelt!«

Durch die Schlinge hindurch sehe ich ein Stück blauen Himmel. Ich bin jetzt sicher, dass ich nicht dorthin kommen werde, auch nicht ins Paradies zu den Jungfrauen und auch nicht in die Hölle. Ich werde mich einfach nur in Atome auflösen. So werde ich über die Welt treiben, über Länder und Meere, an die Gestade von Arcadia und an die Ufer aller Inseln.

Genau im Zentrum der Schlinge steht bewegungslos eine kleine Wolke am Himmel. Ich frage mich zum ersten Mal, was eine Wolke wohl dort oben hält und warum sie nicht herabfällt. Mir scheint, ich kann es herausfinden, wenn ich die Wolke länger betrachte, vielleicht mit einem Fernrohr. Doch das muss ein anderer tun, denn jetzt sehe ich nichts mehr. Der Henker hat das Tuch um meine Augen geschlungen. Er verknotet es hinter meinem Kopf.

»Wenn ich Euch einen Rat geben darf, Sir«, flüstert er mir dabei zu. »Wartet nicht, bis ich die Leiter wegziehe. Stellt Euch auf die höchste Sprosse, und wenn ich ›Hop‹ sage, springt so hoch Ihr könnt. Dann geht es schneller.«

Ich spüre jetzt die Schlinge schwer um meinen Hals. Der Henker zieht sie neben meinem Kinn zu wie eine Krawatte. Es ist mir zuwider, an meinem eigenen Tod auch noch mitzuwirken, aber ich erkenne die Weisheit seines Ratschlags. Also steige ich noch eine Sprosse höher und warte auf das »Hop«.

Stattdessen brüllt jemand: »Halt!«

»Noch nicht springen, Sir«, sagt die Stimme des Henkers von unten. Ich höre Gemurmel, einen hastigen Wortwechsel, dann steigt er wieder auf das Podest. Die Schlinge wird losgemacht, das Tuch abgenommen. Ich blinzele. Die kleine Wolke steht immer noch am Himmel, immer noch an der gleichen Stelle. Sonst ist dieser Teil des Himmels wolkenlos.

Der Henker hilft mir von der Leiter herunter. Erst jetzt beginnen meine Beine zu zittern, mein Herz schlägt wild. Aus der Menge kommt ein Pfeifkonzert. Der Wachoffizier packt meinen Oberarm und führt mich über das Dock zu dem Thronsessel hinüber.

An der Sänfte neben dem Sessel lehnt ein beleibter Mann im Gehrock. Er hat leicht hervortretende Augen und eine hohe Stirn, vielleicht eine Glatze, doch das ist wegen seiner opulenten Perücke schwer zu erkennen. Der Turbanträger neben ihm beugt sich auf seinem Thron vor. Er mustert mich mit einem finsteren Blick.

»Wie hat es sich angefühlt«, fragt er mich auf Lateinisch, »den Strick um den Hals zu tragen?«

Ich kann nicht gleich antworten, die lateinischen Worte wollen mir nicht einfallen, doch dann bringe ich heraus: »Probiert es selbst.«

»Ich bin Sir Hans Sloane«, sagt der Mann im Gehrock, gleichfalls auf Lateinisch, »und dies ist seine Exzellenz Mukhlis Khan vom Hof des Aurangzeb. Er ist zu uns gereist, um die Hinrichtung von William Kidd für den Großmogul zu bezeugen. Er hat einige Fragen an Euch.«

»Ihr also seid der Vater, der seine Tochter im Dschungel aussetzte«, sage ich zu dem Turbanträger.

»Und Ihr seid der Pirat Richard Kreutzner, der sie entführt hat. Der Hauptschuldige hängt, aber Ihr sollt auf andere Weise dafür bezahlen.«

»Eure Tochter Sahir ist vielleicht noch am Leben, Mukhlis Khan. Ich weiß, wo sie ist. Wir können sie retten.«

»Das habt Ihr in Euren Briefen an Sir Hans behauptet. Ihr sollt mir gründlich über alles Rede und Antwort stehen. Wir haben auf dem Schiff genug Zeit.«

»Auf dem Schiff?«

»Ihr werdet eine Seereise unternehmen, Mr. Kreutzner«, sagt Sir Hans. »Ihr begleitet Seine Exzellenz zurück nach Ostindien. Als Gefangener natürlich und in Eisen. So lange ist Eure Hinrichtung aufgeschoben. Ihr reist auf der *Hakim Ki Izzat*, der Dhau des Großmoguls, die hier im Hafen liegt. Sie wird die Insel anlaufen, von der Ihr in Euren Briefen berichtet habt.«

Die Wendung der Ereignisse und die Aussicht auf eine Rückkehr zu Sahir machen mich schwindlig. »Ich habe von Euch nie eine Antwort erhalten, Sir Hans.«

»Seht mir nach, dass ich Eure Briefe anfangs nicht ernst genommen habe. Erst durch die Gespräche mit Seiner Exzellenz in den letzten Tagen habe ich die Tragweite verstanden.«

»In zwei Tagen laufen wir aus«, sagt Mukhlis Khan. »Die *Hakim* ist ein schneller Segler. Im September werden wir mit Allahs Hilfe die Insel erreichen. Falls meine Tochter dort noch lebt und Ihr die Wahrheit gesagt habt, gibt es für Euch Aussicht auf Begnadigung.«

»Ihr behauptet«, sagt Sir Hans, »die Stelle zu kennen, wo ein gewisses Artefaktum vergraben ist. Tragt Sorge, dass es geborgen und nach London gebracht wird. Ist das Artefaktum in unserer Hand, wird der König Euch einen gnädigen und umfassenden Pardon gewähren.«

»Ich wollte schon vor Jahren bei Euch vorstellig werden, Sir Hans«, sage ich. »Um einen Posten als Bibliothekar.«

»Darüber können wir reden, wenn Ihr Eure Aufgabe erfüllt habt, Mr. Kreutzner.«

Ich höre jetzt, wie hinter mir die beiden Franzosen gehängt werden. Ihre Namen hatte ich von Defoe erfahren: Jean Dubois und Pierre Migueneau. Der eine ist siebzehn, der andere fünfzehn Jahre alt. Sie haben Barrow nichts zu sagen.

Aus der Menge kommen Gelächter und Applaus, jedes Mal, wenn die Leiter fällt.

»Die Seekarten des Indischen Ozeans sind ungenau«, sage ich zu Sir Hans. »Um die Insel sicher zu finden, sollten wir uns der Dienste Mr. Thursdays bedienen. Er war damals dabei und kennt den Ort. Er ist ein ausgezeichneter Seemann, kann sich Winde und Strömungen merken und die Schiffsposition gleichsam wittern.« In Wahrheit ist Thursday trotz seiner seltsamen Talente der ungeschickteste Seemann, den ich kenne. Doch zurück im Indischen Ozean hat er vielleicht eine Aussicht, irgendwie wieder nach Afrika und zu seiner Familie zu gelangen.

»Da müsstet Ihr Euch an den König wenden. Der Wilde ist nun in seinem Besitz.«

»Ist er von Nutzen, wird er in unseren Besitz übergehen«, sagt Mukhlis Khan. »Dem Großmogul wurde von König William umfassende Entschädigung zugesichert.«

Das Schauspiel ist vorüber, die Menge verläuft sich. Einige sind an die Galgen herangetreten und begaffen die Gehängten aus der Nähe. Die vier sehen sich im Tode ähnlich, ungeachtet ihres verschiedenen Alters und der Tatsache, dass der Captain eine vornehme Weste trägt. Man wird sie dort hängen lassen, bis die Flut der Themse dreimal ihre Füße benetzt hat.

Der mittlere Galgen ist unbesetzt. Der Henker macht gerade den Strick los. Es ist ein guter Strick, er kann ihn sicher noch gebrauchen.

Thursday sitzt verloren am Rand des Docks. Er hat die Arme um sich geschlungen, blickt auf die Themse und zittert in der Kälte. Seine Kleidung ist vom Fluchtversuch immer noch triefnass. Ich lege ihm die Hand auf die Schulter.

»Thursday«, sage ich. »Wir beide haben vielleicht noch eine Zukunft. Eine große Zukunft.«

Was weiter geschah

Der »Gentleman-Pirat« Robert Culliford wurde 1700 bei seiner Rückkehr nach London ergriffen. Die Krone begnadigte ihn jedoch im Gegenzug für Auskünfte über die Piratennester in der Karibik und für eine Aussage gegen den Piraten Samuel Burgess. Danach verschwand er von der Bildfläche. Vor seiner Verhaftung konnte er einen Großteil seiner Beute an einem unbekannten Ort verstecken.

Von den Piraten, die 1699 mit der *Nassau* und mit weiteren Schiffen nach New York und London zurückkehrten, stellten sich manche freiwillig der englischen Justiz. Sie vertrauten auf eine im gleichen Jahr ergangene königliche Amnestie, doch diese wurde aus formalen Gründen fast immer für nichtig erklärt. Die meisten Ex-Piraten endeten am Galgen. Spätere königliche Amnestien, die Piraten zum Aufgeben und zur Rückkehr bewegen sollten, fanden eigenartigerweise wenig Zuspruch.

Rick Sievers, der Piratenkapitän aus Hamburg, versuchte ebenfalls, die königliche Amnestie in Anspruch zu nehmen. Doch er sollte dazu keine Gelegenheit mehr bekommen. Auf seiner Rückreise von Madagaskar fiel er 1699 in Kapstadt in die Hände der Ostindien-Kompanie und starb ein Jahr später im Kerker der Kompanie in Bombay.

John Walker, Kidds Quartiermeister und Rädelsführer der Meuterer, geriet nie in englische Gefangenschaft. Er führte weiterhin ein unstetes Piratenleben. Seine Spur verliert sich in der Karibik.

Sarah Kidd heiratete 1703 ihren vierten Ehemann, den Kaufmann Christopher Rousby. Ihr eigenes Vermögen und ihr Haus in der Pearl Street waren von der Krone beschlagnahmt worden, doch sie führte Prozesse um ihr Eigentum und erkämpfte es sich zurück. Mit Rousby hatte sie vier Kinder. Ihren jüngsten Sohn nannte sie William.

Samuel Bradley, Sarahs Bruder, hatte Kidds Schiff bereits in der Karibik verlassen. Das rettete ihm vermutlich das Leben. Er kehrte später nach New York zurück, erholte sich jedoch nie vollständig von der Ruhr, die er sich auf Mohelia zugezogen hatte. Er starb 1703 in New York im Alter von achtundzwanzig Jahren.

Der Gouverneur von Neuengland, Lord Bellomont, Kidds früherer Auftraggeber und späterer Verfolger, erlag am 5. März 1701 in New York einem Anfall von Gicht. William Kidd überlebte ihn um zweieinhalb Monate.

Edward Welch, der Händler auf St. Marie, kehrte 1708 als reicher, jedoch kranker Mann nach New York zurück. Er starb noch im gleichen Jahr.

Peter Gibson sah London niemals wieder. Nach Edward Welchs Abreise führte er den Handelsposten eine Zeit lang weiter, dann heiratete er die Tochter eines madegassischen Häuptlings. Er wurde ein großer Krieger und schließlich selbst Häuptling seines Stammes. Aber das ist eine andere Geschichte.

Predikant Pieter Bakken baute 1698 eine remonstrantische Mission in Kanton auf. Doch der Erfolg blieb aus, da die

Konkurrenz durch die Jesuiten zu groß war. 1704 kehrte er nach Amsterdam zurück.

Annika Bakken heiratete 1698 Mr. Jonathan Floyd, der das Handelsgeschäft seines Onkels in Kanton übernommen hatte. 1701 verstarb Mr. Floyd bei einem Duell. Seine Witwe führte das Geschäft weiter. Sie machte es in den Folgejahren zu einem weltweit führenden Handelshaus für Seide und Opium.

Ratsherr Balthasar Kreutzner führte mit der englischen Admiralität, später auch mit der Ostindien-Kompanie eine Reihe von Prozessen um die Erstattung von neunzig Pfund aus den beschlagnahmten Vermögenswerten. Sie endeten ergebnislos.

Daniel Defoe unternahm 1702 mehrere Versuche, von der Royal Society Näheres über die weiteren Schicksale von Mr. Kreutzner und Mr. Thursday in Erfahrung zu bringen, doch man wollte ihm dort keine Auskunft geben und verwies auf das Staatsgeheimnis. Wenig später wurde Defoe selbst wegen einer unbotmäßigen Publikation steckbrieflich gesucht. Das Kopfgeld betrug fünfzig Pfund. 1703 verbrachte er fünf Monate im Newgate-Gefängnis.

Anmerkungen

Ein Autor ist immer auch ein Leser. Er schreibt unter dem Einfluss von hundert Geschichten um Liebe und Tod, um Gefahren, Heldentaten und vergrabene Schätze. Das gilt auch für dieses Buch. Um dem Rechnung zu tragen, enthält es zehn verborgene Hinweise auf klassische Erzählungen, die dem Autor ein großes Lesevergnügen bereitet haben. Wer alle Hinweise richtig deutet, findet den Weg zu einer Schatzkiste. Wollen Sie sich an der Schatzsuche beteiligen, können Sie die Details auf meinem Blog books.lotter.org oder instagram.com/johann.christian.lotter finden. Viel Glück!

Eine große Hilfe bei der Arbeit an diesem Buch waren meine Frau, die alle Kapitel geduldig Probe gelesen hat, sowie meine Kollegen von der Autorengruppe Zwanzigzehn.

Die Erzählung basiert auf tatsächlichen Ereignissen am Ende des 17. Jahrhunderts. Die Romanhelden sind fiktiv, und jede Ähnlichkeit mit historischen Personen wäre rein zufällig.

Die meisten Nebenfiguren hingegen – die Piratenkapitäne Robert Culliford und Rick Sievers, der Geheimdienstminister Mukhlis Khan, der Geschichtenerzähler Hugh Parrot und die anderen Seeleute der *Adventure Galley* sowie natürlich Captain William Kidd – haben tatsächlich gelebt. Die beschriebenen Seegefechte, Kaperungen und Meutereien haben sich tatsächlich so oder ähnlich abgespielt. Wo möglich, habe ich mich um Detailgenauigkeit bemüht. Wenn etwa in der Geschichte eine Pendeluhr in Sarah Kidds Wohnzimmer beschrieben wird, so hat es diese Uhr wirklich gegeben, und

William Kidd hat sie wirklich aus dem Indischen Ozean als Beute heimgebracht.

Die Fahrkunst in Freiberger Silberminen ist erst lange nach den beschriebenen Ereignissen belegt, jedoch war das Grundprinzip 1690 schon bekannt. Vorläufer der Fahrkunst waren zu dieser Zeit in Schweden im Betrieb, entworfen und gebaut von dem genialen Konstrukteur Christopher Polhem. Er war auch eine Zeit lang in den deutschen Staaten tätig und könnte theoretisch nach Freiberg gekommen sein.

Rostfreies Gusseisen wurde bereits im 5. Jahrhundert in Indien hergestellt. Die Technik geriet in Vergessenheit, doch eine sieben Meter hohe Säule aus diesem Eisen steht heute noch in Delhi nahe dem Qutub-Minarett.

Die *Fortuin* und ihre Besatzung sowie die remonstrantische Mission in Kanton sind Fiktion. Auch die Malediveninsel Arcadia ist ein fiktiver Ort, ebenso wie die Katakomben unter Manhattan, sodass eine Schatzsuche dort wohl vergeblich wäre.

Die Pearl Street verlief zur Zeit Captain Kidds noch direkt am East River. Heute ist sie durch Landgewinnung mehrere Blocks vom Flussufer entfernt. Die Broad Street wurde in den 2000ern zur Fußgängerzone, in der eine blaue Pflasterung noch an den ehemaligen Kanal erinnert.

2007 entdeckte ein Taucher die Überreste der *Queda Vacharrakan* in flachem Wasser vor der Küste von Santa Catalina. Doch das verbrannte Wrack barg keine Schätze. Der Verbleib eines Großteils von Kidds Beute ist nach wie vor rätselhaft.